U0609304

名家精品荟萃

哲理精粹

冯化平◎主编

小说

内蒙古出版集团有限责任公司

内蒙古文化出版社

图书在版编目(CIP)数据

哲理精粹 / 冯化平主编 .—呼伦贝尔:内蒙古文化出版社,
2010.4

(中外名家精品荟萃:8)
ISBN 978-7-80675-805-2

Ⅰ.①哲…Ⅱ.①冯…Ⅲ.①文学欣赏—世界Ⅳ.I106

中国版本图书馆 CIP 数据核字 (2010) 第 061014 号

哲理精粹
ZHELI JINGCUI

冯化平　主编

责任编辑　吴桂荣
装帧设计　博凯设计

出版发行　内蒙古文化出版社
地　　址　呼伦贝尔市海拉尔区河东新春街4－3号
直销热线　0470－8241422　　邮编　021008

排版制作　北京鸿儒文轩文化传播有限公司
印刷装订　三河市华东印刷有限公司
开　　本　710mm×1000mm　1/16
字　　数　230千
印　　张　20
版　　次　2010年5月第1版
印　　次　2022年4月第2次印刷
印　　数　5001—8000 册
书　　号　ISBN 978-7-80675-805-2
定　　价　58.00元

版权所有　侵权必究
如出现印装质量问题,请与我社联系。联系电话:0470-8241422

·前言·

一篇不超过 1500 字的文章，将一篇普通小说应该具有的一切概括出来，长篇、中篇、短篇小说都做不到，微型小说做到了。它袖珍，却麻雀虽小五脏俱全；它短小，却往往立意新颖、情节严谨、结局新奇，自成一体，有着广泛的读者群和家喻户晓的美誉。

因其短小，在构思和行文时才更讲究字句的凝炼，不允许文章中有赘词冗句。它的创作，是将时间、场所、人物压缩到一个小舞台上尽情展现，它的创作犹如做一件微雕的工艺品，精巧之间尽显功力。在某种程度上，微型小说就是一种敏感，从一个点、一个画面、一个对比、一声赞叹、一瞬间之中，捕捉住了小说的——一种智慧、一种美、一个耐人寻味的场景，一种新鲜的思想。也正是因为这些，微型小说自出现至今，一直深受读者的喜爱。

现在，对于广大读者来说，一个微型小说的饕餮盛宴就展现在眼前，我们推出的《中外名家精品荟萃》书系，其中就包括微型小说作品。我们的目的就是为了使人们在紧张的生活之余，撇开那些尘嚣的文字垃圾，将全身心沉浸在好书的海洋，汲取好书的思想精华。

在这套书系中，包罗了近百年来中外广泛流传的名家名作。它们的作者大都是在历史上享有崇高地位，曾经影响过文坛的大师、巨匠、泰斗。这些作品经受住了时间的考验和历史的洗礼，作者的思想高度和精神内涵在岁月中不断沉淀，最终成为最美丽的琥珀。

这些微型小说经过整理，共分四部分，具体包括《昔日重现》、《蓦然回首》、《智慧锦囊》和《哲理精粹》。所选的文章都具有很强的故事性和可读性，展现了名家们的经典构思。这些小说是大师们思想、想象和精神内涵的沉淀，体现了他们的创作魅力。虽然情节简单，但正如契诃夫所说："故事越单纯，那就越逼真，越诚恳，因而也就越好。"

这些小说选文精短美妙，有些甚至就是"小不点"，曾经在历史的长河中被遗忘在角落。现在我们将其收集、整理、汇集，让它们重新绽放出生命的光辉，因此具有很强的收藏价值。文章在组织编排的时候是按照一定的逻辑思维分章编织串珠，更体现了其凝练、结晶、群星熠熠闪烁的特色，真正展现了传世文学精品的流光溢彩。

这套书系读者群相信一定非常庞大，学生、上班族，文学爱好者、一般读者都可以阅读和收藏。阅读它们能使我们站在大师的肩上，感受文学艺术的最高境界，直接欣赏水平和阅读品味。

我们在编辑本套书系的时候，尽管选文广泛，涉及面广，也得到了权威专家的指导，但仍然感到资料有限，才疏学浅，因此难免出现选文不周、挂一漏万。疏忽大意的地方，敬请各位读者指正批评。

目　录

我所发现的生活

穷男孩在银行门口拾到一个别针,银行家不但将女儿许配给了他,还将自己的遗产全部留给了他。我效仿那个男孩去银行门口拾别针,却遭遇不幸和难堪。

1

我们选择的道路

鲍勃、多德森和约翰抢劫"落日号"快车的保险箱时，约翰被击毙，鲍勃的马在逃亡途中折断了腿，多德森为了逃亡残忍地枪杀了老朋友鲍勃。多德森用独吞的钱财成立公司后，采用另外一种方式掠夺钱财。

耐心等待的快乐

年轻的农夫与情人约会,他来得很早但很不愿等待。一个侏儒满足了他迫不及待的一切愿望,但他却不胜追悔。

幽默的自我独白

　　我的幽默为我换回了钞票和社会地位,当我把它作为事业发展起来时,我却成了众叛亲离的幽默家,我感到非常失意,后来,我的幽默天才又一次派上了用场。

要坚持相信自己

　　拳击手在练习场上遭到教练的训斥,生气地一个人走夜路回家,半路遇到一个蒙面抢劫的人。面对对方的拳头,拳击手奋力逃跑。那个抢劫者拿下面罩,原来却是拳击手的教练。

我所发现的生活

穷男孩在银行门口拾到一个别针，
银行家不但将女儿许配给了他，
还将自己的遗产全部留给了他。
我效仿那个男孩去银行门口拾别针，
却遭遇不幸和难堪。

怨恨的情绪

—— ［法国］ 司汤达

> 如果我要尊重自己，使一般人也尊重我，
> 那么，便应该向一般人表明我现在的态度。
> 我现在只是用我的贫穷和他们的财富做交易。

于连匆忙上去，羡慕地看着那个裸露着背膀、身披披肩的美妇。

清晨新鲜的空气，好似增添了她姿色的妍丽。昨夜的骚乱，只有使她的容貌对于一切的外界印象来得更为敏感。这个害羞的动人的美人，还具有高尚的思想，这在下层社会里是难以遇见的。在于连看来，自从他认识她以后，她在他的心灵上简直展开了一个新的局面，这是于连梦想不到的。她的美貌攫住了于连的贪婪的眼睛。这时候，他整个的心都在欣赏她的美，羡慕她的美，已经忘了他正在等着她的友谊的问候了。当他突然发觉她的高傲冰冷的目光的时候，于连大大地惊骇了，在她这份态度里，明明表现出她自己高贵的身份，要把于连仍旧送回到原来的位置上去。

欢娱的微笑从他的唇边萎谢了。他记起了自己卑贱的出身，因为这些已经从一个贵族的有钱的继承者的眼睛里反射出来。一转瞬间，他的脸上只有矜骄和对自己愤怒的表情了。他心里涌起最剧烈的憎恶，为了等她，他把动身时间延迟了一个多钟头，难道仅仅为的是受她一场侮辱和奚落吗？

他暗暗地说道："我真是个大傻瓜，我应该仇恨一切人，反对到底。一个石子坠地，因为石子本身是沉重的。难道我永远是个小孩子吗？我什么时候才能够约束自己，养成良好的习惯，使我能够得心应手地应付这些人，他们给我多少钱，我便为他们尽多少心？如果我要尊重自己，使一般人也尊重我，那么，便应该向一般人表明我现在的态度。我现在只是用我的贫穷和他们的财富做交易；但是我的心和他们廉耻的心相比，距离有几千万里。我的灵魂在天堂里，他们想用小小的恩惠或轻蔑的表示，作为接触我的灵魂的工具，这是可能的吗？"

当一切的情绪在这个青年教师的心里斗争纷扰的时候，他的面部表情一会儿痛苦异常，一会儿又凶猛刚毅。

一件小事

—— ［中国］鲁 迅

在一个刮着凛冽北风的早上，
载我的车夫挂倒了一个衣衫褴褛的老妇人，
依我的想法，反正没有旁人，溜掉了事。
但车夫的态度，却使我在若干年后仍觉羞愧不已。

我从乡下跑到京城里，一转眼已经六年了。其间耳闻目睹的所谓国家大事，算起来也很不少；但在我心里，都不留什么痕迹，倘要我寻出这些事的影响来说，便只是增长了我的坏脾气，——老实说，便是教我一天比一天的看不起人。

但有一件小事，却于我有意义，将我从坏脾气里拖开，使我至今忘记不得。

这是民国六年的冬天，大北风刮得正猛，我因为生计关系，不得不一早在路上走。一路几乎遇不见人，好容易才雇定了一辆人力车，教他拉到S门去。不一会，北风小了，路上浮尘早已刮净，剩下一条洁白的大道来，车夫也跑得更快。刚近S门，忽而车把上带着一个人，慢慢地倒了。

跌到的是一个女人，花白头发，衣服都很破烂。伊从马路边上突然向车前横截过来；车夫已经让开道，但伊的破棉背心没有上扣，微风吹着，向外展开，所以终于兜着车把。幸而车夫早有点停步，否则伊定要栽一个大斤斗，跌到头破血出了。

伊伏在地上；车夫便也立住脚。我料定这老女人并没有伤，又没有别人看见，便很怪他多事，要自己惹出是非，也误了我的路。

我便对他说，"没有什么的。走你的罢！"

车夫毫不理会，——或者并没有听到，——却放下车子，扶那老女人慢慢起来，挽着臂膊立定，问伊说：

"你怎么啦？"

"我摔坏了。"

我想，我眼见你慢慢倒地，怎么会摔坏呢，装腔作势罢了，这真可憎恶。车夫多事，也正是自讨苦吃，现在你自己想法去。

车夫听了这老女人的话，却毫不踌躇，仍然挽着伊的臂膊，便一步一步的向前走。我有些诧异，忙看前面，是一所巡警分驻所，大风之后，外面也不见人。这车夫扶着那老女人，便正是向那大门走去。

我这时突然感到一种异样的感觉，觉得他满身灰尘的后影，刹时高大了，而且愈走愈大，须仰视才见。而且他对于我，渐渐的又几乎变成一种威压，甚而至于要榨出皮袍下面藏着的"小"来。

我的活力这时大约有些凝滞了，坐着没有动，也没有想，直到看见分驻所里走出一个巡警，才下了车。

巡警走近我说，"你自己雇车罢，他不能拉你了。"

我没有思索的从外套袋里抓出一大把铜元，交给巡警，说，"请你给他……"

风全住了，路上还很静。我走着，一面想，几乎怕敢想到我自己。以前的事姑且搁起，这一大把铜元又是什么意思？奖他么？我还能裁判车夫么？我不能回答自己。

这事到了现在，还是时时记起。我因此也时时熬了苦痛，努力的要想到我自己。几年来的文治武力，在我早如幼小时候所读过的"子曰诗云"一般，背不上半句了。独有这一件小事，却总是浮在我眼前，有时反更分明，教我惭愧，催我自新，并且增长我的勇气和希望。

这也是一个人？

—— ［中国］叶圣陶

她十五岁嫁给了个赌徒，
婚后不堪受虐待，离家出走，
后被夫家追回，像耕牛一样卖了出去。

伊生在农家，没有享"呼婢唤女"、"傅粉施朱"的福气，也没有受"三从四德"、"自由平等"的教训，简直是一个很简单的动物。伊自出母胎，生长到会说话会行动的时候，就帮着伊父母拾些稻草，挑些野菜。到了十五岁，伊父母便把伊嫁了。因为伊早晚总是别人家的人，多留一年，便多破费一年的衣食零用。倒不如早早把伊嫁了，免得白掷了心思财力，替人家长财产。伊夫家呢，本来田务忙碌，要雇人帮助，如今把伊娶了，既能省一个帮佣，也得少养半条牛！伊嫁了不上一年，就生了个孩子，伊也莫明其妙，只觉得自己困在母亲怀抱里，还是昨天的事，如今自己是抱孩儿的人了。伊的孩子没有摇篮困，没有柔软的衣服穿，没有清气阳光充足的地方登，连困在伊怀里也只有晚上睡觉时候，方才得享受，白天只困在黑黢黢的屋角里，不到半岁就死了。伊哭得不可开交，只觉以前从没这样伤心过。伊婆婆说伊不会领小孩，好好一个孙儿，被伊糟蹋死，实在可恨！伊公公说她命硬，招不牢子息，怎不绝了我一门的嗣！伊丈夫却没有话说，但说要是在赌场里百战百胜，便死十个儿子，也是值得！伊听也不去想这些话是什么意思，只是朝晚地哭！

有一天，伊发现了新奇的事了：开开板箱，那嫁时的几件青布大袄，不知哪里去了！后来伊丈夫喝醉了，自己说是他当掉的。冬天来得很快，几阵西风，吹得人彻骨地冷。伊大着胆求丈夫把青布袄赎回来，却吃了两个巴掌。原来伊吃丈夫的巴掌，早已习以为常。唯一的了局，便是哭，这一天，伊又哭了。伊婆婆喊道："再哭？一家人家，被你哭完了！"伊听了仍不住地哭。婆婆就动了怒，拉起捣衣的杵，在伊背上抽了几下。伊丈夫还加上两个巴掌。

这一番，伊吃的苦太重了。想到明天，后天……将来，不由得害怕起来。明天朝晨，天还没亮透，她轻轻地走了出来，私幸伊丈夫还没有醒！西风像刀，吹到脸上很痛。但是伊觉得比吃丈夫的巴掌，痛得轻些，就也满足极了。一口气跑了十几里路，到了一条河边，方才立定脚跟。这条河里，是有航船经过的。

等了好久，航船过了，伊就上了船。那些乘客，好似个个会催眠术的，一见了伊便知道是在家受了气，私自逃走的。他们一齐对伊说道："你总是自己没有长进，才令家里人和你生气。即使他们委屈了你，你是年幼小娘，总应该忍耐一二。这等使性子，碰不得，苦还有得吃！况且如今逃了出去，靠傍谁呢？不如趁原船归去罢。"伊听了也不答应，只低着头不响。众客便有些不耐烦。一个道："不知伊想的什么心思，论不定还约下了汉子同走！"众人便哗笑起来。伊也不去管他。

伊进了城，寻着一个荐头。荐头把伊荐到一家人家做佣妇。伊从此得了新生活了。虽也是一天到晚地操作，却没下田这样费力。又没人说伊骂伊打伊。伊便觉得眼前的境地舒服，永远不愿更换了。伊唯一的不快，就是半夜梦醒时，思念伊已死的孩子。

一天，伊到市上买东西，碰见个人，心里就老大不自在。这个人是村里的邻居。不到三天，就发生影响了。他公公便寻了来。开口便嚷道："你会逃！如今寻到了，可再能逃？你若是乖觉的，快跟我回去。"伊听了不敢开口，奔到里面，伏在主母的背后，只是发呆。主母便唤伊公公进来。对他说："你媳妇为我家帮佣，此刻约期还没有满，怎能去？"伊公公无可辩论，只得狠狠地叮嘱伊道："期限满了，赶紧归家。倘若再逃，我家也不要你了。你逃到哪里，就在哪里卖掉你！或是打折你的腿。"

伊觉得这舒服的境地，转眼就成镜花水月，非常舍不得。想想将来……更害怕起来。这几天里，眼睛就肿了，饭就吃不下了，事也就做不动了。主人知道伊的情况，心想如今法律，请求离婚，并不烦难。便问伊道："可情愿和夫家断绝关系？"伊答道："求之不得，哪有不愿！"主人便替她草了个呈子，把种种事实和如今心愿，都叙个明白，预备呈请县长替伊做主。主妇却说道："你替伊请求离婚，但伊不定永久做我家帮佣的。一旦伊离开了我家，又没别人家雇伊，那时伊便怎样？论情呢，母家原该收留伊，但是伊的母家，可能办到？"主人听了主妇的话，把一腔侠情冷了下来，说一声"无可奈何"！

隔几天，伊父亲来了，是伊公公叫他来的。主妇问他"可有救你女儿的法儿？"他答道："做了人家媳妇，要打要骂，概由人家，我怎能做得主！如今单是传伊公公的话，叫伊回去罢了。"但是伊仗着主母的回护，没有跟伊父亲同走。

后来伊家公婆托着邻居进城的，带个口信，说伊丈夫害病，叫伊回去服侍。伊心里只是怕回去，主母就替伊回绝了。

　　过了四天，伊父亲又来了。对伊说："你的丈夫害病死了。再不回去，我可担当不起。你须得跟我走！"主母也说："这一番你只得回去了，否则恐怕你家的人，要打到这里来！"伊见眼前的人，没一个不叫伊回去，心想这番必定应该回去了，但总是害怕。总是不愿意。

　　伊到了家里，见丈夫直僵僵地困在床上，心里很有些儿悲伤，但也想，他是骂我打我的！伊公婆也不叫伊哭，也不叫伊服孝，却领伊到一家人家，受了廿千钱，把伊卖了！伊的父亲、公公、婆婆……都以为这个办法是应当的。他们想得个成例：不种田了，便卖耕牛。伊是一条牛——没有自己的主见，如今用不着了，便该卖掉伊，把伊的身价充伊丈夫的殓费，便是伊最后的义务！

万般皆上品

—— ［中国］冰 心

双胞胎兄妹小鲁和小菲是一对成绩都非常好的高中毕业生，
他们放弃上大学的机会，
自愿去开出租，当服务员，
这使做副教授的父亲大为吃惊。

小鲁和小菲都是好孩子，听我的话，都参加了高考，分数还没有出来。可是今天他们对我说的关于他们就业的打算，很出乎我的意料，也使我很伤心！我能考虑吗？我的同事们知道了，会怎么想呢？我的同事们上了大学的孩子们知道了，又该怎么想呢？

小鲁说："爸爸，事情是明摆着的，妈妈教了二十多年的小学，现在病得动不得了。她教书的那个学校，又出不起医疗费，她整天躺在床上，只能靠您和我们下了课来伺候她。那个四川小阿姨都干得不耐烦了，整天嘟囔着说要走。您呢，兢兢业业地教了三十年的大学，好容易评得个副教授，一个月一百一十六块钱工资，开门七件事什么都要钱买，不向钱看行吗？您不要再'清高'了，'清高'当不了饭吃，'清高'当不了衣穿，'清高'医不了母亲的病！我听了您的话，参加了高考，我的成绩决不会差的，因为我和同学们对起答案来，他们答得都不如我准确。可是我想，我上了大学又有什么用，一个月就要花您五六十块钱的饭费和零用，这还不算，就是毕业出来，甚至留校教书，结果还不是和您一样！

"我已经和我的开出租汽车的老同学们学会了开车，还考取了执照。我去开出租汽车，一个月连工资、奖金带小费，要比您这副教授强多了。我不上大学了，为着我们一家能过好一点的日子，我决定去开出租汽车了……"

小菲说得委婉一些（她和小鲁是双胞胎，脾气却不一样），她说："爸爸，您听，我的在一个餐馆当服务员的同学们都劝我，说我的身材好，年纪轻，文明礼貌方面更不必说。我去当餐馆服务员，连衣服都不用愁，有高领旗袍和高跟皮鞋穿，收拾个房间、端个盘子什么的，都会干得出色。我每月挣的不会比哥哥少，也许还会有外汇券呢。我们一家每月有了五六百块钱，妈妈的病也好治了，阿姨也好请了。您还教您的书，就算是消磨日子，过您的教授瘾吧！"

他们为我们的家计，想得多么实际，解决得多么彻底！我想不出更好的办法。

真是"万般皆上品，唯有读书低"，面对两个孩子，我心头翻涌着异样的滋味。

代　狗

——［中国］沈从文

代狗在父亲逼迫下不得不摸黑起床上山偷柴，
一想起昨天庙里老和尚凶神恶煞的样子，
代狗心里就非常害怕，
但在父亲逼迫和开导下不得不去。

"杂种，你莫起来，还要老子捶你罢？"

"噢……人家脚板心还痛呀！"代狗烂起两块脸要哭的样子。

但他知道他爹的手，除了拧耳朵以外，还会捏拢来送硬骨梨吃的，虽然口上还想撒一点娇，说是脚板心不好，终于窸窸窣窣从那老麻布蚊帐里伸出一个满是黄毛发的脑壳——他起床了。

"快！快！放麻利点！"

"噢！"

他爹老欧，坐在那趄抹刺黑的矮矮茅屋里一张矮脚板凳上搓着索子，编排草鞋上的耳朵。屋里没有个窗子，太黑了，他的工作，不得不靠从破壁罅里漏跑进来的天光。

"你不瞧石家小代狗同鸭毛崽不是天没亮就爬起来上坡去吗！"

"我脚还——"

"脚痛就不上坡罢？"

代狗用手背擦了一下眼屎，把腰肩翻了一下，从土墙上取了一双草鞋来坐在他爹左边。

"我割担草——"

"这几天鬼要你草。……怕哪样？仍然到后山去砍，和尚来时，脚放麻利一点。实在是翻不过坳来，把毛签朝茨棚里一摔，爬上树去。老和尚眼睛猫猫子，赶不到你们，还不是又转庙里去睡觉了——再慢慢的转来，不行吗？"

"你讲得容易。"

"你剁时轻一点罗。"

"闪不知碰来抓到了，那怎么办？"

"蠢杂种！"他口上大喊大叫，"什么'抓到！抓到！抓到帮我捶死这偷柴的苗崽崽！'其实也不过是口上打哇哇，哄哄小孩子！当真你怕他抓到你就敢捶个净死罢？"

代狗想起昨天的事情，不由得又打了一个冷噤。这冷噤的意思只有他自己知道，他爹是无从注意的。

……托，托，托，这边刀砍一下树身，那边同样声音便回响转来。鸭毛崽正高高兴兴唱着——

高坡高坳竖庵堂，

攀坡盘岭来烧香；

人家烧香为儿女，

我家烧香为娇娘。

忽地，老和尚凶神恶煞的样子，发现于红墙前了。搂起大衣袖筒的灰布衫子，口中不住喊"抓到！抓到这狗东西！"一直冲向自己所站的地方来。他们都懂得老和尚的意思了，便丢开了未剁完的树，飞一般逃，跳了四五棚茨窠，越过两条老坎，跑跑跑跑，才听不到老和尚"抓到……"的声音。危险固然脱了，但当狂逃的当中，一颗牛茨却趁到代狗脚板踏着它时，一钻钻进代狗脚心了。虽经鸭毛崽设法拔了出来，却已流了许多鲜血，而且到今早脚着地时，还略略感到一点痒疼。

脚本来不算回事，但和尚那副凶神恶煞的脸在他脑中晃来晃去时，却似乎能够把代狗的身子缩小了，缩到比灶头上正在散步的灶马还小。

他终于嗳嗳嗫嗫说出他不愿去的意思了。"万一再去被他抓到，纵不当真捶死我，但把我手膀子用葛索一捆，吊到山门前去示众，那是做得到！到那时，让那些朝山的娘女们，这个觑一眼，那个觑一眼，口里还要不干不净骂些'小强盗应该'，'这鬼崽那末小就偷人东西，到大时只好砍脑壳'一类丑话，那以后怎么见人？"

"那时老子会到大坪赵家去请赵老爷讨保。"

代狗听到他老子的话，没有什么可借口。他若是城里人读过书的小孩，那怕也会再想个方法同他爹来嚼，可惜没有读书的人就这样笨！

他无聊无赖的站起身来，伸了个懒腰，走到灶边去把挂在柱上的镰刀往屁股后一别，略注意到灶上那三匹从从容容正在散步的灶马一忽儿，说了句——

"爹，你进城时多买块豆腐。"走出去了。

老欧虽说因了自己不大会做家务，又老爱喜欢喝一杯包谷子酒串串筋骨，弄

11

得手边紧紧的，时常要他十岁大的代狗跑到南华山庙背后去做点冒险事情，但他究竟是一个有把握的人啊。他记到杨瞎子在三年前为他推算流年的结果，是命当午水，须过六年才转运，所以这六年中他决定忍耐到等运气来时再戒酒。他也曾想到纵或代狗被和尚一把捞到，真的要绑到山门去示众时，很可以像从前石家小代狗的爹偷竹子事情一样，挑一担松毛到赵大发家去，对大发或大发屋里人磕一个头，天大的事也熨帖了。因为大发的嘱咐"只要有事，关于庙前庙后的纠葛，同我来说，老和尚不敢不遵。我曾见过他炖猪蹄子，一张扬出来，他就不得了！"也还在他耳边。

不过，老欧的意思，也并不是专以为有大发方面可说情，就斗着要代狗崽去受老和尚恐吓！他实在还有别的主意。他知道代狗崽人虽小，但很伶精，跑得快，决不至会为猫猫眼的老和尚抓到。不然，这面一根柴没有得到，那面倒反而要挑一担值两百制钱以上的干松毛请人讲情，这算盘怎么打法呢？

看　护

—— ［中国］蒋子龙

探望庄教授的人寥寥无几，
探望他邻床王经理的人却络绎不绝。
但当庄教授看到王经理病危时的情景，
庄教授庆幸自己是"高知"而不是"高干"。

　　孤傲清高的庄教授，终于耐不住寂寞，不觉忿忿然了。他是名牌大学的名教授，到国外讲学时生了病都未曾受到这般的冷落！高级知识分子名义上享受高级干部的待遇，可他这个"高知"怎么能跟对面床上的"高干"相比呢？人家床边老有处长、科长之类的干部侍候着，间或还有一两位年轻漂亮的女人来慰问一番。床头柜和窗台上堆满了高级食品，有六个小伙子分成三班昼夜二十四小时守护着他。医生、护士查病房也是先看那位财大势大的所谓王经理，后看他这个不是毫无名气的化学系教授，如果检查经理的病情用半小时，检查他最多用十分钟。他的床边总是冷冷清清，儿子在几千公里以外搞他的导弹，女儿在国外上学，只有老伴每天挤公共汽车给他送点饭来，为他灌上一暖瓶热水。系里更是指望不上，半个月能派人来探望他一次就很不错了。人一落到这步境地最没有用的就是学问、名气和臭架子。庄教授偏偏放不下他的身份，每天冲墙躺着，对王经理床边的一切不闻不问不看。鬼知道这位是什么经理？现在"公司"遍地有，成千上万的大单位可以叫"公司"，一两个人也可以戳起一块"公司"的招牌……

　　这一天，王经理突然病势恶化，医生通知准备后事。他床边围着的人就更多了，连气宇轩昂的刘副经理也来了，他不愿假惺惺地用些没用的空话安慰一个快死的人。先沉默了一会儿。然后说了几句很实在的话，询问经理有什么要求，还有什么不放心的事情，刘副经理对垂死者提出的所有问题都满口答应。该说的话都说完了，便起身告辞，着手去安排经理的后事。看护王经理的人忽啦都站起身，撇下病人，争先恐后地去搀扶刘副经理，有的抢前给开门，有的跟在身边陪笑，前呼后拥，甚是威风。刘副经理勃然大怒：

"我又不死，你们扶着我干什么？"

庄教授破例转过脸来，见孤零零的王经理奄奄待毙，两滴泪珠横着落在枕头上，他庆幸自己是"高知"不是"高干"。知识和钢笔到死也不会背叛他……

送一轮明月

—— ［中国台弯］林清玄

> 禅师眼见小偷光顾自己的茅屋，
> 便在门外等候，知其一无所获，
> 便将外衣送给他，不知所措的小偷溜走了，
> 第二天却又将外衣送回，禅师非常高兴。

一位住在山中茅屋修行的禅师，有一天趁夜色到林中散步，在皎洁的月光下，他突然开悟了玄妙的佛法的真谛。

他喜悦地走回住处，眼见到自己的茅屋遭小偷光顾，找不到任何财物的小偷要离开的时候在门口遇见了禅师。原来，禅师怕惊动小偷，一直站在门口等待，他知道小偷一定找不到任何值钱的东西，早就把自己的外衣脱掉拿在手上。

小偷遇见禅师，正感到惊愕的时候，禅师说："你走老远的山路来探望我，总不能让你空手而回呀！夜凉了，你带着这件衣服走吧！"

说着，就把衣服披在小偷身上，小偷不知所措，低着头溜走了。

禅师看着小偷的背影穿过明亮的月光，消失在山林之中，不禁感慨地说："可怜的人呀！但愿我能送一轮明月给他。"

禅师目送小偷走了以后，回到茅屋赤身打坐，他看着窗外的明月，进入空境。

第二天，他在阳光温暖的抚触下，从极深的禅室里睁开眼睛，看到他披在小偷身上的外衣被整齐地叠好，放在门口。禅师非常高兴，喃喃地说："我终于送了他一轮明月！"

15

麦琪的礼物

——[美国] 欧·亨利

圣诞节的前一天，
德拉为给杰姆买白金表链，卖掉了头发。
而杰姆为给德拉买一套发梳，
卖掉了祖传的金表。

钱全在这里，总共是一元八角七分钱，其中六角还是零钱。这些小钱凑起来很不容易，是每次一个两个向杂货店、菜贩和肉店的老板硬扣下来的；人家虽然没有明说，自己总觉得这种交易难免会落个吝啬的恶名，而且当时羞得脸红。德拉数了三遍，企望有所增加，但还是一元八角七分钱。明天就是圣诞节了。

无奈之下，德拉倒在那张破旧的小榻上大哭起来。除此之外，似乎没有别的办法。这就使一种精神上的感慨油然而生：人生是由啜泣、抽噎和微笑组成的，其中抽噎占主导地位。

痛哭可以减轻悲伤。在女主人的悲伤逐渐地由第一级降到第二级之际，让我们看一看她的家吧！这是一套备有家具的公寓，租金每周八元钱。公寓的情形不难形容，与贫民窟相差无几。

楼下的过道里有一个信箱，但是永远不会有信件投进去；还有一个电铃，却从没有人来把它按响。那里还贴着一张名片，上面写着"杰姆斯·狄林汉·杨先生"几个字。

"狄林汉"这个名号是男主人先前富裕时，也就是每周赚三十元时，一时高兴，加在姓名之间的。现在进款减缩到二十元了，这几个字看起来也有些模糊了，它们仿佛正在慎重地考虑是否缩成一个质朴而谦虚的"狄"字为妙。但是每逢男主人回家上楼，打开房门时，女主人——就是前面已经介绍过的德拉——总是把他叫做"杰姆"，并且热烈地拥抱他。这使得这个简陋的公寓有了家的气息。

抽噎声远去了，德拉擦干眼泪，小心地在面颊上扑了些粉。她站在窗前，呆呆地看着灰蒙蒙的后院。在那里，一只灰色的猫正沿着灰色的篱笆走着。明天就是圣诞节了，而她给杰姆买礼物的钱却只有一元八角七分。几个月来，她尽可能地节省了每一分钱，结果不过如此。每周二十元本来就不充足，支出的总比她预算的多，总是这样。只有一元八角七分钱拿来给杰姆买礼物。为了给她的杰姆买一件好东西，德拉已经筹划好些日子了。要买一件精致、珍奇而真正有价值的东西——够得上杰姆持有的东西固然很少，可是总得有些相称的吧。

屋里两扇窗户中间有一面壁镜。读者也许见过房租八元钱的公寓里的壁镜。一个非常瘦小的灵活的人，从一连串纵的片断的映像里，也许可以对自己的容貌得到一个大致不错的概念。德拉全靠身材纤细，才精通了这种艺术。

德拉猛然从窗口转过来，站在镜子面前。她的两眼晶莹明亮，但是在几秒钟内她脸上的血色陡然消失。她很快地解开头发，叫它完全披散下来。

这里有必要交待一下，杰姆斯·狄林汉·杨夫妇有两样东西是他们特别引以为豪的。一样是德拉的头发：如果巴皇后住在气窗对面的公寓里，德拉如果把头发悬在窗外去晾干，那位皇后的珠宝和首饰将会相形见绌。另一样是杰姆那祖传三代的金表：如果所罗门王做了看门人，而且把他所有的财富都堆在地下室里，杰姆每次经过那儿时都故意掏出他的金表看看，所罗门会嫉妒得吹胡子瞪眼。

此时此刻，德拉那美丽的头发披散在她的身上，像一股褐色的小瀑布一样，波浪起伏，金光闪闪。头发一直垂到膝盖下，仿佛给她披上一件金丝织的衣服。她又神经质地很快地把头发梳起来。她静静地站在那里，踌躇不定，有一两滴泪水溅落在破旧的红地毯上。

17

似乎下了什么决心，她穿上她那褐色的旧外套，戴上她那褐色的旧帽子。睫毛上还挂着一颗晶莹的泪珠。然后，裙子一摆，她飘然走出房门，走下楼梯，来到街上。

最后，德拉在一块招牌前停住了。招牌上面写着："莎弗朗尼姬夫人——经营各种头发用品。"德拉犹豫了一下，继而跑上一楼，一面喘着气，一面定下神来打量店主人。那位夫人身躯肥大，肤色白得吓人，一副冷冰冰的样子，和"莎弗朗尼姬"这个名字极不相称。

"您要买我的头发吗？"德拉问道。

夫人说："把你的帽子脱下来，让我看看你的头发！"

于是，那股褐色的小瀑布泻了下来。

夫人熟练地抓起头发，然后淡淡地说："二十元。"

"赶快把钱给我。"德拉说。

啊！随后的两个钟头仿佛长了玫瑰色的翅膀似地飞掠过去了。这种胡编乱造的比喻颇不合理，但请读者不要介意！总之，德拉为了给杰姆买礼物，搜索了所有的铺子。

最后，她终于找到了。它确是专为杰姆制造的，决不是为了别的什么人制造的。她几乎把所有的商店都搅翻了一遍，其他各家都没有像那样的东西。那是一条白金表链，式样简单朴素，只以货色来体现它的价值，根本没有什么俗不可耐的装潢——一切好东西都应该是这样的。它还真配得上那只金表。她一看到这表链就认为非给杰姆买下来不可。它简直像他的为人，文静而有价值——这句话拿来形容表链和杰姆本人都恰到好处。她以二十一元钱的代价获得那条表链，然后带着它和剩下的八角七分钱匆匆地赶回家。杰姆有了这条表链，就可以在任何场合毫无顾虑地看看钟点了。那只金表虽然华贵，可是因为他用一根旧皮条来代替表链，他有时只是偷偷地看一眼。

德拉回到家后，谨慎与理智稍稍代替了陶醉。她拿出烫发铁钳，点起煤气，开始补救由于爱情加上慷慨而造成的灾害。亲爱的读者们，这是一件艰巨的工作，而且是一件了不起的工作。

大约过了四十分钟，德拉头上布满紧贴头皮的小发鬈，变得活像一个逃学的小学生。她仔细而苛刻地对着镜子反复照了许久。

"杰姆看见我的样子，也许会把我杀了。"德拉自言自语地说，"他会说我是康奈岛游戏场的卖唱姑娘。但是我有什么办法呢？——唉！只有一元八角七钱，除此之外，我又有什么办法呢？"

当时针指向七点的时候，咖啡已经煮好了，煎锅也放在炉子上面热着，随时准备煎肉排。

杰姆回家一向都很准时。德拉把表链对折了握在手里，在靠近门口的桌子上坐下来，杰姆打开门时先看到这里。接着，她听到楼下响起了熟悉的脚步声，她脸色立刻变白了。她有一个习惯，往往为了日常最简单的事情祈祷几句，于是她默默地说："求求上帝，让他认为我还是美丽的。"

门开了，杰姆迈步走进来把门关上。他很瘦削，非常严肃。可怜的人，他只有二十二岁——就担负起家庭的担子！他需要一件新大衣，手套也没有。

一进门杰姆就站住了，像一条猎犬嗅到鹌鹑似的纹风不动，两眼盯着德拉。这种表情令她捉摸不透，使她大为惊慌。那既不是愤怒，也不是惊讶，又不是不满，更不是厌恶，不是她所预料的任何一种神情。他只是带着那种奇怪的神情死死地盯着她。

德拉忐忑不安地从桌子上跳下来，走到他身边。

"杰姆，亲爱的，"她喊道，"别那样盯着我看。我把头发剪掉卖了，因为我不送你一件礼物，我过不了圣诞节。头发会再长起来的——你不会在意吧，是不是？我实在没办法才这么做的。我的头发长得快得要命。说句'恭贺圣诞'吧！

杰姆，让我们高高兴兴的。你猜不到我给你买了一件多么好、多么美丽的礼物。"

"你把头发剪掉了？"杰姆吃力地问道。直到此时，他还不敢相信这个显而易见的事实。

"非但剪了，而且卖了。"德拉说，"不管怎样，你还是一样喜欢我，是不是？没有了头发，我还是我，不是吗？"

"你说你的头发没有了？"他带着近乎白痴的神情问道，继而向四下张望。

"你用不着找了，"德拉说，"我告诉你，已经卖了——卖了，没有了。今晚是圣诞前夜，亲爱的。我剪掉头发就是为了给你买件像样的礼物。我的头发可能数得清，"她突然非常温柔地接下去说，"但是我对你的爱谁也数不清。我把肉排烧上好吗，杰姆？"

杰姆好像忽然从恍惚中醒过来。他把德拉搂在怀里。为了不让读者感到尴尬，让我们花十秒钟工夫来谈谈一些无关紧要的东西吧。每周八块钱的房租，或者每年一百万块钱的房租——其中有什么区别？一个数学家或是一个滑稽家可能给你一个不同的答复。麦琪带来了珍贵的礼物，但是其中没有那样东西。这句晦涩的话，下文将有说明。

杰姆从大衣口袋里掏出一包东西，把它扔在桌上。

"不要对我有任何误会，德拉，"他说，"不管你的头发剪掉与否，我对你的爱是绝不会改变的。但是，你打开那包东西，就会明白，刚才我为什么会愣住了。"

白皙的手指敏捷地撕开了绳子和包皮纸。接着是一声狂喜的叫喊，紧接着转成女性神经质的号哭。很显然，需要男主人公来安慰她。

原来，德拉打开礼物包装，摆在眼前的是那套插在头发上的梳子——全套的发梳，两鬓用的，后面用的，应有尽有；那是百老汇路一个橱窗里的、德拉渴望了好久的东西。纯玳瑁做的、边上镶着珠宝的美丽的发梳——配那已经失去的美发，颜色恰恰合适。她知道这套发梳是很贵重的，而且已经向往很久了，但是从来没有想占有它的愿望。现在居然为她所有了，可是，那需要用来装饰的头发却已不存在了。

但是德拉还是把它紧紧地抱在胸前。隔了好久，她才抬起迷蒙的泪眼，微笑着对杰姆说："我的头发长得很快的，杰姆！"

接着，德拉像一只挨了烫的小猫似的跳了起来，喊道："噢！噢！"

杰姆还没有看到送给他的美丽礼物呢！她热切地把它托在自己的掌心上递给他。这无知无觉的贵重金属似乎闪闪地反映着她的快活和热诚的神情。

"漂亮吗？杰姆？我跑遍了全城才找到它，从今往后你每天要把表看上一百次。把你的表拿给我，我要看看配上它是什么样子！"

杰姆并没有照她的话去做，而是倒在小榻上，双手枕着头，脸上带着些微苦涩的微笑。

"德拉，"他说，"让我们把圣诞节的礼物搁在一边，暂时保存起来。它们实在太好了，现在用了未免可惜。我是卖了金表换了钱给你买的发梳。现在请你煎肉排吧！"

那三位麦琪，读者都知道，全是非常有智慧的人。他们带来礼物，送给生在马槽里的圣婴耶稣。他们首创了圣诞节馈赠礼物的风俗，他们既然有智慧，他们的礼物无疑也是聪明的，可能还附带一种碰上收到同样的东西时可以交换的权利。我在这里向读者叙述了一个没有曲折、不足为奇的故事；那两个住在一间公寓里的人，极不聪明地为了对方牺牲了他们家里最宝贵的东西。但是，让我对目前一般聪明人说一句最后的话，在所有的馈赠礼物的人当中，他们两个是最聪明的；在一切接受礼物的人当中，他们也是最聪明的。他们就是麦琪。

我所发现的生活

―― ［美国］ 马克·吐温

> 穷男孩在银行门口拾到一个别针，
> 银行家不但将女儿许配给了他，
> 还将自己的遗产全部留给了他。
> 我效仿那个男孩去银行门口拾别针，
> 却遭遇不幸和难堪。

　　他在费城长大，童年生活过得很是困苦。那日，他走进一家银行，问道，"劳驾，先生，我可以在您这里工作吗？"一位仪表堂堂的人彬彬有礼地回答说："不，孩子，我想我们的工作人员已经够了。"

　　难过、遗憾在孩子的脸上表露无遗，他只能拼命吸吮那根用一分钱买来的甘草棒糖，要知道从善良虔诚的姑妈那里偷来一分钱并不是件容易的事情。大滴大滴的眼泪从孩子面颊上流过，孩子忍着不出一声。他沿着银行那洁白的大理石台阶跳下来。那个银行家用很优雅的姿势弯腰躲到了门后，也许是怕被孩子扔来的石子打到。孩子又拾起一件什么东西，却把它揣进那又破又旧而且颜色褪了一大半的上衣里去了。

　　"过来！小孩儿。"孩子真地过去了。银行家问道："告诉我你拾到了什么？"孩子回答："只是一个别针，我想你不会喜欢的。"银行家说："孩子，你是个乖孩子吗？""当然。"孩子回答。银行家又问："你相信主吗？——我是说，你上不上主日学校？""是的，我上，我当然上。"

　　接着，银行家取来了一枝用纯金做的钢笔，用纯净的墨水在纸上写了个"St. Peter"的字眼，问小孩是什么意思。"咸彼得。"那孩子在几秒钟后轻轻回答。银行家告诉他这个字是"圣彼得"，孩子说了声"噢"，显然他知道自己先前念错了。

　　然而这个男孩并没有因此被银行家耻笑，相反，后来男孩成了那位"绅士"的合伙人，得到了他百分之十的投资利润以及他的女儿。当然，说到今天，银行家的全部都属于他的了。

听完叔叔的这个故事，我花了一个半月的时间在城市的一家银行门口找别针儿。我盼着哪个银行家会把我叫进去，问我："小孩子，你是个乖孩子吗？"我就回答："当然。"他要是问我"St. John"是什么意思？我就说是"咸约翰"。然而我今天碰上的这个银行家绝非故事中的人物，而且他并不是仪表堂堂，他的相貌、谈吐让我相信他应该会有一个女妖一样的孩子。因为那天他对我说："小孩子，你捡什么呀？"我非常谦恭有礼地说："是一个别针，别针，你知道吗？就是这个。"他说："让我看看。"说着他把别针拿了过去。我摘下了帽子，已经准备跟着他走进银行，变成他的合伙人，再娶他女儿为妻子。但是，噢，天啊！你知道他说了什么？他说："别针是属于银行的，我是这所银行的主人，而你这脏得要命的小东西应该滚远点，下次再见面，也许狗会来招待一下你。"看来没有再和他交谈的价值了，于是我离开了，这就是我发现的生活。那个混蛋不但没有给我一分钱，还拿走了我从商店刚买来的别针。

小布托拉

——［美国］罗·吉卜林

小布拉托带着瞎眼的妹妹四处讨饭，
在仍旧一天天挨饿的情况下，
他把妹妹推进了井里淹死，
而他则被扭送到法庭。

　　小布托拉的案子并没有在英国报纸上刊登出来，也许他的死活并不会对英国国民的生活构成丝毫影响。在法院的红房子里，一个酷热得足以令人窒息的下午，陪审员们坐在小布托拉面前。不论什么时候陪审员向布托拉提个问题，他总是行个额手礼，再悲悲惨惨地回答。最后，陪审员们的裁决是证据不足，而法官也同意这个裁决。事实如此，小布托拉的妹妹的尸体是在井底发现的，一个美丽的姑娘就那样永远地躺在那里了，而作为方圆半英里的唯一在场者，小布托拉理所当然会成为众矢之的。幸好，法庭认为小姑娘是偶然掉进井里的，也正因为他们这样认为，小布托拉就被释放了。人们告诉他说，他愿意到哪里就到哪里去。这是一句多么令人开心的语言啊，尤其是在那样的一所红房子里听到的，而且这句话已经是没有吃、没有穿、没有住的小布托拉先生唯一拥有的了。

　　小布托拉在法庭院子里的那口破井旁蹒跚着，寻思着如果跳进井下的黑水里淹不死，会不会导致在苦海般的黑水里挣扎一辈子。有个马夫把一只吃空了的马粮口袋放在砖堆上，现在那也许比跳井更加吸引小布托拉，而且他这么做了，粗糙的双手一遍又一遍地搜刮着那个袋子，寻找他今天的"晚餐"。

　　马夫喊道："喂！小偷！刚从法院释放出来的小偷！过来！"小布托拉被揪着耳朵带到一个高大肥胖的英国人面前，马夫对英国人讲了一遍小布托拉偷吃马粮的事。

　　"哈！哈！哈！"英国人大笑三声，"用那网把这死猪带回我们的宫殿去。"于是，小布托拉被扔进大车上的网里，毫无疑问他像只猪一样被紧紧捆住，然后被拉到英国人家里。"喂！"英国人大嗓门吆喝着，"用你们的麦粒喂喂这小要饭的，也许他可以为我们赶马车。我的上帝呀！湿麦粒。"

美美地饱餐一顿后，仆人们回到自己的住处休息。那是主人房后的一块小空间，又湿又潮，老鼠经常光顾这里。这时，马夫头对小布托拉说："讲讲你自己是怎么回事吧！你不是马夫贱民出身，你要不是想填满肚子，你是不会当马夫的。你怎么进法院的？为什么来这儿？快回答，你这个小混蛋！"

"这里真是个天堂，不是吗？"小布托拉轻声说。

"说老实话，"马夫头吼道，"你是不是要和那匹疯狂的大红马呆一会儿？"

"我说，我家里是以榨油那点钱来维持生计的。"小布托拉一边说，一边在尘土里蹭着脚趾头，"我们家原来是榨油的。我爸爸、我妈妈、我哥哥、我自己，还有我妹妹共同生活。"

"你说的妹妹是那个案子的被害者，对吗？"一个曾听到审讯的马夫问道。

"一点没错，"小布托拉阴沉地回答，"我妹妹就是死在井里的那个小女孩。几年前，天花席卷了我们的村子，弄瞎了我妹妹的眼睛。剩下我们几个孩子孤苦伶仃地生活，我哥哥12岁，我才8岁，还有那个瞎眼的妹妹。但是，当时牛和榨油机还在，我们就凑合着跟从前一样榨油谋生。可是索荣·达斯，那个粮食贩子，同我们做买卖，把我们骗了。那头牛是个不好赶的家伙。为了使一切都好起来，我们听了那混蛋的劝告，做了一切该做的，却因此失去了我们仅剩存的东西，那个混蛋！"

"骗子！"马夫们的妻子都在窃窃私语，"糊弄一群孩子！上帝一定会惩罚他，让他下地狱！"

"榨油机是台旧机器，而我们——我哥哥和我，也不是什么有力气的人。我们无法把大梁的端部牢牢地固定在槽里。"

"你根本无法做到那点，"穿着华丽衣裳的马夫头目的妻子加入了谈话的人群，插了一句，"即使是我丈夫也很难做到，你们怎么能……"

"行了，亲爱的！"马夫头喝道，"讲下去，孩子！"

"事情就是那样，"小布托拉说，"有一天，大梁压塌了屋顶，什么时候我记不住了。随着屋顶倒塌，大部分墙也倒了下来。屋顶和墙砸在我们的牛身上，牛从此就废了。因此，我们就更加贫穷了——只剩下我哥哥、我自己和瞎眼的妹妹。我们哭着离开那个地方，手拉着手，穿过田野。那时我们身上只剩下七个卢比了。最后我们来到了一块贫穷的地方，当然，那儿的名字我们不得而知。结果，在一个夜晚，当我们睡着了时候，我哥哥拿了我们仅剩的七个卢比逃跑了。我不知道他去了什么地方，但我相信，他一定会受到应有的惩罚。我和妹妹在村里要饭，仍是一天天挨饿。人们都说：'到英国人那里去，他们会给吃的。'我不知道英国人什么样子，但是人们都说英国人是白人，住在帐篷里。我去了，但我现在说不清去了什么地方。有那么几天我们好像已经不饿了，也有可能是饿惯了，没感觉了。在一个闷热的夜晚，妹妹又哭着要吃的。鬼使神差地，我们来到一个井边，我叫她坐在井栏上，就猛地把她推进井里。我想对于瞎眼的她来说，去天堂也许会使她少受许多的苦。"

"呜！呜！"马夫的妻子们一块哭了起来，"是他把自己的妹妹推进井里的，因为死了比活着挨饿强。天哪！为什么，为什么会这样！"

"本来我也不想活了，但是她当时没死，从井底喊我。我一害怕，就跑了。有个人从庄稼地里跑出来说，我把她给害死了，还把水给弄脏了。人们把我带到一个英国人面前，他是白人，样子可怕、丑陋，住在帐篷里，他和他的伙伴把我扭送进法院，告我谋杀，但是看起来他们的证据并不充分！"

"多可怜的孩子呀！"马夫头目的妻子说，"我是说你那么虚弱，那么小，你怎么会做出那样的事情呢？

"说实话，刚才饿坏我了，可现在肚子填饱了。"小布托拉一边说，一边躺在土地上伸伸四肢，"我想睡觉了。"

小布托拉确实累坏了，他很快地就进入了梦乡，仿佛他周围的人们都不存在。

浪　子

—— ［美国］华·欧文

> 陶洛丽斯养的鸽子在头一次放飞后，
> 便一天一夜没有回来，它的孩子也因此死去，
> 作为对它的惩罚和防止它再度离家出走，
> 陶洛丽斯剪短了它的翅膀。

现在，美丽温柔的陶洛丽斯的脸上布满忧愁，就像晴空中的一片乌云，那真是一场灾难，而这一切正发生在阿尔罕拉宫里面。这位小姑娘有一种女性的癖好，那就是喜欢养各种各样的小动物。阿尔罕伯拉宫有一座废弃的宫殿，那里是她和小动物的天堂。那只雍容华贵的孔雀和它的配偶似乎已经成为了那里的王者，拥有至高无上的权力，统治着爱炫耀的火鸡、性子暴躁的珠鸡和一大群乱七八糟的普通的鸡种。但是，有一个时期，陶洛丽斯的宠爱完全集中在一对最近婚配的小鸽子身上，这使她无法挤出更多的时间去照顾其他可爱的小动物。

她做了一个非常精美的小房子来作为这对新人的爱巢，窗口朝着一座幽静的摩尔式庭院。这对新人幸福地住在里面，对房子外面晴空万里的天空一无所知，也许也从未想过要飞到城市的上空去和高大的山峰一争高低。后来，它们这种纯洁的结合产生了两枚洁净无瑕的乳白色的鸽蛋，这时，抚育它们的小女主人应该是除了鸽子以外的最快乐的人了。在这段很有趣的时间当中，可说没有什么能比这对少年新婚夫妇的行为更值得赞扬的了。它们轮班蹲在窝里，直到小生命破壳而出。当羽毛未生的雏鸟还需要温暖和掩护的时候，这对父母就开始分工协作，带回来的东西往往可以使全家美美地吃上一顿。

下面的故事就要谈谈我们美丽的女主人为何这般不快乐了。这天清早，陶洛丽斯正在喂公鸽子，她忽然想到要使它瞧瞧这个伟大的世界。于是，她打开了俯瞰达罗山谷的那扇窗户，一下子把它扔到阿尔罕伯拉宫的墙外面。

当时，这只受惊的小鸟有生以来头一次被逼得非把全部力量使出来不可。它在空中来来去去，自由翻腾，它从来没飞得这样高过，当然也就没体验过这样的飞行乐趣。这时，它就像一个极度贫穷的人一下子拥有了百万产业不知如何挥霍一般，被面前突然呈现的那片无边无际的可以施展身手的天空，搞得眼花缭乱了。这一整天，它一直在尽情地飞翔，到处盘旋，由这座高楼飞到那座高楼，由这个树梢飞到那个树梢。女主人用尽办法招呼它飞回城堡，但是这些办法的效果显然无效，即使是它美丽的妻子也不能令它变心。使陶洛丽斯更加焦急的是，另外有两只强盗鸽子和它结成了一道，这种家伙专门会引诱飘零的鸽子到它们自己窝里去。这只欣喜若狂的鸽子，正像一般初次踏进社会、毫无头脑的青年人一样，对于那些新结交的堕落的同伴是非常信任，并急于跟随他们去见识广阔的世界。它已经和它们飞遍了格拉那达的每一家房顶、每一座塔尖。暴风雨来了，它也不想回家，夜幕将临的时候，它还是没有回来。它温柔的伴侣有了一个重大的决定，它要出去，去告诉丈夫，家里还有对它的期盼与等待，它应该回来。但是，她耽误太久，雏鸟由于失去父母怀抱的温暖和掩护而夭折了。

晚上很迟了，女主人得到了最新消息，有人看见这只游荡的鸽子在琴纳拉莱夫宫的高楼上，碰巧那座古宫的管理人也有一间鸽子棚，其中正好有两三只这种四处勾引的鸽子，好多鸽子都因此而受害。"自己的鸽子被勾引走了。"陶洛丽斯马上得出了结论，认为大伙瞧见和她那只游荡的家伙在一块的两只披着羽毛的骗子是琴纳拉莱夫宫里飞出来的。陶洛丽斯在安东尼娅姑娘房间里开了一次作战会议。琴纳莱夫宫和阿尔罕伯拉宫在权限上各不相干，在这两处的主管人之间即使没有嫉妒的话，当然不免也有些拘束的地方。于是陶洛丽斯先决定由派比——花园里的那个口吃的小伙子，作为去见琴纳拉莱夫宫主管人的大使，要求他，如果发现在他的辖区之内有这样一只逃亡的家伙，希望他能把这只鸽子作为阿尔罕伯拉宫的臣民，押送回国。接受了命令的派比出发了，穿过月光笼罩着的树丛，经过一座巨大的山丘，踏上了外交的旅行。不到一个钟头，他就回来了，带回了令人烦闷的情报，说琴纳拉莱夫宫的鸽子棚里，根本没有这样一只鸽子。但主管倒是满口应允会全力以赴帮助寻找。

由于那个不负责任的逃犯，它的女主人失眠了一夜，更可怕的是，整个宫殿都忐忑不安。

当然，世上没有一成不变的事情。早晨我离开房间，头一个遇上的就是陶洛丽斯，她手里抓着那只游荡的鸽子，眼睛里欢喜得闪闪发光，快乐得足以抵消前一天的痛苦。陶洛丽斯放开了手里的鸽子。它在窗外乱飞，是因为自己的行为而不敢飞进窗户吧！可是它这次回来并没有取得大家的信任。从它狼吞虎咽吃着面前的食物的样子来看，情形就像一个浪子，完全是被饥饿逼回家来的。陶洛丽斯虽然怀着女人的天性，一面给它最知心的呵护，可是一面也在责备它这种忘恩负义的行为，用各式各样的话骂它是个浪子。我注意到她已经为了使它再不能够远走高飞，特地剪短了它的翅膀。我对这种防患于未然的方法是绝对赞成的。这种经验适合的又岂止鸽子，对于人来讲不也是至诚、至直的道理吗？

纪 念 册

——［俄国］契诃夫

在周年纪念日上，
日梅霍夫受到了下属们的热烈祝贺，
并被赠送一本珍贵的纪念册，
深受感动的日梅霍夫把纪念册拿回家，
任孩子们随意玩弄。

九品文官克拉捷罗夫，一位极其精瘦的男人，向前迈出一大步，面对四品文官日梅霍夫说道：

"阁下！这些年来，由于您无微不至的关怀与英明领导，我们深受感动，特向您……"

"在您上任后的整整十年期间……"扎库辛提示说。

"在您上任后的整整十年期间，我们这些下级人员感受至深，获益匪浅，特在这个……对您来说……具有重大意义的日子里，把这本贴有我们照片的纪念册赠送给您，以表示我们对您的敬意和深深的感激之情，并祝您长寿，希望在今后的日子里仍能在您的带领下为国家作出贡献。

"由于您在正义和进步的道路上给予我们慈父般的教诲……"扎库辛补充说，随即擦擦脑门上突然冒出来的冷汗，显然，他很想说话，而且显而易见，他已准备好了一篇颂辞，"让您的旗帜在天才、劳动和社会自觉的领域内，永远高高地飘扬！"他最后总结道。

现在，大家可是清清楚楚地看到，在日梅霍夫那历经沧桑的脸上正流着两行泪水。"诸位先生们，"他用发颤的声音说，"我没有料到，我万万没有想到，我这个微不足道的周年纪念日，会受到你们如此热烈的祝贺……我很感动……甚至可以说……非常感动……我永远也不会忘记这个时刻，请你们相信……请你们相信我的话，朋友们，我比任何人都更加希望你们好，我……如果有对不起你们的地方，那也是为了你们好呀……"

于是，四品文官日梅霍夫跟九品文官克拉捷罗夫轻轻地互吻脸颊并拥抱，以示对对方的感激。而这举动让克拉捷罗夫先生激动得难以自抑。接着，长官做了个手势，那意思是说：他由于太激动，说不下去了。于是便失声痛哭起来，仿佛人们不是在向他赠送珍贵的纪念册，而是要把纪念册从他手里夺走似的……后来，他稍微平静下来，也许握手是现在最好的表达方法，而且他已经这样做了。他在众人兴高采烈的欢呼声中，走下台阶，坐上四轮轿式马车离开了。随着马车的一起一伏，刚才的一幕幕又袭上他的心头，并化成泪水，夺眶而出。

然而，我们的男主角先生并没有结束他的周年纪念日，回到家以后，他的家人、亲朋好友都热烈地欢迎他，向他鼓掌欢呼，以至他仿佛觉得，他果真为祖国做了许多好事，倘若不是由于他降生于世，祖国的情况说不定就会更糟。周年纪念日庆祝宴上，碰杯声、颂扬声不绝于耳，又是热烈的拥抱，又是激动的热泪。也许日梅霍夫先生从来没有想过自己会受到如此殊荣，也许永远不会忘记这一时刻。

"先生们！女士们！"在吃甜点心前他说，"今天我非常荣幸地接受了各位的称赞，但同时我又深深地明白，在为国全心全意、不留余力工作的人中，我又是如何的不足为道。这么说吧，我们不是在为一种形式上或字面上的东西服务，而是在为一种天职服务。在我为国效劳的整个期间，我始终不渝地坚持这么一个原则：不是公众为了我们，而是我们为了公众。今天的一切证明我并没有做错，相反，我成功了，而这个成功是千千万万的人们给予我的，我手中的这个纪念册就是我成功的见证！"

此时的这本纪念册就如同金子一样闪闪发亮，吸引着大家的目光。

"真是一本很棒的册子，不是吗？"日梅霍夫的女儿奥利娅说，"我想，它大概能值五十卢布吧。哦，真是太美观啦！爸爸，您把这本纪念册送给我吧。您听见了吗？我要把它珍藏起来……这么好的一本纪念册。"

午宴后奥利娅兴高采烈地回到自己的屋子，手里拿着那本纪念册。第二天纪念册里换成了奥利娅的好朋友的相片，而那些官员的照片横七竖八躺在地上，显得那么无助。

科利亚，这位"四品文官"的儿子，则把那些官员的照片捡起来，用颜料把他们的衣服涂成红色。没有留小胡子的——他给他们画上绿色的小胡子，没有留大胡子的——他给他们画上棕黄色的大胡子。后来实在没地方可以涂抹了，他便干脆把那些官员们从照片上剪下来，在他们的眼睛上钉上大头针，当做玩具士兵玩起游戏来。他将自己的"作品"收集起来，准备让亲爱的父亲一饱眼福。

"爸爸，您来看呀！这简直是一座纪念铜像！"

日梅霍夫哈哈大笑起来，摇晃着身子，仿佛自己儿子正做着一件惊天动地的大事。

"好了，真应该让你姐姐学习一下，她应该和你一样聪明才对。"

劳动、死亡和疾病

—— ［俄国］ 托尔斯泰

上帝造人时，是想让他们衣食无忧过此一生，
结果人们过得并不幸福。
于是上帝又一次次给人们增设了生存条件，
但人们的生活反而恶化。
最后上帝无奈地放弃了世人，人们才开始反省。

如果说哪一个古代传说值得人们去相信，那么有必要先考虑一下南美洲印第安人的传说。

他们说，上帝最初造人是使他们没有必要劳动的，他们既用不着房屋，也无需衣食。他们都能活到 100 岁而不知道疾病为何物。

一段时间后，上帝去瞧他这些新生的"婴儿"。这时候他发现人们生活得并不幸福，倒是互相吵架，各顾自己，各自之间没有一点爱护与关心，埋怨与诅咒弥漫着整个天空。

这时候上帝告诫自己："这是他们各自分开生活的结果。"为了改变这种状况，上帝就把事情安排成这样：为了安安稳稳地过日子，人们一定要好好劳动与工作。为了免去受冻挨饿之苦，他们就不能不建造住处，挖掘土地，栽种果树和谷物了。

"有了劳动协作一切才会真正变好。"上帝心想，"要是他们都是孤身一人，他们就造不了工具，伐不了树，运不来木材也盖不了房子，种不了地也收不了庄稼，纺不了纱、织不了布也做不了衣服。慢慢地他们就会明白，只有团结起来一起劳动，工作才会做得更好，他们的收获就会越多，生活就会越好。这样就会使他们更加坚定信心，彼此协作，共同做好事情。"上帝按照想法作了安排。

又过了一段时间，上帝又来看人们的生活情形，看看他的孩子现在是否幸福了。

而这一次令上帝更加沮丧，因为他发现人们生活得比以前更糟。他们劳动在一起（那是不得已的），但也不是大家都在一起，团体之间为了彼此的目的，你抢我夺。不停的斗争让他们变得更加无情与凶残，而且生活并未因此而转好。

上帝很快又有了新主意，他决定把事情安排得让人们都不知道自己的死期，而随时又都有可能死，并郑重其事地将这个消息告知了他的儿女们。

"如果人们知道自己随时都会死亡，"上帝心想，"人们就会将自己有限的生命用来做些更有意义的事情。"

然而，上帝不得不承认他这一次又失败了，因为当他又来察看人间的情形时，他看到孩子们的生活竟然丝毫没有起色。

由于知道人随时会死这个事实，一部分人便抓紧时间征服了另一些人，成为了所谓的强者。而后杀掉其中一些人，又用死去威胁另外一些人。结果是最强的人和他们的儿孙后代都不劳动，闲散得百无聊赖，而那些弱者却必须拼死命地干活儿，长年不得休息。仇恨已然演变成了质的对立，不快乐的生活伴随着人们度过一天又一天。

看到这些，上帝决定使出最后一招来补救了：他把各式各样的病魔派到了人间。上帝认为，病魔袭来或将要来临的时候，他们就会懂得，那些身体强健的人应该怜悯并且帮助那些患病的人，只有这样，同样的爱心会在同样的情况下来光顾你自己。

上帝又走了，但是当他回来看看人们有了得病危险以后的生活情形时，他已彻底失望了。上帝的本意原是要让疾病使人们联合起来，现在呢，事实恰恰相反。那些强健得足以迫使别人劳动的人，得病时就强迫不如他们的人来侍候自己，但是别人得病时，他们并不会释放一丝一毫的关心与帮助。那些被迫替别人劳动、在别人生病时又被迫去侍候他们的人，工作是如此地劳累，甚至当他们成为病魔的寄生体时，都无法腾出时间去对抗它。为了使患病的病人不致妨碍身体强健的人行乐，人们就把病人和健康的人的房子远远分开。实际上只要有一点点的怜爱与关怀，哪怕是一丝一毫也可以相应地减轻病者的痛楚，而现在这些病人只有在他们的房子里受苦，死在雇来看护他们的那些人的怀里了。这些雇来的人不仅没有热情，甚至还带着厌恶的心情。病菌的传染使人们不得不做出更多的隔离措施，而这一切使人与人的间隙越来越大。

此时，上帝真的生气了："如果这一招还不能使人们懂得他们的幸福所在，那么就让苦难来教训他们吧。"上帝放弃了人们，同时也放弃了手中的苦难，将它撒向人间。

被撒下的人们显得很孤独，他们开始反省，并逐渐开始明白，他们大家是应该，而且也是可以过得幸福的。只是到了最近，才有少数几个人懂得，劳动应该是快乐的而且要积极主动。它应该是使所有的人都联合起来的共同的乐事。他们开始懂得，面对死亡，大家唯一合乎理性的事，就是在团结和友爱中度过我们有生之年的每分每秒。他们开始懂得，病魔来临时，团结友爱比彼此隔开要有效百倍。

白　菜　汤

—— ［俄国］屠格涅夫

在地主太太看来，
做母亲的在儿子死后还能吃下白菜汤，实在是铁石心肠，
而死者母亲吃白菜汤的理由是汤中含有盐，不该浪费。

瓦西亚是这个村庄里一名年轻有为的男子，然而他现在永远地安息了，当然母亲无法去陪他。农家的不幸遭遇被地主太太知道了。为了安慰这可怜的母亲，地主太太决定去展示她那女性独有的同情心。

那母亲在家里。

屋子里空荡荡的，只有中间有一张破木头桌子，母亲稳稳地坐在那里，伸着右手，不慌不忙地从一只漆黑的大锅里盛起稀薄的白菜汤来，一勺一勺地吞下肚里去，她看上去严重营养不良，脸色像是得过肝炎一样。

她的脸颊很消瘦，颜色也阴暗，眼睛红肿着。然而她的身子却挺得笔直，直得只有在教堂才能见得到。

"天呀！"地主太太想道，"她在这种时候还能够吃东西……她们这种人真是没肝没肺，铁石心肠！"

这时，一些回忆浮上心头。几年前，她死掉了9岁的小女儿，她很悲痛，她不肯住到彼得堡郊外美丽的别墅去，她宁愿在城里度过整个夏天。而眼前这个母亲竟把白菜汤看得比他儿子的死还重要！

至此，地主太太实在忍不住了。"达地安娜，"她说，"主呀，你真叫我吃惊！难道你真的不爱你儿子吗？你怎么还有这样好的胃口？你是如何在这个时候吞下那些让人倒胃口的白菜汤的？"

"我的瓦西亚死了，"妇人黯然地说，悲哀的眼泪又沿着脸颊流下来，"自然我的日子也完了，我活活地给人把心掏了去，然而汤是不该糟蹋的，里面还有盐呢。"

地主太太无言以对，心想："真是活见鬼了，那不过是盐而已嘛！"

幻 想 曲

——［前苏联］高尔基

> 树上麻雀在欢快地交谈，
> 蹲在房顶的乌鸦不时插上两句，
> 灰雀、云雀也加入进来，再加上金翅雀，
> 流动的小溪，场面十分热闹。

清晨阳光普照的时候，树上的麻雀就像久违的友人一样，抓紧一切时间来吵闹。邻家房顶的马头形木雕上，蹲着一只令人尊敬的乌鸦，他一面倾听这些灰头土脸的小鸟儿的谈话，一面妄自尊大地摇晃着头。充满阳光的空气，把每一种声音都送进我的房间：我听见溪水潺潺的奔流声，我听见树枝轻轻的簌簌声，我听见屋外的小鸟正在谈论着什么，而此时，我正沐浴在温暖的阳光里。

"唧唧——唧！"一只老麻雀在对他的同伴说，"一切又过去了，春天始终会为我们而来的……难道不是吗？唧唧——唧唧！"

"乌哇——是事实，乌哇——是事实！"那只乌鸦故做潇洒地表明自己的想法。

这种笨鸟一向随声附和，没什么主见。她像大多数乌鸦一样，天生就是一个白痴，而且胆小得很。然而，她在社会上占有一个美好的地位，每年冬天她都要为那些可怜的寒鸦和老鸽子举行某些"慈善"活动。

相比之下，外表随便、内心崇尚自由的麻雀则显得优秀得多，聪明就更不必说了。他们在乌鸦旁边跳来蹦去，装出尊敬的样子，但在内心的深处，他们明白乌鸦的丑行，并且私下认为在背后说她们点坏话是一件快乐的事情。

这时，在窗檐上的一只年轻爱打扮的公鸽，正热情地说服那只腼腆的母鸽：

"我是爱你的，你应该明白，没有你的爱，我会因为孤独与绝望而在生死之间挣扎。"

"我尊敬的夫人，我要告诉你，金翅雀们飞来啦！"麻雀禀报说。

"乌哇——事实！"乌鸦不知趣地随声说道。

"看来那帮吵吵闹闹、来往穿梭的金翅雀真的来了，这是一群永远不能安静下来的鸟儿！何况还有尾随其后的山雀……正像往常一样……嘿……昨天，您晓得，我开玩笑地问过其中一只金翅雀：'怎么，亲爱的，你们飞出来啦？'可他的回答却毫无礼貌可言……这些家伙，交谈起来完全不考虑官衔、称号和社会地位……我呢，不过是一只家雀……"就在这时候，从房顶的烟囱后面，突然出现了一只年轻的大公鸡，他压低嗓门报告说："作为大家的监督者，我必须不辞劳苦地细听各处动物的交谈，并且严密注意他们的行动，我荣幸地报告诸位，即上述金翅雀们，正在不自量力地谈论着大地的复苏与冬天的离去。"

"唧——唧唧"麻雀叫了一声，忐忑不安地望着这个告密者。而乌鸦则善意地摇晃着头。

"我想你应该明白，春天和冬天是在不停地交替着……"老麻雀说。

"至于讲到整个大自然的苏醒——这……当然，是件令人高兴的事……假如这能得到那些主管部门许可的话……"

"乌哇！是事实！"乌鸦说道，它感激地看了这边朋友一眼。

"这话真是太完美了，当然，仍有一点遗漏，"大公鸡又继续说，"上述那些金翅雀，对他们要饮水止渴的溪流——据说有些混浊——表示不满，其中有几个甚至胆敢妄想自由……"

"啊呀！真是不知满足的家伙！"老麻雀叫喊道，"这是由于他们年轻无知，说起话来不管不顾。我也有过年轻的时代，也曾经梦想过这一切！"

"梦想过——什么？"

"梦想过宪——宪——宪——宪——宪——"

"宪法？"

"只是梦想过！只不过是梦想而已，先生！不用说——曾经有所梦想过……但是后来这一切都只能化作一团泡影，出现了另外一个'它'，更为现实的'它'……嘿——嘿——嘿！您知道，对不起，对麻雀来说，这点也许比梦想更有吸引力。"

一声不同凡响的清脆的叫声划破天空。在菩提树的树枝上，出现了一只四等文官灰雀，他体谅下情地向鸟儿们点头行了个礼，就聚在一起相互交谈："哎！先生们，你们没——没有注——注意到，空气里有股气味吗？哎……"

"春天空气的气味，大人阁下！"麻雀说，而乌鸦郁闷不乐地把头一歪，用温柔的声音叫了一声，好像绵羊在哞叫："乌哇——是事实！"

"噢，是吗？那天我亲爱的世袭的鸥鹦兄弟也是这样发表言论的，当时，我们正在打牌。我就回答说：'让我们看一看，闻一闻，弄个明白！'我说得很有道理吧？"

"那当然了，要不然，您怎么会是大人阁下呢？"老麻雀毕恭毕敬地表示意见，"大人阁下，任何时候都必须等一等……"

这时，碧空中落下一只云雀，落在花园里融雪的地面上，他忧心忡忡地在地上跑来跑去，喃喃地说道："天亮了，天亮了……黑夜发白了，黑夜颤抖了，于是沉重的夜幕，如同阳光下的冰块，渐渐消失。我们将以愉快的心情充满希望迎接明天，迎接自由……"

"这——这是一只什么鸟儿？"灰雀眯缝起眼睛问道。

"是云雀，大人阁下！"大公鸦从烟囱后面探出头来严肃地说。

"是诗人，大人阁下！"麻雀又轻快地说道。

灰雀斜眼看了看这位诗人，叽叽喳喳地叫道：

"讨厌……真是一只讨厌的下流货！什么明天，什么太阳，什么自由，是这样的吧？"

"对，大人阁下！"大公鸦肯定了一句，"他是想在年轻的小鸟儿心中，唤起那些毫无根据的希望，大人阁下！"

"既可耻又……愚蠢！"

"完全正确，大人阁下，"老麻雀应和着，"愚蠢之极！阁下，那么不着边际，不明确的自由，真是让人莫名其妙！"

"可是，假如我没有记错的话，好像，你自己也曾经号召大家向往过它。"

"乌哇——是事实！"乌鸦突然叫道。

麻雀感到有些狼狈不堪。

"是的，大人阁下，我确实有一次这样号召过……我是说应该有一次……但也许……"

"啊……那是怎么回事？"

"您知道我并不是那种人，是的，我不是的！那是因为……大人阁下！那是在葡萄酒热气的影响……也就是说，在它的压力之下……而且是有限制地号召的，大人阁下！您一定会明白的！"

"标语是怎么说的？"

"自由万岁！"然后立即大声地补充了一句："在法律限制的范围以内！"

也许可怜的老麻雀此时求助乌鸦是个明智的选择，于是，它的眼光不由自主地向乌鸦望去。

"对，大人阁下！"乌鸦回答道。

"我，大人阁下，作为一只七等文官老麻雀，遵从命令，服从指挥，当然是听从您的指挥才是我的目标，其他的什么自由，并没有列入我荣幸任职的那个部门的研究范围之内。"

"乌哇——是事实!"乌鸦又叫了一声,要知道,不管她肯定与否定,对她没丝毫影响。

其间一条条溪水正沿着街道在轻快地流淌着,它们轻声唱着关于大河的歌曲,唱着在明天的某一个时候,它们将在广阔的海洋中汇合,而后过着重复但又快乐的日子!

在花园的角落里,在老菩提树的树枝上,坐着一群金翅雀,其中有一只带有鼓舞力地正向同伴们唱着他从什么地方听来的一首关于海燕的歌。

诱　饵

────[前苏联] 左琴科

电车上一个农妇用一个包作诱饵，
引诱小偷上钩。
但这次，却被我的好心无意破坏，
她败兴而去，我却依然糊涂。

人们常说："坐火车不坐车尾，乘公车不坐车头。"在选择电车方面我支持后者。

因为后车厢的乘客多半是些好心肠的人。

比起后车厢，前车厢就显得毫无乐趣，郁闷难受，而且老担心踩了人家的脚；在挂车里倒是自由自在、心情愉快，只要没有你特别讨厌的人，基本上你不会去踩别人的脚。

而且后车厢的人们特别健谈，和他们呆在一起总能听到许多奇闻趣事，偶尔听到些哲学、古文学方面的谈话也不会让人觉得厌烦。

前不久我乘坐四路电车。坐在我对面的是两个农民，一个拿把锯子，另一个拿着啤酒瓶。酒瓶是空的，这人拿在手里，不是手指轻弹着不成曲的声音，就是左脚还跟着声音一下一下地打着拍子。

坐在我身旁的是一位农妇，披着红色的头巾。她神情倦怠，毫无生气。她的眼睛总是缓慢地睁开，然后闭上。农妇旁边放着一包东西，用报纸包着，上面还捆了绳子。这包东西放在离她一尺的地方。农妇不时斜着眼瞅它。

"大娘！"我对这位农妇说，"当心那包被别人拿走了。您抱着它会不会更好点呢？"

那农妇厌烦地瞥了我一眼，做了个神秘的手势，示意我不要多管闲事，接着就又恢复了原来的神情，闭上了眼睛。

过了一会儿，她又极端不满地瞅着我说："你打乱了我的计划，你这鬼家伙！"

我很生气，本欲与她理论，但农妇却接着刻薄地补充说："要是我故意把这包东西搁在那儿，你管得着吗？其实我并没有打瞌睡，一切都看得清清楚楚，那一切都不过是我的圈套呢?"

"可这是为什么?"我觉得很诧异。

"怎么,怎么……"农妇用滑稽的样子对着我说,"要是我想用这包东西抓小偷呢?……"

乘客们此时都很好奇地看着这一奇怪的人。

"这到底是什么宝贝呀?"拿酒瓶的那位认真地问道。

"好吧!让我解释一下!"农妇说,"也许我是故意塞些破布烂骨头呢……小偷也搞不清里面装的是啥玩意儿,他见到什么就偷什么……这我知道,你们别抬杠,我做这件事情已经有好几天了……"

"啊?那么,有人上钩吗?"另一个乘客急忙问道。

"难道你认为我会白做这件事而毫无结果吗?"农妇神气起来说道,"肯定有……前几天就有个贪心的女人中了我的圈套……年纪那么轻,长得挺漂亮,乌黑的头发……我一瞧,这女人转来转去的。后来,她抓起包就走……'啊哈!'我说,'上钩啦!你这个贱东西看你往哪里跑。'"

"电车里容不下那群混蛋!"拿锯子的那位气冲冲地说。

"从电车上把他们踢出去有啥用?"一个乘客插话说,"警察局才是他们该去的地方。"

"除了那里,我想不出还有什么地方可送,"那位农妇说,"一定要送警察局……还有个男人也上了钩……看样子他倒像个好人,面目和善……但仍经不起诱惑。他先抓起包包,拿在手里,让人家以为是他自己的。我装做什么都没看见。后来他站起来,悄悄地准备溜开。这时,我站了起来:'喂!先生,你上钩啦!'他当时就无地自容了。"

"这么说,你是用小鱼钓大鱼啊?"拿酒瓶的人微微一笑,"您一定收获不小吧?"

"我不是说了吗,"农妇说,"很多人上当!"

这时电车陡然停住,原来是到了一站,农妇眨了眨眼,望了望窗外,急急忙忙起身下车。

临下车时,她又气冲冲地望了我一眼,说:"你打乱了我的计划,鬼家伙!你在车里这么一嚷嚷,很显然,如果再等下去我也是一无所获,真不知道怎么会碰上你这种人!"

她走了以后,有人诧异地说:"伙计们,她干吗要这样呢?是想清除小偷吗?"

另一个乘客不屑一顾地笑了笑,回答说:

"不,她不过是想让周围所有的人都来偷那破包儿。"

拿锯子的人气冲冲地说:"陈旧的制度总会在这种人身上表露无遗!"

39

两所客栈

——［法国］都　德

两所客栈：

一所宾朋满座，热闹异常，

一所门可罗雀，冷冷清清。

我走进了那所冷清的客栈，见到了愁苦满面的女店主，

她向我讲述了两所客栈和她的故事。

要知道七月的午后是最让人难以忍受的，而我正走在归途中。酷热的空气低低地压罩着大地，白热的大道向前延伸，直伸至目力不及的地方，那条路高低不平，满是沧桑，在橄榄林和桦树林的园地间，在金辉四射的太阳下，没有地方让你感觉凉快，只觉得燥热的空气在振荡着，周围只有昆虫们不知疲倦地歌唱，令人烦躁，令人不安。我已经在这沙漠中走了两个小时了，突然有一片白色的房子在我面前浮现出来，与暗淡的尘土的颜色相比，真是令人眼前一亮。这就是所谓圣维桑的换马处：五六家农舍，红屋脊的长仓房和一条干了的水槽，在枯萎的无花果的矮林中，那小村落的边界上有两所大客店，像侍卫一样守着"城门"。

外形相像的两所客栈却展示着截然不同的两种景象。大道的那一边，是一所高大的新建筑，尽是热闹、生动的气象，门都敞着，门前停着马车，汗气蒸腾的马已卸下了辔头，远客们在大道旁酣饮畅谈。庭院里挤满了骡马和车辆，车夫在地下躺着，等候那夜间的凉气，屋里溢出狂暴的呼号、诅咒，酒杯在叮当地相碰，拳头在乱击着桌子，瓶塞不时地砰发，台球在滚着。但这一切杂音在那动人的歌声里都显得那么无力。

"美丽的小玛葛汀，

和明媚的清晨同醒了。

手提灿烂的银瓶，

轻盈地走向井边去了。"

如果不是眼力极佳，一定不会注意对面的这座建筑也是客栈。大门前乱草丛生，百叶窗扇都已破碎，一株脱皮的冬青树横悬在门上，犹如一束用旧了的帽羽，门阶上堆着没用的破石头。在这种地方停留喝茶的人，一定不是因为对它倾心。

推开门，四周满是蜘蛛网，从三个没有帘子的窗口中透进些微光，使得屋子越显得让人无法忍受。几张颠簸的桌子上面放着积满灰尘的破玻璃杯，一张荒废的球台放置一角，四只小袋张着口，我想它们一定好久没有吃到东西了。一张黄色小木床和一张书桌，似乎都在那里打瞌睡，毫无生气。呵，苍蝇！好多的苍蝇，无处不是，有幸见到这么多的苍蝇，也算是一种奇观。我推开门时，嗡嗡声不绝于耳，令人难以平静，尤其是在这样的环境里面。

在这房子尽头，窗子附近，有一个妇人紧靠窗子站着，眼睛茫然地向外边张望，我叫了她两声："喂！女店主！喂！女店主！"

她一定非常老了，从她转身的动作来看是这样的，皱痕满面，容色灰暗，她戴着一顶打着补丁的长帽子，和我们邻家的妇人所戴的一个样。经过仔细观察，我发现她并不是一个老妇，但重重的悲哀使她完全衰老下来了。

"你要什么？"她很疲惫地说。

"我想在这里休息，如果有杯酒或菜那就太棒了。"

她惊愕地注视着我，还是立着不动，像是没有听懂我的意思。

"这是个客栈，不是吗？"我问。

妇人长叹了一声。

41

"若你当它是，那就当它是个客栈吧！但是为什么你不和大家一样到对面去呢？那里才有你们想要的。"

"这热闹可不适合我，我愿意到这边来一个人静静。"

也不等她的答复，我就在一张桌子旁边坐下。

确定了我的真实来意，这女店主才显出忙碌的样子。她来回走动，开门放风，打开酒瓶，将啤酒倒进刚擦干净的杯子里。看来，在这些活中，最困难的是驱赶那成千上万只苍蝇。今天这里来了一位客人，显然是一件惊人的事情。这忧伤的老女人不时停步，又重新走开，我知道她是在竭力为我服务。

随着她进里屋的脚步声，一连串的声响随之而来，我听到她在摸索锁孔，在开面包箱，在擦拭盘子，时时传来沉痛的悲叹和低低的抽泣。

我已经记不起过了多久，我面前有了一盘葡萄干，一块石头一样硬的干面包，还有一瓶新制出来的美味的酸酒。

"总算做好了。"这古怪的老妇说，她随即又回到窗口去了。出于好奇，喝酒的同时，我极力和她聊些话题。

"可怜的女店主呵，不常有人到你这里来罢？"

"啊！直到今天你还是第一位，比起从前真差得远了。我们这里本是换马的处所，野鸭季里还要替打猎的人们预备晚餐，终年有牛马在这里来来往往，但这好日子只持续到了对面那家开张之前。客人都跑到对面去了，觉得这里太无趣味。不过说实在的，这屋子里确实没有一点儿快乐。我既长得不好看，又爱得病，我的两个小女孩也都死了。对面店里可大不相同，他们终日地欢笑，有一个从阿莱那里来的女人——一个美貌的女人，衣上镶着好看的花边，三串金珠环挂在雪白的脖子上。驿车车夫都是她的情人，所以车夫都把车子赶到那边去了。她又雇了几个轻贱的女孩做招待，怎能不得顾客的欢心？各地的少年客都被引诱得神魂颠倒了，车夫们不惜绕着远道在她的门前经过。但是我呢，终日看不见一个人，除了从窗户向外看，我不知道还能做些什么？"

在她冷漠、失落地讲述这段故事时，她的前额还紧紧地压着玻璃，显然，她很在意外面的情景。

突然，本就不安静的大街上变得更加嘈杂异常。我听见鞭声在空中爆裂，御者的角声呜呜，跑到门外的女孩们都喊道："我爱你们！记得再来！"那里又发出一种洪亮的歌声，压下了别的声音，就是我刚才所听见过的：

"她手提灿烂的银瓶，
轻盈地走向井边去了，
远处有三个兵士走近，
这时她还没有看见。"

这首歌对女主人的影响一定很大，因为她浑身在发抖。她回过身来对我说道：

"我那英俊的丈夫到老唱歌还是那么好听。"

此时，食物已经吸引不了我了，我为她这句话惊呆了。

"什么？你的丈夫？你说他也上那边去了吗？"

她脸上现出悲伤的神情，但又柔声答道：

"是的，是这样的。他离开了这里，去了对面那个婊子那里，自从两个女孩死后，我朝夕只是悲泣。这所屋里充满了忧郁和苦痛，怎么会招引客人呢？他受不了这样的烦闷，我可怜的约瑟就跑过大道去喝酒了，后来就成了那阿莱的女人的情夫之一了。"

她僵直地站着，显得那么无助。她颤抖着，两手伸张，泪珠颗颗地从颊上滚下，她的面容扭曲了。她在静听她的丈夫和阿莱的女人合唱：

"第一个人向他说道：
'好啊，我英俊的先生们。'"

"诺曼底"号遇难记

——［法国］雨　果

大型轮船"诺曼底"号在深夜离港了，
当船行至离埃居伊山脉有一段距离时，
迎面全速前进的"玛丽"号突然撞了过来，
致使"诺曼底"号船体破损，海水直涌船体，人们乱作一团。
此时哈尔威船长发挥他的指挥才能使人们安全脱险，
而自己却与"诺曼底"号葬身于大海。

人贵在能控制自己，因为那比控制他人要难得多。

1870年3月17日夜晚，哈尔威船长和往常一样驾驭着他的"诺曼底"号走着从南安普敦到格恩西岛这条航线。浓浓的夜色包围着大海与船只，船只轻微的摇晃丝毫影响不了乘客的睡意。

在英伦海峡上来往的船可以与"诺曼底"媲美的真是少之又少。它装货容量可达600吨，船体长220尺，宽25尺。由于刚出厂不久，大家一致认为"诺曼底"有着巨大的发展潜力。

随着大雾的降临，轮船驶出南安普敦河后，来到茫茫大海上，此时相距埃居伊山脉还有一段不少的路程。轮船缓缓行驶着，估计要等天亮还要过一阵子。

周围一片漆黑，船桅的梢尖依稀可辨。

本来像这类大货船，晚上出航是没有什么可怕的。

忽然，一团黑色的物体出现在夜幕中，如鬼魅一般。只见一个阴森森的往前翘起的船头，穿破黑暗，箭一般地飞驶过来。那是"玛丽"号，一艘装有螺旋推进器的大轮船，它从敖德萨启航，船上载着500吨小麦，行驶速度极其惊人。而年轻的"诺曼底"号就在它的正前方。

现在要避开它已经是不可能的事情了。一瞬间，大雾中似乎耸起许许多多船只的幻影，人们还没来得及看清，就要死到临头，葬身鱼腹了。

全速前进的"玛丽"号向"诺曼底"号的侧舷撞过去，当撞击过后，"诺曼底"号的船身已出现了一个巨大的"伤口"。

由于这一猛撞,"玛丽"号自己也受了伤,终于停了下来。

"诺曼底"号载有数十名人员,其中老弱妇孺占绝大多数。

那是一次剧烈的震荡。一刹那间,所有的人都奔到甲板上,人们半裸着身子,奔跑着、尖叫着、哭泣着,惊恐万状,乱成一团。没有任何措施阻止海水进入船体,轮机火炉被海浪呛得嘶嘶地直喘粗气。

船上的补救工具与救生设施不够用,其实也来不及使用。

此时"诺曼底"的指挥台上出现一个人,他大声吼道:"全体安静,注意听命令!把救生艇放下去。妇女先走,其他乘客跟上,船员断后。大家不要挤,我们完全有时间安全地离开这里。"

所有救生艇都被放了下来。大家一窝蜂拥了上去,这股你推我抢的势头,险些儿把小艇都弄翻了。奥克勒福大副和三名工头拼命想维持秩序,但整个人群因为突然而起的变故而乱得不可开交。几秒钟前大家还在酣睡,蓦地,就要丧命,这怎么能不叫人失魂落魄?

然而呼喊与嘈杂在船长的对话下大减,黑暗中人们听到这一段简短有力的对话:

"洛克机械师在哪儿?"

船长,我在这儿!"

"炉子怎么样了?"

"被海水淹了。"

"火呢?"

"灭了。"

"机器怎样?"

"停了。"

船长喊了一声:

"奥克勒福大副!"

大副回答:

"到!"

"船长问道:

"船还能坚持多少分钟?"

"二十分钟。"

"够了,"船长说,"大家都必须上小艇,大副,掏出你的手枪。"

"遵命,船长。"

"和妇女、小孩儿抢先的男人,立刻枪毙!"

　　吵闹声顿时消失。没有一个人违抗他的意志，人们感到有一个伟大的灵魂出现在他们的上空。

　　"玛丽"号也放下了救生艇，想要极力弥补它刚才的过失。

　　救援工作进行得井然有序，人们似乎已经认为自己不会有生命危险了。事情总是这样，只有伟大的舍己利人才能压倒微不足道的利己主义。

　　哈尔威船长自始至终没有离开过指挥台，他指挥着、主宰着、领导着大家。他把每件事和每个人都顾全周到。面对惊慌失措的众人，他镇定自若，仿佛他已有百分之一百的信心战胜灾难。

　　过了一会儿，他喊道："把克莱芒救出去！"

　　克莱芒是见习水手，而且刚满十八岁。

　　轮船在深深的海水中慢慢下沉。

　　人们尽力加快速度划着小艇在"诺曼底"号和"玛丽"号之间来回穿梭。

　　"快！快！快！"船长又叫道。

　　二十分钟后，轮船沉没了。

　　船头先沉下去，须臾，海水把船尾也浸没了。

　　哈尔威船长屹立在舰桥上，没有任何的挣扎，甚至没有说一句话，犹如铁铸般纹丝不动，随着轮船一起在茫茫的大海上消失了。

　　人们透过阴惨惨的薄雾，目睹了整个过程。

　　哈尔威船长的生命就这样结束了。

　　海上的每一个人都对他肃然起敬。

　　他一生都要求自己忠于职守，履行做人之道。在危险面前，他绝不退缩一步，正因为如此他才救了所有人的性命，但不包括自己的。

45

神秘的敲击声

——［德国］歌　德

一位好心的贵族，收养了一位孤女。

孤女长大后勤劳漂亮，很受主家喜欢。

然而，有一天孤女在房间走动时，

脚下却总会发出一种敲击声，令主家和她自己十分不安。

后来当贵族取下猎鞭，准备鞭笞她时，响声又神秘地消失了。

收养这位孤女的贵族是我的一个朋友，他家人口众多，全部住在一座古堡里。

孤女长大了。当她十四岁时，多数情况下是伺候这家的夫人，其他应是贴身女仆做的事，她也都做得干净漂亮，主人对她非常满意。

这个姑娘似乎除了勤勤恳恳、忠心耿耿地侍奉她的女恩人，以表示对她的感激之情之外，好像再没有其他任何愿望。姑娘虽说地位低下，但却生得体态秀美，因此周围有很多追求者。不过人们怀疑，他们谁与她结合能给她带来幸福，她自己也没流露过一丝一毫想改变现状的要求。

后来，发生了一件怪事情：当姑娘做事在房子里走动时，人们有时会听到她脚下发出一种敲击声。起初，这种现象好像只是偶尔发生，但是后来这种敲击声却如影相随，几乎是每走一步就响一声，姑娘害怕了，她忧心忡忡，几乎不敢迈出夫人的房间，只有这间屋子里没有其他人时，她才得到片刻安宁。

但她不能老不出门，一出门就有声响，不论是与她同走的，还是离她很近的人都能听到。一开始大家还拿这件事开玩笑，不过最后这声音开始变得让人讨厌。于是这家活跃的男主人，亲自出面调查这件麻烦事。他发现，姑娘只有走动时才发出敲击声，在她落脚的时候和在她继续行走时抬脚的时候，都会发出这种敲击声。不过这些敲击声有时响得没有规律性，当她横穿一个大厅时，发出的响声最大。

有一天，这位一家之主从附近找来几个工匠，让他们在敲击声响得厉害时，马上从她身后撬开几块地板，然而工匠照办后却一无所获。他们只发现了几只大老鼠，为了追打这几只大老鼠，房子里引起一片喧闹声。

这件事和这种混乱场面使男主人非常恼火，他决定采取严厉手段，从墙上取下他的一根最粗大的猎鞭发誓说，只要这姑娘再让他听到一次敲击声，就把她打个半死。说来奇怪，从这时起，她在整个房子里到处走动时，人们再也听不到这种敲击声了。

轻蔑的一瞥

—— ［德国］ 库森别格尔

克尔齐警长将不能忍受一个长有红胡子的人的轻蔑一瞥的事报告了警察局长，
局长便命令抓捕长有红胡子的人。
与此同时，他们要找的红胡子却刮掉了红胡子，
并去局长那办理了出国护照。
当理发师的举报信交到局长手里时，一切都晚了。

刚忙完上一个案子的警长，在几秒钟前不得不重新拿起身边的电话。

"我是克尔齐警长。我绝不容忍有人那样侮辱我。"

"我们是警察。"警察局长要他考虑一下，"由于警察这个职业的特殊性很容易使自己有一些敏感，甚至会产生误解。"

"绝对没错。"警长说，"我绝对百分百地确定。他轻蔑地打量我，没有漏过每个部分，好像我是块臭肉。"

"你为什么没有把他抓起来？"

"天知道我当时怎么了，当我明白时，那人已经不见了。"

"记得那个人的模样吗？"

"当然，一大把的红色胡子。"

"你现在觉得怎么样？"

"真想揍他！"

"不要慌，我马上处理。"

警察局长打开了话筒。他派出一辆救护车到克尔齐那个区去，同时命令把所有蓄红胡子的公民抓起来。

配备无线电话器的巡警队接到命令的时候正在为眼前的问题头疼。因为警员中有两个人正在试验哪一辆车跑得快，另外几个正在一家小摊上开怀畅饮，三个人帮着一个同事搬家，其余的也各有各的事情。但一听到事情的经过，他们就一窝蜂似地急忙往市中心赶。他们封锁了一条又一条街道，逐户搜查。他们跑进商店、饭馆、住宅，抓走了所有长有红胡子的人，交通也因而被堵塞了好长一阵子。警报的鸣叫声使居民惊惶不安，谣言风传：一个杀人狂魔正在市中心。

仅仅半天的时间，警察局的大门里面已是人满为患了：红胡子随处可见。克尔齐警长由两名护理人员搀扶着，在这批嫌疑犯面前省视而过，但他却没有指认出究竟是谁侮辱了他。警察局长考虑到克尔齐的健康状况，决定先对这一大批红胡子进行全面的彻底调查。他说："人不可能不犯错，这就是我们要得到的，去找出他们做过的错事再说。"

不错，警长、局长确实得到了他们想要的，但不要以为受审的人受到了虐待，滥施暴力的警察并不是在哪里都可以见到的。长期以来，秘密警察不声不响地讯问了每个公民以及与他们有接触的人，从这里可以对他们有一个大致的了解：风钻的嘎嘎声、刺目的强光、石炭酸气味、北欧民歌、剥皮老鼠的样子、狗叫，等等都是他们所厌恶的。如果运用得彻底，这些办法大多可以奏效。它可以成为与受审者周旋的工具，真假视情况而定，而警察总是高兴的。

现在来说说我们要找的那位红胡子先生的现况吧：警察按他门铃的时候，他没有听见，因为他正在放洗澡水。洗澡水准备好之后，他倒是听见门铃声了，取而代之的是一个邮递员的电报。他现在不得不立刻启程去国外实现他的梦想了，因为梦想就在国外等他。

"那么，"这人说，"好！现在要做两件事：胡子要剃掉，因为我讨厌它了；要弄到一份护照，因为我没有。"

他现在必须要好好地修饰一下自己。为了庆贺这个大喜日子，他的脖子上多了一条五彩的领带。他打电话询问，几点钟能指望搭上一架飞机。他离开寓所去城里一家有名的发廊，这使他焕发光彩。这件事办完后，他要到警察总局去，因为他必须去那里办一份出国护照。

说到此处，有个问题我必须得向大家坦白：这个人事实上就是轻蔑地瞧过那个警长的，原因是克尔齐的样子极像他的表兄艾贡。如果你的兄弟欠了你一大笔钱而从不言及归还，你是否仍会尊重他？这种感情在他见到克尔齐的时候就不由自主地倾注于目光中了。因此，克尔齐警长并非凭空胡说，他所说的都是他所感觉到的。

无巧不成书，这人走进警察局的时候，又碰上那位使他想起他表兄艾贡的警察了。但这一次，为了护照，他把目光迅速移开了。而且那可怜的人显然受到一些打击，也许是许多吧！两个护理人员正陪着他走向一辆救护车。

也许警局确实忙坏了，我们男主角的护照并没立刻拿到手。他身边带有一些证明文件，也出示了电报，但真正的原因在于这一切都来得太快了。

"护照是一份重要文件，"警官解释说，"你不能太过于着急，我们必须慎重

49

地、依靠程序办事。"

"我可以理解，但您可以再考虑一下我的问题呀？"

"这种情况我决定不了，"警官说，"也许你可以去征求真正的决策者——警察局长的意见。"

"好吧！但快点儿！"

警官把文件放到一块儿，站起身来。"您跟我来，"他说，"我们也许可以很快找到局长。"

一路上碰到的全是红胡子，这儿是，那儿也是。"真滑稽，"这人想，"我原先不知道有这么多人长有红胡子，但我现在不归他们那一伙了。"像一些独裁者一样，警察局长懒散地坐在办公桌前。他听取了报告就把那警官打发走了，然后请客人就座。显然，那客人心里不想那样做，因为这位警察局长的模样长得像他同样厌恶的堂弟阿突尔。但是，掌管微笑机能的肌肉却尽忠职守——坚持、坚持，他不住地暗示自己。

"那些下属们太不中用了，"警察局长说，"他们避免作任何决定。如果您早点来找我的话，您马上而且就在这儿即可以领到护照。您到伊士坦布尔上任，您是在为我们的城市争得荣耀。我祝贺您。"接着一切手续都很快地完成了。

他大大方方地把护照递给客人，似乎他的权力在此发挥得淋漓尽致。"您系了一条特别漂亮的领带，"他说，"一幅市区图，是吗？"

"是的，我敬爱的先生，"这人回答说，"它是属于伊士坦布尔的。"

"妙极了的主意。好吧，"警察局长站起身来，把手伸向那人，"能帮助你我无限荣幸。"

他把客人送到门口，向他亲切地挥手致意，而后又去完成他那来自克尔齐警长的使命。

除了克尔齐警长受辱的那件案子外，无数的案子都停了下来。"继续审讯！"警察局长命令道，然后去吃午饭。他回来时，见那里摆着一份报告。一个理发师的报告："我上午按照一个顾客的意愿，使他由一个大胡子变成了一个脸皮白净的人，而那胡子是红色的。这人本身我描写不出，但记得他衣着上的一个显眼之处——一条印有市区图的领带。"

"天啊！"警察局长叫了一声。他一步跳两级，奔下楼梯。警车时刻都在那里准备着。"到飞机场！"他朝着司机喊道，"快！快！快！"

司机施展出全身本事。他辗死了两只狗、两只鸽子和一只猫，擦坏了一辆电车，轧坏了一辆装着废纸的手推车，吓坏了成千上百的过路人。然而，就是没有使飞往伊士坦布尔的飞机受到任何的阻碍。现在，我们幸运的男主角离他的梦想越来越近了。

人的脚步声

——〔日本〕川端康成

我失去了双脚，
于是每天坐在阳台上听人的脚步声，
然而令我失望的是我从未听过一双健全脚的声音，
直到我装上没有生命的双脚，
我依然没有如愿听到健全脚的声音。

比起那寂静的医院，外面的世界显然棒极了。

通向咖啡店二楼阳台的门现在已经敞开，侍者的服装是那么的整洁一致。

冰凉的大理石似乎不会对他造成影响。他用右手托腮，将胳膊肘支在扶手上。他的眼睛不愿放过每一个行人，好像他们是美丽的珍珠。人们在蓬勃生机的灯光下，起劲地在人行道上行走。而二楼的阳台只有一个人的高度，确切点说，只有一个普通人的高度。

"对于季节感，城市和乡下都是相反的。你不觉得吗？乡下人有他们自己判断夏天的方法。在乡下，大自然，特别是花草树木比人要更多地罩上各个季节的新装；而在城市里，人们的流行时装早已胜过大自然的色彩。许多人就这样在街上行走，制造出初夏的气氛来。本应属于大自然的夏天被人们抢得所剩无几了。"

"人的初夏？倒也是。"

他一边回答妻子，一边想起医院窗前盛开的泡桐花的芳香来。那时，他一闭上眼睛，各式各样的高跟皮鞋就在脑子里面穿梭不息。

这是一双怎么样的双脚呢？是蹚过物体时那害羞中又带有狂喜的双脚；是临终时微微抽动、立刻又僵直的双脚；是轻压在马腹上枯瘦的双脚；是轻轻扔掉艰难、接着勇敢面对下一个苦难的双脚；是膝行而乞至深夜、又突然站立起来的双脚；是从母亲股间刚产下的婴儿那稚嫩的双脚；是每月几百块钱、每天工作而疲于家务的双脚；是蹚过浅滩时把清澈的流水的感觉从踝骨吸到腹部的双脚；是迈

51

步去觅寻爱情的双脚；是昨日以前脚尖还互相朝外，而今天却一反常态朝夕相对的双脚；是带着口袋里的有那叠叠钞票阔步而行的双脚；是脸上微笑而内心不安的世故女人的双脚；是从街上回来脱下布袜子凉快的冒汗的双脚；是代替舞女的良心在舞台上叹息昨晚的罪恶的美丽双脚；是在咖啡店里让脚后跟唱出抛弃女人的歌的男人的双脚；是在悲痛与快乐间难以取舍的双脚；是运动家、诗人、高利贷、贵夫人、女游泳家、小学生的双脚；双脚、双脚、双脚。——更重要的，它属于我的妻子。

顽固的关节炎折磨了他大半个年头，而最终那条病腿永远地离他而去了。——由于这只脚的缘故，他无数次地被痛苦与疼痛纠缠着，一个劲地眷恋着这家咖啡馆的阳台。因为这阳台可以满足他内心深处的欲望。他首先贪婪地眺望人的健康的双脚交替地踩在上面的姿影，然后静静地感受这一切，就像那是自己的双脚。

"脚对于人来说是多么的重要啊！我开始怀念夏天了，我希望在初夏之前出院，到那家咖啡馆去！"他望着素白的木兰花对妻子说，"到处都有裸露的双脚，无论是在海边还是在街道上。人最健康最爽朗地行走在都市的时刻也是在初夏啊。我不允许自己错过那一时刻，绝不！"

他仍呆立在那个阳台上，神情永远是那么专注，仿佛大街上过往的行人都是自己的情人。

"微风也是清新的呀？"

"终于闻到了换季的气味。贴身衬衫已不用多讲，就连昨日刚做的头发今天也像沾上了尘土，你不觉得吗？"

"那倒不觉得。我只在乎那一对对的健康的双脚！"

"那么，我也到下面走走，让你看看好吗？"

"那太棒了，在医院，我快要截肢的时候，你就曾答应要成为我永远的依靠。"

"你感觉舒服吗？我是说现在。"

"安静些好吗！你扰乱了那些脚步的声音。"

他听得那么认真，如同在听一场盛大的演唱会。不久，他合上了眼睛。这样，街上行人的脚步声，像落在湖面上的雨声，滴滴达达地落到他的心里了。那副泛起微妙的喜悦表情似的疲惫脸颊又明朗起来了。

然而，这种明朗并没有持续太长时间，取而代之的是那苍白的面孔和病态的双眼。

"那么，为什么我听不到一双健全脚的声音呢？难道他们都是瘸子？"

"亲爱的，别要求太多了——就说人的心脏吧，也只是一边有嘛。而且，脚步声之所以混乱，我认为也许会有别的原因，悉心细听，也许是一种运载灵魂的病痛的声音；还有可能是肉体在向大地悲伤地约定举行魂葬的日子的声音，别太在意这些，任何事情都因人而异。"

"但是，我确实听到了不整齐的脚步声，可以说是一种病态的脚步声。大家不是都像我一样是瘸子吧？自己失去一只脚，本是想体味一下健全的双脚的感受，可是我没能得到我想要的，因为似乎他们也没有。更没想到种下了新的忧郁。必须找个地方把这种忧郁清除。——不如去乡下吧，我需要那种健康的声音，也许只有那里才能找到，所以，我必须得试试。"

"这太荒唐了，不如去动物园听听四腿走兽的脚步声更好。"

"也许你是对的，也许只有飞禽走兽才拥有真正完美的脚步声，而在人类社会却始终找不到！"

"别把那些当真！亲爱的！我只是随口说说，忘了吧。"

"当双脚在人类身上发挥真正作用的时候，灵魂却意外地失职了，也许听不到健全双脚的脚步声是意料之中的事。"

几天后，他重新拥有了一只脚，当然它并没有生命，在乘上汽车的那一瞬间，他仍然需要妻子的搀扶。也许是受他的影响，也许是汽车本身的毛病，一路上，在微弱的灯光里，不和谐的汽车声一直没有间断。

桔　子

—— ［日本］芥川龙之介

我与一个农家打扮的姑娘坐在同一节车厢里，
旅途的寂寞让人提不起精神，当火车冲出第二个隧道时，
姑娘将桔子抛给车窗外栅栏边的三个呆呆的男孩，
那一幕让我产生了喜悦之情。

那是一个阴沉沉的冬天夜晚，我坐在横须贺发车的上行二等客车的角落里，只是漫无目的地那样坐着。令人高兴的是，车厢里只有我一个乘客。朝窗外望去，与往常不同的是，空旷的站台上，送行的人少之又少，只有关在笼子里的一只小猫，不时地怪叫几声。也许是配合我当时的内心世界吧。我脑子里有说不出的疲劳和倦怠，说起来就像今天的天气一样阴沉、黯淡。我双手揣在大衣兜里一动不动，懒得把报纸掏出来，尽管我很想看。

时间不长，汽笛声响了，像是终止了这一切的平静与无聊。现在感觉好多了，尤其是当我感到沙发的靠背是那样柔软的时候。我期待着眼前的车站慢慢地往后退去。但是车子还未移动，却听见检票口那边传来两声很响的开门声。霎时，随着列车员的大声吵嚷，我坐的二等车厢的门一下子被撞开，一个十三四岁的姑娘慌里慌张地冲了进来。同时，火车使劲颠簸了一下，一点一点地移出了站台。站台的廊柱一根根地从眼前掠过，送水车仿佛被遗忘在那里似的，那里的修理工、卖食品的工人正在不停地挥手——这一切都在往车窗上刮来的煤烟之中依依不舍地向后退去。好了，在接下来的又一片寂静当中，我抽了一根烟，也许，我应该与我唯一的车友好好攀谈一下了。

瞧她的装束，没错！应该是从农村来的。油性的头发挽成银杏髻，红得刺目的双颊上横着一道道龟裂的痕迹，一条肮脏的淡绿色毛线围巾软软地垂靠在她膝盖上的一个大包袱上。比起城里女人那白嫩的双手，她的手显得那么粗糙，看得出寒冷已在上面划了痕迹。她手里小心翼翼地紧紧握着一张红色的三等车票。说实话，拥有这样一位车友并没令我高兴多少。更让我生气的是，她坐在这里手里竟拿着三等车票。因此，我点上烟卷之后，也是有意要忘掉这个姑娘。比起她，我还是亲近一下我的报纸吧。这时，从窗外射到晚报上的光线突然由电灯光代替了，印刷质量不高的几栏铅字让我的眼睛舒服了很多。不用说，火车现在已经驶进横须贺线上的很多隧道中的第一个隧道。

借着灯光，我可以仔细看我的晚报了，上面刊登的都是人世间一些平凡的事情，媾和问题啦，新婚夫妇啦，渎职事件啦，讣闻等等，这些全都无法提起我的兴趣——进入隧道的那一瞬间，仿佛火车在倒着开似的。同时，我呆呆地、机械地看着一条条的消息。然而，这期间，我不得不始终意识到那姑娘正端坐在我面前，脸上的神气自然是很卑俗的、平淡得再也无法平淡的了。正在隧道里穿行着的火车，眼前的这位农村姑娘，膝盖上的无趣的报纸，这象征着什么呢？不是这不可思议的、庸碌而无聊的人生的象征，又是什么呢？而这一切都是那么的让人索然无味。这时，去梦中找点新奇的东西会是一个不错的计划。

当我被一些不知是什么的声音吵醒之后，我发现姑娘不知什么时候竟从对面的座位挪到我身边来了，并且一个劲儿地想打开车窗。但笨重的玻璃窗似乎有意与他为难。她那张本来就裂开了的腮帮子就更红了，鼻涕声、呼呼的喘气声在我耳边乘虚而入，这时，我确实有些同情她了。暮色苍茫之中，只有两旁山脊上的枯草依稀可辨，此刻直逼到窗前，我知道这个隧道已经走到头了。我不明白这姑娘为什么特地要把关着的车窗打开。我只能认为，她也许是想引起我的注意或别的什么。因此，我并不打算给予她任何帮助，一点儿也不！但愿她永远也打不开，冷眼望着姑娘用那双生着冻疮的手一次又一次地同火车窗户作斗争。不久，伴随着一声巨大的响声，火车冲出了隧道，与此同时，这个姑娘战胜了这扇窗户。一股浓黑的空气，就像气化后的煤炭一般，忽然间变成令人窒息的烟屑，从方形的窗洞滚滚地涌进车厢。没有人能控制住现在的局面，黑烟很快就占据了整个车厢和我那本来就难受的嗓子，也许我应该教训一下她。姑娘却对我毫不介意，把头伸到窗外，尽情地享受这一切，就像她面前是清新香甜的空气。她的身形浮现在煤烟和灯光当中。天有些亮了，湿润的泥土气息没头没脑地闯了进来，此时，我止住了咳嗽，要不是这样，我一准会关上窗户再好好地给她上一课。这时火车又钻进了第二个隧道，正在经过满是枯草的山岭当中那疲敝的镇郊的岔道。附近全是盖有瓦房顶的茅草屋。也许是火车的一种信号吧，一面颜色暗淡的白旗孤零零地在朝阳里懒洋洋地一起一落。火车刚刚驶出隧道，这当儿，我看见了在那寂寥的岔道的栅栏后边，几个傻傻的大男孩站在一起，个子都显得非常矮小，仿佛是给阴沉的天空压的。他们的衣服似乎是专为迎接这凄凄的天气而设计的。他们抬头望着火车经过，一齐举起手，扯起小小的喉咙拼命尖声喊着，听不懂喊的是什么意思。这一瞬间，从窗口探出半截身子的那个姑娘伸开生着冻疮的手，使劲地左右摆动，也在这一瞬间，姑娘从小包里掏出几个桔子，立刻桔子离开女孩的手，跟着火车的惯性飞向男孩们。我不由得屏住气，顿时恍然大悟，姑娘大概是前去当女佣，也许临走时忘记把桔子留给自己亲爱的兄弟们。

在这样糟糕的天气里，在这样快的行驶中，三个呆呆的大男孩，和在空中飞舞的金黄的桔子———这一切一切，转瞬间就从车窗外掠过去了。但这一刻足以令我窒息。我意识到自己由衷地产生了一股莫名其妙的喜悦之情。我昂然仰起头，重新打量了这位姑娘。不知什么时候，姑娘又回到了她刚上车时坐的座位，一动不动，就像刚才什么都没发生一样。而现在，我已有力量抹去那烦人的疲倦和聊无生趣的人生之旅。

阴　谋

—— ［日本］星新一

不劳而获的鸽子私下里煽动大象与人为敌，

并企图赶走它。

这阴谋随着大象的死亡而结束了，

鸽子们不用再寄人篱下了，

但它们也难以适应其他环境，

最终只有步了大象的后尘。

不知是某年某日，那头大象搬到了动物园。它的近旁，不知从什么时候起，一群鸽子成了它的邻居，这是有原因的：游客们扔给大象的食物，鸽子虽然只能得到一点小恩小惠，但它们也满足了。

鸽子悠闲地过着酒足饭饱的日子。日子过得非常快，由于闲得无聊，该说的话说得差不多了，就说起了它们的这位巨大的邻居。

"看到那大家伙了吗？又丑陋，又笨重。"

"就是！那个大块头，什么都不会，还瞧不起人，瞧它看咱们的眼神。"

看来它们已讨厌大象很长时间了。它们的食物是靠大象才得到的，这它们心里明白，但是谁也不想承认，谁也不说。现在趁机发发脾气，也许可以减轻压力。

"只要我们几个群起而攻之，它不见得是我们的对手，我们试试吧！"

一只心浮气躁的鸽子因为这个计划而兴奋不已，其他同伴都不以为然。

"还是省省力气吧，如果可以以巧取胜那就再好不过了。"

就这样，一个小型会议召开了。对这群鸽子而言，世上再没有比策划阴谋更高兴的事了。接连几天，鸽子们都专心致志地定计策。几天后，一个诡计终于诞生了。鸽子代表凑到大象跟前，以崇拜地口气说道：

"伟大的象先生，动物中没有谁比您更伟大！"

"是吗？谢谢！"

"可是，这么伟大的您怎能终身委屈在这种脏乱的地方呢?"

"我本来并不这么认为，可是经你这么一说，好像应该考虑一下将来了。"

"这种生活对您简直是一种辱侮。你比人个头大、力气强，还有大脑袋、长鼻子，您拥有人类所没有的力量。您应该拥有本就属于您的一切，不是吗?"

这个诡计是煽动大象与人类作对甚至是作战，然后看着大象怎样被人类治服，然后借以进行嘲笑而已，反正自己不会吃任何亏，这是鸽子们的初衷。

但是，它们错了，完全错了，大象比预想的更听话。它认真地考虑了鸽子的意见，头脑清晰了，但显得有些血脉膨胀。于是它撞毁了栅栏，把它所能毁的一切都毁了。这样做的后果、导致了大象的死亡。

鸽子们终于不必再过寄人篱下的日子了，这是值得祝贺的好事。但是它们再无法适应其他地方的环境，最终在优胜劣汰的自然环境中一个一个地死去了。

犹大的面孔

——［意大利］达·芬奇

画家的壁画只差儿时的基督与叛徒犹大的画像没有完成，
一个有着天使般笑脸的男孩充当了圣婴的模特，
而这个男孩在多年后，酒醉不堪时又被画家看中，
充当了叛徒犹大的模特。

在遥远的西西里城里有一幅画着耶稣传记的壁画，这幅画出自一位著名画家之手。当然，那已是几世纪前的事情了。他费了好几年工夫，壁画差不多都已完成，只剩下儿时的基督与叛徒犹大没有画完。

一日，他在街上散步，看见几个孩童在街上玩耍，其中有一个男孩，他的面貌触动了这位大画家的心，那天使般的笑脸正是他所需要的。

这孩子就成了画家的模特。

但是这位画家仍然找不到可以充当犹大的模特儿。一年又一年过去了，由于犹大的欠缺，这幅巨著始终没有完成。许多人替他充当犹大的模特儿，但都不能使老画家满意，因为画家心中的犹大是个不务正业、利欲熏心、意志薄弱的人。

碰巧有一日，老画家在酒店自斟自酌的时候，一个肮脏不堪、神情憔悴的人摇摇晃晃地迈进后门，一跨进门槛，就倒在地上，"酒、酒、酒"，他糊里糊涂地喊。老画家把他搀了起来，一看他的脸，心脏不禁为之停止跳动了。一个活生生的犹大就在他面前。

老画家兴奋之极，把这人找到家里，仔仔细细地画了好长一段日子。

工作正在进行的时候，那个模特儿竟起了变化。他以前总是神志不清，没精打采的，现在却神色紧张，样子十分古怪。充血的眼睛惊惶地注视着自己的画像。有一天，老画家忍不住对他说："老弟，什么事让你这样难过？我可以帮你的忙。"

那个人忽然放声大哭。过了很久，他才抬头望着老画家说："就连您也忘记了，你画圣婴时把我看得那么仔细。"

59

二 草 原

—— [波兰] 显克微支

善神使生之国繁荣，而生之国的人却不满足，

生气的善神便让人去往死之国寻求永远的休息。

当生之国只剩一对男女时，善神向梵天寻求帮助，

梵天用黑暗织了一张幕挡在生死之间，

于是生之国又恢复了往日的繁荣。

一条轻快的河流在两块草原似的土地间流淌。

这河的两边在某一地点渐渐地分离，最后形成一个浅的渡口——与其他河流一样，河底呈现金黄色。

"在那里有一条小河，里面的河水是圣洁清明的。从那里长出荷花的梗，在光辉的水面上开花，蝴蝶喜欢在美丽的荷花上飞舞；岸上是一片棕榈树，那是会唱歌的鸟儿最喜欢去的地方。

"这是从这边到那边去——一条分离生死的渡口。"

这两面都是那至高全能的梵天的毕生之作，他命令善的毗湿奴主宰生之国，智的湿缚主宰死之国。

他又说道："你们有权在你们的领域内任意发挥。"

在属于毗湿奴的国内，生命在那里一天天地泛着光辉。太阳开始出没，昼夜也出现了，大海也涨落起来；时而大雨倾泻，时而晴空万里，人类与动物的出现更是毗湿奴的一大成就。

那善神创造爱，爱使生命永远延续下去，他又命令爱，让幸福永远伴随它。

这时候，梵天叫毗湿奴去，对他说道：

"你的能力真让我大为惊叹，你做得非常好，你可以暂且休息了，也许你那所谓的人应该拥有自己的世界，而不受你统治。"

毗湿奴离开了，留下了人类在世界上自由活动。从他们善的思想里，生出了喜悦；从恶的思想里，又生出了悲哀。他们很快发现，生命里不光有快乐，还包

含着其他什么东西。而且梵天所说的生命之纱，也有两个纺女纺织着：一个含着笑，一个流着泪。

人们走到毗湿奴的座前，诉说道：

"我们的生活并不完全是快乐，而我们讨厌悲哀。"

毗湿奴答道："好好享受你们所拥有的爱吧。"

人们听了这话，便安静了，一齐走去。爱果然将悲哀赶走，生活重新完美起来。

由于爱，生命产生了。虽然毗湿奴的国土极大，但人类各方面所需却远远供给不上。于是人们开始自食其力，用双手创造一个新的世界。

工作诞生了。不久大家须得一律分工。工作在一天又一天的日子里，渐渐成为了生活的全部。

但是工作生劳苦，劳苦生困倦。

人们又来到毗湿奴的座前，伸着两手，说道：

"主啊，劳苦使我们衰弱，这一切对于我们来说辛苦极了，我们要有一些闲散的时间，可以什么也不做，请您赐给我们吧！"

毗湿奴答道："大梵天不许我改变生活，也许我可以给你们一点小小的帮助，小小的。"

于是他创造了睡眠，休息产生了。

这给人们解决了当前的问题，人们一边喜用这礼物，一边称赞神的伟大。

睡眠让人们得到充足的休息，第二天便可以以旺盛的体力去完成新的任务。

睡眠揩干了他们的眼泪，正如慈母一般，又用忘却的云围绕着睡者的头。人们赞美睡眠，说道：

"你就是幸福，因为在你那里，我们可以拥有一切。"

他们只责备它不肯永久地留着，醒又来了，以后又是工作——新的劳苦与困倦。

人类还是不肯满足，于是他们第三次走到毗湿奴那里说道：

"主啊，你赐给我们大善，极大而且不可言说，但是还未完全。我们的睡眠太短暂了，希望可以长些，甚至永久。"

毗湿奴因为这帮贪婪的孩子而真的发怒了，他回答道：

"这个我不能给你们，去河对岸吧，你们会得到的！快去吧！"

人们依了神的话，走向小湖，到了岸边，这里的一切使他们吃惊。

在那安静而且清澈、点缀着花朵的水面之后，是死亡的国度，湿缚的国土。

那里没有日出，也没有日落，没有欢乐，没有忧愁。只有白百合色的单调的光和一片静寂。

61

没有一物投出阴影，因为这光到处贯彻，——仿佛它充满了宇宙。

土地上仍有一些植物，凡是能看到的地方，大小不一的小山丘上，生满美丽的大小树木，树上缠着常春藤，蛇一般的枝条在岩石上缓缓垂下。但是岩石和树干几乎全是透明的，仿佛是用密集的光所造。

常春藤的叶有一种微妙清明的光辉，很美，但无法与太阳相比，因为它没有那种温暖与爱意的感觉。

在清明的空气中，一切都是停止的，没有风，什么也没有。

人们走向河边来，不再大声谈讲着，空间与白百合在他们眼前晃着，忽然静默了。过了一刻，他们低声说道："在这样的地方永远休息，也许是一件好事。"

"是啊，安静与永久的睡眠……"

那最困倦的人说道："好了，快点干吧！我已经快受不了了。"

于是他们便走进水里去。过河时并非像想象中那样难，相反，那很容易。留在岸上的人，忽然觉得惋惜，便叫唤他们，但没起什么作用。大家都快活而且活泼地前行，去寻找永久的休息。

大众站在生的岸上，这时看见去的人们的身体变得光明透彻，越来越模糊，最后已分不清光与他们的分别了。

渡过以后，人们便在任何他们觉得舒服的地方睡下了。他们的眼睛合着，但他们的面貌是不可言说的安静而且幸福。在生之国这里，就算是甜蜜的爱也做不到。——留在生这一面的人，见了这情形，互相说道：

"湿缚的国更甜美，而且更好……"

慢慢地，越来越多的人离开了生的国度去寻找永恒的休息。以后几千几百万的人，互相推挤着，过那沉默的渡口。生之原上的人所剩无几了。这时毗湿奴——他的职务是看守生命——记起当初是他自己将这办法告诉人们的，不禁又是后悔，又是难过。在他不知所措时，便走到最高的梵天那里。他说道：

"造物主啊，请您帮助我。你将死之国造得那样美丽，光明而且幸福，我的国度将无人爱护与留恋。"

梵天问道："没有一个人留在你那里吗？"

"只有一个少年和一个少女，他们相偎相依，一刻也不愿离开，只有他们留了下来。"

"那么你还要求什么呢？"

"请你丑化死亡国，拯救我的人类，要他们不要舍弃生命，让他们知道死是多么可怕。"

梵天思考再三，说道：

"我想我不能照你的意思去办，但一定会想办法帮助你的。人们将被定批送到对岸，但不管他们愿意与否。"

他说了这话，便用黑暗织了一张厚实的幕，派专人守在门口看守这个幕。

生之国又重新繁荣了，不是因为死之国可怕，而是由于这道口上的幕使人们望而却步了。

解　脱

—— ［印度］泰戈尔

巴勒斯因怕失去妻子戈丽而变得多疑，
戈丽在忍无可忍时爱上了拜神念经，
成了青年祭师巴勒马南达的弟子。
当巴勒斯看到祭师写给戈丽的信时，
因承受不了巨大打击而毙命，
可祭师却堕落到要与戈丽幽会的地步，
于是戈丽便选择了死来解脱。

像其他千金小姐一般聪明可爱的戈丽，拥有一切幸福女孩拥有的东西。她英俊的丈夫巴勒斯以前穷困潦倒，但几年的奋斗已使他颇有资产。当他还穷困潦倒的时候，他的岳父母怕自己女儿受苦，一直没让她去丈夫家，而这种状况一直持续了好多年才得以结束。

大概是由于这些原因吧，巴勒斯怕失去妻子而变得多猜多疑。这种猜疑使得他的脾气变得古里古怪。

巴勒斯如今在一家大城市的法院里拥有一份体面的工作。家中没有一个本族人，因此对妻子独自一人呆在家里总是忐忑不安。有时会冷不丁地从法院赶回家来看看。戈丽是那么爱自己的丈夫，信任他、依靠他，但这种状况并没有持续太长时间。

他家中男仆的遭遇越来越值得同情了。他不能容忍一个男仆在他家受雇的日子稍长一些。如果有哪个男仆在家中与戈丽多说两句话，他会马上将他解雇。单纯的戈丽在接受一连串的来自她丈夫的古怪行为后，精神受了很大刺激。

戈丽的痛苦并未阻止她丈夫荒唐的行为，他开始背着戈丽，悄悄地盘问家中女仆关于戈丽的事情。戈丽此时才若有所悟，知道一些前因后果。这位端庄贤淑的女子已经无法忍受这一切了，于是她开始了自己的反抗。这种强烈的猜疑在夫妻之间产生了一条鸿沟，把两人完全隔开了。

一日，巴勒斯向所有人公布，他认为自己的妻子对他不忠。这之后，他变得更加厚颜无耻、肆无忌惮，时常醋劲大发，天天同妻子无端争吵。而戈丽在痛苦之余，只能用悲哀的眼神回敬他，而这一切更加激怒了那个小气的男人。

渐渐地，戈丽爱上了拜神念经。她请来毗湿奴神会的青年祭师巴勒马南达·斯瓦米，并且做了他的弟子，听他讲解《薄伽梵住世书》。当她全心全意地向神祈求时，她可以忘记一切痛楚。

巴勒马南达是一个公认的正人君子，所有人都崇拜他。但是，巴勒斯由于无法明说自己的怀疑，变得极为暴躁不安。这种怀疑使他显得那么不可理喻。

如果巴勒斯不爆发，我是说，如果现在不爆发，那也是早晚的事。他当着妻子的面辱骂巴勒马南达是"下流胚"、"伪君子"，甚至冲口而出责问妻子：

"你向神明老实说，你心中爱不爱那个大骗子？"

伤心与愤怒的戈丽索性以假当真，气呼呼地含泪道："是的，我爱他！你愿意怎么办就么办！"

巴勒斯立即就把她反锁在屋里，一个人气冲冲地跑去了法院。

戈丽忍无可忍，用尽全力砸断了锁，头也不回就走了。

巴勒马南达正在自己的小屋里向上帝祈祷。突然，戈丽闯了进来。

"你要做什么？"

他的信徒启齿道："师尊，求您救救我吧！把我从这个尘世中解救出来。只要能救我，为您做什么我都愿意。"

巴勒马南达痛斥了美丽的女主角，告诉她，她应该回到丈夫那里。然而，已经发生了的事却始终纠缠着他。

巴勒斯回家一见屋门洞开，忙问妻子："谁来过了？"

妻子回答："谁也没来，而我刚从师父那里回来。"巴勒斯蓦地变得脸色惨白，浑身颤抖，狂怒地问："是他叫你去的？"

戈丽回答："我愿意。"

从此，戈丽被囚禁在美丽的大房子里，不得出门口半步。这件事闹得全城妇孺皆知，咒骂声不绝于耳。

巴勒马南达在知道这一切后，决定暂时告别神一段日子。他考虑起离开这个城市的问题，然而他不忍心弃戈丽于不顾，这样有失男子气概。

从此，他的行动飘忽不定，大概神也在找他。

被软禁在家的戈丽突然收到一封信。信中写道：

"我无法背叛天神，但我同样有义务尽全力保护我的徒儿。若是人间的强暴使你的心受到伤害，请你务必告诉我，天神将会助我解救他的仆人，我可以为那些需要我帮助的人抛弃一切。如果有缘就让我们于本月 20 日中午 12 点整，相聚你家游泳池边。"

戈丽将信塞进了自己的发髻。到了 20 日，为了洗澡方便，她打开发髻。一摸，信已不翼而飞了！她忽然想起：前天晚上曾梳过头发，也许那一切都已让丈夫气得七窍生烟。想到此，戈丽心中很痛快，同时，她又不愿意她的信落到那讨厌的丈夫手里。

令她吃惊的是，她的丈夫已经休克了，手里还拿着那封信。

戈丽眼明手快地从丈夫手中取回信，叫来了医生。

医生诊断说："是受了极大的打击所致。"

那时病人已经咽气。

看来法庭需要重新提拔新人了，而那位巴勒马南达却堕落到如此地步，不理戈丽的悲伤而硬要与她幽会。

刚成为寡妇的戈丽从窗口朝外一望，只见尊敬的师父藏在水池边，像一条狗。陡然，她恍如被雷电击中，垂下了头。在她的心目中，师尊的形象一下降低了。现在，即使杀了她也不会愿意再去见他一面。

下面的师父喊道："戈丽！"

戈丽应声道："就来，师父！"

当有人来打理巴勒斯的后事时，发现地上躺着的是两具尸体——巴勒斯和戈丽。

戈丽死后，嘴角流着血，显然她服的毒药药性很重。这出乎意料的夫妻双亡的事件，蒙上了现代贞妇殉夫的庄重色彩，所有的人都对这对夫妇感到惋惜。

我们选择的道路

鲍勃、多德森和约翰抢劫"蓝日号"快车的保险箱时，
约翰被击毙，
鲍勃的马在逃亡途中折断了腿，
多德森为了逃亡残忍地枪杀了老朋友鲍勃。
多德森用独吞的钱财成立公司后，
采用另外一种方式掠夺钱财。

赤着的脚

——〔中国〕叶圣陶

站在台上的中山先生眼里闪着沉毅的光，
而他眼中那些穷苦农民赤着的脚却让他想起了从前那些苦难的岁月，
此时更让他坚定了革命的信念。

中山先生站在台上，闪着沉毅的光的眼睛直望前面。虽然是六十将近的年纪，躯干还是柱石那样直挺。他的夫人，宋庆龄女士，站在他旁边，一身飘逸的纱衣恰称她秀美的姿态，视线也直注前面，严肃而带激动，像面对着神圣。

前面广场上差不多挤满了人。望过去，窠里的蜜蜂一般一刻不停地蠕动着的是人头，大部分戴着草帽，其余的光着，让太阳直晒，沾湿了的头发乌油油发亮。广场的四围是浓绿的高树，枝叶一动不动，仿佛特意掩饰这会场似的。

这是举行第一次广东全省农民大会的一天。会众从广东的各县跑来，经过许多许多的路。他们手里提着篮子或是坛子，盛放那些随身需用的简陋的东西。他们的衫裤旧而且脏，原来是白色的，几乎无从辨认；原来是黑色的，反射着油腻的光。聚集这么多的人在一起开会，他们感觉异常新鲜，又异常奇怪。

但是他们脸上全都表现出异常热烈虔诚的神情。广东型的深凹的眼睛凝望着台上的中山先生，相他的开阔的前额，相他的浓厚的眉毛，相他的渐近苍白的髭须，同时仿佛觉得中山先生渐渐凑近他们，几乎鼻子贴着鼻子。他们的颧颊部分现出比笑更有深意的表情，厚厚的嘴唇忘形地微微张开着。

他们中间彼此招呼，说话。因为人多，声音自然不小。但是显然不含浮扬的意味，可见他们心头很沉着。

人还是陆续地来。人头铺成的平面几乎全没罅隙，却不如先前那样蠕动得厉害了。

仿佛证实了理想一样，一种欣慰的感觉浮上中山先生心头，他不自觉地阖了阖眼。

这会儿他的视线向下斜注。看到的是站在前排的农民的脚：赤着，留着昨天午后雨中沾上的泥，静脉管蚯蚓一般蟠曲着，脚底黏着似地贴在地面上。

好像遇见奇迹，好像第一次看见那些赤着的脚，他一霎时入于沉思了。虽说一霎时的沉思，却回溯到几十年以前：

他想到自己的多山的乡间，山路很不容易走，但是自己在十五岁以前，就像现在站在前面的那些人一样，总是赤着脚。他想到那时候家族的命运也同现在站在前面的那些人相仿，全靠一双手糊口。因为米价贵，吃不起饭，只好吃山芋。他想到就从这一点，自己开始怀着革命思想：中国的农民不应该再这样困顿下去，中国的孩子必须有鞋穿，有米饭吃。他想到关于社会，关于经济，自己不倦地考察，不倦地研究，从而知道革命的事业必须农民参加，而革命的结果，农民生活应该得到改善。他想到为了这些意思撰文，演说，找书，访人，不觉延续了三四十年了。

而眼前，他想，满场站着的正是比三四十年前更困顿的农民，他们身上，有形无形的压迫胜过他们的前一代。但是，他们今天赶来开会了，在革命的旗帜下聚集起来了，这是中国一股新的力量，革命前途的——

这些想头差不多是同时涌起的。他重又看那些赤着的脚，一缕感动的酸楚意味从胸膈向上直冒，闪着沉毅的光的眼睛便潮润了，心头燃烧着亲一亲那些赤着的脚的热望。

他回头看他夫人，她正举起她的手巾。

河豚子

—— ［中国］ 王任叔

> 他从别人口中得知，河豚子可以毒死人，
> 于是讨来一篮与挨饿的妻子共同分享。
> 可那煮了很久的河豚子毒性消失了，
> 求死不能的一家人依旧挨饿。

他从别人口中得来了这一种常识，便决心走这一着算盘。

他不知从什么地方讨来了一篮的河豚子，悄悄地拿向家中走来。

一连三年的灾荒，所得的谷只够作租，凭他独手支撑的一家五口，从去冬支撑到今岁二三月，已算是困难极了。现在也只好挨饥了。

但是——怎样挨得下去呢？

这好似天使送礼物一般地喜悦，当一家人见到他拿来了一篮东西的时候。

孩子们都手舞足蹈地向前进去。

"爸爸，爸爸！什么东西呵！让我们吃哟！"

这么样的情景，真使他心伤泪落的了！

"吃！"他低低地答一声后，无限地恐怖！为孩子生命的恐怖，一齐怒潮般压上心头，喘不过气来。

他嘱咐妻子把河豚子煮熟来吃，自己托故外去一趟。他并不是自己不愿死，不吃河豚子，不过他不忍见到一家人临死的惨状，所以暂时且为避开。

已过了午了，还不见他回来。孩子却早已绕着母亲要吃了。这同甘共苦的妻子，对于丈夫是非常敬爱，任何东西断不肯先给孩子尝吃的。

日车已驾到斜西，河豚子还依然煮着。他归来了。他的足如踏在云上一般。他想象中一家尸体枕藉的惨状，真使他归来的力也衰了。

然而预备好的刀下舍生的决心，鼓起了他的勇气。早已见到孩子们炯炯的眼光在门外闪发着，过后，一阵欢迎归来的声音也听到了。

"怎么还没有死呢？"他想。

"爸爸！我们是等你来一同吃呀！"

"哦！"他知道了。

一桌上争争抢抢地吃着。久不得到鱼味的他的一家人，自然分外感到鲜甜。

吃好后，他到床上安安稳稳地睡着，静待这黑衣死神之降临。但毕竟因煮烧多时，河豚子的毒性消失了，一家人还是要安安稳稳地挨饿。

他一觉醒来，叹道："真是求死也不得吗？"泪绽出在他的眼上了。

早上——一堆土一个兵

——[中国] 沈从文

战争中，一个老同志很有经验连连击中敌寇，
一个戴钢盔的学生也学老同志的样子，
结果一命呜呼，阵地上只剩下一堆土一个兵。

天欲发白。一切皆静静的。这分沉静便孕育了稍后一时金铁齐鸣的种子。

老同志伏在山地土沟边如一只狗，身穿破棉袄儿，见得多，听得多，胆量稳稳的，心沉沉的，不怕冷，不怕饿。

为的是会那么一手，有了经验，到时候天空中燕子似的钢铁飞窜，"来，X你的娘，炸你个七块八块！"一下子把那个黑沉沉的玩意儿，向远处抛去，訇——一堆烟子，一堆石头，一堆泥土，向上直卷。一口猛劲的犁，一只瞧不见的大手，这么一下翻起多少东西！那大腿，那手指，那点撕碎拉长的内脏；起花的肠子，水蛇似的肠子。"来，X你祖宗，再来一下！"又再来了一下。

在那时节老同志是半疯的。空中的一切声音皆使他发疯。"来，X你……"便又再来了一下。每一个动作相伴而来的是个粗俗的字眼，这包含了一种力量，一分气。

老同志可没有死，天知道这是谁出的主意，勇敢人照例就不会轻易死。枪子儿常常赶人背后穿，你想跑，只一下子你便完事了。你不跑，你不会在冲过来的毛子以前完事。

嘘——一颗流弹；一只紫色的鸟儿打头上飞过去，一个信号，暴雨中第一滴雨点。来了，昨天的事又快来了。同天明一样，黑夜一走终究要来的。

一切过去了，黑夜和沉默皆已过去了。远处有了机关枪声音一阵，过后又异常沉静了。

天已亮，好像再不会有什么事。

老同志把手在空虚里抓了一把，看看风向什么方面吹。老同志身边有一个小同志，一个学生，那顶圆圆的钢盔搁在头上，代为说明他来到这儿还不多久。那学生哑哑地说：

"老同志，别开玩笑，小心一点儿。"

"小心一点儿？小心你做皇帝的命！你是来干吗的？我问你。"

那一边便无回嘴声音了。

过一会儿，那戴了钢盔的学生却说：

"老同志，老同志，到了一万顶钢盔，今早冲锋时可不怕机关枪了。"

人年轻了一点，话说得那么傻，真像机关枪子儿单拣脑瓜子钻，别一处皮肉不兴穿过似的。故老同志听到这儿时笑也不笑。后面的人要买帽子爱国，前面的可不要。他们要大炮小炮，要机关炮同向空中飞机瞄准的高射炮，向谁去要？从学生看来这老同志正有点傻，像那么勇敢，那么猛，不是傻子谁做得出这件事。看看地面各处已现出了淡淡的轮廓，壕沟如一条黑色带子，向高处爬去。学生问：

"老同志，老同志，你为什么到这儿来？"

"我为什么到这儿来？鬼明白。你为什么到这儿来？我问你。人明白的都不来，来的就不大明白。大家都想搬了宝贝向南边跑，不要脸，不害羞，留下性命做皇帝，这块土地谁来守？"

"你有家……有土。"

"我有田土舍不得离开吗？我有坟土。毛子来了，占去咱们的土地，祖宗出了多少力，流过多少血，家门前一块肥土让他们拿去，不丢丑？读书人不怕丢丑我可怕丢丑。站不住了，脑瓜子炸了，胸脯瘪了，躺到那炮弹犁起的坑里去，让它烂，让它腐。赶明儿有人会说：'老同志不瘪，争一口气，不让自己离开窄窄的沟儿向宽处跑。他死了，他硬朗，他值价。'"

那学生一句话不说，也把手在空气中捞了那么一下，想爬过来一点，似乎要亲老同志一下，老同志说：

"伙计，小心点，不是玩的。"

"得啦，我让你去做皇帝。我把你这个……"他想脱下那顶帽子，这帽子使他害了羞。

呦——

一下子小雏儿完了，放翻了，一个滚便转到壕沟里泥水中去了，一顶钢盔留在老同志身边。

"发明这玩意儿帽子？"老同志道，"天空中落雪子时，戴它到头上去，挡一阵雪子。送来一万顶，好像全望着别炸碎脑子，枪子儿赶别处进，把受伤的填满一个北京城，让人知道抵抗了那么久，伤了那么多，就来讲和似的。妈妈的，你们讲和我不和，我怕丢丑，我们祖宗并不丢丑。"

稍远处有了枪声，左边有了枪声，右边有了枪声。老同志摸摸身边，身边有一十七个炸药作馅的铁棒槌。寒气中一切皆结了冰似的。空气结了冰，铁也结了冰。

今夏流行明黄色

——［中国］刘心武

> 珊珊穿衣讲求时髦，
> 她的杏黄色连衣裙刚穿上两天就又换成了明黄的上下分开两件套，
> 可是当她又一次与男朋友约会时却穿了一件淡紫色的连衣裙。

猛不丁觉悟过来，已经晚了！

珊珊急匆匆地跑过几个自由市场，最后总算在秀水东街那儿买到了一件连衣裙，金黄色！黄得扎眼！

她穿着它去赴约会。

"我差点没认出你来！"男朋友上下打量着，眉毛飞上去。

"你没想到我也能弄着一件吧？唉，都怪我小病了一场，才半拉来月，跑到大街上一看，嗬，时兴上这号亮黄亮黄的了！怎么样，够派吧？"

"嗯——"男朋友的眼光分明不怎么能赶上趟。

穿着那连衣裙去上班，刚一进财会科，几位女伴就围了过来。

"哟，你这不对劲儿，眼下时兴的是明黄，不是这号杏黄！"长着一双丹凤眼的吴淑丽警告着她。

"当年不是只有皇上家才能用明黄色吗！这年头，个个姑娘都想当女皇了！"韩大姐一边叹息着。

珊珊不计较韩大姐的评语，可淑丽的话却让她全身冒汗。

回到家，妈妈责问她："怎么刚穿两天的新衣服，就让你这么一尾巴扔到了一边？"

"您懂什么！它黄得不对！"

妈妈耸耸肩膀。这年头，姑娘们竟敢一身黄地摇来摆去。她当姑娘那阵，连"黄"字也不敢说哩。"你这人真黄！"那就离坏分子不远了。

再一次赴约，珊珊转着身子让男朋友看清楚："是正经明黄的，不是错色的！"转完了，她指点着远近的黄衣姑娘向他宣谕，"瞧，不对，又一个不对，她们都没弄着正庄货，杏黄，多怯！浅黄，太嫩！土黄，老气……"

男朋友想表现一下独立思考能力："我觉着柠檬黄不错！"

"柠檬黄?！还桔子黄呢！"

珊珊得意地把明黄色穿到了财务科，吴淑丽头一个尖叫起来："新潮！这回真新潮了！上下分开两件套，比那古古板板的连衣裙洒脱多了！"

珊珊正笑成一朵花，淑丽凑到了她身前，没想到用手指头一捻她的料子，一双丹凤眼就"开了屏"："呀！你这料子不对！如今时兴的是光面软缎，你这个——"

珊珊的笑容枯萎了。

再一次赴约，她往伸脖瞪眼的男朋友后背一拍："你瞧哪儿呢？"

男朋友扭过头，一瞧："你——我以为你还是明黄色呢，让我好找，满眼尽是明黄色了！"

珊珊这天穿的却是一件淡紫色的连衣裙。

我们选择的道路

—— ［美国］欧·亨利

鲍勃、多德森和约翰抢劫"落日号"快车的保险箱时，

约翰被击毙，鲍勃的马在逃亡途中折断了腿，

多德森为了逃亡残忍地枪杀了老朋友鲍勃。

多德森用独吞的钱财成立公司后，

采用另外一种方式掠夺钱财。

在不停地行驶了十几个小时后，"落日号"快车不得不为车里的人员补充水源，而加水的地方就在图林以东的某个地方——一个不太大的供水站。

列车的工作人员开始忙着给车子加水，而与此同时，有三个人爬上了机车。他们是鲍勃·蒂德博尔、"鲨鱼"多德森，和一名有四分之一克里克人血统的名叫"大狗"约翰的印第安人。三只火枪口坚定地对准了正在抽烟的司机。显然，司机很惊慌，因为烟头掉在了地上，而且几次张嘴都没有说出一句话。

"鲨鱼"多德森是三人中的首领，他干脆地命令司机走下机车，脱下机车和后面的煤水车的挂钩。接着"大狗"约翰蹲在煤堆上，用枪威胁着司机与司炉，命令他们把机车开出五十码之外。司机和司炉面对着枪口，不得不服从。

"鲨鱼"多德森和鲍勃·蒂德博尔认为，在乘客那里并不会有太多的收获，不必多费手脚去沙里淘金，列车的保险柜才是更大财富起源。他们发现，服务员以为"落日号"快车不过是在加水，对于车里发生的抢劫之事一无所知，因而显得从容自若。当鲍勃拿他的左轮手枪和枪柄把这种念头敲出他的脑袋时，歹徒已经将大包的火药堆向了保险柜。

随着一声巨响，金钱与宝石全都呈现在歹徒的眼前。旅客们偶尔把头伸出车窗外，瞧瞧天空有没有雷雨云。列车长拉了拉铃索，铃索似乎失去了弹力，一拉就掉了下来。"鲨鱼"多德森同鲍勃·蒂德博尔已经将战利品收拾干净，从车厢跳下，脚登高筒靴，慌慌张张地奔向机车。

司机有碍于眼前的手枪，心里的气无处发泄，还好他并未被冲昏头脑。他遵

照命令将机车驶离车厢。可是要知道，没有一个计划是天衣无缝的。列车的报务员看出了蹊跷，瞄准空当，掏出手枪向歹徒打去。"大狗"约翰先生对这个列车员太大意了，无意间一步失算成为了活靶子，子弹穿透了他的心脏。这位克里克的骗子从车上滚到地上，他这一死无疑使他的同伙分赃便宜了许多。

从水塔开出二英里，歹徒逼迫司机立刻停车。

现在列车已不再具有先前的吸引力了，他们迫不及待地离开车厢寻找一个可以分赃的地方。他们在茂密的灌木丛中呼啦啦地猛撞了五分钟，来到了他们先前找好的地方，那里有三匹马拴在下垂的树枝上。其中一匹马在等待着"大狗"约翰，他可不会再来骑它了，尽管他生前非常想拥有这一时刻。强盗们卸下它的鞍桥，显然重获自由这一刻的兴奋可以令它暂忘主人一段日子了。

他们跨上了另外两匹马，将帆布袋横跨在前鞍桥上，小心翼翼地快步穿过树林，好容易找到了远处的一个幽美的峡谷。驮着鲍勃·蒂德博尔的那匹马由于在坎坷的道路上行走过快而跌断了一条前腿。没过多久，它就被主人当成拖累杀了。他们开始坐下来商量怎样远走高飞。他们是沿着一条迂回曲折的小路来到这里的，显然，他们拖动这些抢来的财物时显得神采奕奕，但现在他们早已疲惫不堪了。他们认为，在可能来追踪他们的最快捷的武装人员之间，在时间和空间上颇有一段距离。"鲨鱼"多德森的马松开了笼头，拖着缰绳，在青草地上尽情享受着它的美食，完全没有为同伴的离别而显得烦躁不安。鲍勃·蒂德博尔打开了帆布袋，和同伙重新清点了所有的战利品，那些东西可以让他们挥霍好长一阵子。

"天啊！你真是天生的谋略家！"他欢天喜地地招呼多德森，"我不得不承认，如果没有你，我们得不到这一切。"

"快想想以后要怎么做吧！别再废话了！我们不能在这里耽搁太久。明天天亮以前他们会追上来的。"

"同骑一匹马，直到买到新马为止。"乐观的鲍勃回答，"我们会买下我们最先碰到的马。瞧吧！我们是有钱人了，这么多钱！看钱袋上的标签，有三万——每人一万五！"

"牺牲那么多却只换来这么少的东西。""鲨鱼"多德森说，说时用靴尖轻轻地踢着帆布袋。于是他心事重重地瞧着他那累坏的马的湿滴滴的两胁。

"老玻利瓦尔恐怕是使尽了精力，"他慢吞吞地说，"如果你骑它时再小心一点该多好。"

"我也这么想，"鲍勃真心真意地说，"不过已经无法可想了。玻利瓦尔是唯一的希望，只有这一个办法了，不是吗？直到我们得到新的坐骑。这死的鲨鱼，我想起来就觉得滑稽，来自东边的你是那么精明，尤其是在做这种冒险工作时，我们本地人根本没法与你比。你可以告诉我你的老家吗?"

"纽约州,""鲨鱼"多德森说,他看来有些累,也有点饿,"我出生于乌尔斯特县的一个农庄。由于许多原因,很小的时候我就一个人开始闯天下。我来到西部纯属偶然。我把衣服打成一个包,沿路走去,目的地是纽约城,我很有信心在那里做一番大事业。一天傍晚,我走到一个岔路口,不知道该向哪边走好。糊里糊涂地走了一条路。那天夜里,我走进了'大西部'戏班的宿营地,那戏班在小城镇巡回演出,我就同戏班子一道到西部来了。我总埋怨命运在捉弄我,时不时地和我开玩笑。"

"啊,我认为这同你原来的结果大概没有什么两样,"鲍勃·蒂德博尔颇有点哲学意味地愉快地说,"路不能决定一切,是我们内心的什么东西改变了我们自己的人生。"

"鲨鱼"多德森起身靠着一株树站着。

"我很想现在有两匹马在我们面前。"他又说了一次,几乎是悲天悯人的样子。

"我还不是一样!"鲍勃同意道,"它确实已经尽了它这个年龄的所能。可是玻利瓦尔会带我们渡过难关,万无一失。我想我们还是走吧,好不好,鲨鱼?钱先全放在袋子里,就这样放着,谁也不动,然后上路找一个安全的地方。"

鲍勃·蒂德博尔一切都按多德森说的办了。当他抬起头来,他看到的最醒目的东西是"鲨鱼"多德森的四五口径的枪口,方向无疑是他的脑袋。

"别开玩笑了,"鲍勃勉强一笑说,"警察要来了。"

"不要以为我在开玩笑。""鲨鱼"说,"你不必上路了,鲍勃,我不愿告诉你,我本不想杀你,可是只有一人一马才可以逃脱,你已成为我的托累了。"

"我们是多年的好朋友了,'鲨鱼'多德森,"鲍勃平静地说,"我们好多次同甘苦共患难。我从不骗你的钱财,我一向非常尊重你的为人。我听说过一些奇谈怪论,说你不光彩地枪杀过一两个人,我不但不信任,还为你辩解。嗯,如果你不过是跟我开个小的玩笑,'鲨鱼',那就把枪收起来,我们抓紧时间快点上路。如果你要开枪——那就开枪吧,你这忘恩负义的小人。"

"鲨鱼"多德森的脸上显出深切悲痛的模样。

"当你的栗色马摔断了腿,"他叹了口气,"你应该知道,你就是多余的了。"

然而悲伤立刻被冷酷代替,多德森在五秒钟内做出了自己的决定。

鲍勃·蒂德博尔果真不再上路了。那个黑心朋友的致命的四五口径手枪一声巨响,引起山鸣谷应,终于如人所愿,一人一马安全地逃离了那个城镇与峡谷。

可是当"鲨鱼"多德森向前疾驰的时候,树林似乎丧失了影踪,右手握着的手枪好像变成桃花心木椅子的曲臂,他的马鞍也离奇地高举起来。于是,多德森从梦中醒来，回到了繁忙的办公室。

我这是在告诉诸君，多德森——德克尔公司的多德森，即华尔街的经纪人，张开了眼睛。他那心腹职员皮博迪坐在一旁呆呆地看着他。办公室的里里外外仍是吵闹不止，令人心烦意乱。

"啊哈！皮博迪，"多德森眨眨眼说，"你来时，我睡多久了，我想一定很长时间了吧？"

"特雷西——威廉斯公司的威廉斯先生在外面。他是来结那笔爱克斯股票账的。他抛空失了手，先生，你一定不会忘记了吧？"

"是的，我记得。爱克斯股票今天的行情是多少？"

"一块八毛五，先生。"

"好了，就按行情给吧！"

"请谅解我的鲁莽，"皮博迪局促不安地说，"我认为您应该再重新考虑一下。他是您的一位老朋友，多德森先生，而您实际上已垄断了爱克斯股票，我想您可能——我是说，价格高得太离谱了，我记得，他卖股票给您的价格好像是九毛八，如果您这样做，按照市价结算，就会使他从此沿街乞讨。"

多德森脸上的表情一下子变得冷酷无情且贪婪无比，正像梦中一样，一切都变得那么快。

"你难道没明白我的话？"多德森说，"照市价结算！"

最好的忠告

——［美国］玛·马丁

我对朋友给我的忠告怒火中烧。

爸爸却告诉我仔细考虑朋友的话改正自己的缺点，

当我在专业上受到挫折时，

是朋友们帮助了我，让我听到了真话。

我成功了，我要感谢爸爸教会我如何倾听。

如果说异性相吸，那同性注定要相斥，因为我和那个女孩从十几岁起就成了"敌人"。随着时间的推移，她对我的攻击面也越来越宽。我生活的方方面面，凡是她所看到的都会尽情地批评一顿，似乎她是我的保护人一样。起先我尽量忍耐，但后来却禁不住怒火中烧。我去向爸爸求助，希望爸爸可以为我出一口恶气。

我说了所有关于我们的一切，一点不剩。爸爸听后问："那么她说的是真话，还是假话？"

怎么会是真话？我真想反问爸爸，她说的还会是真话？

"玛丽，现在你既然已得知那姑娘对你的看法，不妨冷静地考虑一下她的话，然后重新把她的话与自己的行为作一下对比，暂且将怒气放在一旁。"

我照父亲的话去做了。令我大吃一惊的是：她说的好多话都是事实，虽然有一些是胡说八道！尤其是她说我"枯瘦如柴"，我不可能一下子胖起来，但她所说的我的许多缺点我却是完全可以克服的——我也不知为何有这个念头。也许我真的应该认真地反省一下自己，而不是排斥一切逆耳的话。父亲对一切都置之不理。"好好地处理这些事吧，你会做好的是不是？"他说，"因为你比世界上任何人都更真实地了解你自己。但是你得学会接受别人的意见——不要由于生气或难受做出错误的判断。如果别人的议论没错，那你一定第一个知道的。当然，接着就去克服这一切。"

从小到大，父亲都是我的榜样，他把事业和家庭都照顾得好好的。他是城里的首席法官兼律师，同时还是学校董事会的董事长。不过，眼下我却感到难以接受他的观点。他的这次宣判对我的"敌人"的惩罚太轻了，似乎只是我在忙活。

"那么，就这样结束这件事吗？"我说。

"玛丽，只有一个办法使人永远不被议论和批评，那就是：什么也不说，或者什么都不干——然后你就理所当然地成为了世界上的寄生虫，一个彻底的废物。"

"是的，"我承认道，"就是在那时我都是壮志满怀的哩。"

然而这一切都并未结束，甚至没有达到一个顶峰。事情发生在我们即将登台演剧的另一星期。我是剧中一个至关重要的角色，所以心中的感受可想而知。演出的前一周，几位朋友准备在邻近的湖畔举行一次野餐会。那天非常寒冷，妈妈要我呆在家中以免感冒。我很生气，妈妈也不高兴，并且为此"战斗"了一番。

看到人家一个个跃入水中，我的心便痒得难受，我决定违背妈妈的意愿驾小船赴约去了。

营边的朋友打闹得太厉害，小船刚要靠岸就翻了个底朝天！我立刻双脚一蹬跳上了岸。真不知道是哪个酒鬼喜欢喝完酒摔瓶子，我的双脚踏踏实实地踩在了碎玻璃上面。

我不能出演主角了，候补演员却大获成功。父母大概永远不会知道我受伤的真正经过。因为我已决定对他们撒谎。

"玛丽，你妈的话你只听进去了一半，她不是担心寒冷的天气会让你患上感冒——不去游泳只是保证不感冒的因素之一，难怪你倒了霉。"爸爸严肃地说。

我辩解说："我在主观上是服从了妈妈的话呀！"

"但你并未坚持你的意见，"他停了一下，又说，"你会发现，世上有许多人会对你发出五花八门的劝告。别掩上耳朵，什么人的话都可听听，但不要服从于那些劝告，而要思考那些话的意义。"

这个忠告影响了我今后的生活。我去过好莱坞，满怀希望能进军摄影界，我应了一次又一次的试，然而每次我都是榜上无名，大家都称我为"应试玛丽"。有个导演面试了我好多次，也许觉得我是个白痴，因而对我不客气地说："'应试玛丽'，你的鼻子太大、脖子又太长，你应该把这份执着用在别的行业上！"

也许我应该考虑他的意见，但对于天生的鼻子和脖子我是无计可施的。但我要改变所有我可以改变的缺点！最后，我需要倾听的那种真话终于进入了我的耳朵。那是一个名叫莎尔美发·恩的仁慈又智慧的人对我提出的忠告。他正负责为一家著名的歌剧院招优秀的歌剧演员。我当然欣然前往，但仍未被录取。但他并未对我显出任何的无奈与厌恶，反而私下给了我几句忠告。

开始，由于种种的打击，我无暇顾全他的忠告。不过后来，当我再一次细琢磨时，我却茅塞顿开。就像爸爸说的，我在内心深处，在别人未发现的情况下，我明白了许多事情。好了，我现在要去做些什么了。我试着各种著名的发声法，但科恩先生却指出我走错了路子！我现在需要接受他的意见了，因为我知道，那对我很有用，而且我发现自己的水平已有了很大的提高。

过了几周，有家好莱坞夜总会招聘演员，我这个"应试玛丽"又去了。这次我没有模仿别人，而把"自我"完全地表现出来。我想，我就是我。我还改变了以往的装束。如果不是我站在了台上，单凭衣服是绝对猜不出我是来应聘的。最终，这种"真我"赢得了评委的赞赏，我被招聘了。

有了第一次后，紧接着第二次，第三次……不久我便成了百老汇红得发紫的明星。我已达到了事业的顶峰，我被五花八门的声音包围住了——建议、赞美，所有人的目光都聚集在我身上。我努力使自己听到内心深处的那种共鸣，但要真心辨别真伪的确不简单。我必须依靠那些乐于指导和帮助我听到真话的人们，令我欣慰的是我的丈夫就是这样的人，他给了我不少帮助。

我将在百老汇上演《音乐之声》。理查——我的丈夫为我收集来自各方的评论，并仔细加以分析。他要我尽力改正他们指出的每一点缺陷。后来当我在百老汇正式公演时，我的演技令在场的所有人叹为观止，当然也包括那些著名的评论家——他们甚至为抓不到我一点缺点而生气了。

"现在该是你自己的判断起作用的时候，"我丈夫坚定地说，"既然剧本和角色已不可改变，那你就应该把握住基础，不要再受其他影响。"

是的，该是我尊重自己意见的时候了。我真得感谢爸爸——是他教会我如何倾听的！

畸 人 志

—— ［美国］舍·安德森

年老的他凭借深厚的文字功底和切实的感受著成了《畸人志》，
然而他年老时为看见窗外的景色，
把床垫得同窗台一样高，
也同样是把持着自己的信念，也是个畸人。

作家是个年过半百的白须老者，常年的病患使他行动有些不方便，尤其是在上下床的时候。他住的房屋，窗子是高高的，清晨起来要看到外面的美丽景色便成了他每天第一件困难的事。他要求一个木匠来改装床，使床和窗台一般高。

这在木匠看来并非是一件容易的事。木匠在内战中当过兵，他走进作家的房间，坐了下来，谈着为了使床变高必须做的种种工作。谈得高兴时，两人又开始尽情地吸作家的进口雪茄。

如果说他们的谈话有 30 分钟，那么近 20 分钟他们用来谈了其他事情。内战当然是主要话题。事实上是作家把他引到这个话题上来的。木匠一度是安德森维尔监狱的因犯，也曾经丧失掉一个兄弟，他兄弟是饥饿而死的，兄弟在自己同样饥饿的情况下仍照顾着木匠老人，最后他的兄弟被活活饿死了。木匠和年老的作家一样，也生着白胡子。他哭的时候，白胡子会跟着嘴唇的节奏而上下跳动。一个白胡子老人在大声哭泣时，嘴里仍叼着一根雪茄，那模样可想而知。作家忘掉了原来把床垫高的设想，后来木匠便自作主张地搞起来。作家已 60 岁开外，要上高一点的地方对他来说并不是件容易的事。

作家侧身躺在床上，睡得十分安静。多年的病一直挥之不去。长时间过多的吸烟只是在为他的病情雪上加霜。他心里老是在想，他会在什么时候意外地突然死去，这种可怕的想法在夜里醒来时更加清晰。面对这些，他并没有沮丧或烦躁。事实上，这种影响很特殊，也不容易解释。这使他在床上时比旁的时候更富有生气。身体的老化已让他无法像年轻人一样活动，但他的思想依然如壮年时一般无恙。他像是一个孕妇，只不过在他身体内的不是婴儿而是青年罢了，也许说是一个女人更加贴切，样子很不一般，年纪轻轻的，穿了铠甲像一个武士。你瞧，要想道出老作家躺在高床上谛听自己的心悸时身体内究竟有什么东西，实在不是一件容易的事，而且有些不可知的因素存在。得搞明白的是：作家以及他体内的那个女人是什么样的人，他们的思想以及别的什么。

在老作家多年的生活中，他对各种问题都有独特的见解。他曾爱过很多美丽的女人，许多女人也曾爱上他。还有，当然他曾认识许多人，在各种奇特的场合下和他们交朋友。也许这是老作家一生的财富，而这些让他对生命充满希望。何必和一个老人为了他的想法吵架呢！

作家在床上做着一个不是梦的梦。在似睡非睡时所有人物的形象都清楚地出现在他脑中。如果说是梦，倒不如说是他的"财富"在人物化了。

你瞧，这一切之所以使人感到兴趣，都在于来到作家眼前的人物身上。他们都是畸人。然而，依稀可辨认这些人物都是老作家的旧识。

还好，大部分的畸人仍可让人接受。有的有趣，有的几乎美丽，只有一个女人畸形得有点离谱，她以她的畸形伤了老人的心。她的一举一动像是在用手敲打着老人的心。你如果走进房间，你会以为，这是老人做了噩梦或是消化不良的缘故。

畸人的行列在老人眼前走了一个钟头，但却给老人带来灵感，让他安静地拿笔写作。这是一个难得的机会，老作家决定要用笔来牢牢地抓住这机会。

经过不懈地努力，他终于写成了一本书，称之为《畸人志》。这书从未发行问世，但我读到过一次。我不得不承认那是一本很不错的书，尤其是书的中心思想，标新立异，别具风格。记住了这个中心思想，我才得以理解我以前从不能理解的许多人和事。这思想是复杂的，简单的说明大致如此：

起初稚嫩的地球思想泛滥，惟独缺少的便是真理。真理会在恰当的时候由恰当的人类自己创造，但没有一个真理来源于清楚而确定的思想。真理将处处存在。

老人将诸多思想转化成美丽的真理。我不想把它们全都告诉你们。其中有关于童贞的真理和激情的真理，财富和贫穷的真理，节俭和浪费的真理，粗疏和放荡的真理。但所有的真理都闪烁同样美丽与耀眼的光辉。

人类的作用表现出来了。每个人出现时抓住一个真理，并且将自己的真理广为传颂。

使人变成畸人的，便是真理。在这一点，老人自有一套十分微妙的理论。他认为：在生活中，每一个人不可以固执己见，如果有谁这样做了，称之为他的真理，并且努力依此真理过他的生活时，他便变成畸人，而他坚持的所谓的真理却根本沾不上真理的边。

　　对于以上观点，老人凭借深厚的文字功底与切实的感受将其著成了上百页的书。这个主题在他心里会变得那么庞大，他自己也有变成畸人的危险哩。他之所以没有变成畸人，我想就因为他始终没有出版这本书。这也许要好好地感谢老人体内的那个年轻事物。

　　还记得前文讲的那个年老的修床的人吗？我之所以提到他，只是因为像许多所谓十分普通的人一样，他把持着自己的信念生活了大半生，同样他也是畸人。

三个问题

——［俄国］托尔斯泰

国王想知道三个问题的答案，
于是四处征集，但却不能令他满意。
于是去找一个博学的隐士，
其间他帮隐士挖地还救了来杀他的人，
他用自己的行动回答了三个问题。

从前，一个遥远国度的国王突发奇想，如果他总是知道开始做一件事情的适当的时间，如果他知道谁是他该听取意见的恰当的人，而谁又是他应该避开的人，还有什么时候他最应该做什么事，当然，他希望知道更多的事情。

他将这些问题公告天下，要是有谁告诉他：何时是开始行动的合适时间，谁是他最需要的人以及他如何才能知道什么是他要做的最重要的事，那他的下半生将会拥有享用不尽的金银珠宝。

国王面前来了许多博学之士，他们带来了不同地方的答案，内容当然千奇百怪。

在第一个问题的观点上，有的人说，为了知道采取每个行动的适当时机，一个人必须事先列出一张年月日的行事日程表来，然后严格照表行事。有的人说，要事先确定采取每个行动的适当时机是不可能的，但只要踏踏实实地对待每一件事，从中找出目前最需要的事情，这就行了。还有人说，国王对于正在进行的一切不管怎样的经心在意，要靠一个人来正确地判断何时是采取行动的适当时机，也还是不可能的，选拔几个优秀人才组成小团体专门研究时机问题也许会收到意想不到的效果。

可是，这时候又有人说，有些事过于紧急，来不及经过多个人员进行讨论就得立即拍板。为了做出这种决定，你就得事先知道将会发生什么情况，而这并非正常人能够办得到的。因此，为了知道采取每个行动的适当时机，你得请教术士才成。

对于第二个问题，答案也是各式各样的。所有与国王有过接触的人似乎都被列了出来。

对于第三个问题，即什么是最重要的事，有人回答说，世上最重要的事是科学，另一些人说是战士的武功，还有些人则说是宗教信仰。

答案虽然多之又多，但没有一个是国王欣赏的。但他仍然希望能找到问题的正确答案，所以决定去西方请教一位在民间被广为传颂的以智慧与勤劳并称的隐士。

隐士性情孤僻但对来客的要求比较简单，除了普通老百姓以外，不接待任何人，所以国王微服去拜访，在到达隐士的小庵之前就下了马，身边只留下一个侍从。

没费多大力气，国王就找到了隐士。在远处，一个小小的身影正在吃力地劳动。他见了国王，跟他打了个招呼，还是继续挖他的地。他像是由于长期的营养不良而显得极瘦。他的铁锹每次下去似乎改变不了地面多少变化。

国王走上前去对他说："我是专程来找你的，有三个问题非常需要你给我解答：我如何才能知道在正确的时间做正确的事呢？谁是我最需要的人？最后，什么是需要我首先关心的最重要的事？"

隐士的锹在暂停了一下后又径自地挖起地来。

"你累了，"国王说，"如果你不介意，我想我可以帮你。"

"那谢谢了！"隐士说，把铁锹递给国王，很悠闲地躺在地上休息。

国王挖了两畦地，又停下来提出他那三个问题。隐士还是没答话，伸手要接锹，轻声说道：

"现在你歇一歇吧——让我来挖会儿。"

但是国王不给他铁锹，一直埋头为隐士挖地。时间一分一秒地过去了。太阳似乎不耐烦了，躺进了山的背面，国王更没有太阳的耐性，他一扔铁锹，说道：

"我到你这儿来，圣明的人，是为了给我的问题求得一个答案。如果你不能或不愿给我答案，那你不妨直接打发我走人。"

"有什么人跑过来了，"隐士说，"让我们瞧瞧，是谁。"

国王转过身，看到一个长着大胡子的人从他来的方向跌跌撞撞地冲过来。那人用手按住肚子，浑身都是鲜红的血。只跑到一半，他就支撑不住了，倒在地上，发出微弱痛苦的声音。国王和隐士解开那人的衣服，看见上面的伤口大的可怕。国王尽量把伤口洗净，用他的手帕和隐士的一条毛巾把它包扎起来。但根本止不了多少血。过了一阵子，血流得少了，那人缓缓地睁开眼睛，要求给点水喝。国王满足了他的要求。这时候，太阳已经落山了，凉气渐重。所以国王在隐士的帮助下把伤者扶到庵里，他需要休息，而且他现在也无法告诉他们任何事情。国王由于赶了路，又做了许多事，就在门槛上坐下来睡着了——由于疲劳，他睡得很沉，即使夏夜的凉气也无法打扰他片刻。早晨醒来，国王用了很长时间才记起昨天的种种事情。

"宽恕我吧！"大胡子看见国王醒了，正看着自己，就声音微弱地说。

"这话是什么意思？你是在对我说吗？"

"你不认识我，可我认识你。我就是那个誓死要亲自向你报仇的仇人，因为你处决了我的兄弟，又没收了我的财产。我探听到了你昨天的行踪，于是埋伏起来准备为我兄弟报仇。但是白天过去了，你没有回去，所以我就从埋伏的地方出来找你，可是你的侍从记性太好了，不但认出了我，还打伤了我。我是逃出来了，但要不是你把我的伤口包扎好，我还是会死去的。你以德报怨那么圣明，我将为你效犬马之劳，我会将你的圣行传遍天下，但请你首先宽恕我吧！"

国王一开始很惊讶，但听到最后他紧紧地握住那人的手。他不仅宽恕了他，还说要派他的仆人和他自己的御医来看护他，又答应归还他的财产。

现在国王又不得不去找隐士谈谈了，因为离开之前他还希望再一次为他提出的问题求得一个答案。这时候，隐士已不再用锹了，地上的土都已翻好，一粒粒绿油油的小种子被撒在了地里。

国王上去对他说：

"我最后一次请求你，圣明的人，回答我的问题吧。"

"你已经自己解开了这些问题。"隐士说，干瘦的身子半蹲在地上，但很认真地对国王说。

89

"什么答案？你这是什么意思？"国王问。

"你难道还不明白，"隐士说，"要不是你昨天可怜我衰弱无力替我挖地，而是直接回到你的宫殿，那个人就会袭击你，你就可能死在他的手里。所以最重要的时候就是你在挖地的时候，而我就是你最重要的人，为我做好事是你最重要的事。然后，那人受了重伤，这时候最重要的时候是你看护照顾他的时候，因为要不是你包扎好他的伤口，你无法拥有一个如此全力效忠你的侍者，所以他是最重要的人，你为他所做的事是你最重要的事。记住吧！没有什么时间比现在更重要了！

"它所以重要，就是因为它是我们唯一有所作为的时间。最重要的人是同你在一起的人，一点点恩惠会改变人的一生。而最重要的事则是对他做好事，为了别人，也为了自己。现在你应该明白了吧！"

柔弱的人

—— ［俄国］ 契诃夫

我无理地苛扣家庭教师尤丽娅的工资，
而她的反抗竟是软弱的眼泪。
我生气地训斥了她的软弱并告诉她，
我刚才只是同她开了个玩笑，
然后将工资如数地付给了她。

前几天我曾把孩子的家庭教师尤丽娅·瓦西里耶夫娜请到我的办公室来，要和她谈谈孩子的情况，顺便付给她应得的工资。

我对她说："请坐，尤丽娅·瓦西里耶夫娜！我想工资应该付给你了。您也许要用钱，您太拘泥礼节，自己是不肯开口的……呶……我们和您讲妥，每月三十卢布……"

"四十卢布……"

"不，三十……每月的工资我都清清楚楚地记下，我一向按三十卢布付教师的工资的……呶，您呆了两月……"

"两月零五天……"

"整两月……那就按两个月来记好了。这就是说，应付您六十卢布……扣除九个星期日……在星期日您不会和我孩子学习过多的东西，而玩耍的时间会更多一些……还有三个节日……"

尤丽娅·瓦西里耶夫娜骤然涨红了脸，牵动着衣襟，但一语不发……

"三个节日一并扣除，应扣十二卢布……柯里雅有病四天没学习……您只和瓦里雅一人学习……您牙痛三天，我夫人准您午饭后歇假……十二加七得十九，扣除……还剩……嗯……四十一卢布。一点问题也没有吧？"

尤丽娅·瓦西里耶夫娜的表情更加难看，她显然想说什么，下巴在颤抖。突然她神经质地咳嗽起来，然后擦了擦鼻涕，但还是没说一句话。

"新年底，您打碎一个带底碟的配套茶杯，扣除两卢布……你应该知道我没有按茶杯的全价，它是传家宝……上帝保佑，我总是不停地丢失财产！而后，由于您的疏忽，柯里雅爬树撕破礼服……扣除十卢布……女仆盗走瓦里雅皮鞋一双，也是由于您的玩忽职守，您必须得对此负责，要不是因为您，这一切都不会发生的。所以，也就是说，再扣除五卢布……一月九日，您从我这里支取了十卢布……"

"我没支过！"尤丽娅·瓦西里耶夫娜声音小得可怜。

"听着！我可不是傻瓜"。

"呶……那就算这样，也行。"

"四十一减二十七净得十四。"

尽管她的表情不停地在变，甚至多了些泪珠，但也只能是随她去了。令人怜悯的小姑娘啊！

她用颤抖的声音说道："有一次，我只从夫人您那里支取了三卢布……再没支过……"

"是吗？这么说，我得重新写一下我的账簿！从十四卢布再扣除……呐，这是您的钱，最可爱的姑娘！三卢布……三卢布……又三卢布……一卢布再加一卢布……请收下吧！"

我把十一卢布递给了她，她接过去，很长时间才喃喃地说：

"谢谢。"

我一下子站了起来，碰到了我的桌子，响声很大。憎恶使我不安起来。

"为什么'谢谢'？"我问。

"为了给钱……"

"实际上我剥夺了你的钱！为什么还说'谢谢'！"

"在别处，根本一文不给。"

"不给？太怪啦！我和您开玩笑，对您的教训是太残酷了……我要把您应得的八十卢布如数付给您！呐，事先已给您装好在信封里了！可是你怎么能够忍受这一切呢？为什么不抗议？为什么沉默不语？难道你要用你的眼泪来应付这一切吗？难道你可以这样软弱吗？"

她苦笑了一下，而我却从她脸上的神态看出了答案，这就是"可以"。

我请她对我的残酷教训给予宽恕，跟着把使她大为惊疑的八十卢布递给了她。她连数都没数，好像即使里面是报纸，她也不会介意的。

我呆呆地望着这一切，心里的念头翻腾不息：

"也许世上只因有了这样的弱者，才会有蛮横无理的强者。"

91

三个卢布

——［俄国］布　宁

我进城做生意住在旅馆里，
一个苦命的学生打扮的姑娘来到我住的房间，
她只要三个卢布便陪了我一夜。
这一夜后我们相恋了，并去莫斯科过秋天，
但因她患病，我们不得不在那里过冬天了，
两个月后，她死了，但她却活在我的心里。

昏昏的落日已变得不再如火如荼。我进城做生意，在城里最好的一家旅馆要了间很大的单人房间。这屋子似乎很久没人住了，憋闷得很，我向侍者要了杯茶，然后便飞快地把屋子里的窗全部打开。此时窗外已经伸手不见五指，闪电不时划破夜空，雷声震天，似乎有意与闪电争个高下。一会儿，我所要的东西都送来了。我看见：除了一个茶炊、一个刷牙杯、一只玻璃杯、一碟小白面包外，托盘上还有一只茶杯。

"我想我只要了一杯茶。"我说。

侍者眨了眨他的左眼，说："鲍里斯·彼得罗维奇先生，有位小姐要找您。"

"什么小姐？"

侍者耸了耸肩膀，神秘地笑了笑，说：

"那还用问。她走进来找您着实费一番功夫，她答应了一些要求，当然，我会分得一些好处。她看到您是乘着马车来旅社的……"

"这么说，是上帝知道我的到来而特地为我准备的礼物？"

"可不。要知道向来都是客人打发我们上安娜·玛特维耶芙娜那儿把姑娘叫来，可这一次却恰恰相反……"

我想到今宵的寂寞无聊，便说：

"好吧，也许她可以进来和我喝上一杯茶。"

侍者兴冲冲地走了。我刚转过身去动手斟茶，就有人敲门了。她没有等待我的任何回答便径自推开门来到我面前。她穿着褐色的女学生制服，脚上穿的是破旧的粗麻布便鞋，从整体来看，她还算漂亮。

"刚巧路过这儿，也许我们可以谈谈。"她转过头，在没有正眼看我一下的情况下，以一种讥嘲的口吻说道。

她的举止、她的口气与我的想象完全不一样，我心里莫名地激动起来。我的开场白差点有失身份：

"欢迎之至。请坐下来用茶。"

一道长长的闪电在天边直劈下来，然而那雷似乎在与闪电竞争要毁掉这个世界，而这一切也许是对世人的告诫。这时，她已摘掉帽子，坐在沙发上，神态近乎悠闲。她头发很浓密，双唇丰满，但却发紫，一双乌黑的眼睛冷若冰霜。我很想先和她找些话题来攀谈一番，她的话却是直奔主题：

"您愿意付多少钱？"

我故作镇定，以一种花花公子的口吻说道：

"忙什么，我们还有的是时间来谈价钱！你难道不口渴吗？"

"不，"她紧锁着双眉，说，"三个卢布，不可能再少了，要不只能认识一下了。"

"那一点问题也没有。"我仍然用那种愚蠢的玩世不恭的口气讲着。

"您是说着玩的吗？"她严峻地问。

"你认为在开玩笑？"我回答说，心里打算让她喝完一杯茶，就给她三个卢布把她打发走。

她又重新摆起了悠闲的姿势，似乎她已经对一些事情放了心。我望着她没有血色的发紫的双唇，心想她大概饿了，便给她斟了杯茶，把盛着面包的碟子推到她面前，轻轻地招呼了她一声，示意她可以吃这些东西。

"来吧！请享用！"

她微微一怔，但随即便心安理得地接受了这一切。我凝视着她那被晒黑了的手和端庄地垂下的乌黑的睫毛，思忖：这种玩笑应该到此为止了，便问她：

"你家在这里吗？"

她一面摇了摇头，一面仍然就着茶，吃着面包，并回答说：

"不！当然不是……"

她显然不愿继续往下说了。后来，她用手扫清了膝盖上的面包屑，霍地站了起来，眼睛直视前方，说：

"好了，我先脱衣服吧！"

我这一惊吃得着实不小。我想说句什么，但她紧接着说道：

"把屋子遮严实了，我可不想展览。"

93

说完便自顾自地去了屏风的后面。

我照她的话做了，虽然我并不清楚自己为何那么乖。窗外，一道道闪电的光束越来越宽阔，似乎竭力想更深地窥探我的房间，震耳欲聋的雷声也更加顽固地滚滚而来。我放下窗帘后，又急急地去锁上房门，但我知道，我心里是想阻止这一切的，正当我想平平常常地对待她，和她再说几句玩笑，然后借故打发她时，她却从板壁后大声唤道："你来吧！快！"

我不自觉地走到屏风后面，发现她已经上床。她躺在那里，用被子将自己裹得严严实实的，从她直直的眼神与打架的牙齿我知道，心里紧张的不只我一个人。慌张和情欲使我失去了理智，我一把将被子从她手里掀掉，使她暴露在灯光下。而她呢，只来得及举起赤裸的手臂，拿过挂在床头的梨形木塞，把灯火压熄……

过后，我推开窗户，时不时会有几点雨水溅到我的身上，听着滂沱的大雨如何在漆黑的夜空中瓢泼似地倾泻到死寂的城里，心里想，世上万事真是不可思议——这个躺在我床上的女孩子是不是疯子，为什么只要三个卢布就肯出售她的童贞？是的，童贞！她在唤我了：

"你难道不怕着凉吗？"

我摸黑走回到屏风后边，坐到床上，摸到了她的手，一面吻着，口里不停地念道：

"请您原谅，请您原谅我……"

她长长舒了一口气："您原先一定以为我是个妓女，而且还是个浑身肮脏不堪，智力低下，口出脏话的那一种吧？"

她的话让我手足无措："我从未往那方面想过，我只是想，您是初出茅庐的，至于你的学生装束，则大概是你的爱好或别的什么原因。"

"你认为这套装束如何？"

"可以使人觉得她们天真无邪，更富魅力。"

"不，如果我有另一套可以穿出门的衣服，我早就扔了这套了。我是今年春天才从中学毕业的。父亲说死就死了——我妈妈早就过世了——我只得从诺沃契尔卡斯克来这里投亲，希望他能够给我找份工作，自己养活自己。但他却对我百般侮辱，我教训了他，于是，我连过夜的地方也没了……看到你的到来，我脑子里才有了这种念头。可是到了这儿之后，却发觉您并无留我的意思。"

"是的，我开始并没打算对你做什么，"我说，"我让您进来，只是因为我实在无聊，也许你可以和我聊上好一阵子。我本以为来找我的不过是个平常的卖笑姑娘，听听她对我说些什么，和她开开玩笑，再用几个钱打发了就是……"

"是啊，我可没有那些老练的卖笑姑娘的本事。我直到最后一分钟，脑子里只想着一桩事：三个卢布，三个卢布。事情的进展与我想象得完全不一样。"

要知道我比她更加糊涂：我不明白周围怎么会一片漆黑，窗外怎么会有雨声，而卧榻上怎么会有一个诺沃契尔卡斯克的女学生睡在我身旁，而我却对她一无所知……而且我正开始迷恋她……我好不容易才问出了一句话：

"您不明白什么呢？"

我听到了异样的声音，我转过身将灯点亮。——呈现在我面前的是她那噙满了泪水的炯炯闪光的乌油油的大眼睛。她一下子坐直身子，咬着嘴唇，一下子钻进我怀里。我轻轻地抚摸她的脸，温柔地吻着她的额头，怀着一种极度的怜悯和柔情，注视着她那双沾满了尘土的少女的脚……后来，当朝阳的光辉已透过窗帘洒满了整个房间的时候，我们仍呆在一起，互相依依不舍地拥抱。起床后，她吃光了桌上所有的食物。

而在那一刻，我决定和她多走一段旅程。

本来我们打算到莫斯科去度过秋天，可是不仅秋天，连冬天我们都不得不滞留在雅尔达——因为她病倒了，而且病情越发严重，两个月后她就死了。

我是怀念她的，所以为她立了个碑，但更重要的是她仍活在我的心里。

一只套鞋

——［前苏联］左琴科

在乘电车时，我弄丢了一只套鞋，
我花了一个星期的时间在失物招领处找到了它。
不久以后，我弄丢了另一只套鞋，
但我每每看到未丢的一只就会相信有人会帮助我的，
于是那只套鞋对我来说已远远超出了它的价值，
因此，我会永远保留它。

电车实在太拥挤了，而且你不能乱动，如果你不听劝告，非要在那狭小的空间里展示你的活泼，那你一定保不住你的套鞋。

当然，只是一只套鞋，很多人根本不会放在心上。

但如果你的套鞋在两分钟内就没了，你一定不会装作若无其事的。

我再清楚不过了，上电车的时候两只套鞋都在脚上，但等到下车的时候，结果却是：两只套鞋已经分居了。所有的衣物都老老实实地呆在它应在的地方，唯独我右脚上的那只套鞋不见了。

车已经载着那只套鞋飞驰而去了……

我脱了剩下的那只套鞋，用报纸包上，就这么上班去了。等着吧！下班后我一定把它找回来。

下班了，这成了我的头号大事。我先找了一个认识的电车司机，希望从他那里得到些有用的信息。

他的话让我心里踏实多了。他说：

"嗯！是在电车上啊！应该没有什么问题。要是丢在别的公共场所，那就不保险啦。丢在电车上，找到的希望有百分之九十以上。我们局里有个失物招领处，到那儿就能领回失物，他们专负责这种事。"

"噢，谢天谢地，"我说，"现在我心就定啦。唉，我的套鞋是全新的，刚穿上两分钟而已。"

很快，我就找到了失物招领处。

"朋友，我的一只套鞋在电车上弄丢了，我希望能在这里找回来。"

"可以，"招领处的人回答说，"请描述一下您的套鞋吧。"

"套鞋嘛，好像没有什么特别之处，"我说，"鞋号是十二号。"

"十二号的鞋，我们这里可能有一万二千多只，你再细细地说一下吧。"

"特点嘛，也很普通，那是绿颜色的，鞋的两旁有白色条纹。"

"这样的鞋我们这儿也有上千只，说得再详细点好吗？"

"那是一只全新的套鞋，连鞋油都没来得及上。"

"请您稍等。"

瞧，她手里的确拿着我的套鞋。

我当时真想拥抱她一下。

我想，这里的工作真出色，工作人员竟在一只套鞋上花这么大的功夫，难得极了。

"谢谢，"我说，"朋友，真不知如何感谢您的帮助，这对我来说太重要了。快给我吧，我好穿上。谢谢你啦！"

"不行，尊敬的同志，我仍不能确定这套鞋的真正主人。"

"我何必去骗一只套鞋呢？"

"我们丝毫不怀疑这一点。很可能这就是您丢的那只套鞋，但现在不能给您。请您开个证明来，证明您确实是丢了鞋。让居委会再开个证明确保一下吧！这样才符合我们的工作程序。"

"朋友，"我说，"好同志，可是我的街坊并不知道我出了这档子事，他们可能不给开这样的证明。"

"他们一定会帮你的，而且……"

他坚持原则，我只好无奈地离开了。

第二天，我找到了居委会主任，对他说：

"请给我开个证明，我丢了一只套鞋。"

"这是事实吗？我可是上过不少次当了！是不是想捞个非分之财？"居委会主任说。

"真的，"我说，"我是丢了鞋。"

他说："那就拿一张电车公司的证明，单凭你一句话，我可不敢胡乱开证明，我必须为居委会的声誉负责。"

我说："就是他们让我来这儿开证明的。"

他说："那你打个报告吧。"

我说："怎么写呢？"

他说:"你就写:某年某月某日丢失鞋一只……再加上点保证,就说你以什么样的名义起誓……"

我写了报告,随后便拿到了居委会的证明。

我拿着证明又到了失物招领处。好在一切都很顺利,套鞋被我拿了回来。

现在我终于拿回了我的那只套鞋,并把它重新穿到我的脚上。"瞧,他们的服务态度多好!要是别的单位,为一只套鞋肯定不会花那么多时间!从车上扔出去完事了。虽然花了一个星期的时间,但毕竟不是一无所获。"

但事情总不是那么尽如人意,在又一回里,我又丢了另一只套鞋———星期以来,我把它包在报纸里一直随身夹带着。这次可记不得丢在哪里了。但我有一点可以确定,那就是一定不是在电车上。

虽然有所损失,但总算没全白忙活,现在我把它放在五斗柜上。每当心里烦闷时,只要朝这只套鞋看上一眼,我就心平气和了。那时我心里总会想:总会有像这样优秀的机构给我帮助的。

这只套鞋对我来说已远远地超出了它应有的价值,我一定会永远地保留着。

路 过

—— ［俄罗斯］ 赫尔岑

> 我在去莫斯科的途中，不得不在省城小住，
> 一个老朋友来找我，说丈夫的罪判得不合理，
> 于是我便去找我认识的一个法院院长，
> 在仔细研究了案情后，他向我诉说了做院长的苦衷，
> 我对此表示理解。

那是在去莫斯科的途中，由于路程太远，不得不在途经的省城里暂住一下。第二天早晨，就有一个熟人匆匆忙忙地跑来见我。她着急得不得了：丈夫原本判了一年的监禁，但最后又要加刑了。我把案情询问了一遍，觉得加判得并不合理。

我认识一个公正无私的法院院长，同时他又是个大怪物。我径自出发到刑庭去找他。当时还没有开庭，我一眼便认出他。他那么瘦小，独个儿坐在那看厚得吓人的卷宗。我跟他已经三年不见，他看到是我，自然也非常高兴，一下子站起来抓住我的手，在阔别之后，看到熟识的面孔总是很高兴的。我把那农民的情况跟他讲述一遍，他命令下属把卷宗调来。判决书已经准备好，但是我请他注意到某些"减轻罪刑的情节"。他在仔细衡量后，认为改判轻刑也有可能。

对于他的热情帮助，我非常感谢，我高兴地拥抱了他：

"符拉基米尔·雅科夫列维奇，要是我没有来，没有请您把卷宗重新看一遍，那也许这一切都不会发生了。"

"那只有让上帝保佑他了，老兄！"那老头把蓝眼镜推到额头上，回答道，"我在工作上已经尽了全力，我没看过全部卷宗，从来不在定罪书上签字，我极不愿意去寻找可以减轻案情的地方。"

"嗯，倒是既无法责备您宽大无边，又无法说您过分热心于为被告人开脱呢。"

"完全不是那么一回事。我在这法院里服务了近二十年，凡是在重刑犯的判

99

决书上签字，都要持笔犹豫半天。”

"使人们少受些重罪难道不好吗？"

"事情并非你想象得那样简单。你们新派人自然就管抓个尖儿——就说您吧，想来就在哪个部里当过差，但根本没有实际办案的经验。您是否愿意在我们档案库里钻研一番，哪怕把最近两年的卷宗看一下也好，那会让您了解很多事情。您将会懂得寻找开脱的理由牵扯的东西实在是太多了。"

"您肯让我来学习，原是一件令我求之不得的事情，然而在我搬到你们的档案库中来住上几个月之前——要看完两架子的档案，我定会累垮的——请您现在就大概地解释一下令我变得没有一点头绪的问题吧。那就是您为什么要讨厌减轻案情的情节？是哪些因素影响着您？是时间，还是身体，或别的什么？"

"上帝啊，饶恕我的罪过吧！在你眼里，我是那一种对工作不负责任的人吗？竟然会因为偷懒而加深一个可怜人的不幸？我只是不愿牵扯上太多的东西，这一点我必须重申一下。"

"对于您这种说法，我感到陌生，您愿意给我一些解释吗？"

"啊……啊……啊……彼得堡这些官儿们，每天在法院进进出出，让人认为他们忙得不可开交，但相反他们不干一点正事。您随便拿起哪一件案子来寻找减轻案情的情节，都会牵扯上更多的案子，更多的人，要不都有罪，要不都清白。牵扯的太多，影响太大！"

"也许这也不算太坏呀！"

"那得看是在什么样的背景环境下了。这在费拉特尔费亚这类人吃人的地方是好的，但在这文明的人类社会里，这种犯了罪却没被惩罚的人是不容被接受的。"

"不过既然您自己能为他找到开脱的理由，那他还算得是个什么有罪的人呢？"

"所以我告诉自己，绝不能陷入这一发不可收拾的关系里面。这可不是我工作的真正意义所在。我的工作不能带有任何感情，一切要以法律行事，而且就算不管这些，也不好——怎么办呢？对于一个小偷来说吧，偷东西本是应受到惩罚的……什么他是生活所迫，什么母亲病了呀，什么三岁就死了父亲，有了上顿没下顿呀，流浪惯了呀……我得承认那些理由很值得人去同情，但我能因为这些而开脱他吗？不，老兄，有口供，有物证，请别生气，法典十五卷第几款有明文规定，就因为这样，我只能依法办事，努力控制自己去寻找减轻案情的地方。

"刚来这里工作的时候，这种情况困扰了我无数个日日夜夜。夜晚脑子里想起案件，总要细细地分析一下，直到自己心里满意为止：没有罪。好像故意刁难似的，总是睡不着觉。按理讲，我无需这样做——和我又没有什么关系，只是那么一个流浪汉、坏蛋、逃亡者……但我心里仍然如刀割一般地疼痛，总觉得有些对不起他们。宣告一两个无罪也就罢了，可是那儿还有第三个……那我怎么办，我是在为国家、为人民而工作，为了院长这个神圣的职称，我要努力坚持地做好工作。况且上司会怎么说呢——全是无罪释放，那法院成了什么？我考虑来考虑去，终于放弃了原来的想法。我要做的工作太多了，而且难度也很大，不比民庭——证明了委托书，写好了契据，验过了遗嘱，认定了农奴赎身证，一天的活就到此为止了。可是这儿，一想到有一个叫叶里美的两星期前还站在这儿，说过话，可是现在已经走上了服刑的道路了；有一个叫阿古丽娜的也是一样，而且，您知道，这一个……是走着去的……心中实在是难过极了。现在你总算明白了吧？"

"明白了，现在我完全可以理解您的处境与您的立场。"

"老兄，这只是你与我之间的对话，请不要跟更多的人谈起，尤其是重要人物，因为会招来话柄——这个院长是个白痴，是个十足的傻瓜。"

侯爵夫人的粉肩

—— ［法国］左 拉

侯爵夫人的粉肩极具吸引力，
她把它作为政治上的有力武器，用来报效政府，
但她对穷人也极具同情心，
比如说一个被冻得发抖的女人就曾得到过她的恩赐。

什么也无法将侯爵夫人从那华丽的床上拉出来，虽然阳光已透过窗户照在了她的幔帐上。经过一上午的斗争，她才决定要离开那个大温床。

卧室如春天般地暖和与舒适。严寒似乎不喜欢这个地方。在寒冷的天气里，这里无疑是一片乐土。温暖的空气里飘溢着香水的芬芳，令人心旷神怡。

侯爵夫人两眼盯着屋顶，思绪涌上心头。她掀开锦帐，按铃召唤女仆朱丽。

"我来了，夫人。"

"还是那么寒冷吗？"

她焦急地盯着朱丽，如果她听到了"不！"，一定失望极了。

她极希望得到自己想要的答案，虽然她并未感受到那天寒地冻的天气，然而穷人的茅舍陋室怎经受得了这肆虐的狂风。她没有与那些贫穷的人一起遭受寒风的侵蚀，但她也不愿看到人们披着一件单衣在街上无处可藏。

"街上雪化了吗，朱丽？"

女仆把锦衣在烧旺的壁炉上烘热，递给了她。"不，夫人，没有任何的好转，反而更加糟糕……已经有好几个人被活活冻死了……"

侯爵夫人像孩子一样欢欣雀跃，拍手叫道："啊，这太好了！早餐后我滑冰去！"

朱丽尽量仔细地侍侯着娇媚的侯爵夫人，因为她是那么的完美，绝不能有一丝损害。积雪将那令人赏心悦目的淡蓝色反光映进卧室，它那美丽的色调使侯爵夫人想起昨晚在部长家庭舞会上穿的那件珍珠色的连衣裙。穿上它，我们美丽的夫人无疑成了舞会场上一颗真正耀眼的明珠。

一晚上，她都玩得十分尽兴，她的崭新的钻石首饰对她太相宜了。她清晨五点才就寝，此时仍有些昏昏沉沉。但她仍坐到镜前，朱丽帮她梳头，替她脱去睡衣，露出粉肩和玉臂。

侯爵夫人的美丽陶醉了一代人。自从政权稳固、雍容华贵的夫人们能在杜尔里宫袒胸露臂地翩翩起舞以来，侯爵夫人在名流聚集的正式社交场合，是那样醉心于卖弄自己动人的粉肩，以至于性感的标准已和美丽的侯爵夫人相辅相成了。

她花去大量时间，别具匠心地设计她的服装：把连衣裙有时从后背裁开，露出玉背，以及纤腰；有时从前面裁开，几乎露出胸脯。亲爱的夫人渐渐地、接二连三地将自己诱人的身体呈现于众人面前，让诸人都对她恋恋不舍。她的玉背酥胸没有一丁点儿是整个巴黎——从玛德琳娜教堂到圣福马、阿克文斯基——所不曾领教过的。就算是在那时统治阶级最淫乱的地方，夫人也是一颗耀眼的明星。

我不想用太多墨水去描绘她的粉肩。它如同新桥一样大名鼎鼎，十八年来，在一切盛大的宴会上，那粉肩始终露在人前。不论何处，在沙龙、剧院或其他场所，哪怕只看到她那赤裸的肩膀的一丁点儿，就能一叶知秋："大家快来看呀，侯爵夫人来了！快瞧她的肩膀！"

再者，那副粉肩的确有它的吸引力。它被达官贵人的目光盯得晶莹剔透，而这一切似乎正是侯爵夫人想要的。

但是，我想男人们愿意做她的情人多过做其他的角色。那无疑是肮脏的，是令人厌恶的。但有一点，它有着永久的青春，光阴流逝带不走它的美丽，更无法在上面刻下痕迹。

侯爵夫人将自己的肩膀，以至整个身体当做政治上有力的武器，而这武器的确造就了不少的业绩。她披肝沥胆地报效于亲爱的政府，并充分运用了自己闻名遐迩的粉肩的魅力。她历来手腕高超，不论是在杜尔里宫和部长们周旋，或是在大使馆应酬那些巨富豪商，成功对她来说不成任何问题。她以笑靥诱惑意志薄弱者，在朝廷最紧急最危险时，她更是一件重要的秘密武器，这一绝招比演说家的辞令更具说服力，比士兵的刺刀更能决定胜负。在选举中，她为了团结众人，尽量敞露胸怀，而这一招足以使她在任何劣势下重新稳操胜券。

也许就像兵器一样，夫人的粉肩在战斗中越磨越亮。它承担了整个世界，在这外表看来轻弱无力的肩膀下面竟包含了巨大的力量。

吃完早餐，侯爵夫人精心修饰一番，穿着漂亮的波兰服装滑冰去了——滑冰是她最喜欢的活动之一。

公园的气候不会像卧室一样舒服，严寒狂烈地袭击着美丽的夫人。那天风也很大，吹到脸上像刀割一样。夫人笑逐颜开，她觉得挨点冻很有趣。她不时走到湖岸的篝火旁，在那里取暖休息。然后她又在冰上驰骋，尽是这样重复，但却不

103

知疲倦。

她爱滑冰！幸亏没有解冻，真太好了！这使我们美丽的侯爵夫人可以将更多的时间用在锻炼身体上。

在回归的马车上，她看见有一个奄奄一息的女人在不停地发抖。

"噢！我的天啊！"夫人用一种吃惊的口吻说道。

就在四轮马车匆匆路过时，侯爵夫人把手中价值五路易的花束扔向那发抖的女人。花束正落在那个女人面前。

一桩劳动道德下降的趣闻

——［德国］海·伯尔

懒散的渔夫在温暖的阳光下打盹，
一位游客用照相机记录下这一切。
出于怜悯，他给渔夫提了一些发财的建议，
可渔夫却对此不屑。

在欧洲，乃至整个世界的港口，渔夫们懒散地躺着晒太阳的情形是常见的。

他似睡非睡，两眼朦胧。一个衣着入时的青年路过这里，深深地被这一副美丽的画面吸引住了，不由自主地拿出照相机，准备拍照留作纪念。

蔚蓝的天空，绿色的海洋，海面上轻波荡漾，波峰如雪，轻便而简单的小船以及这个慵懒的渔人。咔嚓！再来一次，咔嚓！好事要成三，保险再保险，来个第三回，咔嚓！渔人终于决定睁开眼睛，虽然他并没有完全地睁开眼睛。他睡眼朦胧地坐起来，迷迷糊糊地伸手去摸他的烟盒。但是，在他拿到之前，一根顶好的香烟已经由青年游客手中递了过去，虽然没有把烟直接塞到渔夫的嘴里，可也递到了他的手中。第四声，咔嚓！打火机燃着了，游客又亲热地给他点上了香烟。这样手脚敏捷地献殷勤对两个人的关系实在是没多大促进，反而使得周围人都特别反感。那么，这位年轻的游客必须得找个话题来打破尴尬局面了。

"今天的收获一定非常好吧？"

渔夫摇摇头。

"在路上听见其他人在谈论今天的天气，他们认为好极了。"

渔夫点点头。

"那您一定想马上出海去一展身手吧？"

渔夫摇摇头。游客愈发神经质起来，他真诚地替这位衣着寒酸的人的健康操心，但这显然没有做得恰如其分。"我想象您这样风吹日晒的，身体一定会患病的吧？"

渔夫终于忍不住出了声：

"我的身体不好?"他说,"从来没有这样好过!"他站了起来,舒展了一下身子,有意展示了他的二头肌给青年游客看,接着说,"气候不会对我有任何影响。"

游客真的有些不知所措了,心中疑团越来越大,他简直不知道自己是怎么了,到底要表达什么意思,他忍不住问道:"也许现在出海是个不错的主意?"

渔夫的回答来得又快又干脆:"一天我不需要出海两次,而我今天已经有一次了。"

"捕了很多鱼吗?"

"不是很多,但足够了。我的鱼篓里有四只龙虾,大概还有三十来条鳍鱼。"

渔夫似乎也注意到了,游客的表情很不自然。他顿了顿,抚慰地拍了拍游客的肩膀。在他看来,眼前是一个既单纯又可爱的青年。"这几天我是不用愁了。"他说这番话,显然是为了减轻这位外国人的精神负担,"来吧!试试我的烟。"

两人尽情地吸着手里的香烟。第五次咔嚓!这位外国人摇了摇头,坐到船舷上,放下手中的照相机,腾出双手,随着说话上下舞动,以起到加强一些语气的作用。

"也许我可以向您提点我的建议。"他说,"换一种思维方式,假如您今天能够两次、三次,甚至四次出海去,那么您会捕捞到三十条、四十条、五十条,或许是上百条鱼。到时候您所拥有的就不再是那四只龙虾和鳍鱼了。"

渔夫点点头。

"如果运气好的话,"游客继续讲下去,"在以后的日子里,是的,也就是每个好日子都两次、三次,也许是四次出海去——您的收获或者是您的生活都会为此而改变的。

"你也许会在一年内积蓄暴涨,两年内可以买第二条船,三年或四年内,您也许会有一条单桅船,要是有两只小船或一条单桅船,当然收获也会因工具的先进而增加不少——就这样周而复始,又会发生什么呢?"

有那么一小会儿,他有些兴奋得失控了。"您将会盖起一个小冷藏库,也许还会开一个熏鱼作坊,以后就是鱼类食品厂,可以乘着自己的直升机寻找鱼群。还能通过无线电指挥您的单桅船队。你可以申请捕捞更加珍贵的海底生物来作进出口生意。然后……"这个外国人又兴奋得说不出话来了。而看到眼前的一切与设想的完全不一样,只见漏网的鱼儿还在水里快活地游来游去,他内心深处不免失望至极,似乎是在埋怨渔夫没有照他的话去做。"然后……"他说着,手已经有些颤抖了。

渔夫安慰地摸了摸他的背,似乎在安慰一个笑着要糖的小孩子一般。"然后怎么样?"他轻声地问道。

"几年后，"这位外国人十分激动地说道，"然后您可以安然地坐在这个港湾里，就像您刚才一样，打个盹，晒晒太阳——还可以眺望这庄严美丽的大海。"

"可是为什么费了半天周折最终还是做我刚才做的事情呢？"渔夫说，"我现在已安然地坐在海边，而且快要入睡了，如果没有你的打扰，我一定还在睡。"

显然，渔夫的一番话对游客的触动非常大，人们整日忙碌地工作，为的是有朝一日可以安静地、毫无牵挂地睡上觉，这位渔夫似乎在没有那些繁琐的前提下也能做到，那是一种怎样的心态呢？游客无法作出解答。

庄严的仪式

——［日本］星新一

一个七十岁的老人突然辞世了，
人们为他举行了庄严的吊唁仪式。
夜里他却死而复生了。
一年以后，同上次一样，他又突然死去，又奇迹般地复活了，
这次他的朋友却没有把他抬出棺材，
而是勒断了他的脖子。

一个人在七十岁时辞世而去，不会有人说："年纪尚轻，竟然死了。"但他的死是那么的突然，一点前兆都没有，这使每个人的心里都有点悲伤和遗憾。

他刚才还在高谈阔论，一分钟后便咽了气。他死后的面容那样安详宁静，若不是特殊情况根本不会觉得他已经死了。"仿佛在安眠"，这样形容倒颇为相称。他的表情告诉人们，他一切安好。然而，再说什么也是多余的。在死者安详睡去的背后，只有亲属深切的叫喊声。

"他真的死了吗？真让人不敢相信！"

"希望他再多活几年，哪怕两年，不！一年也行。"

这的确是大家心中真切的话语。所有的亲属争着为他办理后事。

死者的亲友们接到讣告纷纷赶来。

"这真是太……你们悲伤是应当的。但是，死者已经走了，你们要保重身体。如果过度悲伤，反倒违背了死者的遗愿。"

是呀！除了这些吊唁辞，他们不知对亲属再说些什么好。然而，这不过是虚礼罢了。来吊唁的人总会恭恭敬敬地为死者行大礼，上几柱燃起的香，接着，是对死者沉痛的哀悼。

"他真是个好人啊！开朗豁达，助人为乐，能认识他真让人快乐。"

"而且他还是一个忠实的朋友，他总是那么认真倾听朋友的心事，绝对是一个很好的朋友。"

"他聪明，他心灵手巧、思维敏捷，又富有想象力与创造力。不过，他从不胡思乱想……"

"是啊，他做了多少事情啊！有了那么大的成就，实现了他的人生价值。他把各种药混合起来，好像在调配什么，他的去世将是社会的一大损失……"

"现在他却永远地失去了生命，离开了我们。"

大家就这样七嘴八舌地谈论着。

不多时，僧侣到场诵起经来。几小时后，好友走了，僧侣走了，就连亲友也只剩下一两个而已。

这时，棺材里有一些声响，人们不禁面面相觑。一种不安和有某种侥幸心理的气氛笼罩着整个灵室。有人的声音从棺材里传出。

"哼……"

没错！是棺材作响。人们不禁又一次面面相觑，这让人怎么相信，是错觉吧？难道真会……

此时，一位朋友站起来，打开了棺材。

"啊！他根本就没有死……"

声音很大，仿佛在说服他自己。棺材里的死者竟然眨着眼睛，用虚弱的声音说：

"把我抬出去……"

"噢，是真的活过来了吗？太好了。你不能再呆在里面了，当然得出来。"

悲伤肃穆的气氛一扫而光，灵室顿时喧闹起来。医生的到来安定了大家的心。

"真奇怪，我没有误诊过！可这回……"

一个朋友问道：

"到底是怎么回事？"

"没见过这种事情。也许他有着超乎常人的生命力，除此之外无法解释。他现已恢复健康，一切正常了。好好照顾这个幸运的人吧！"

看来医生也是彻底糊涂了。死者躺在床上，没法在许多人的话语中插入一句，只能自己对自己说：

"看来这种不死药还算成功。它的特效功能刚才得到了验证。看来我没有白费力气，它确实可以让死去的人重新复活。就像马达一旦停止不转，只要好好修理，还是可以重新运转。"

经过一次死亡的他开心地笑了。

"……可是，我只能对此继续保密，我必须为世界上的人口管理协会负责！何况我也有一点私心，不是吗？"

所以，这件事未被公开，对于别人来说，他的复活只不过是件令人难以置信的喜事罢了，亲友们又回到他身边，为他的复生而兴高采烈，喜钱自然是不能少的。

"恭喜，恭喜！"

"您真幸运，实在令人羡慕。"

像这样的祝福，死者一天可听到几十遍。听到这些，死者开口道：

"我和你们一样惊讶！今生能与大家重新见面，互相交谈，我实感荣幸。"

不该说的，他肯定不会说一个字。既然被认为是奇迹，那就当他是个奇迹吧！

一年以后，他又突然死去，那些故人又得重新为他办理后事，并进行沉痛的哀悼。

"为什么这么快就死了呢？"

"不过，他已多活了一年，够幸运的了。他应该可以安心了，毫无遗憾地去另一个世界了。"

那天夜里，棺材里又发出了声响和呻吟。这的确吓坏了唯一的一个守灵人。

"怎么？又活了？"

但他的确是活了，又活了，他想：

"怎么又会这样呢？一年前，大家都曾来吊唁过。贺喜时也都交了钱，这样的事情怎么可以再经历一次呢？

"这哪里是正常的生活呢？传出去名声很不好，说不定会说这是诈骗行为。这不但是他的无聊，也是所有亲朋好友的无聊行为。"

"活人应该快乐地活下去，死人应当安静地死去。"

"把我抬出去。"死者在棺材里请求道。可是朋友并没有给他任何帮助。

"听着，这一切都是为了你好，也为了大家好。"

于是，朋友勒断了他的脖子。

蛙

—— ［日本］芥川龙之介

一只雄辩的蛙正在宣扬宇宙是为蛙而存在时被一条蛇叼走了，
此时蛙族才明白——蛙是蛇生存的依靠者。

我的房子周围时常会听到青蛙的叫声，也许是周围池塘的生活极其适合它们的需求。

那里的水生植物多得很，有十几种，在芦苇和菖蒲的那边，高大的白杨林仍稳稳地在那里站立着。在这样完美的环境里，云儿也穿插进来演示着自己的角色。

池塘里的主人——蛙，每天无休止地吵吵闹闹，似乎怕别人忘记了它才是真正的主人。然而，实际上它们却是在进行着紧张激烈的辩论。从此，我明白了，真正的辩论家竟是蛙。

在那里有只蛙在大声地为大家讲叙着什么，只听它说道："这片池塘是我们蛙族的，看这所有的一切都与我们相得益彰。"

"是呀！对呀！"池塘里群蛙一片附和声。池塘那儿的面积竟在一瞬间被小小的蛙脑袋占满了。赞成的呼声当然也是很大的。恰好这时候，在白杨树根部睡着的一条蛇被这频繁的叫声从甜美的睡梦中惊醒。早餐的时间到了，蛇凭本性向蛙这里缓慢移动。

"为什么有土地呢？是为了草木生长。那么，为什么有草木呢？是为了给我们蛙遮阴凉。除了池塘，就连陆地上的生物都是为了蛙族而存在。"

"对！对！"

已经看到食物的蛇兴奋起来，它向这个小论坛快速靠近，聚精会神地聆听这里的声音。

雄辩的蛙似乎并不知道危险的来临，它继续说道：

"为什么有蓝天和白云呢？是为了悬起太阳。为什么有太阳呢？是为了把我们背上的露珠晒干，使我们感到温暖。所以，天上地下都属于我们蛙族！水、草木、虫子、土地、天空、太阳，都因为有了我们蛙而存在。根本不需要有任何的怀疑，这就是真理。世界万物皆为我这一真理，是无可置疑的。当本人向各位阐明这一真理的同时，还愿向为我们创造了整个宇宙的神，敬致衷心的感谢！至少我们是应该向他表示感谢的。"

蛙骄傲地为大家雄辩着这一切，接着又张开大嘴巴说："应该赞颂神的名字是……"

话音没落，蛇箭一般向前冲去，转眼之间这雄辩的蛙被蛇嘴叼住了。

"嘎嘎嘎，糟啦！"

"糟啦！叭叭叭，嘎嘎嘎！"

几秒钟后，蛇和雄辩的蛙都消失了。这之后的激烈吵闹，更是前所未有的。

许多年轻幼小的蛙悲痛地哭道："水、草木、虫子、土地、天空、太阳，都是为了我们蛙而存在的。可是蛇是为了什么而生存的呢？也是因为我们蛙族吗？"

"当然！当然是这个样子的了。要是蛇从来不吃我们，它们就无法生存与繁殖。所以，蛇就是来吃我们蛙的。被吃的蛙，也可以说是为多数蛙的幸福而作出的牺牲。没有我们，蛇是无法生存的，我们是蛇生存的依靠者。"一只老得不能再老的蛙一边流泪一边说道。

雨　中

———［日本］大西赤人

> 半夜，天下着大雨，
> 喝了几杯啤酒的我将部长送回家后，
> 在回家途中，车子撞了人，
> 可是出于恐惧及诸多原因，我驾车逃离了现场。
> 回到家，妻子接到儿子撞车的电话后，我们匆忙赶往医院。

雨不仅没有停而且更有加大的意思。我不得不更加小心翼翼地保持车与车的距离，只见前边的尾灯在大雨中影影绰绰……也许前面的红灯正好可以让我的眼睛放松一下。

其实，我现在不应该开车。此时正是违章驾驶，我可不想碰到任何警察。自从三年前夏天患肝病以来，我差不多戒了酒。但是，遇到今晚这种情况，需要到饭馆那种地方去商量点事儿什么的，如果不喝酒是无论如何也说不过去的。

这种工作我是极乐意去做的，这样做即可有面子，又会从中得到些好处，今晚也同样，这不，刚刚把部长送回家了。本来我对那几杯啤酒毫不在意，难道我会怕那点东西。不料，部长刚一下车，驾驶座上只留下我一个人时，那几杯啤酒便在我体内翻云覆雨起来。

我在公司中也担任一个非常重要的角色，但在持续不断的经济萧条中，却不得不为了一日三餐而疲于奔命。看来公司裁员是不可避免的了。儿子哲夫明年即将考大学，现在正是紧要关口。这时候，我的工资至关重要，这份工作千万不能丢，为此我只有不断努力。

车从大马路拐向我家所在的方向。街上几乎一个人也没有。这没什么可奇怪的，雨这么大，而且又是在大半夜。我已经快支持不住了，眼皮渐渐地合上了。

我浑身酸软无力，漫不经心将车向狭窄的十字路口左侧拐去，突然，车灯光柱的前端浮现出一个黑影，我以最快的速度尽了我最大的努力，但……那个人看来是被我的车撞了。

我吓坏了，过了好一会才摇下车窗，把头伸到雨中。我悄悄向后望去，显然是有一个人躺在了车子后面。他身边的东西乱七八糟地撒了一地，其余什么都看不见。我下意识地去开车门，但是，手停在空中，无论如何也下不了决心。

这一瞬间，我的思维飞速旋转。我又瞥了一下那个人，他似乎想爬起来，但又重新倒了下去。我飞快地摇上车窗，周围依旧空无人影，路旁的房子也没有任何动静。我重新握住方向盘，踩下油门。"酒后驾驶"、"撞人逃跑"，天呀！怎么会有这种事情。总而言之，要让警察知道就麻烦了，我的工作，我的……

我驾驶着车飞快地离开了，几分钟后便看见了家门。我深深吸了口气，按下了门铃。里面响起妻子清脆的脚步声，门开了。

"啊，你回来了，我还以为是哲夫呢。"

"哲夫？他出去了？这么大的雨？！"

"我让他明天再去，可是……"

我的心像被人揪起来一样，我试图去想一下那人的样子。衣着什么的都没看见。伞呢？好像是我们家的大黑伞，可也算不得特殊，我不是非常肯定。妻子和我说话，我根本无法集中精神去和她对话。

电话铃打断了我的思绪。我的惊恐随着汗水流了出来。妻子出去接电话。"这么晚了，谁还打电话来？喂，喂，我是宫田。嗯……嗯……啊？！"

"不！怎么会这样呢？"妻子惊慌地叫了起来。

妻子放下电话后告诉我哲夫被车撞了。医生说是只伤了筋骨，但我却心里忐忑不安。我安抚着激动的妻子，要了出租汽车。三四分钟后，便到了久保田外科医院。我们被带到急救病房。而躺在床上的正是哲夫，没有错，他和坐在旁边椅子上的巡警谈着话。医生安慰我们说，孩子左腰部分被车身擦肿了，后肘被保险杠狠撞了一下，断了，流血太多，为了安全，有必要继续留院观察。警察正耐心地向哲夫寻问着车子的样子。

我的心突地一下抽紧了。

"那是一瞬间的事，天又黑，我好像什么都不记得了。"哲夫说。

我松了口气，太可怕了。

"说得也是啊。但是，这种不负责任的人实在可恨极了。好好休息吧！如果有新的线索马上和我联系。"

巡警留下这句话，走出了病房。我和妻子一块儿把他送了出去，当我们再回到病房时，哲夫已坐了起来。

"再躺一会吧！"

"不要紧。口真渴啊！接待室有自动销售机，我想喝点桔子汁。"

"我来。"我慌忙转身要去买汽水。妻子已抢先一步走出门。我害怕单独和哲夫呆在一块儿，只好有一句没一句地说："稍等一下……"便想要离开这个"是非之地"。这时，哲夫开口了。

"爸爸!"

"什么事儿?"

"那辆车的事儿。"

"什么?"

"是辆白色的'红焰'牌。"

"……"

"1975 年型的。"

"是……"

"车号是 7604。"

"哲夫!"

哲夫帮我瞒住了这一切。

"我真的不知道是你，真糟糕，天太黑，我没认出你，所以，把你扔在那儿了……幸好伤不重。我真不知道说些什么好。"

我不敢正视哲夫的眼睛，我惭愧极了。

"我买了柑子和葡萄……"

妻子回到病房，她好像看到了什么异样的东西，极不自然地打住了话头，沉默下来。

我和哲夫、妻子呆在病房里，但我觉得病房里似乎只有我一个人，而且很孤独。

115

醉 乡 吟

——［捷克斯洛伐克］雅·哈谢克

科吉谢可娃太太看到一个官员因酗酒致使全家在争吵中丧命的例子后，

决心帮助丈夫戒酒，她买来戒酒药给丈夫服用，

结果更加剧了丈夫酗酒，

最后，那个例子的悲剧在她家发生了，

但用的是煤油和火。

如果和那些酒馆里的常客相比，科吉谢可娃先生的酒量还算不上什么，对于他的大块头来说，一两杯啤酒也实在是无足轻重的事儿。

科吉谢克先生为了一家老小辛苦工作，从不到外面胡乱花钱。然而他每天都离不了两杯啤酒，这却不能说是他的白璧微瑕，甚至是祸水厉阶。

说它是祸水厉阶也许更加符合实际，不信您往下瞧就知道了。

有一天，科吉谢可娃太太得到了一份禁酒协会的传单。它的主要对象就是视酒如命的老百姓。但是就像神话中的龙头怪蛇砍了一个头马上又长出来十个头似的，协会的工作随着酒鬼的增多也变得繁忙起来。

然而，这禁酒协会倒是颇有乐此不疲的精神，什么个人宣传、讲座都干个不停。在每次宣讲之际，满教室的人都在偷偷地喝啤酒，这让主讲人前面的苏打水变得极为特别。

禁酒协会还扬言道，所有会喝啤酒的人，即使他每天只喝一杯，也无法说明他是个负责任的酒鬼。还说酒是老年痴呆症的根源。

例子被一个又一个地列举出来，就说那位酗酒的官员吧。说他除了每天来一杯酒以外，绝对无别的嗜好。但也就是这一嗜好使他的大脑日益失灵、责任感丧失殆尽，最后，他由一个健壮的男人变成了一个十足的废物。小康之家也终于陷入了贫困，但他每日仍对酒恋恋不舍，全不顾妻儿啼饥号寒。

后来事态竟恶化到这般境地：他盗用了他所保管的很大一笔公款去买酒，结果犯案被捕，弄得倾家荡产。最后全家在相互争吵中丧了命。

科吉谢可娃太太读到这里，第一个哭得不成样子，她的酒鬼丈夫无论在哪里也是数一数二的家伙。

往下她又读到，变成一个彻底的疯子是需要一段时间的，而在这段时间里你完全可以发现他的异常。

当天，她与丈夫共进午餐时，她开始密切注意丈夫的举止行为，防止像传单上写得那样。

她丈夫对一个女儿身上的印花纱衫瞟了一眼，伸了个懒腰，漫不经心地说："噢，这是山羊皮。"

这话使科吉谢可娃太太担起心来。她丈夫从不对衣着评价过于专注。于是，她丈夫平日言谈中的好些零言碎语刹那间都涌上心来。本来那些话都平淡无奇，但现在却变得含意丰富了。例如她想起来有一回，大概是半年前，他竟声称他能用酸奶油烹制加有波兰调味汁的熏舌。

"唉！有什么比来两杯啤酒更加让人刺激的呢？"

这些话狠狠地刺激了科吉谢可娃太太。她用一双眼睛死盯住丈夫的脸，看能不能发现出一些疯癫的迹象或一种类似白痴们脸上所带有的傻笑来。科吉谢克先生果然痴痴地笑了。这是一个酒足饭饱者所应有的笑容，但却吓坏了我们亲爱的夫人。

在她看来丈夫随时会杀了她。在这令人心惊肉跳的三天内，每逢午休，科吉谢可娃太太总见到丈夫脸上堆满了不自觉的笑容，他就是带着这副笑容把他的胡子浸入第一杯——晚上再浸入第二杯，也就是最后一杯——啤酒里的。宣传单里说一杯啤酒便能使人发疯，可她的丈夫一天至少要喝两杯呀！

把丈夫从酒精中拯救出来行动要快。

正好第四天她又在报纸上见到一则广告："你家有人嗜酒吗？你想设法挽救吗？假若尊夫在酒性大发之际残杀你或你的儿女怎么办？现有乌格雷城鲁加齐区的卡罗里药房愿以代收货款或实收款 5 克朗 80 赫勒的方式邮寄特效戒酒药。每天早中晚三次将此药 40 滴滴入尊夫所饮的酒中，只要不是啤酒，任何酒都有效。四个月之后，您会重新拥有一个健康的丈夫。"

科吉谢可娃太太急忙汇了 5 克朗 80 赫勒去，买来了一瓶药。在午餐桌上，她殷勤地为丈夫添加甜酒……我应当在这儿提一笔，科吉谢克先生虽爱酒，但却从不喝甜酒。活了半辈子，甜酒从未吸引他片刻，更无所谓喝了。他用眼睛瞪着他的太太，使她对他的疯症愈发深信不疑，甚至认为应该再多买瓶药。

"那么来点樱汁酒吧，这酒你喝了第一口就会想喝第二口。既能开脾健胃，又能强精补血呀！"

几秒钟后，在厨房里，泪如雨下的她将樱汁倒进了装有甜酒的酒杯，再加了

117

30 滴戒酒神药在里面。然后科吉谢可娃太太急忙擦了擦眼泪，把樱汁酒端给丈夫。丈夫一口气喝下了，并要求再来一杯。

治疗的程序完完全全地进行着。下午他喝了 10 杯，晚上又喝了 20 杯。第二天，科吉谢可娃先生忍不住去了一家酒馆，在那里好好地享受了一顿啤酒。

一切都让人后怕莫及：一天两杯啤酒便能这样害人，就连卡罗里药房的戒酒药也救不过来！科吉谢可娃先生正是一个活生生的例子。传单上所讲述的那一家的遭遇终于发生在科吉谢吉可娃先生家里，这天他酒醉后，把煤油浇在妻儿身上，然后用火点着了她的衣服，时间不长，他们一家就化为灰烬。

林中猫的故事

—— ［芬兰］彭蒂·哈恩帕

转眼便是隆冬季节，饥饿时时刻刻袭击着离家出走的公猫，
它通过搏斗杀死了一只离家出走的山羊，过起了无忧的生活。
一只遭暴风雪袭击的苍鹰落下云头，恰与猫相遇，
最后两败俱伤，都被埋在了雪下。

那是一只毛皮暗淡的灰白色的公猫，他行动不再敏捷，由于它的年迈与懒散，毛已很久没梳理了，显得又脏又乱。每天，老农妇用没牙的嘴为它嚼面包作为食物，还倒给他两食钵热牛奶。牛奶是公猫先生最喜欢的食物，没有任何东西可以代替，就像家里的老爷爷得到了上等的进口烟卷一般。

而就是最近几天，它不再贪恋任何东西，几乎对热乎乎的牛奶舔也不舔，而且还竖起长长的尾巴示威，似乎那不是牛奶而是一杯毒药。人类无法了解这只恼怒的猫究竟出了什么事情。

后来它离家出走了，进入了一片大森林。春天，林子不愁没有猎物，如傻乎乎的、叽叽喳喳叫着的小鸟，吱吱叫的土拨鼠和兔子……新鲜的肉与清凉的泉水给了这只离家的公猫深深的滋补，污秽的皮毛又重新放出了光亮。从此，它就以森林为家了。

在森林中它也遇到了各种敌人，尤其是人类。它会迅速躲开，并且以一种轻蔑的神气，竖起它那长长的尾巴；或者飞快地爬上树，鬼魅般地盯住敌人的一举一动。

它曾经温顺地生活，靠主人的施舍来维持生活，但那仅仅代表过去。

现在它是一只林中猫，一只自由、独立的野猫。像其他猛兽一样，它用利爪为自己求得生存之地。

然而幸福的日子很短，寒冷和黑暗接踵而至，秋雨绵绵，枯叶凋零，森林变得荒凉起来。可以离开的动物全都离开了，去寻找更温暖的地方。可是，林中猫却没有长翅膀……

一群非常失意的山雀惊慌失措，为冬天的将至而吵闹不休；啄木鸟啄着树皮，发出低沉的响声——这个"林木工人"在湿沥沥的林中，一边寻找隐蔽的昆虫，一边欣赏树木上的洞口是否整齐如初；存活下来的幼兔已经长大了，变得强壮、机智、敏捷。除此之外，林中还可以听到马鹿在狗吠声中逃窜时的喘息声以及人类的枪声。人类似乎抓紧时间去收集森林中的猎物。以森林为家的猫，若不是机智、谨慎和无声无息地潜伏着，如今恐怕已经成了盘中餐。

但是它尽量为自己准备午餐，而且看上去那么甜美，这使得它着实费了一番力气。在林中猫走的路上总有一个个小小的生命奉献给它，以使它得以生活下去……然而冬天完全降临了，冷空气伴随着鹅毛大雪给大地换上了一身新装，而且还讨厌地留下了足迹。森林变得更加荒凉，山雀已经销声匿迹了；啄木鸟沮丧地啄食着干果——松子；松鸡和雉鸠很机灵，会飞，厚厚的雪地阻止不了它们的行动；猫嚼动着下巴，瞪着它们，但没有一点作用。

饥饿和寒冷袭击着林中猫。有时它也能获得一丁点热乎乎的肉，在这样的天气里，那总算是一顿美餐。每当饥寒交迫的时候，那鲜美的奶汁便是它唯一的回忆了。尤其在深冬里，被冻死的生命随处可见。冬天的森林特别荒凉和严峻，到了隆冬季节，待在林中简直有生命危险。唯有人，林中猫从前的主人，能在森林里自由自在地活动。在严寒的天气里，被摧毁的不光是动物，还有无数的树木。而这种力量是猫永远无法拥有的。

新鲜的肉越来越少，这种机会也越来越少，饥饿愈加频繁。

大地披上了白衣，使得林中猫更难找到食物的痕迹，连土拨鼠也没有。然而，林中猫却有上帝的恩赐。为了躲避倒树的轰隆声，它越过了一条冻结的林间小溪，冰层底下清澈的流水似乎预示着好运。那里有一垛干草，一股股热气从里面往外冒，猫心里狂喜，它伸出利爪，贪婪的眼睛一动不动地盯着猎物。

原来，两头被人饲养过的牲畜都成了在森林里过冬的冒险家，这时碰巧在这里相遇了。

草垛里住着一头公山羊。也是一个夏天，这头山羊模仿猫也来到了这个森林。它离开了羊群，走得很远很远，在森林里定居下来。在这个寒冷的冬天里，一边躲避危险一边为自己取暖。开始时，它在小溪旁的草垛边啃草，最后啃出了一个洞穴，一个完美的避难所出现了。它的处境比猫好得多，洞穴的四壁可供食用，渴了可以吃雪。干草与它自身的毛使它不必担心寒冷。

可是现在，一个不速之客正在接近它的宁静住所。猫已经做好了攻击前的一切准备，它对羊也是比较熟悉的。

猎物！原来仅满足于捕捉老鼠的它，为了活下去，不得不对自己进行挑战了，它慢慢地向前移动着，山羊有所察觉，用利角与蹄子警告它。

猫小心翼翼地匍匐前进，弓起身，闪电般直扑而上，咬住山羊的脖子。可山羊的皮毛十分粗厚，牙齿和利爪根本伤不了它。然而，山羊向前冲撞时，脖颈的力量在这里也没有用武之地，但公猫还是被重重地摔到了干草壁上。

为了生存下去，猫和羊都用尽了仅剩下的力气。它们争斗不休，最后，山羊的毛随着干草被林中猫一块一块地咬了下来。山羊哀号着，林中猫露出了凶狠的面目。不一会儿，热热的羊血不住地涌了出来。斗争以山羊的垂死挣扎而告终。山羊成了林中猫的美餐。林中猫美美地喝了一口羊血。它胜利地叫了一声，看着它的猎物渐渐死去。林中猫不敢相信自己竟有这样强大的攻击力。

羊肉为林中猫提供了大量能量。干草洞不久也结冻了，因为洞穴的主人已经死去，肉已不再新鲜，而且越来越少。对猫来说，寒冷和冻肉都无所谓，最重要的是有了食物……

所以它时刻守着猎物，打盹、睡觉。吃饱喝足了，身体也健壮起来，足以抵御寒冷。而且天气也似乎变得温和起来，雪花大片大片地从厚厚的云彩里飘落下来。

外面寒风呼啸，里面林中猫美美地睡着。突然，某个重物跌落下来的响声使猫惊醒过来。似乎一堆肉正慢慢地靠近它的暖房。

林中猫立刻精神百倍，作好了跳跃的准备。贪婪的眼睛重新打量着来者。

不速之客出现了，是只大鸟——鹰，一只健壮的苍鹰。

鹰跟猫一样有着相同的困惑与想法：漫长的冬天，缺乏食物，忍饥挨饿。为了找到食物丰足的地方，它离开了遥远的北方，进行长途飞行。刚才，它遭到暴风雪的袭击，昏头昏脑地跌了下来。它实在没有一点力气了。在那草垛旁看来有个庇护所——一个洞，可以爬进去休息一下，但它并不知道里面有什么。那个眼睛放光的东西立刻像一团球冲到它面前。苍鹰及时地展开了翅膀和可怕的利爪进行反击，也许这会是一顿美美的午餐也说不定。

多亏爪子和利喙及时抵住猫的身体，并用力插了进去，但猫翻转身，鹰的身体被林中猫的利爪划出了一道又一道血痕，两个拼斗者在大风雪中滚成一团。这场生与死的搏斗持续了很久，滴滴鲜血撒在雪地上，利爪的威力确实是林中猫未考虑到的。

苍鹰遭到了厄运，但它死死抓住猫的脑袋。

毕竟是个极好的猎物！要是从空中一下抓住它的脖子有多好啊……

鹰的爪子始终死死抓住猫的头颅，简直是使出了最后的力气。猫的眼珠也被啄了出来。林中猫的力量在不断地减弱最终从空中垂直地跌落下来。

它躺在雪地里，死了。苍鹰呼出一口气，转过身去，拉下一泡屎，以示蔑视。

121

苍鹰的意识只能持续于此，它流着血，它的一只翅膀已被撕裂，全然动弹不得。它的生命也将近结束。

苍鹰在雪地里蹒跚爬行，鲜红的血在雪地上留下了条长长的痕迹。它使劲地爬呀爬，似乎急于要到某个地方，但这几乎是不可能的了。生命的时间没有满足它最后的要求，它被飘落的雪花渐渐盖住。开始时，雪花在鹰的棕褐色羽毛上融成水珠，但后来开始堆积起来，上帝唯一能做的就是用雪花掩埋住它的尸体。

死去的林中猫早已成了白色的一堆，但那副嘴脸仍显而易见，它咧着嘴，露出拼杀的利齿狞笑着……在干草里有它的巨大猎物，撕剩一半的山羊尸体，雪花偶尔也飘到山羊的绒毛上。而这时，林中猫已无往日的神气，被寒冷的天气冻成了冰块。

故事不会因此而中断，在森林某隐蔽地方，狐狸仰起了咀嚼的嘴巴……

这些生命的消失无疑填补了其他生命的空白，在自然规律中这只是轻描淡写的一笔。

大理石鸽子

—— ［丹麦］凯尔德·阿贝尔

圣诞节前夜，忧郁孤儿安娜来到父母亲的墓地扫墓，
大理石鸽子生气地告诉她，追忆往事的人最终将一无所获，
还说她忽视了大地的存在和生活的美好。
离开墓地，安娜回想起鸽子的话，顿觉生活变得美好了。

我知道一种做油煎饼绝妙的方法，那是我祖母的独门秘方：面粉少许，白砂糖、奶油鸡蛋都来一些，随你口味加一点氨粉和一些碎柠檬皮，然后只需要这么一弄，再放到清油里，放到其他油里也没问题，当面饼呈现淡褐色时，我们的作品就已经完工了。

油煎饼、犹太饼、褐色的点心以及小蛋糕和大糕点，纵然味美，也在频繁地食用下厌烦得不想再吃一口。所有食物上都放满了杏仁，用完后的瓶瓶罐罐在地上乱七八糟地堆放着，而这一切都是在迎接圣诞节的到来。

圣诞节正一天天地临近了！啊！对了，您知道吗，等您盼来了圣诞前夜，过度地操劳用去了你多余的力气。圣诞节那天您就会吃腻了鹅肉；圣诞节第二天，你不得不认认真真地收拾家，往后的几天就得不到任何快乐。

"哼，您倒说得轻巧。"那是一个满脸都写着不高兴的女孩子，直到骑上单车，口中仍不停地埋怨。她小名叫安娜，至于姓什么，那是无关紧要的。她是一个孤儿。现在的生活对她已没有往日的诱惑与快乐，每天只是机械地在收款机前工作。下午五时，她骑自行车回家，次日九点，她又准时开始重复前一天的工作，没有任何生机，没有任何的喜悦。

商店里爆满，都在为美丽的节日准备礼物，似乎银行明天就要倒闭。对了，您一定知道，那些礼品并非特别值钱，但也不能够显得太寒碜了。您送给弟媳什么礼物呀？噢，这您放心，她见了肯定会欣喜若狂的。那么别人会不会也欢天喜地呢？谁？……如果您指的是孩子的话，我告诉你，只要他能收到礼物，就一定会非常高兴的。

123

不错，这日子对孩子来说再好不过了。有猪肝酱和胶肉吃，还有赞美诗听，圣诞树更是必不可少的了，把一颗星星挂在树顶。纸做的天使围着闪闪发光的金属彩带，插着锡纸的翅膀飞来飞去，纸板做的星星在眨眼，红色和白色的天梯在松树的芳馨中交叉横卧在玻璃球之间——所有的一切都只是要鼓足了劲儿好好过个圣诞节。

在圣诞节来临前，找一个过节的地方才是最重要的。安娜，那位心情忧郁的姑娘，边骑自行车边这样想。她在车灯里放上一支圣诞蜡烛，朝着教堂墓地蹬去，她认为，在那里可以找到自己的答案。

有一种郁金香只有圣诞节时才开放，样子不太起眼，但却拥有夺目的颜色。安娜买了一束带到了坟前。

安娜要把这几朵插在枝条拂地的松树上，剩下的要点缀大理石白鸽子底座四周围着的镀镍栏杆。

她去扫墓的时间是在午后，而此时有大多数人正要从墓地回去。在圣诞节的笼罩下，就连探望故人似乎也成了一件令人快乐的事情。这些人掩饰不住脸上迫不及待的神情。似乎一场巨大的社会变革将要来临，圣诞节的钟声和棉花似的雪片会使它面目一新。嘴是谈论美好的事情的，此时几乎忍不住要去议论鹅肉和紫菜头的美味了，但是他们不得不控制内心的狂喜，因为事情要一样一样办，先要准备圣诞铃，再采购紫菜头，而后是圣诞树，再置办圣诞礼物，然后就是为自己的亲朋好友亲切地寄上张精美的卡片。

没有别人那种欢乐的小姑娘只是呆呆地站在父母的墓碑前。坟墓维护得很好，四周有一圈黄杨灌木丛，一道锁链围栏阻止闲人进入那块通向墓碑的小花园。这里是属于她的父母亲的，当然她有所有权，这也是她唯一拥有的。在这块土地下面安葬着令人思念的双亲，而高悬于大地之上的苍穹却对安娜此时庄重肃穆的仪式无动于衷。安娜每次扫墓，心情都很沉重，但这次尤其严重，紧接着，她便漫无目的地在墓地附近走来走去。她的脸庞已有些憔悴，人们把她忘了，因为人们对她从来都是不屑一顾的。从来没有人想到她，没有人赠给她礼品。就连孩子们的老朋友圣诞老人也不会额外为她多预备一份礼物。

墓碑之间的空地一片漆黑，只有那只大理石小鸽子散发出洁白的光彩。它真可爱啊！它是那么的忠诚，为了自己的信念而坚守阵地，也许它也因为无处可去吧！

"你不要紧吧？"那只大理石鸽子扬了扬头说，"我心里好难受啊！我独自一人陪伴着这墓地，每天能看到的都是单调的碑文和扫墓的人。天啊！我快疯了！"

安娜一下子目瞪口呆。

"你一个小丫头怎么会明白什么叫做悲痛，你可以去任何地方，去做你想做的事情，虽然你们只是在做一些基本上毫无实际意义的事情。"

"你这是在报怨，而且有些蛮不讲理。"这是安娜唯一能讲的话。

"哼，我可不是普通的鸽子！我是大理石之身。即使不是大理石鸽子，我也会成为石碑的。我奉劝你赶快回家，只懂得追忆往事的人，最终将一无所获，就像你这样。快离开这里，我真是烦透你了。"

"你怎么可以这样自私！"

"是的，你说得不错。可你到底是何等人呢？一无所有，孤苦伶仃，甚至在圣诞节这样隆重的日子都不知去哪里狂欢。"

"我没有接到过任何礼物，我也不知将礼物送给谁。"安娜用戴着手套的手指边擦身子边抽泣着说。

"没有吗？你知道我在想什么？我想向别人夸夸口。"

"嗯，这样可不好。"安娜说着，抬起眼睛。

"不好？……好吧，随你去说吧。我可不是毫无依据地随口胡说，我要夸口的东西有其真正的价值。它不是别的，而是这大地，整个地球！"鸽子边说边高傲地展开翅膀，由于笨重，它的姿势很滑稽。

"我和大地有什么关系？"安娜说，这时候泪水已含在她的眼里，她几乎哭起来，她认为就连一只小鸽子也来取笑她。

"瞧，你自己瞧！"那鸽子暴躁地叫着，"你既不知道人家送你什么，也不情愿接受人家给你的礼物。实际上，早在许多年前你第一次过生日的时候就收到了那份礼物。但是你的父母当时说，对你来说嘛，为时尚早，晚些时候你会明白的。而地球却只好苦等你明白的那一天的到来，但是你确实是把它忘得一干二净了，直到现在我再次慷慨大方地把它送给你时，你甚至对它视而不见。难道就是因为它的体积你就可以视之无物吗？是不是因为它放不进抽屉里？大地并非让你洗干净了藏起来，当然是让你在它的怀抱里生活，生活——是的，就是美好的生活！过圣诞节的不是有一大批娃娃吗？他们来日方长，生长繁衍，子孙相传，但和你谈论这些会显得我太过愚蠢。我的礼物太妙了，我对此心满意足。你快离开吧，如果你不想在这里过夜。我可是想清静一下了，你别在这里打扰我了。"

鸽子不愿再去理会安娜，又去聚精会神地默读墓碑上死者的生卒年月和姓名了。

在人来人往的大街上，到处充满了音乐和油煎饼的香味，还有用粉红纸包装、彩带缠绕、插着松枝的礼物。在热闹的街道上，除了人们的新衣服以外，松树应是最华丽最高贵的了。

安娜仔细回忆着大理石鸽子的话。她感觉突然之间，空气变得清新宜人起来，点心和炒杏仁的气味被净化掉了，那姑娘轻轻抚摸着大地：

"我忽视了你，我真是无知，现在我接受你。"

当安娜骑着自行车顺着街道驶去时，空气中充满了欢乐的声音："祝你圣诞节快乐！"

耐心等待的快乐

年轻的农夫与情人约会，
他来得很早但很不愿等待。
一个侏儒满足了他迫不及待的一切愿望，
但他却不胜追悔。

兔 和 猫

—— ［中国］鲁 迅

三太太买了一对白兔，给小院增添了无数乐趣，
不久那对白兔又生了一对小兔，更使大家欣喜万分，
然而有一天，那对小白兔却神秘地失踪了。
经过大家兴师动众地寻找，终于真相大白。

住在我们后进院子里的三太太，在夏间买了一对白兔，是给伊的孩子们看的。

这一对白兔，似乎离娘并不久，虽然是异类，也可以看出他们的天真烂漫来。但也竖直了小小的通红的长耳朵，动着鼻子，眼睛里颇现些惊疑的神色，大约究竟觉得人地生疏，没有在老家时候的安心了。这种东西，倘到庙会日期自己出去买，每个至多不过两吊钱，而三太太却花了一元，因为是叫小使上店买来的。

孩子们自然大得意了，嚷着围住了看；大人也都围着看；还有一匹小狗名叫S的也跑来，闯过去一嗅，打了一个喷嚏，退了几步。三太太吆喝道："S，听着，不准你咬他！"于是在他头上打了一掌，S便退开了，从此并不咬。

这一对兔总是关在后窗后面的小院子里的时候多，听说是因为太喜欢撕壁纸，也常常啃木器脚。这小院子里有一株野桑树，桑子落地，他们最爱吃，便连喂他们的菠菜也不吃了。乌鸦喜鹊想要下来时，他们便躬着身子用后脚在地上使劲的一弹，砉的一声直跳上来，像飞起了一团雪，鸦鹊吓得赶紧走，这样的几回，再也不敢近来了。三太太说，鸦鹊倒不打紧，至多也不过抢吃一点食料，可恶的是一匹大黑猫，常在矮墙上恶狠狠的看，这却要防的，幸而S和猫是对头，或者还不至于有什么罢。

孩子们时时捉他们来玩耍；他们很和气，竖起耳朵，动着鼻子，驯良的站在小手的圈子里，但一有空，却也就溜开去了。他们夜里的卧榻是一个小木箱，里面铺些稻草，就在后窗的房檐下。

这样的几个月之后，他们忽而自己掘土了，掘得非常快，前脚一抓，后脚一踢，不到半天，已经掘成一个深洞。大家都奇怪，后来仔细看时，原来一个的肚子比别一个的大得多了。他们第二天便将干草和树叶衔进洞里去，忙了大半天。

大家都高兴，说又有小兔可看了；三太太便对孩子们下了戒严令，从此不许再去捉。我的母亲也很喜欢他们家族的繁荣，还说待生下来的离了乳，也要去讨两匹来养在自己的窗外面。

他们从此便住在自造的洞府里，有时也出来吃些食，后来不见了，可不知道他们是预先运粮存在里面呢还是竟不吃。过了十多天，三太太对我说，那两匹又出来了，大约小兔是生下来又都死掉了，因为雌的一匹的奶非常多，却并不见有进去哺养孩子的形迹。伊言语之间颇气愤，然而也没有法。

有一天，太阳很温暖，也没有风，树叶都不动，我忽听得许多人在那里笑，寻声看时，却见许多人都靠着三太太的后窗看：原来有一个小兔，在院子里跳跃了。这比他的父母买来的时候还小得远，但也已经能用后脚一弹地，并跳起来了。孩子们争着告诉我说，还看见一个小兔到洞口来探一探头，但是即刻缩回去了，那该是他的弟弟罢。

那小的也捡些草叶吃，然而大的似乎不许他，往往夹口的抢去了，而自己并不吃。孩子们笑得响，那小的终于吃惊了，便跳着钻进洞里去；大的也跟到洞门口，用前脚推着他的孩子的脊梁，推进之后，又爬开泥土来封了洞。

从此小院子里更热闹，窗口也时时有人窥探了。

然而竟又全不见了那小的和大的。这时是连日的阴天，三太太又虑到遭了那大黑猫的毒手的事去。我说不然，那是天气冷，当然都躲着，太阳一出，一定出来的。

太阳出来了，他们却都不见。于是大家就忘却了。

唯有三太太是常在那里喂他们菠菜的，所以常想到。伊有一回走进窗后的小院子去，忽然在墙角上发见了一个别的洞，再看旧洞口，却依稀的还见有许多的爪痕。这爪痕倘说是大兔的，爪该不会有这样大，伊又疑心到那常在墙上的大黑猫去了，伊于是也就不能不定下发掘的决心了。伊终于出来取了锄子，一路掘下去，虽然疑心，却也希望着意外的见了小白兔的，但是待到底，却只见一堆烂草夹些兔毛，怕还是临蓐时候所铺的罢，此外是冷清清的，全没有什么雪白的小兔的踪迹，以及他那只一探头未出洞外的弟弟了。

气忿和失望和凄凉，使伊不能不再掘那墙角上的新洞了。一动手，那大的两匹便先窜出洞外面。伊以为他们搬了家了，很高兴，然而仍然掘，待见底，那里面也铺着草叶和兔毛，而上却睡着七个很小的兔。遍身肉红色，细看时，眼睛全都没有开。

129

　　一切都明白了，三太太先前的预料果不错。伊为预防危险起见，便将七个小的都装在木箱中，搬进自己的房里，又将大的也捺进箱里面，勒令伊去哺乳。

　　三太太从此不但深恨黑猫，而且颇不以大兔为然了。据说当初那两个被害之先，死掉的该还有，因为他们生一回，决不至于只两个，但为了哺乳不匀，不能争食的就先死了。这大概也不错的，现在七个之中，就有两个很瘦弱。所以三太太一有闲空，便捉住母兔，将小兔一个一个轮流的摆在肚子上来喝奶，不准有多少。

　　母亲对我说，那样麻烦的养兔法，伊历来连听也未曾听到过，恐怕是可以收入《无双谱》的。

　　白兔的家庭更繁荣；大家也又都高兴了。

　　但自此之后，我总觉得凄凉，夜半在灯下坐着想，那两条小性命，竟是人不知鬼不觉的早在不知什么时候丧失了，生物史上不着一些痕迹，并 S 也不叫一声。我于是记起旧事来，先前我住在会馆里，清早起身，只见大槐树下一片散乱的鸽子毛，这明明是膏于鹰吻的了，上午长班来一打扫，便什么都不见，谁知道曾有一个生命断送在这里呢？我又曾路过西四牌楼，看见一匹小狗被马车轧得快死，待回来时，什么也不见了，搬掉了罢，过往行人憧憧的走着，谁知道曾有一个生命断送在这里呢？夏夜，窗外面，常听到苍蝇的悠长的吱吱的叫声，这一定是给蝇虎咬住了，然而我向来无所容心于其间，而别人并且不听到……

　　假使造物也可以责备，那么，我以为他实在将生命造得太滥，毁得太滥了。

　　嗥的一声，又是两条猫在窗外打起架来。

　　“迅儿！你又在那里打猫了？”

　　“不，他们自己咬。他那里会给我打呢。”

　　我的母亲是素来很不以我的虐待猫为然的，现在大约疑心我要替小兔抱不平，下什么辣手，便起来探问了。而我在全家的口碑上，却的确算一个猫敌。我曾经害过猫，平时也常打猫，尤其是在他们配合的时候。但我之所以打的原因并非因为他们配合，是因为他们嚷，嚷到使我睡不着，我以为配合是不必这样大嚷而特嚷的。

　　况且黑猫害了小兔，我更是“师出有名”的了。我觉得母亲实在太修善，于是不由的就说出模棱的近乎不以为然的答话来。

　　造物太胡闹，我不能不反抗他了，虽然也许是帮他的忙……

　　那黑猫是不能久在矮墙上高视阔步的了，我决定的想，于是又不由的一瞥那藏在书箱里的一瓶青酸钾。

活着的伤疤

—— ［中国］牛　汉

我无意中窥见了秃手伯胸前那被狼撕咬后留下的红疤。
秃手伯告诉我，
那是一块活的伤疤。

从口外草地回来的人，身上多半带着大大小小深深浅浅的伤疤。如果伤在手上脸上，谁都看得见，而有些伤是很难看见的；而且，有些伤，即使让你看，你也看不见。这些伤，痛在骨头里，深深地藏在倔强而沉默的心灵里，只能从他们艰难的步态（并非由于衰老，他们大都不过三十几岁的人）和深重的哮喘声中，猜想到他们曾经遭受过难以想象的磨难和病痛，小灾小病难不倒他们。

秃手伯失去双手，一目了然，他无法瞒过谁，但是他那满胸脯的伤，却从来不让人看。

131

我也只见过一回。

有一年夏天，他一个人在河里洗身子，我悄悄游到他身边，想帮他擦擦后背，才第一次窥见他胸脯的伤疤（只听说狼差点儿把他的胸脯子撕开），不见则已，一见真让我吓得目瞪口呆。这哪里是伤疤？我心想，他回来已有两三年，再重的伤也早该结痂，但现在看见的却是血淋淋的一个胸脯，我觉得血还不住地在流。映着夕阳的光辉，秃手伯的胸脯，像多年之后我见到的红珊瑚，从形象到颜色，都十分相像。

我惊奇地对秃手伯说："伤口还在流血，可不能见水！"

秃手伯很平静地说："不碍事，早已不见血了，这叫红疤，很不吉利。"

"为什么不吉利？"

秃手伯用秃手抚摩着自己多难的胸口，叹了口气，说："红疤，就是说这伤还没有死。"

"还没死？"伤还有不死的，我还是第一次听说。

"是的，没有死，伤还活着，天阴下雨时它不让我安生，整个心口还像那只狼在咬我撕我。"

我禁不住去摸摸秃手伯痛苦的血红的胸脯，他没有阻拦我，我不敢用手多摸，生怕血冒出来。

"愿意摸就摸摸，不碍事。"

"痛吗？"

"不痛。"

是的，伤疤虽然没有死，我觉得它还在折磨他，哪有不痛的伤？尤其这红疤，还活着的伤疤，更不能轻信它。

几乎没有摸到一点儿光滑的好皮肤，蚯蚓似的隆起的密密的伤疤，仿佛在蠕动着，它们比好皮肤还要硬得多。

一条条隆起的弯曲的伤疤里，似乎都生出了自己的筋骨，自己的血管，自己的神经，自己的记忆，难怪它不死！

几十年过后，我才知道伤疤也是一种生命。看得见的伤疤，有许多一直活着，看不见的伤疤，有的也一直不死。

记得过了好多天，我问秃手伯："你胸脯上的那些伤疤为什么不愿意让人看见？"

他皱着眉头说："伤疤千万不能露给别人看，不能让别人为自己承担痛苦，更不愿让谁可怜。"

以后我再不向他提伤疤的事。我跟他常常一起吼唱西口调。

有关伤疤的道理，半个多世纪之前，秃手伯就对我讲过，当时我并不理解，直到我身上心灵上，也带上了许多伤疤，也很大也很深，而且有的到我死后，可能仍然活着不死，我才真正地悟知了伤疤这个活东西。

总 统 梦

—— ［中国］ 谌 容

胖胖梦见自己当了总统，
命令学校的大臣给老师的孩子留许多的作业，
甚是开心。

"胖胖，快起来！"

"天还没亮呢！"

"你昨晚保证了，早晨起来把作业做完呀！"

"嗯——嗯，人家刚做了个梦……"

"别说梦话了，快穿衣服，看你爸打你！"

"妈，我真的做了个梦嘛！"

"好，好，好孩子，听妈的话，快点儿，抬胳膊！"

"我梦见呀，我当了总统了！"

"算术不及格，还当总统呢！伸腿儿！"

"不骗您，我还下了一道命令呢！我……"

"伸脚丫儿！"

"管学校的大臣跪在我面前，我坐在宝座上，可威风啦！我命令：给老师的孩子作业留得多多的！"

133

情　书

—— ［中国］顾　工

杜雅偷了女儿芳芳未寄出的情书，
却发现是从自己早年情书上抄来的，
只是名字换了换。
杜雅自觉无颜面对女儿，
而女儿却大方地主动提出交换情书。

当母亲的偷看一封女儿尚未寄出的情书时，是种什么滋味，喜呢？悲呢？忿懑呢？还是感伤？——杜雅一早起来，就把女儿芳芳关起房门写了一夜的信，悄悄藏进自己的衣兜。芳芳背起书包要去学校时，乱拉抽屉，乱翻纸篓，四处寻找，大声嚷嚷："妈妈，您看到我写的一封信了吗？一封赶写的信！"

杜雅很紧张，很怕女儿识破自己的偷窃行为，只好支支吾吾地回答："什么信呀？自己写的信自己看不住，还问人家，还让别人操心？"女儿像个相面先生，用专注的眼睛盯着妈妈的脸，看了好久，最后像识破了什么似地把书包一甩，笑着跑了。她跑出大门后，转过脸来，朝站在阳台上的妈妈大声嚷嚷："妈妈，等我回来再找您算账！"女儿轻盈的连衣裙，像是刚刚落地的降落伞，一会儿就被初夏的薰风吹得无影无踪……

母亲忧虑地望着消失了的女儿的背影，长长地舒了口气。她怀着像看侦破小说一样的忐忑心情，从未封口的信中取出一张玫瑰色的信笺。她戴上老花镜，一字一句地读。女儿平时写作文很潦草，每个字都伸胳臂撩腿，像是鬼画符，而这信上的字却很工整，仿佛是在刻钢板——

"皮皮，我的皮皮：

　　我们俩是在作游戏吗？作一场人生的游戏？很小很小的时候，我就扮过新娘，采一束野菊花，拴在我的丫丫辫上。谁在扮演新郎？就是我家饲养的那条大狼狗。我搂住狗脖子，和它那毛茸茸的嘴巴，亲了个长长的吻。你看到这里，你以为我是在讽刺你吗？不，我是真心真意的，希望有一天，你能替代我小时候宠爱的那条大狼狗。吻你，再吻你，你将来也会有张毛茸茸的嘴巴吗……

你的芳芳，永远是你的！"

杜雅看着女儿这封童话似的情书，顿时羞红了脸，哎！这死丫头，人小心不小。平常是一副天真烂漫、有口无心的样子，谁知在心坎里竟藏着这么些乱七八糟的东西。皮皮是谁？大狼狗？她小时候哪儿来这么条大狼狗？只有我小的时候家里才养过一条，它是我童年的忠实伴侣，衔着我的书包上学，衔着我的书包回家……后来，在路上遇到个小男孩……后来，他长成个小青年……后来，他成为芳芳的父亲……哎哎！这封情书，不就是我当年写的那封情书吗？几十年来，自己一直珍藏着，珍藏着，压在箱子的深处，压在心底的深处……可是现在，现在怎么落到女儿的手里，她又照抄了一遍——除了把她爸爸的名字改写成为"皮皮"以外，别的几乎是一字没改……

哀哀，我可怎么再见我的女儿?！

哀哀，我的女儿可怎么再见我?！

傍晚，芳芳背着书包回来了。她一进门，就冲妈妈作了个调皮的神秘的鬼脸。杜雅不敢用正眼瞧。女儿的脸有处放，自己的脸还不知该往哪儿放哪！她觉得当妈妈的尊严、圣洁感，全被女儿抄了家。真悔不该箱子没上锁。女儿长大了，什么都乱翻。杜雅觉得自己的脸发烫发烧。

芳芳比妈妈大方得多，自在得多。她扒着妈妈的肩膀，贴近妈妈的耳根，用隐秘的气音说："妈妈，咱俩来个交换俘虏吧！我把您当年写的情书还给您；您把我昨天写的情书还给我。行吗？君子协定！"

杜雅气得想哭，又想笑。真没办法，今天当姑娘的，可不像过去当姑娘的！自己15岁的时候，写那封情书，是躲着、藏着，钻到床底下才写完最后一句。往邮筒里投的时候，还往四处看，方圆一里之内有没有人跟踪。女儿可倒好，写情书不肯费心思，还不脸红。

"你真该好好学文化！"妈妈用叹气来掩饰窘迫。

"我跟妈妈学！"芳芳作出一副乖顺的好孩子的样子。

"不学好。"杜雅都不知道自己是在真怒还是假怒。

"咦，不是说要踏着革命前辈的脚印前进吗？"

"别在我面前耍嘴皮子。芳芳，你要知道你还小！"

"妈妈，您写那封信的时候，您是不是比我还要小？"

杜雅让女儿将军将得没词了。唉！现在的孩子，现在的孩子！现在一切的节奏都在加快，难道思想的节奏、爱情的节奏也在加快吗？自己是这样地为女儿忧虑，当年自己的爸爸、妈妈，可也曾这样为女儿忧虑过？

135

芳芳的爸爸进来了，领着个十七八岁的瘦高男孩。

爸爸真像是抓到了一名俘虏，进屋是粗声大气地嚷嚷：

"这个男孩，站在我们家门口来回溜达，还扒着窗户缝往里乱瞅。"

芳芳一见，乐得手舞足蹈，心花怒放，扑上前去说：

"哦，皮皮，我叫你站在远远的，远远的地方等我，多等一会儿，谁知道你……"芳芳握着男孩的手，兴奋地回过脸来说："妈妈，您把我给皮皮写的信，当面交给他吧！我也把您过去写给爸爸的信，当面交给爸爸！"

财神与爱神

—— ［美国］欧·亨利

老安东尼认为有了钱就有了一切，
儿子理查德却认为金钱不是万能的，
他和兰特里小姐的爱情就是用金钱买不到的。
然而艾伦姑妈送给理查德的小戒指却使他赢得了兰特里小姐的心。

老安东尼·洛克沃尔曾经是洛代尤列卡肥皂厂的制造商兼业主，不过，现在他已经光荣退休了。他正从自己第五大道宅第的书房的窗子里向外面瞧。他的右邻，那位贵族和俱乐部会员乔·范·舒莱特·萨福克·琼斯正从家里出来，当然，像这样的风云人物总会有一辆不错的轿车停在那里听他召唤。像往常一样，他总要朝那肥皂王宫正面高处的意大利文艺复兴式雕塑显示他那特有的贵族式的轻蔑与不屑。

"尽管嘲笑吧，那能有什么作用，真是个自以为了不起的傻瓜！"前任肥皂大王评论道，"要是他不留神，以他的年纪与样子被抓去当展览品是没有什么问题的。等到夏天，我要将这屋子漆得五颜六色，看看那会他的荷兰鼻子能翘多高？"

也许老安东尼·洛克沃尔喜欢卖弄他的嗓门，他走到书房门口大喊："迈克！"其嗓门之高，当年曾响彻堪萨斯大草原辽阔的天空。他对应声前来的仆人说："去告诉少爷，我想见他，如果可以的话，叫他现在过来。"

小洛克沃尔走进书房后，老安东尼放下了手边的活，光滑红润的大脸膛显出又慈爱又严肃的神情，他瞧着儿子，这种神情弄得小洛克沃尔一时不明其意。

"理查德，"安东尼·洛克沃尔说，"你用的肥皂花多少钱买的？"

理查德听了更是一惊，不是害怕，只是吃惊。他没有摸清老人的意图。这老人活像第一次举行招待会的姑娘，老是提出一些叫人意料不到的问题。

"我想是六块钱一打，父亲。"

"还有你的衣服呢？"

137

"一套不会超过七十元。"

"你是上流社会的人。"安东尼毫不含糊地说，"我听说那些花花公子用二十四元一打的肥皂，一套衣服花上百元开外。你的钱与他们相比虽不是最多的，但也不是最少的，可是你倒是规规矩矩，很有分寸。我用的还是老尤列卡，当然，这一半要归因于肥皂的质地，一半要归因于我本人。要是你买一块肥皂超过一角钱，那超出的部分无非是瘪脚的香料和标签包装。五毛钱一块的肥皂对你们这一代年轻人，可以说是配得你的身份与地位了，已经很不错了。我说过，你是一个上流社会的人。他们说要经过三代才能造就出一个上流社会的人物，那真是让人不能接受的事情。有钱就办得到，而且办得像肥皂油脂一样滑溜。你也是用这种方法成为一个上流人物的！天哪，我也未能逃脱。我差不多同那两个荷兰老爷一样粗鲁，讨人嫌，这一对左邻右舍夜里睡不安稳，只因为我买下了他们两家中间的房产。"

"但我认为钱也不是万能的。"小洛克沃尔不无忧郁地提醒他父亲。

"你真是单纯透顶。"老安东尼吃惊地说，"有钱就拥有一切。我翻检了百科全书，几乎从头翻到尾，想找找有什么事拿钱买不到。这工作恐怕要一直无意义地做下去了。我宁可要钱而不要田地。你倒说说有什么东西用钱买不到?"

"当然有了，"理查德不无怨恨地说，"上流社会还有高人一等的、封闭性的小圈子，你花了钱也挤不进去呀!"

"是吗? 那我倒要好好和你讲一下这个问题。"这位"万恶之源"的拥护者咆哮着说，"假如阿斯特的祖先没有钱买统舱票来到美国，你倒说说你那高人一等的小圈子在哪里?"

理查德什么都没说，也许他认为争执下去也没有什么结果。

"我要跟你谈的正是这件事。"老人的嗓音放低了些，"这就是我叫你来的缘故。你这些日子心里一定有什么事情，当然，我是因为关心你才对你多加留意的。有什么事说出来吧。我想在二十四小时之内，我能筹到一千一百万，不动产不计在内。如果是你的肝病犯了，那么'漫游号'就停在海湾里，你可以驾驶它去任意你想去的外国医院，接受最好的治疗。"

"你猜得差不多，父亲，虽不中，但也不远了!"

"啊，我懂了，"安东尼热心地说，"也许我应该花点时间了解一下那位姑娘。"

理查德在书房里走来走去。他的这位粗鲁的老父亲既然这样关心和富有同情心，他只好说出实情，以取得他的信任。

"你可以对她进行狂轰乱炸般地求爱，"安东尼追问道，"她会扑到你怀里。你是一个不折不扣的年轻的单身贵族。你的手是干干净净的，没沾上尤列卡的油脂。而且你上过最好的大学，接受过最好的教育。"

"我还没有找到机会。"理查德说。

"那就制造个机会呀！"安东尼说，"带她到公园散散步，或者带她去野餐，或者做完礼拜从教堂送她回家。等待机会的人永远是最傻的人。"

"你不了解社交界的情况，父亲，那像一盘水磨，而她是推动磨盘转的一股水流。她永远是那么的忙碌，每次与她相会，时间都匆匆而过。我一定要娶这个姑娘，父亲，不然这座城市对我来说就成了腐臭的沼泽。我无法写信向她求爱，她应该拥有更好的方式。"

"那么，"安东尼说，"你是想对我说，你背后有着万贯家财，而这些都不能吸引那位姑娘。"

"只怪我拖延得太久。她后天中午动身去欧洲，要在那里呆两年。但明天晚上，也许可以与她有个单独见面的机会。她现在在拉契蒙特她姑妈家，我不能到那里去。可是她答应我明天晚上雇马车到中央车站去接她，她母亲在那里等着和我们看戏。我们要乘车赶到百老汇沃拉克戏院，她的母亲邀人看戏，将在门厅里等我们。你以为在那种情况下，她能在七八分钟里听我表白心意吗？不可能。但如果我失去了那个机会，以后就更完了。这就是你的钱解不开的结。时间似乎根本不理会你的钱，如果买得到，富人就会活得更长了。总而言之，在我与兰特里小姐的交往中，你的钱是没有什么用处的。"

"好吧，理查德，我的孩子，"老安东尼高高兴兴地说，"你现在可以赶紧到你的俱乐部去了。也许你要多向上帝祈祷。你说钱买不到时间，当然，我对此并不怀疑，因为时间的确是个特别的东西。不过我倒看见过时光老人走过金矿时，脚后跟给矿石磕碰得伤痕累累。"

当晚，老安东尼正在家里悠闲自得，艾伦姑妈来看兄弟了。艾伦姑妈温文尔雅，年岁已经很大了，但她拥有女人特有的细腻情感。姐弟两个各自谈论着对情人的看法。

"他的事情对我毫无保留。"安东尼说到这里打了个呵欠，"我跟他讲我的银行账目随他用，而他却攻击起钱来，说是有钱也没用，就因为钱没能为他多争取与情人相处的时间。"

"啊，安东尼，"艾伦姑妈叹口气说，"我希望你不要把钱看得太重了。碰到真正的感情问题，财富不算回事，爱情更能让人欲醉欲死。要是他早说出来多好，我想那个女孩应该不会拒绝理查德。不过我怕现在为时已晚，我亲爱的侄子无法与他心爱的人相偎相依，即使花光所有的钱。"

第二天夜里八点钟，艾伦姑妈从古铜色的金属盒子里取出一枚古雅的金戒指交给理查德。

"侄子，你今天夜里戴上它，"她央求道，"这是你母亲给我的，她说它会给爱情带来好运。当然，我认为这时候给你是最恰当不过的了。"

小洛克沃尔恭恭敬敬地接过戒指，想将它戴在小拇指上。戒指滑到第二个指关节就卡住了，也许放在口袋里更让人安心吧！

八点三十二分，他在车站嘈杂的人群中接到了兰特里小姐。

"我们必须得抓紧时间了。"她说。

"到沃拉克戏院，越快越好！"理查德极不情愿地吩咐马车夫。

马车飞快地向百老汇奔驰，先是走在第四十二街，然后折进一条灯光灿烂如星辰的小街，从田园风光的西部直奔高楼林立的东部。

在第三十四街的路口，理查德急忙推开活动窗，吩咐马车夫停车。

"我必须找一下戒指，它刚才掉了，"他下车的时候抱歉地说，"这是我母亲的，你知道它对我是非常重要的。当然，也许得耽搁你一分钟。"

果真不到一分钟，他就拿着戒指回到马车上。

可是就在这一分钟里，一辆穿城而过的汽车正好在马车对面停住了。马车夫试着从汽车左边插过去，可是前面又给一辆笨重的运货快车挡住了去路。他想从右边试试，可是仍然通不过去。他想倒退也不成，干脆就放弃了尝试的念头。总之，马车现在是哪里也去不了了。

在大城市里，有时候会突然发生这种堵车现象，交通一时受阻。

"天啊！这都得怪你！"兰特里小姐不耐烦地说，"我们要迟到了！"

理查德在车厢里站了起来，四下张望。他看到一大群货车、卡车、马车和交通车在百老汇、第六大道、第三十四街这一大片地区内挤成一团，这时无论如何也是没有希望使马车前行分毫的。而且还有各种车辆从几条横街上全速向这个中心汇集，轮毂交错，难解难分，中间夹杂着车夫们的叫骂声。曼哈顿区的整个交通似乎在这一带塞住了。人行道上成千上万的过路人驻足观望，从他们的神情可以看出，这是该城市有史以来最严重的一次堵车。

"我真抱歉，"理查德回到座位上说，"看来我们是给卡住了，这场混乱一个小时也松动不了。都怪我，如果我没有丢那戒指，我们——"

"让我瞧瞧那只戒指。"兰特里小姐说，"其实这样也不错，我对看戏根本毫无兴趣。"

当天夜里十一点，有人轻轻地敲安东尼·洛克沃尔的门。

"进来。"安东尼喊道。他穿着件红色睡袍，在读一本海盗冒险小说。

来者是艾伦姑妈，虽然衣衫不整，但却喜悦欢腾，两只眼睛眯成了一条线。

"他们订婚啦，安东尼。"她轻轻地说，"我亲爱的侄子终于抓住了他的幸福。他们去戏院的路上给堵了车，过了两小时他们乘的马车才摆脱困境。

"你儿子没有花一分钱便抓住了他的幸福。一件表示真正爱情的信物——一枚象征着金钱买不到的永恒爱情的小戒指，在这件事情上起着不可磨灭的作用。他把戒指掉在街上了，下车去捡它，还没有来得及继续赶路就发生了堵车。马车给围困在当中，他向他的心上人求婚，而她答应了。看来金钱与爱情相比，真的是小巫见大巫了。"

"好哇！"老安东尼说，"我很高兴这孩子如愿以偿。我跟他讲过，在这件事上我将不惜任何代价，只要——"

"可是，安东尼兄弟，这件事情的成功完全取决于你的儿子，而不是钱。"

"姐姐，"安东尼·洛克沃尔说，"我的海盗正处在千钧一发的关头。他的船已给凿穿了，他太清楚将要沉没的钱财值多大的价。我希望你让我把这一章看完。"

故事讲到这里就该结束了。但我想各位读者一定还想知道我们的主人翁先生后面又生了些什么吧！所以请再往下看。

第二天，一个双手通红、系着蓝底圆点领带、自称叫凯利的人来到洛克沃尔家，他立即被带进书房。

"嗯，"安东尼伸手去取他的支票簿，"这锅肥皂熬得好。我来瞧瞧——五千块钱被支走了。"

"我自己又垫付了三百块，"凯利说，"不得不超过一点预算。运货快车和马车一般是五块一辆；不过卡车和两匹马拉的车多半要我提价到十块一辆；汽车司机一个要十块，装了货的要二十。最可恶的便是警察——有两个我各付五十块，其余的，有的二十，有的二十五。不过一切都还合您的意吧，洛克沃尔先生？我很高兴威廉·阿·布雷迪先生没有看到这一幕小小的车群外景。他一定会因过度嫉妒而死掉的。而且连一次彩排都没有。伙计们都准时赶到，半秒都不差。整整两个钟头，一切都进行得那样顺利。天啊！真是完美无缺。"

"这里是一千三，凯利，"安东尼说着撕下一张支票，"一千是你的酬劳，三百是你垫付的，你对钱一定是非常重视的吧？"

"我？"凯利说，"我最痛恨的便是贫穷。"

凯利已经走到门边，安东尼又把他叫回来。

"你有没有注意到，"他说，"在交通阻塞的地方，有个裸体的胖娃娃，张着弓四处射箭，你看到了吗？"

"哦，没有，"凯利说，他给问得迷糊起来，"我没有看到。哪里会有那种傻瓜，如果让我看见，我第一个把番茄扔到他脸上。"

其实，他是在场的，而且你大概伤不了他。

"再见吧！凯利！"老安东尼哑然地笑了。

圣洁的东西

—— ［美国］奎　因

迈克是个普通的警察，
他为在驱逐那些游民时打了一个无名死尸而责备自己，
妻子安慰他，
说他是在尽自己的职责，死尸会原谅他的。

他走进屋子的神态极不自然，似乎是受了极大的打击。他的警棍和制服挂在走廊里的衣架上。他听到了妻子从厨房走来的声音，她边走边问："亲爱的，是你回来了吗？"

他自顾自地干自己的事情，解手枪、洗手，就是不愿回答妻子的话。他的妻子从厨房走了出来，她希望丈夫可以去厨房看看自己做的菜。看到丈夫的神态，妻子吃惊地问：

"出什么事情了，迈克？"

"没有。啊！真可怕。我一下子也忘不了。看来很难在短期内忘掉。我的思想将永远有块阴影，我可真倒霉。"他把手枪放在碗橱上，向椅子里一倒。这倒使妻子没那么担心了。他仍拥有着他那份职业，别的事情也就容易被人接受了。迈克一边做着手势一边说："上帝明白，我要是知道，我就会在那个时候偷一下懒。真是一件让人无法接受的事情。"

他是个肩膀宽宽的人，一身的赘肉使他的身材成了鸡蛋形。他的一双手很大，总是肥肥的，没有什么轮廓。鼻子向上翘起，总之长得丑极了。他的妻子很爱他，因为他是一名警察，从他嘴里带来的消息总是会让人心惊肉跳。

"好了，别在那里干发愣了，什么真让人接受不了？说说究竟出了什么事情，好吗？"

迈克悲凉地吸了口气。"我走过林肯广场去驱逐那些游民。你知道——那是我每天工作的一部分。对于那群睡在大街上的无家可归的人，我必须用警棍拨一拨他们，命令他们赶快离开。"突然的回忆使迈克从颓丧的心情振奋起来。"他们中间有一个家伙，摇晃着他的大脑袋，瞧他那件破衣服，又脏又烂，竟然带头和我顶嘴。他跟我谈起他的权利，同时嘴里还不干不净的。"从声音来判断，显然迈克对那个人很是生气，"我重新声明了他的权利与我的权利。他居然骂我是受人雇用的奴才，他妈的，我给他来了点实在的东西，教他知道我的权利。我最后又踢了他的屁股，他一定难受极了。告诉你，踢过之后，他才走开，其他人也就容易对付了。"

"你做得非常好，亲爱的。你就是法律的代表，跟他谈资格谈权力。"

"那还用说，我会听那种蠢猪的语言？"

"对啦，迈克，你说的让人无法接受的事情就是这个吗？"

一提起这个，刚才迈克那趾高气扬的情绪一下子便烟消云散了。"啊，我在公园里到处巡逻。又看见三个游民坐在林肯的铜像下面。"他抬起头，嗓音又提高了，"告诉你，我认为他们都是蠢猪，对付他们根本用不着语言。其中的一个说：'不，你知道……'我就戳了他一棍。'他妈的，你明白你推的是谁吗？'他这样问。我又给了他狠狠的一脚。我告诉他：'知道你是谁只会浪费我的时间。'这种方法总是有效的。要是我可以做主的话，玛丽，我要把这帮家伙在城里消灭得干干净净。如今游民比正派的市民都多了，就像蚂蚁一样，人数的增长速度太快。"

迈克越来越激动了，"我又回头朝三道街走，我瞅见一个人坐在那边树下的长凳上。我想又是一个蠢猪，想趁我不在捡个便宜。我心里就是这样想的，玛丽，于是我很快地走上前，狠狠地给了他几下。"

"这很正常呀！你并没有做错，不是吗？"

"玛丽，这正是最可怕的事情。他没有反应。脸朝下一倒，那不是人，只是死尸。

"现在你明白了吧。虽然他坐在那里！但是他已经死了。我无论如何决不会踢一具尸体。一个人已经到了上帝的跟前，已经奉我主的召唤到天国去接受审判了，我根本没有必要再去对他行刑是吗？像那种情况，我怎么会去动手呢？我是一定不会那样做的。"他看起来心里害怕极了，眼睛呆呆地望着妻子。

"不会的，迈克，你不会故意干这种事的。有些情况，只有上帝才明白。"

"后来我发现他竟是个信教徒！"迈克凄凉地说，"在无名尸体招领处，他们发现他脖子上还带着一个圣像。法医说他至少一个星期没吃饭了。"

玛丽用自己一身的肥肉将丈夫紧紧地保护起来。她那双淡蓝色的小眼睛里，闪烁着亮晶晶的泪珠："好了，别再责备自己了，你只是在尽自己的责任，而且你是一个称职的警察，上帝一定明白的，那个死者也会原谅你的。"

143

白手起家者

——［美国］李·柯克

一流餐馆的餐桌旁坐着两个成功者——琼斯和罗宾逊，

他们谈起了当年一无所有的那段日子，

并为当年谁的条件最艰苦的问题争执不休。

但最终他们还是将点的冷粥换成了美味可口的食物。

他们发福得一塌糊涂，但仍有合身的衣服，金光灿灿的金戒指在阳光下闪闪发亮——典型的成功生意人的形象。他们俩对坐在一家一流餐馆的餐桌边，一边等侍者前来点菜，一边天南地北的大聊特聊。像这种有钱人总喜欢谈没有钱时候的事，谈起他们的昨天——当他们还一无所有的时候。

"告诉你吧，琼斯，"其中一个说，"艰难的创业是人生的一件大事，无论成功或失败都将让人终身难忘！你知道吧，我初到此地时，只是一个傻头傻脑的小家伙，我唯一能做的是用衣服遮掩我的身体，我甚至没有过夜的地方——你准会不相信，我借以过夜的是一个空荡荡的沥青桶。"他说完后，眼神充满了混乱的情绪，继续说，"你不会相信的，像你这么一个过惯了养尊处优日子的人，永远也不会明白我那时过的是怎样的日子，你永远不会接触那种东西的。"

"我亲爱的罗宾逊，"另一个人立即回敬道，"如果你是那样认为，以为我从没经历过那一类磨难，那你就应该反省了。哼，我连你所拥有的都没有，我只是一个有生命的生物而已，说到住处，我度过一个又一个月的栖身之所只是巷子深处的一个旧钢琴箱，而且环境极其恶劣。一个在暖暖和和的沥青桶里住惯了的人，让他在一个钢琴箱里熬一两天，那他很快就会发现——"

"好吧！让我再和你好好交谈一下这个问题，"罗宾逊有点恼火地打断了对方的话，"难道你真的不明白，沥青桶的生活是多么的令人受折磨吗？在冬天傍晚，你把你的钢琴箱一关好，要多暖和就有多暖和，而我的沥青桶无论怎么关都有风从空隙往桶里钻。"

"缝隙风！"琼斯讥笑道，接着继续反驳道，"缝隙风！简直不足为道。我所说的那个钢琴箱有一块该死的板整个儿都是缺的，那个缺口使我整个背都露在了外面。夜里，我常呆坐在里面沉思默想，一夜的积雪会把我埋得严严实实。不过嘛，"他的语气变得更为平静，"我希望你能明白，我直到今天仍以自己曾经拥有那样的一段时光而自豪。啊！那些个日子真是美好、欢乐、天真的好时光！我可以告诉你，是那种环境锻炼了我坚毅的性格。当然，那种环境不是每个人都能忍受的。"

"你怎么会这样以为呢？"罗宾逊气冲冲地叫道，"我没法忍受！老天作证！我以为那种日子比现在的水床还要适合我。那种日子对我来说简直就是家常便饭。吹什么天真！哼，我认为我是最天真无二的人了，你的天真不及我的十分之一，不，不及五分之一！不及三分之一！我能够拥有那样的日子，我真是感到骄傲！你完全可以说我在这儿信口开河，但我仍记得有好多个夜晚，我的两三个伙计来沥青桶里拜访我，我们围坐在一起玩牌，连灯都没有，只有一根小小的蜡烛。"

"只有那么几个吗？"琼斯大笑道，"哼，老兄，我的客人有五六个，玩牌前先一起吃的晚饭，吃完后接着玩牌。对，还有猜字哑谜，还有罚金游戏，凡是能想到的游戏，我们都玩过了！说实话，罗宾逊，你我还无法去容忍一盘冰冰凉的土豆皮或者冷馅饼渣，或是——"

"要说粗劣食物，"罗宾逊打断说，"我更是深有体会，有多少次，早饭只有饿着肚子，每天的第二顿饭也是最后一顿饭便是用来喂猪的糠菜。我敢说我吃过的猪食比你多得多——"

145

"猪食！"罗宾逊咆哮起来，恶狠狠地用拳头捶桌子，"我是吃猪食的天生的材料——"

突然，他停止了叫喊，同时发出像猪似的咕噜声，因为侍者已过来问他们点什么吃了，"你们想吃点什么呢，先生们？"

"吃什么？"在沉默了片刻后，琼斯说，"吃什么？噢，饥饿是我的家常便饭，吃饱是一种奢侈，——为什么早上吃过饭，中午仍要吃呢——给我一点冷粥吧，假如你们有的话，别的什么都可以——你爱上什么就上什么，越难吃越好。"

侍者只好去寻问罗宾逊。

"和他一样，"他挑战似的瞟了琼斯一眼，"加上你们昨天剩下的所有饭菜。"

有那么一个片刻，他俩谁也不说话，气鼓鼓的，火药味十足。然后罗宾逊在座位上慢慢地转过身子并招呼那个侍者——那侍者正呆呆地往前走，大概是在想怎么对老板交待吧。

"喂，服务员，"他怒容满面地叫道，"我必须得要一份正经的饭菜，我要把冷粥改为——噢，对了——要一小块热松鸡。还可以给我上一份或两份半壳牡蛎，还要一点汤，鲜龟汤或清炖肉汤，什么汤都成。海鲜和啤酒都要最好的。"

侍者又转向琼斯。

"和他一样，"他简简单单地说，然后又补充了一句，"把啤酒改成香槟。"

现在，他们已经在津津有味地享受他们的美食了，刚才的一切似乎从来没有发生过一样。

记一位记者朋友

——［美国］李·柯克

> 一位记者朋友在采访时不深入现场，
> 对学术问题不求甚解就敷衍成文，
> 我看见报纸后真是哭笑不得。

我的演讲结束后，一个拿着笔记本的人走上台来。

"对不起！"他说，"您能把您演讲的要点告诉我吗？我没来得及听。"

"刚才你不在座吗？"

"不在，"他说，又借着削铅笔的当儿歇了口气，"我去看曲棍球了。"

"是为了报导吗？"

"不，我不报导那种事，我只报导学术讲演和学术方面的东西。可是刚才这场曲棍球打得太精彩了。您主要讲了些什么？"

"题目叫作《科学的胜利进展》。"

"哦，关于科学呀？"他随说随在本子里飞快地记着。

"是啊，关于科学。"我回答说。

他停顿了片刻。

"胜利的'胜'字怎么写？是'月'字旁还是'目'字旁？"他问。

我告诉了他。

"好，"他接下去，"主要内容是什么？只告诉我要点就行了。"

"我讲的是我们对于放射性物质的认识一天比一天丰富了，"我说，"以及关于这种知识对于原子结构学说的阐发。"

"等一等，等我把它记下来，"他说，"是放——射——性吗？……以及……这种……呃？……好的，我总算把它记下来啦。"

他准备合上他那个小本子。

"您以前到过此地吗？"

"没有，我是第一次来。"我说。

"您住的是新开的那家旅馆吗?"

"是的。"

"您觉得怎么样?"

"还不错。"我说。

他又打开那个小本子,飞快地写了几个字。

"您看到正在建造的那所大屠宰场了吗?"

"没有,也没有听说过。"我说。

"在费城那属第三了。您觉得怎么样?"

"我不知道。"我说。

他记了点什么,然后又停了片刻。

"您对市议会的大贪污案有什么感想?"他问。

"我没听说过。"我说。

"您认为那些市参议员一个个都是骗子吗?"

"关于那些市参议员,我无可奉告。"我说。

"嗯,也许您不晓得,"他回答说,"可是您是不是认为他们很可能是骗子?"

"市参议员里有一些骗子。"这一点我同意了,"老实说,还有很多无赖。"

"哦,您说什么?还有无赖?好极啦,这真是太好啦。"他浑身都兴奋起来了,"您知道。敝报最爱登的就是这类东西。您瞧,有时去采访一次讲演,听了半天什么内容也没有——没有像您刚才说的那么精采,您明白吗,怎么写也写不出什么内容来……可是您刚才这段话登在报上一定很出色。'一群无赖'真是太好啦。您估计他们从屠宰场的建筑费里贪污了很大一笔款子吗?"

"关于这一点,我不知道一点内幕。"我说。

"不过,您认为他们可能会干出那样的事来吧?"他哀求着我来搭腔。

"不晓得,真不晓得,"这话我重复了两遍,"关于这一点,我什么也不知道。"

"那么好吧,"他很不甘心地说,"这一点我只好不写进去啦。谢谢您了。希望您能再来。祝您晚安!"

第二天一早我就离开了那个城市,在火车上我就拜读了那位记者的报导。题目用通栏大标题刊出,正文还配有副标题。全文如下:

名演说家畅论基督教科学
认为市参议员乃一群无赖

昨天著名人士某来埠,于青年会大礼堂举行讲演,题为基督教科学,内容有趣,会场座满。据云,我们今日乃生活于无线电时代,并认为市参议员都是一群无赖。讲员详谈及解剖学之构造，认为这种构造是从无线电里放射而来，另外，该讲师对新建屠宰场印象颇深，他说他虽赴各地讲演，却从未见有如此考究的屠宰场。至于有关该建筑的贪污问题，他却未发表任何意见。讲演进行时，听众全神贯注。掌声不绝于耳，会后有听众希望讲员前往其他城市作此演讲云云。

你看！记者先生就是这样挖取报导的。凡是跟他们打过交道的，一定都曾经领教过。

你以为我会生他的气吗？我才没有那么小气呢。他不是说"会场座满"吗？其实，听众只到了六十八个人。他不是还说"听众全神贯注"、"掌声不绝于耳"吗？……除此之外，作讲员的还能希望什么呢？至于参议员和贪污那段话以及标题，要说有错，也是我们错了，怪不得他。我们每天打开早晨的报纸，想看的不正是这些东西吗？所以他也就照我们要的给了我们。

他这样做时，还加上他自己的一份宽宏大量、善良、富于人情味的"满不在乎"，他从来也没想去得罪谁。

让他带着那个赖以生存的小本子和铅笔，带着他的猎奇心理，也带着我的祝福，慢慢消失到不可知的地方去吧！

149

苹 果 树

—— ［美国］ 约·格立克斯

山脚下果园里的那棵超大苹果树被父亲奉为至宝，
并引以为荣。

然而，他在炫耀苹果美味的同时，
那又苦又涩的苹果又让他无话可说。

在那幢旧宅子里面有两个果园，而这两个果园都属于同一个主人。其中一个我们叫它"野"果园，在菜园那边，里面栽的是苦樱桃、李子和透明的黄梅子。这个果园里里外外都不招人喜欢。就连孩子们也不去玩，果子更像是有毒一样令人害怕。每个星期一早上，女佣和洗衣妇便抬着湿衣服来到园中空地，拿起祖母的睡衣、父亲的条子衬衣、雇工的布裤子，还有女佣"俗不可耐"的橙红色绒布内裤，洗了晒，晒了拍，中间还又打又闹，实在是让人接受不了。

另一个果园离宅子有好长一段路，而且位置偏僻，从山脚一直延伸到田边，那里有一簇簇爆出成串金黄的金合欢树和满枝水汽般月牙叶片的蓝色桉树。在粗壮的果树旁，有着极富韧性的矮小植物，划破路人的裤袜是很正常的事情。在每年最干燥的几天里，当你停下脚步，拨开草丛寻找被风吹落的果子时，手上也感到湿漉漉的。红红的苹果令人垂涎欲滴，摔烂的大梨子，我们都要加些调味料再吃，但闻着那阵阵香味，直叫你拿在手中奉为至宝，不愿吃它……

那年，果园出现了一棵像《圣经》中伊甸园里那样的"禁树"——一棵超大的苹果树，这是父亲和他那帮朋友近期的又一大发明成果。

"啊呀！"那位朋友说，他的神色极其惊讶，两只眼睛瞪得大大的，"那不是一棵禁树吗？"从此，"禁树"便成了这棵特别的树的特别的名字。

"果然是那样的。"父亲轻快地说。父亲对于不知道的东西总是这样回答。

"啊呀！"那位朋友再次叹道，"这些苹果棒极了！只有这样绝妙的苹果树才会产出这样棒的苹果！"

"这真是非常优良的苹果，"父亲心不在焉地说，他似乎对果树更加感兴趣，而不是对果子，"真是罕见——非常罕见。这样的树在英国几乎绝种了。"来访者的这一番话肯定了父亲的判断，令父亲喜形于色。父亲一辈子独立奋斗，购置每件东西都得付大价钱，令他心疼，因此，对他的购买行为进行肯定地确认最令他兴奋不已。他依然年轻敏感，内心深处那小算盘依旧拨得飞快。他有时在月光下来回踱步时，心中犹豫不决："每年累死累活都得赶着去上班，真受不了——不干了——再也不干了。"但他现在发现果园里居然有一棵珍贵的苹果树，而这一切都使英国人对它称赞与羡慕。

"这棵苹果树非常珍贵，孩子们，我想你们明白我希望它不会受到任何损害。"他的话语柔和而又严厉。但在客人走后，他的话语又变得强硬起来。

"要让我知道你们谁碰了这些苹果，你们都会受到严重的惩罚的，那可不是一件好玩的事情。"这些话更加增添了苹果树的华贵。

每个周末当父亲空闲时，都会有这样的一些事情发生：博古和我跟着父亲穿过花园，沿着栽着紫罗兰的小道，经过那棵梧桐树，再经过白玫瑰和紫丁香花丛，直到山下果园。那棵高大的苹果树也因为人们对他的赞美而神气非凡。枝头硕果累累，略显弯曲，油亮的树叶忽闪忽闪，在父亲敬畏的目光下，显得地位显赫，优雅无比。在这种背景下，父亲的内心感受我们可想而知。他双手倒背，习惯地眯起眼睛。它安然挺立——那件意外所得——进行激烈的讨价还价时，它的存在仍是个谜。它没被作价计算在内，这可是白得的。现在对父亲来说，树是他的一切，即使用世界上最美的钻石也无法改变他的立场。我们俩，博古和我，竭力讨他的欢心并没有特殊原因，只是认为这样可能会有些好处。

浅绿色的苹果渐渐转黄，接着出现深深的粉红条纹，然后粉色渗进整个黄色之中，转红，散开，红得发紫，再转深紫色，一切都在依程序进行。收获的时候到了，父亲从背心袋里掏出一柄珍珠小刀，并伸向树枝，非常缓慢，将离地最近的一根树枝上的苹果割下两只。

"啊呀！它的身体是暖的，"父亲惊异地喊起来，"这苹果棒极了！真是一个奇迹！"父亲的眼睛乐得眯成了一条线。

"瞧瞧！"他说，"多么光泽！多么完美！真没得说！"他穿过果园，博古和我跟跟跄跄急急尾随，来到金合欢树下一墩树桩上坐下，全靠在父亲身边。他把一个苹果放下，打开珍珠小刀，仔细将另一个苹果对半分开。

"啊哎！你们瞧瞧！"他惊呼道。

"爸爸！"我们也呼喊起来，由于苹果本身的美丽，也由于父亲的感染。漂亮的红色穿透果皮，渗进了雪白的果肉。黑亮的籽粒在鳞片般的核荚里安然就位，果肉的香气一下子在我们三人周围扩散开来，那一切真是太美了。

"真是个奇迹，"父亲说，"这样的苹果是世界的奇迹！"他不停地用鼻子来轻吻苹果，喊出一个我们听不懂的词。"妙不可言！味道真是好到了极点！"接着，我和博古也得到一份。

"不要吃得太多！"他说。分掉这么一点点也使他感到心疼。我理解这点，我们非常仔细地吃着自己的苹果。

然后，他用那把柄上饰有珍珠的小刀，同样均匀利索地将第二个一切两半。

我们小心翼翼地接过苹果，在咬下第一口后，嘴里顿时塞满了粉渣般的东西和略带苦味的硬皮——又苦又涩，让人无法忍受。

"好吃吧？"父亲兴致勃勃地问。他把两半的苹果再切成四块，削去果核，"快告诉我，味道是不是棒极了？"

我们的嗓子涩极了，只能忍着不呕吐。这一瞬间，我们又嚼又咽，缄默中彼此间进行了长长的对话——随后勉强向父亲微微一笑。我们吞下苹果，挪到父亲身边，紧挨着他。

"味道真的很不错！"我们没说实话，"好吃极了——爸爸！真太好吃了！"

但这一切都在父亲吃了一口苹果后变得毫无用处，父亲扔掉了手中的苹果，一句话也没说，便走开了。

未 知 数

—— ［美国］ 艾辛格

丹继承了父亲垄断面粉市场赚的大笔不义之财，

他去找老朋友肯维兹寻求补救的措施，

于是肯维兹以博依恩小姐家的面包铺倒闭的始末为例，

让丹明白了他父亲的错误是无法用金钱弥补的。

聪明的古人曾为我们留下了许许多多的至理名言，其中有这么一条：

人生是实实在在的，人生是诚挚的；

然而事物的表面与内在是不完全相同的。

读者诸君，由于数学是测量人生问题的唯一公平的尺度，让我们调整我们的话题，使之在数学工具的支持下更加有说服力：$2+2=4$。数字——还有数字之和——支配一切，可以为一切争议给出一个合理的答案。

如果是数学家也许会反驳："哼，不对，年轻的先生们！我是说，人生是所有生命的综合体，它实实在在象征着各种物质的实实在在。那么我们再来考虑这个命题：为什么事物的表面与内在不一致呢？这又作何解释呢？"

可是这是异端邪说，而不是诗。我们追求代数这位甜蜜的仙女，我们将引导你去拜访那位永远是你捉摸不透的未知数领域。

本世纪初，塞普蒂默斯·金索尔文是一个居住在纽约的聪明的家伙，首先发现面包是用面粉制成，而不是用期货交易中的小麦制成的。鉴于面粉产量不足，而证券交易所对生长期中的小麦未见有什么可察觉的影响，金索尔文先生便通过一系列措施成为了面粉市场的垄断者。

结果是这样：当我们无论是谁，在什么时候购买一块五分钱的面包，你必须多付两分钱，这钱就进了金索尔文先生的钱包，然而这一切都是合情合理的。

第二个结果是，当金索尔文先生洗手不干了的时候，他所赚的钞票也足以让他舒舒服服地过完下半生。

当金索尔文先生的面包原料的数学实验正在进行的时候，他所赚的钱正供他的独生子丹在美国哈佛上大学。丹在假期中回家，发现那位老绅士穿着一件红色

153

晨衣，在住宅附近的休闲广场上悠闲地读着小说。他已经可以不用那样忙碌了，他从买面包的人手里多赚的两分钱，如果一个接一个排起来，可以绕地球十五圈，或者可以像雪一样在纽约的天空中不停地飘上几个月。

丹热情地拥抱了年老的父亲，就匆匆赶到格林威治村去会他中学时代的好朋友——表匠肯维兹。丹认为肯维兹是最棒的。肯维兹脸色苍白，头发乱乱的，神态紧张而认真，有数学头脑，而且对朋友很讲义气，慷慨大方，有社会主义思想，是寡头政治的天敌。他曾经也受到过高等教育，现在在他父亲公司里面起着举足轻重的作用。丹总是面带笑容，快快活活，脾气好，无论对方是谁，拥有什么样的地位，他脸上的微笑永远都不会改变。这两个人性情截然相反，聚会时却很愉快。短暂的聚会后，他们各自回到了各自的岗位。

又过了四年，丹获得了文学学士学位，并且留学欧洲两年之后，又回到了生他养他的土地上。他到格林沃德他父亲老金索尔文极其气派的墓地上恭恭敬敬地鞠了几个躬，看到了父亲的遗嘱，然后理所应当地成为了极为有钱的人，但他认为最好还是来找一下他的朋友吧！

肯维兹卸下嵌在眼睛上的放大境，从一间昏暗的后房里把父亲喊了出来，告诉自己去接待朋友了。他同丹坐在华盛顿广场的一张长凳上。丹和以前一样英俊健壮，带着庄严的神情，但随时随地会转成笑容。肯维兹也比以前更精神，更有哲学思想。

"有些事情直到现在我才明白，"丹最后说，"我是从明显的法律文书中一点一点弄明白的。可怜的老爹遗留给我大量的钱和证券，简直称得上是天文数字。我听说这些钱来得并不是特别的正派。你学过经济学，肯维兹，你知道什么是垄断，什么是老百姓，什么是"章鱼"，什么是劳动人民的权利。对于这些，我实在无从下手。我在大学里从未接触过这种东西。可是我一下子得到了这么多的劳动人民的血汗钱，我的心里非常不舒服。我真想把钱还给那些花了太多的钱买面包的人们。当然，我的财产也许会一下子少得可怜。可是我很想同他们把账结清。你帮我解决一下吧，你总是很聪明。"

肯维兹的两眼闪闪发亮，他的瘦削睿智的面孔现出嘲讽的神气。他冷冷地抛给丹一句话：

"你办不到！"而后，他又补充道，"对你们获得不义之财的一种惩罚，就是当你们真正忏悔的时候，你会发现你已经丧失了赔偿或补偿的能力。你今天能够这么想，作为朋友，我非常开心，可是一切都无法挽回。那些人被抢走了他们宝贵的钱财，要纠正这种坏事为时已晚。你的那些财富起不了多大作用。"

"当然，"丹点起他的烟斗说，"我们不可能去把钱一分一分地还给每户人家甚至每个居民。买面包的人一向多得不可计数。他们的口味很古怪。我从来不特别留意面包，除了一种带干乳酪味的烤面包片。也许我们可以找到某一些人的住址，把老爹的一部分钱送回到它的来处。假如我能做到这一点，我就会好过些。

我可不希望再见到人为面包多花一分钱了。要是烤龙虾或者炸螃蟹什么的涨了价，那倒似乎是理所应当的事情。想想办法看，我必须得做点什么。"

"慈善机关多的是。"肯维兹不假思索地说。

"那很容易，"丹说，"也许搞一次公益建设会是个不错的主意，或者向一家医院赠送一块芦笋苗圃。可是，但这似乎并不符合所出比所得的规律。我要弥补的是面包上的短缺。"

肯维兹的细手指飞快地动着。

"你可知道，要拿出多少钱来偿还面粉垄断期间买面包的人的损失？"

"我不知道，"丹说，"但我想我的资产应该可以做到这一点了。"

"即使你有一百个一百万，"肯维兹大声说，"你也不能补偿已造成的损失的千分之一。这是千真万确的事实，你根本无法改变。从穷人的干瘪的钱包里抢走的每分钱都能叫他们受的害翻到一千倍。你不理解这个道理，也许你唯一能做的就是祷告，但你无法做一丝一毫的实事。"

"别灰心，哲学家！"丹说，"以大补小，还怕办不到？"

"绝不可能，"肯维兹重复了一句，继续说，"我给你举个例子，看看怎么样。托马斯·博依恩在瓦里克街那边开了家面包铺。他主要将面包卖给贫穷到了极点的人。如果面粉涨价，面包也就必须提高价格。他的主顾穷得买不起，那博依恩的面包铺子只好关门，他赔掉了一千元的资本，那是他的全部财产。"

丹·金索尔文向公园长凳狠狠击了一拳。

"我接受这个例子，"他喊道，"带我到博依恩那里去，我要给他所失去的一切，还要加倍偿还他。"

"开支票吧，"肯维兹一动不动地说，"然后再开几张来弥补一系列后果。第二张支票要开五万元，博依恩破产以后发了疯，他由于发疯而毁坏了许多东西。那笔损失值那么多。可博依恩永远也无法再活过来用这笔钱了。"

"我们就抓住这个例子，"丹说，"我在我的救济名单上没有看到任何保险公司。"

"下一张支票你开十万元。"肯维兹接着说下去，"博依恩的家人只好去偷东西来维持生活，后来被告上了法庭。在经过三年的司法查证之后，上星期他们被宣判无罪释放。为查清这个案子，多少人力、财力被花光了。"

"不要跑题了，谈面包吧！"丹不耐烦地喊道，"政府不必干涉面包这个行业。"

"这个事例的最后一项是——走，我带你去看。"肯维兹说着站起身来。

这位精明的大哲学家越说越起劲。他天生是一个爱捉弄百万富翁的人，他对金钱似乎永远是敌视的。他会一口气告诉你金钱不过是邪恶和腐败，而你的崭新的表需要擦洗并更换新齿轮。

他带领丹走出广场，朝南走进那条破烂穷困的瓦里克街。选择了一个几乎要倒塌的楼房，爬上一道窄楼梯。他敲了敲门，一声清亮的嗓音招呼他们进去。

房子里空空的，一个年轻姑娘坐在那里踏缝纫机。她微微向肯维兹点了点头，看得出来他们很熟。一小道阳光穿过肮脏的窗子照在她浓密的头发上，显出古代铜盾牌的颜色。她仍然看着肯维兹，似乎是在询问他们的来意。

金索尔文站在一旁静静地看着这位美丽的女郎，在寂静中他听得见自己心跳的声音。此后，他们进入了这宗事例的最后一个项目。

"这个周的工作量大吗，玛丽小姐?"肯维兹问。一大堆灰色粗布衬衫堆在地板上。

"将近三十打，"年轻姑娘愉快地说，"我的工资一定会大幅提高的。我有进步，肯维兹先生，我得好好使用这一次的工钱。"她的眼睛转向丹那边，亮晶晶的，很温柔，马上又害羞地转向了一边。

肯维兹格格地笑着，像一只老鸡。

"博依恩小姐，"他说，"让我来介绍金索尔文先生，他的父亲便是面粉的垄断者。他说他愿意做些什么来帮助那些因为那件事而生活困难的人。"

姑娘的笑容僵住了。她站起身，手指指着门。这一次她直视着金索尔文的眼睛，是冰冷的，简直让人心寒。

这两人下楼又走上瓦里克街。肯维兹让他的悲观主义和对"章鱼"的怨恨尽情发泄出来，并不时地添油加醋，对丹更加彻底地发泄。

丹好像在用心听着他的话，然后转过身同肯维兹热烈握手。"我很感激你，肯，老朋友，"他说，"真是无法用言语表达。"

"我的朋友! 你的精神一定接近崩溃了!"表匠喊道，他的眼镜也在地上摔得粉碎。

156

两个月以后，肯维兹走进了百老汇一家大面包铺，他带着一副金丝眼镜，那是他替店主修理的。

当肯维兹走过的时候，一位漂亮的夫人在同一个面包销售员对话。"这种面包每个一毛。"店员说。

"我在住宅区买一直是八分一个。"那夫人说，"你给我包好，我必须得离开了。"

声音很耳熟，肯维兹停下脚步。

"肯维兹先生!"那夫人热心地喊道，"见到您真高兴!"

肯维兹正想运用社会主义的和经济学的知识来研究她的漂亮的皮毛围巾，以及在旁边等候着的马车。

"哦，博依恩小姐!"他说。

"还是叫我金索尔文夫人吧，"她纠正道，"前几天，我和丹结婚了，下个星期，我们要去度蜜月。"

在钉子上

——［俄国］契诃夫

斯特鲁奇科夫请同事到家里作客，
一同过命名日。
可是三次进屋后均发现墙上的钉子上挂有他们长官的帽子，
退出门后的这群人只好静静地等待着。

在涅瓦大街上有几个人慢悠悠地走着，他们都是十二等和十四等文官，刚下班，正由斯特鲁奇科夫领着到他家去过命名日。

"诸位，咱们马上就要大吃一顿！"过命名日的主人馋涎欲滴地说，"来个猛吃猛喝！我那口子已经把大馅饼做好了。昨天晚上我亲自跑去买的面粉。有白兰地酒……沃龙措沃出产的……老婆大概都等急了！"

斯特鲁奇科夫住在人迹不到的鬼地方。走呀走呀，最后总算到了。一进门厅，鼻子就闻到一股饼和烤鹅的香味。

"闻到味儿了吧？"斯特鲁奇科夫问大家，高兴得嘻嘻地笑起来，"请脱大衣吧！先生们！把皮大衣放到柜上！卡佳在哪儿呢？卡佳！各科的同事都来齐了！阿库利娜！来帮先生们脱衣服！"

"这是什么呀？"这伙人中的一个指着墙上问道。

墙上戳着个大钉子。钉子上赫然挂着一顶崭新的制帽，帽檐和帽徽闪闪发光。老爷们你看看我，我看看你，脸都白了。

"这是他的制帽！"大家悄悄地说，"他……在这儿？"

"是的，他在这儿，"斯特鲁奇科夫含含糊糊地说，"他是来看卡佳的。先生们，咱们出去吧。随便找个饭馆坐一会儿，等他走了再说。"

大家把衣服扣好，走出房门，懒洋洋地朝着饭馆走去。

"怪不得你家有一股鹅味，原来屋里有一个大公鸡！"档案助理员打了句哈哈，"是什么鬼把他支使来了，他很快走吗？"

"很快，他在这里从来不超过两个钟头。咳，可真是馋了，就想吃！咱们开

157

头先喝一杯伏特加，就点儿鱼下酒……然后再来一杯。诸位，喝完两杯，跟着就上馅饼，要不就吃不痛快了……我那口子馅饼做得挺不错，还有白菜汤……"

"沙丁鱼买了吗？"

"买了两盒，还买了四种肠子……我老婆现在大概也想吃东西……可他偏偏在这个时候闯进来，真见鬼！"

他们在饭馆里坐了足有一个半钟头，每人喝了一杯茶装样子，然后又回到斯特鲁奇科夫家里。进了门厅，香味比刚才更强烈了。隔着半开的厨房门，他们瞧见一只鹅和一碗黄瓜。女仆阿库利娜正从炉子里往外拿东西。

"诸位，又凑巧！"

"怎么啦？"老爷们的胃难受得缩成一团，"饥肠难忍嘛！是，在那可恶的钉子上又换了一顶貂皮帽子。"

"这是普罗卡季洛夫的帽子，"斯特鲁奇科夫说，"咱们出去吧，先生们，找个地方等他走了再说……这个人也呆不长……"

"他那么个讨厌鬼却有你这么标致的老婆！"客厅里传来一个男人沙哑的低音。

"傻人有傻福嘛！大人！"女人声音应和着。

"咱们赶快走！"斯特鲁奇科夫呻吟着说。

他们又回到了饭馆，这回要了啤酒。

"普罗卡季洛夫可是了不起的人物！"大伙儿安慰起斯特鲁奇科夫来，"他在你老婆那儿呆一个钟头，你可就有十年的福好享啦。老弟，福星高照嘛！干嘛伤心呢？用不着伤心嘛！"

"你们不说，我也知道用不着伤心。这根本没有什么关系！我着急的是咱们想吃东西呀！"

过了一个半钟头又回到斯特鲁奇科夫家里，貂皮帽子仍旧挂在钉子上。只好再来一次撤退。

直到晚上七点多钟钉子才空了出来，这才吃上了。馅饼发干，菜汤不热，鹅也被烤糊了——一桌子的美味都叫斯特鲁奇科夫的官运给糟蹋了！

不过，大家吃得津津有味。

绑　架

——［俄罗斯］鲍丽索娃

> 吃年夜饭的时候，
> 我被绑架了，被带到一幢劣质楼房，
> 那楼房验收时是我签的字。
> 趁绑匪不备之时，我冲向了阳台，
> 当野猫叫我时，一切都已经晚了。

重大案件告实："12月31日23时26分，一起绑架事件在某住所发生，公民帕涅列沃佐夫正在和家人吃年夜饭，却被一下子劫走了。劫持者谎称是他的朋友，将他唤出门外，此后再也不见该人出现，现场未发现任何踪迹。"

……在汽车里人才清醒过来。我的右边坐着狐狸，左边是野猫。开车的是讨人喜欢的大马猴。"这几个家伙不会无缘无故把我劫走，我得好好想想对策。"

汽车停了。我得把地点弄清楚了。这楼房极其眼熟，但却一时想不起来。我们沿着楼梯向上走，看来他们住得非常高。

"我们一定要爬楼梯吗？"我壮着胆子问道。

"电梯今天修理！"狐狸叹了口气说。

"我们得抓紧时间。"野猫催促着。

那扇门似乎故意不开。撞了五次，门才抱怨似地带着断裂声开了。我们一起挤进过道。

这套房里挤满了各种各样的动物，连动物园里也没有这么全的品种。"请您与我们共进年夜饭。"昏暗中传来狗熊的声音。

"我的脸被弄脏了，必须得洗一洗。"其实，我是想赢得时间。又有一个声音传来："自来水管不上水。"

"至少，我们可以来点灯光……"

"线路有毛病。"公猫呜咽地说。

"我感觉很冷。"我埋怨道。

"抹墙缝的人偷工减料。"狗熊埋怨道。

"那……让我靠近暖气片行不行？我再这样下去会感冒的。"

"如果那是热的，我们早就去烤手了。"野兔抱怨说。

"既然如此……那你们干嘛不去一间更好的房子呢？"

"这房子的验收工作都已完成，而且还是您亲笔签收的。所以您有必要和我们在这儿呆上一个晚上。"

"原来如此，是这个样子！是的，是我签署了那个该死的证书……可那是施工单位强烈要求的……并保证很快完成所有扫尾工程……"我好像有些出汗了，我发现阳台的门没有锁……

"当心！"野猫尖叫一声，"那儿没栏杆……"

"这时候才叫我！"我喊道，同时一头栽了下去。

然而，新年之夜，万事大吉大利，我没有摔破任何地方，只是现在我置身在阳台下的大堆垃圾里面。

乳 酪 汤

—— ［法国］都 德

大楼的小房间里放着各时期帝王的肖像和王冠，

炉子上煮着香喷喷的乳酪汤，

此时，主人正以十二分的精神在剧院的舞台上竭力演好自己的角色，

就像吃到了香喷喷的乳酪汤那样美。

这房间很小，而且是在六楼。但可以照到充足的太阳。当夜幕降临，就像此时这样，这间房便和整座屋顶一起，与无尽的黑夜和烈雨狂风融在了一起。不过房间舒适、温暖，让人觉得那的确是一个家，愈是风狂雨暴，这种感觉便愈强烈，这也稍微弥补了它面积小的缺陷。不过此时鸟巢是空的，房间主人不在家，算算时间也差不多该回来了。屋里的一切，好像都在盼他回来似的。有一只很小的锅子放在那座封好的炉子上，里面似乎还煮着东西，微微地响着一阵心满意足的声响。对于锅子来说，这夜太慢长了。尽管这锅子外边都烧黑了，似乎这已经不是它第一次熬夜了，可它仍不免显出焦急的模样，锅盖不时地顶起来，蒸汽便趁机争先恐后地往外钻。它们在房间里四面散开，变成了喷香的奶的味道，令人垂涎欲滴。

啊！香喷喷的乳酪汤……

炉子那边时不时地也闪一下，柴火上的灰烬掉落了，便燃起了小火，从炉门下边耀亮房间，虽然只是闪亮那么一下，但足以将屋里的一切检查一遍。啊！是的，一切都井然有序，主人是个很爱干净的人，窗上那简单素雅的窗帘将屋子遮得密不透风。床边舒适地挂着幔帐。一张大安乐椅摆在壁炉旁边。餐桌放在房间一角，餐具整整齐齐地摆放着，而且主人一定是个关心国事的人，因为在桌子边上有一大堆报纸。孤单的主人一定是一边看书一边用餐的……正如锅子被熏黑了一样，餐具的花饰也被水泡褪色了，报纸也只有上面几页是新的。房间里的摆设无法使人觉得舒服，因为东西又破又旧，而且少得可怜。人们觉得主人一定天天如此，深夜方归，进屋第一件事就是看看他那美妙的热汤。因为这大概是屋子里

面唯一富有生命的东西。

啊！香喷喷的乳酪汤……

从房子的摆设与装饰，我想象主人一定是位职员，而且时间观念非常强，每天进行着忙碌而井然有序的工作。这样晚还没回来，那他一定是在邮局或电报局当差。我几乎看到他和同事们在寂静的大楼里面迅速而安静地工作，戴着绒帽，在分拣信件，盖邮戳，数着蓝色电报纸条上的字，为整个巴黎明天的邮电业务而忙碌。哎，不对，也许我猜错了。炉子里泄露出来一线火光，照亮了房间，也映出了墙上挂着的大相片。于是，从黑沉沉的暗影中，露出了奥古斯都皇帝、穆罕默德、罗马骑士、亚美尼亚统治者费利克斯等人威严的镶着金框的肖像。还有一顶顶王冠、战盔、教皇的三重冕、苏丹的头帕，在这些头冠下面始终是同一张脸，他神情严肃，并没因如此多的冠冕而乐得不能自抑，这就是这间房子主人的脸。炉子上嘟嘟翻滚的汤将成为这位先生的晚餐。

啊！香喷喷的乳酪汤……

看来他不是做邮差的活儿，而是皇帝，就是拥有对本国人民生杀大权的统治者，他们每天晚上演出，只消说一句："禁卫军，抓住他！"那个被抓的人只有几秒钟的自由时间了。此时，他正在河对岸他的宫殿里，为台下的观众卖力地演出，念诵着悲剧里的大段独白，似乎是在打发时间。的确，面对一排排的椅子来表演帝王将相，要提起兴趣的确挺不容易的。奥德翁剧场上演悲剧时，显得如此冷清！……突然，似乎有什么东西让皇帝兴奋起来。他的鼻孔张开了，舌头忍不住舔了一下上嘴唇……他想起回家后，屋里暖融融的，餐具都已经摆好，灯盏已经上好油，家里的一切都收拾得井井有条。戏台上，他必须做一个举止过分张扬的角色，在私生活里，他便用整洁规矩来补偿……他仍旧在远处感觉乳酪汤的香味……

啊！香喷喷的乳酪汤……

此时，他打起了十二分的精神。新的活力似乎一下子被注入到了他的身上，大理石的台阶、柱廊的陡峭，都不能妨碍他大步行走。他用情地表演着他的角色，从普通的走步到高难动作，他都表演得非常到位。你想想，假若阁楼间的炉火熄了，情形会怎样？……随着时间消逝，他与香喷喷的乳酪汤，暖融融的小房间相距也越来越近，他的演出就更加生动、传神，这真是让人不可思议！前厅的那些戏迷，剧院的常客，一个个都来了精神，觉得这个马兰古演得出神入化，越看越带劲，不时会送出一声叫好。在那关键性的几场戏里，如手刃叛逆、公主出嫁等，皇帝的表情更是出奇的完美。虽说情绪如此激动，念了那么多的独白，但毕竟没有吃东西呀，可是他觉得已回到了自己的小阁楼里，得到了乳酪汤。他带着动人的微笑，注视着西娜和马克西姆两人，渐渐地，他们变成了香香的乳酪汤。第一勺汤汁进了肚子，那真是太美了。

地 窖

—— ［法国］ 吉·塞斯勃隆

国王决定每月出宫一次，
与寻常百姓共进晚餐。
第一次体察民情国王很满意，
殊不知，那一家人是由演员扮演的，
而真正的主人却一直被关在地窖里。

国王将他的一个决定公布天下：每月要出宫一次，进入寻常百姓家，并和他们共进晚餐。朝廷的反对派立刻对国王的这种做法加以评论。国王无论干什么，反对派准会发表点攻击性的评论，评论是各种各样的：什么"毫无主见"啊，"怯懦无能"啊，等等，这已经成为他们每天的必修课。在他们眼里，国王所做的一切都有问题，就是国王的所作所为虽然达到了与他们一致的目标，却没有完全听从他们的意见，也是国王不尊重他们，无视他们存在的表现。

这回国王去臣民家里进餐一事，他们只报以耸耸肩膀，鄙夷地斥之为"收买人心"。但这一次，他们彻底错了。因为国王的这项决定，看来事情不大，但却是国王的一番用意。国王喜欢研究历史，他明白要坐稳他的王位，人民的支持起着十分重要的作用。而国王本人，自从登基以来，已经觉察到一些深深扎根的危机，要越过这堵墙，还真得费点力气。猜疑本身就是卫兵，从隔阂发展到互不体谅是顺乎情理的。而今国王就是想打破这种局面，也许用的不是最好的方法，但应该是很有效的。总之，国王的主意已定。看来他并未被反对派的言论所影响。他的大臣们几次劝阻都没有奏效。

警察总长对此事尤为惶恐。他在警察局工作了二十年，有着丰富的工作经验，但对付一家一户、要一一防范，那日常生活的细节太多了，他真有点不知所措了。其他大臣害怕的却是另一回事。过去，国王把他们当成自己的耳朵，现在如果知道自己已经受骗多时了，那会怎样惩罚他们！那些高官显贵、朝廷的在野派、新闻界、各种工会，无不声称自己是代表民意的，但他们从不给机会让百姓说话。谢天谢地！幸好人民已被压迫得无法喘息，自然也就没机会说话了，但如果……

第一次的出宫让国王非常高兴：在豪华的王宫里，有一道菜是国王不好意思点的，那就是布纪依风味牛肉。但是他在一户普普通通的家庭里面却吃到了这个菜。他们又怎么知道国王一直盼着能大杯痛饮都兰纳的葡萄酒呢！

国王关切地问过每一个人的情况：名字叫什么，学习怎么样，身体有没有病等。然后，他竟要求与孩子们谈谈政治。

"有什么实际意义吗，"孩子们的父亲说道，"俺倒不是恭维您，我们也想做些大事来维护自己的国家。俺常——不信您问孩子的妈，俺说，俺要是个当官儿的，也不会比现在那些当官的做得更好了。"

他妻子点了点头，但又有点难为情地补充说："如果在假期方面能做些小的变动就好了。"

国王非常开心，说："这正是最近教育大臣向我提出的建议。年轻人，你们呢？有什么为难的事尽管说出来，我会帮你们解决的。——还有布纪依牛肉吗？这真是棒极了。"

"为难到是谈不上，"大孩子的话音渐渐平稳下来，"但是关于服兵役，我希望您能够满足我的一个请求。"

他的问题和王宫大臣的要求又一次不约而同。这时候，孩子们的胆子越来越大了，许多建议被提了出来，这些建议在王宫里曾议论过多次，但总是迟迟未解决，其中有几个，恰恰是国王本人在内阁会议上一直持反对意见的。这时，国王用心记下了这些问题，决心回去好好研究一下。真是个善良的国王，不是吗？

夜深了，国王和他的臣民依依不舍地分手了。国王脸上的笑容一直未退。一直在简陋的屋门外焦急地等候着的三位大臣和警察总长终于舒出了一口长气。

一位大臣说："我们有些东西要送给这户人家，陛下觉得如何？"

"你真是个细心的人，"国王说，"如果以我本人的名义来送，倒可能引起误解。明天见吧，先生们，今天过得真棒！"

三位大臣恭敬地送走了皇帝大人后进了屋，向出场的七个演员付了预定的酬金。但有些什么声音在屋子里回荡。

"哎呀！"警察总长大声喊道，"快把这一家真正的主人从地窖里放出来，记得别让他们乱说……"

卖 笑 人

—— [德国] 海·伯尔

> 我整天在笑，因为那是我的工作。
> 可又有谁知道在我笑脸的背后有多少苦恼呢，
> 真不知道何时才能给自己笑一次！

我很不喜欢别人问我的职业，每当那时，我会一下子面红耳赤，要说清楚，真不是件简单的事，但我确实不会说谎。我很羡慕瓦工，他可以回答说："我是瓦工。"我嫉妒会计师、理发师和作家，他们张口说出自己的职业显得毫不费力，这些职业大家都再熟悉不过了，人家一听便全明白了。而我要怎么办呢，只好回答："我是卖笑人。"人家听了不免还要追问下去："您靠卖笑为生吗?""是。"于是，人们由于好奇，问题就越来越多，没完没了。我的确靠卖笑为生，收入很丰厚。用商业用语来说，就是我的笑很畅销。

我在名师手下学过几年，我很有潜质，无人能与我相比，无人能掌握我的惟妙惟肖的艺术。我偶尔视自己为表演家，其中的原因就不必说了。然而我的语言能力和表演技巧太差，表演家的称号也只能是在心里想想。我爱真理，而真理是：我是卖笑人。我的工作不是哗众取宠，我的工作是笑，是去让观众笑。我可以模仿各种各样人物的笑。19 世纪的笑是我的拿手好戏；17 世纪的笑，我笑得也毫不逊色。只要我愿意，只要价钱合理，我可表演各个社会阶层的笑，各种年龄的笑。学会这些笑对我来讲毫不费劲儿。我满腹都是美洲的笑，非洲的笑，各种颜色的笑，当然，我不会无偿地给别人笑，我笑的报酬是我笑的原因，不然我可就成傻子了。

我的笑非常有名气。我的笑在各种场合下都非常受欢迎。我苦笑、微笑、狂笑，我笑得像电车售票员，像食品公司的学徒一样，早晨笑，晚上笑，夜里笑，黎明还笑。简言之，我只要工作就必须得笑，我可以教别人如何去笑，三、四流的滑稽演员也少不了我，因为他们为自己的噱头是否叫座而提心吊胆。为了让他们顺利地工作，我必须得呆在他们的工作现场，起一个催化剂的作用，在节目淡而无味的当儿发出感人的笑声。这事干起来得像干计量工作那样仔细，我的笑必须抓住时机，不能早也不能晚。总之，就得在那个时候，迟了不行。时候一到，我就马上大笑起来，接着是观众哄堂大笑，这样就会补救幽默表演的冷场情况了。

可是我本身并没有表现得那么高兴。演出结束后，我穿上大衣，终于下班了，心里无限高兴，通常在这种时候，家里已有"急需你笑，星期二录音"的电报在等着我。我不得不收拾疲倦，整装出发。

朋友们从不会怪我在空闲时总不露笑容。我可以说是在休息，只要不笑，我就是在休息。常见木工家里的门关不上，抽屉拉不开；糕点工人喜爱酸黄瓜；屠宰工人喜爱杏仁夹心糖；面包师宁要香肠不要面包；斗牛士爱玩鸽子；拳击师见到自己的孩子鼻孔出血会大惊失色。这些事情在我眼中看来是那么的平淡无奇。这些看起来很有趣的事业从不会引起我的笑容，我本是个不苟言笑的人，如果当他们拥有一份我这样的职业，就会知道我的苦恼了。

刚结婚时老婆想博我一笑，但她没有成功。多年来，我始终无法满足她的愿望。我紧张的面部肌肉和忧郁的心境必须得到充分的休息，谁也无法阻止。说真的，旁人的笑声也会引起我心烦意乱，因为那种笑听起来很不专业。妻子受我的影响很大，笑声在我们之间是一种障碍。偶尔我逮住她脸上掠过的一丝笑容，我自己也怡然一笑。因为我嘈杂的工作环境使我更喜欢这样的休息环境。

不认识我的人认为我很没劲，那当然了，因为我得频繁地张着口去笑，去工作。

漫漫人生路就这样走过了，间或赐予自己一丝微笑。笑对我来说，已失去了它本身的意义。我确信，我从未笑过。我的兄弟姐妹可以告诉你们，我的笑只是为了工作。

明天，我依旧要笑，但我不明白，我什么时候才可以为自己真正地笑一次。

耐心等待的快乐

—— ［德国］亨·施颇尔

年轻的农夫与情人约会，
他来得很早但很不愿等待。
一个侏儒满足了他迫不及待的一切愿望，
但他却不胜追悔。

一次，我为某事不得不等待，这时我想起了一个童话。

从前有个年轻的农夫，他要与情人约会。小伙子性急，来得太早，又不会等待。他无心观赏那明媚的阳光、迷人的春色和娇艳的花姿，却急躁不安，一头倒在大树下长吁短叹。

忽然，他面前出现一个侏儒。"我知道你为什么闷闷不乐，"侏儒说，"拿着这钮扣，把它缝在衣服上。你要遇着不得不等待的时候，只消将这钮扣向右一转，你就能跳过时间，要多远有多远。"这倒合小伙子的胃口。他握着钮扣，试着一转，啊，情人已出现在眼前，还朝他笑送秋波呢！真棒暧，他心里想，要是现在就举行婚礼，那就更棒了。他又转了一下：隆重的婚礼，丰盛的酒席，他和情人并肩而坐，周围管乐齐鸣，悠扬醉人。他抬起头，盯着妻子的眸子，又想，现在要只有我们俩该多好！他悄悄转了一下钮扣：立时夜深人静……他心中的愿望层出不穷：我们应有座房子。他转动着钮扣：夏天和房子一下子飞到他眼前，房子宽敞明亮，迎接主人。我们还缺几个孩子，他又迫不及待，使劲转了一下钮扣：日月如梭，顿时已儿女成群。他站在窗子前，眺望葡萄园，真遗憾，它尚未果实累累。偷转钮扣，飞越时间。脑子里的愿望不断，他又总急不可待，将钮扣一转再转。生命就这样从他身边急驶而过。还没来得及思索其后果，他已老态龙钟，衰卧病塌。至此，他再也没有要为之而转动钮扣的事了。回首往日，他不胜追悔自己的性急失算：我不愿等待，一味追求满足，恰如馋嘴人偷吃蛋糕里的葡萄干一样。眼下，因为生命已风烛残年，他才醒悟：即使等待，在生活中亦有其意义，唯有其他愿望的满足才更令人高兴。

167

　　他多么想将时间往回转一点啊！他握着钮扣，浑身颤抖，试着向左一转，扣子猛地一动，他从梦中醒来，睁开眼，见自己还在那生机勃勃的树下等着可爱的情人，然而现在他已学会了等待。一切焦躁不安已烟消云散。他平心静气地看着蔚蓝的天空，听着悦耳的鸟语，逗着草丛里的甲虫，他以等待为乐。

强盗的苦恼

—— ［日本］星新一

强盗们想用摄制组拍电影作掩护操作一次白天抢银行的大案，
谁知却被想要当演员的人们纠缠不休，
最后只得狼狈而退。

现在，凶悍残忍的强盗正在为下一次的行动进行最后的商议与确定。

"伙计们！叫我说，来场前所未有的大案怎么样。最好让全世界都为此而震惊！"一个歹徒异想天开地说。

这个集团的首领竟爽快地应允道："一点没错！我们就是要好好地商量一下这件事，然后大伙就放开手去干好了。"

"真没想到，老大也会和我们有一样的想法。"大家争先恐后地问道，"那还等什么！快点行动吧！"

"我们的行动一贯在晚上进行，但是这样不便于展开行动。这一次，我们要在大庭广众之下痛痛快快地干上一场。"

"这想法真妙，您到底不愧是我们的头儿，想出的主意总是高人一招。快告诉我们整个行动计划吧！"

"早上8点，去一家银行拿光他们的钱！"

听完头儿的话，同伴们刚才的兴奋一下子被冷水浇灭了。

"天哪！头儿，你一定脑子出了问题。照您说的去干，恐怕还没跨进银行的大门，我们就被毙了。"

"蠢货，我当然想好了对策！而且天衣无缝。好了，让我来解释一下……现在我们编写了一个电视剧脚本，送给银行附近的交通警察，然后大家装扮成电视摄制组的工作人员，到银行去拍摄一个袭击银行的场面，银行那些人一定会信以为真，积极配合。到时候，大家不要废话，只是抢钱，即使万不得已开了枪，警察也会无动于衷，只当做剧情所需而特意安排的音响效果呢，等到钱一到手，就立即撤退！"

169

首领的话音未落，欢呼声已经不绝于耳，看来这个绝妙的计划的确折服了这些人。

"高见，太棒了！简直妙不可言！"

"这下可以过过我们的手瘾了，伙计们，快着手干起来吧！"

车子被偷来了，强盗们在车身上写下"电视剧摄制组"的字样。不一会儿，凡是摄影需要的一切东西都准备齐全了。待脚本印刷完毕，强盗们便精心地伪装着自己。有的扮做穷凶极恶的打手，有的扮成维持群众秩序的工作人员。最后一切准备就绪，在首领的带领下，大伙正式实施这个绝好的计划。

这一行人刚一来到银行门口，在附近执勤的交通警察便都围上来询问。一个强盗赶忙给他们送上几份电视剧脚本，仔细解释一番，很好，警察如预计般地傻里傻气。

太顺利了！没想到事情一开头便如此顺利。随即强盗们就精神十足，相继冲进银行，大声喝道："银行的所有人都听着，交出钱来，我们可不想这里有人丧命！"

谁知，计划到此竟乱了阵脚，因为一个门卫突然嘻皮笑脸地凑上前来，打破了这里的紧张气氛。

"先生们，我可以帮忙吗？我是一个非常热衷于拍摄的人。上司真有意思，这种事也不先通知一下，好让职员们准备一下。我想我必须得做点什么作为弥补。"

又有一位先生挤了过来，"我是作家。你们刚才的那句台词不太适合，什么'银行里所有的人'，简直太啰嗦了。另外，下面几句话也有点问题，必须加以纠正。脚本是谁写的？如果修改一下就好多了。"

这实在麻烦极了，强盗们好不容易才摆脱他们来到窗口，银行的一位男工作人员赶忙站起来："请等一等，我的妆还没有补完，我的脸色还不太红润……"

女工作人员也不甘落后，朝这边拥了过来，"先生们，我们是天生的表演家，连排练都省了，也让我们上镜头吧！"

场面变得不可控制，一个强盗不耐烦了，忍不住扯起嗓子叫起来："够了！兄弟们，别再理会这些蠢猪了。"接着他扣动了扳机，天花板上的灯被击得粉碎。

一个男青年兴奋极了："呵，真够劲！太逼真了。"另一个人接上话又说道："大概天花板内的电灯里预先装进了火药，然后让它爆炸的吧，幸好我们知道内情，要不然真要给吓死了！"

这时，这家银行的行长露面了。

"为什么不考虑一下枪击玻璃呢？那是防弹用的特殊钢化玻璃，如果你们枪击玻璃，则从侧面为我们作了宣传，将会提高顾客对本行的信赖……"说着，行长把几张大票硬塞进首领手里。

"来挟持我们吧！饮弹而亡的光荣角色交给我们吧，拜托了！"男职员们也围拢过来请求着。

强盗们面对眼前的情况真是束手无策。甚至连那个最初帮助维持秩序的交通警察也苦苦哀求道："让我来扮演捉拿强盗的警察吧，我一定会非常用心地表演，求你们了。我父母和其他亲人一直希望能够有一天看到我上电视，求您满足他们的愿望吧！"

一切都乱了，一切都出乎强盗的意料。强盗头儿愤愤地大声吼道："大家听着，今天暂停拍摄，赶快撤退，改日再来！"

就这样，强盗们狼狈地撤出了现场。他们实在不明白，怎么事态会发展成这个样子。

为什么在白天干上一票就这么困难呢？强盗们对这个问题始终没弄懂。

俄勒冈州火山爆发

——［瑞士］瓦·弗洛特

新来的编辑沃克听到了一个报告"火山爆发"的电话，
此时电话线路突然中断。
主编以为这是一篇绝好的新闻报道，
迅速印成了一份份报纸，并且销售一空。
然而所谓的"火山爆发"竟是一场拳击比赛。

"喂，是得克萨斯信使报吗？我是贝德尔·史密斯？请立即记下：我永远难忘的俄勒冈州的这场经历，火山爆发……"

"怎么回事？"新来的编辑沃克问道，"喂，喂，接线员！"

"通往俄勒冈州的线路突然中断了，"电话局总机报告说，"我们马上派故障检修人员出发检查。"

"大概要多久？"

"哦，您得作好一两个小时的打算。您知道线路是穿过山区的。"

"完了！"沃克沮丧地说道，并沉重地跌坐在他的软椅上。

"什么叫完了?!"主编怒气冲冲地说道。

"您是一名记者还是一个令人丧气的半途而废的家伙?！您不是已经收到报告了吗：俄勒冈州地震！这一消息我们起码比民主党人报和先驱报早得到一小时。这一回我们可要打他们一个措手不及了！……今天下午，当我们独家登出俄勒冈州地震的现场报道时，他们会嫉妒得脸色铁青的。"

主编从书柜里取出一卷百科全书。"我要让您看看这事该怎么做！埃丽奥尔，请您作好口授记录的准备！现在，您这个也算是记者的人过来瞧瞧吧！这儿：俄勒冈……海岸地带……山脉……有了：道森城这一带有几座已经熄灭的火山……

"噢，看来是这里，您把地图拿过去，抄下四周区镇的地名。"他跳了起来，猛地拉开通向印刷车间的门。

"希金斯！您马上过来！给我把头版的新闻全都撤去！我要加进一篇轰动全

国的报道！还有，这次要比平常提前一小时出报。"

他叼起一支香烟，大步地在屋里走来走去。

"您写下！通栏标题：俄勒冈州地震！电话联系中断！贝德尔·史密斯为得克萨斯信使报作独家现场报道。

"上午时分。在俄勒冈州地区出现了极为可怕的景象。有史以来一直十分平静的巨峰巴劳布罗塔里火山（名字以后可以更正）忽然间喷发出数英里高的烟云。就这么写下去——这里是有关火山爆发的资料的描述，剩下的您就照抄好了，反正总是老一套。

"您让沃克把熔岩可能流经的区镇地名读给您听。别忘了写一写人，诸如一个在最后一瞬间被救出来的孩子啦、一个拖着小哈巴狗的老妇人啦，等等。

"最后：得克萨斯信使报呼吁各界为身遭不幸的灾民慷慨解囊。捐款者填好附列的认捐单，将钱款汇往指定的银行账号即可。若填上认捐单背面的表格，您同时还有机会以优惠价格订阅全年的得克萨斯信使报。这样您家里就有了一份消息最灵通的报纸。通过报道俄勒冈州灾难这一事实即已雄辩地证明本报拥有最迅速、最可靠的信息来源。"

排字机咯咯作响，滚筒印刷机里飞出一页页印张，报童喊哑了嗓子，布法罗市的居民们从报童的手中抢过一份份油墨未干的报纸，转瞬之间当天的报纸全部售完。

三小时后，通往俄勒冈的电话线路修复。电话铃声响了，沃克、主编和女打字员同时拿起耳机。

173

"喂！是得克萨斯信使吗？"响起了贝德尔·史密斯的声音，"那好，请马上记录：我永远难忘在俄勒冈州的这场经历，火山爆发也不如此刻的吉米·布蒂德雷这般厉害，今晨他在富尔通拳击场频频出击，把俄克拉荷马的重量冠军瓦尔特·杰克逊打得落花流水。在第三局中他以一连串的上钩拳、猛击拳和凌厉而干净利索的直拳将对方击倒在地……喂……喂……您在听我说吗？您能听清楚我说的话吗？"

"请等一下，贝德尔，"沃克说道，"主编刚才晕过去了。"

十一个儿子

——［奥地利］卡夫卡

我的十一个儿子当中，

有英俊漂亮的，也有相貌丑陋的；

有善良老实的，也有阴险狡猾的……

他们虽然性格迥异，但我却说不清我到底最爱谁或最恨谁。

我有十一个儿子。

第一个儿子面目丑陋，但头脑聪颖，做事认真。虽然我像爱其他儿子一样爱他，但我不太看重他。在我看来，他思维方式太简单，既不会目视左右，也不会眺望远方。他总是陷于他那狭隘的思维模式中，换句话讲，他总是在狭隘的思维圈子里绕来绕去。

第二个儿子长相漂亮，体格标准，身材修长。特别是他击剑的姿势，令人心醉神迷。他也很聪明，而且阅历丰富、见多识广，因此与那些呆在家里、足不出户的人相比，他对于家乡的一草一木、自然风光都更为熟悉、更为亲切。然而这一优势并不能归功于经常外出旅游，而是因为这孩子具有别人无法模仿的本领，例如他那连续翻滚、炉火纯青的跳水动作，许多人都很欣赏，于是就有了无数模仿者，然而模仿者最多走到跳板尽头，便勇气丧尽、兴趣全无，再也跳不下去，然后一屁股坐在地上，举起双臂，表示抱歉。对于这样的孩子我本应该感到满意，然而我与他的关系也并非毫无阴影、无可挑剔。他左眼略小于右眼，而且还老是眨巴着，这使他的脸看起来更为帅气。而且与他那极为孤僻的性格相比，那只备受责难的小眨巴眼便显得微乎其微了。我这个做父亲的当然不会因为他身体上的缺陷而感到痛苦，我担忧的是他精神上某种与此相应的小小的怪异、某种深入他血液的怪癖、某种只有我才能看到的使他身上的禀赋无法充分发挥的无能。从另一方面来讲，正是这点使他成为我真正的儿子，因为他的这个缺陷就是我们全家的缺陷在他身上最明显的表现。

第三个儿子也很漂亮，但不是我所喜欢的那种漂亮，而是歌唱家的那种漂亮——扑朔迷离的眼神，弯弯的嘴唇，脑袋必需在一块帷幕衬托下才能显出其美，他胸脯挺得高高的，双手频繁地举起放下，两条腿软弱无力、忸怩造作。他五音不全，虽然能够令行家一时迷惑并全神贯注，然而转眼便又无声无息。尽管有时我会按耐不住骄傲想炫耀这个儿子，但我更喜欢他无意抛头露面的性格，这并不是因为他了解自己的缺陷，而是因为他清白无辜。他也深感与时代格格不入，虽然身为我家里的一员，却迷失于另一个对他来讲永远失去了的家。他经常无精打采、百无聊赖，似乎永远也提不起神来。

第四个儿子可能是最随和的。他的的确确是一个时代产儿，以致于每个人都能理解他。他站在公众场合的时候，人人都想向他点头致意。正因为如此，他有点放荡不羁，他的某些话语常使人们津津乐道、百说不厌。不过，他的优点也仅仅是这些。总的来说，他既得益于随和，又失之于过分随便。他就像动作优美动人的燕子一样在天空中飞翔，最后却在荒漠之中可悲地了却残生。他是一个微不足道的人，正因为如此，我连一眼都不想看他。

第五个儿子既善良又可爱，凡是他许诺的都会不折不扣地兑现。他从来都不太引人注目，因为无论他身处何处，人们似乎都不会感觉到他的存在。可是他居然也赢得了一些声望。如果有人想知道其中的原因，我这个作父亲的恐怕难以相告。也许清白无辜最能冲破世间万物的喧闹，脱颖而出，而他恰恰是清白无辜的，或者应该说是太无辜了。他对每个人都友好相待，或者应该说是太友好了。假如有人在我面前夸赞他，我会感到很不舒服。因为这种毫无疑问的表扬显得太矫柔造作了。

第六个儿子给人的印象是性情忧郁。人们都不知道怎样对他才好，因为他整天垂头丧气，却又絮絮叨叨、废话连篇。处于劣势时，他会陷入无尽的悲伤之中而无法解脱；处于优势时，他又会喋喋不休、无休无止。除此之外他还具有某种忘我的激情，尤其是天气晴朗时，他苦思冥想，犹入梦境，然而他并没有任何病症；相反，他非常健康。在早晨，他有时会感到阵阵眩晕，但这无需担心，因为他根本就不会跌倒。这种现象可能是由于他身体发育而引起的，就他的年龄而言，他个子太高了。尽管某些部位特别美，比如手和脚，但他的身体有些干瘪，前额也不是很漂亮，因此从整体来讲，他不是个漂亮的人。

第七个儿子是十一个儿子当中最讨我喜欢的。尽管人们不理解他那与众不同的幽默感。这并不是我过分地夸奖他。假若世界不是犯了不赏识他的错误，那么它就是完美无缺的。我不能没有这个孩子，因为在我看来，虽然他带来不安，可是他也带来对传统观念的敬畏，而且他把两者融合为一个无懈可击的整体。虽然他不会利用这一天赋使未来的车轮转动起来，然而他却使人鼓舞，充满希望。我希望他子孙满堂，代代相传，可惜这一愿望很难实现了。因为他对周围的议论，从不理会，而且怀着这种自我满足的心情独来独往，对姑娘不屑一顾。对此我虽能理解，但却不大喜欢。

第八个儿子最令我头痛，但又不知道为什么。我觉得自己身为其父，与他亲密无间、密不可分，可他却像一个陌生人似地看着我。只要想到他，我都会不寒而栗。他断绝了与我的所有联系去走他自己的路了；而且，他头脑固执，身体矮小而健壮，肯定会闯遍所有他所喜欢的地方。我很想叫他回来，问问他究竟怎么啦，问问他为什么如此地疏远自己的父亲，以及他到底想要什么。但是直到现在，这么长时间都已经过去，他似乎永远也不会回来了，我又能有什么办法呢？他是我的儿子中唯一蓄着大胡子的人，显而易见，这对于一个如此矮小的人并不美观。

第九个儿子风度翩翩，天生一双甜甜蜜蜜的眼睛。他有时甚至能把我迷住，虽然我知道，这不凡的风度可以轻而易举地抹去。但他压根没有诱惑人的意图，他经常仰卧在沙发上，目光盯着天花板，似乎这样就会感到心满意足；或者，闭目养神更为美妙。一旦进入这样的美妙境界时，他便话匣大开，而且，高雅不俗，用词简练。不过话题仅限于狭小的范围，而他又不可避免地要越出这范围的限制，而与此同时他的话语便显得空洞乏味。此时人们往往会示意他就此打住。

我第十个儿子不诚实。我不想完全承认这一点，也不想完全否认。他总是带着超越他的年龄的威严神态走过来，穿着纽扣扣得紧紧的礼服，戴着一顶陈旧而过分仔细地擦洗过的黑礼帽，呆板的面孔上有着微微凸出的下巴和沉甸甸地耷拉在眼睛上的眼皮。他的这副形象会使每一个认识他的人都看出他是一个极其伪善的人。但是，让我们听听他怎样说话吧！他讲话明白易懂、措辞谨慎、言简意赅，回答问题尖刻而生动；他能够自然得体、愉快地与整个世界融为一体。这种相融的本领往往能使人引颈抬头，洗耳恭听。许多自以为聪明的人也许会为他的言辞所深深吸引，而不去理会他那令人恶心的外表。然而现在又有一些人觉得他的话语比他的外表更为伪善不堪。我作为父亲必须承认这最后一种评价更值得重视。

第十一个儿子，恐怕在我的儿子中是身体最差的。然而他的体弱似乎只是一种假象，因为有时候他表现得很坚强果断。不过，他的体弱毕竟是确实存在的，即使在他表现得最为坚强果断的时候也是如此。但是体弱并不令人羞愧。令人羞愧的是那摇曳不定、摆动不止的状态，我的儿子正是这种状态。然而这些却不能令他的父亲高兴，因为他的这些特点可能会将这个家毁掉。有时，他看着我好像要对我说："我要带上你，父亲。"然而我却想："你是我最不相信的一个人。"他的目光好像又说："那么我权且当你最不相信的人吧。"

这就是我那十一个儿子。

一位发疯的州官

———［匈牙利］米·卡尔曼

我看到一个州官为妻儿出售居民告官的案头材料惊诧不已，
认为他是个疯子，
而买那些材料的人更让人难以理解。

最近几个月里，有一个满脸胡茬的人，在各个政党之间来往穿梭，神气活现。他有时混在垂死的独立党人中间；有时呆在卢依蒂那儿；有时又在加尔文广场上那个荒凉的、孤独的俱乐部里转悠。

之所以说加尔文广场荒凉和孤独，是因为很多在俱乐部里常见的游戏都在这里无法见到，例如四个人在"一起玩牌"，必须遵守一定的规则，就是说，即按约定进行散场，四个人中间有一个人可以走，因为剩下三个人还可以继续玩。但是在这以后，要是其中两个不同意，那么第三个人是不能自作主张离去的，这是一种礼节，也是打牌时必须遵守的规定。其实像这样的例子不乏见到。

在加尔文广场俱乐部里，没有一个像样的桌子或椅子。执行委员会也是分散地在兜揽生意。当然，他们也必须遵守定好的规矩，而且绝对不能违反。委员们从早到晚绞尽脑汁，想方设法将人推荐到那"一定的"地区去。但是似乎一直是毫无结果。

什么是执行委员会的主要职责呢？他们并没有提出候选人来，尽管可以明显地看出，提名对争取多数是有利的。

在那里的确有一位像前面所描述的那种人在打转。他站在楼梯旁边，尽量与周围的人搭讪。

恰好这几天，作为记者的我同这里的人混得挺熟。我开始注意这个特殊人物。我不止一次地看见过他，而且我决定打听他的身份。

"那人究竟在做什么？"我询问差役。

"不要理他。"他回答说。

"真奇怪，经常在俱乐部的代表中间看见他。"

177

"哦!"差役笑笑说,"因为他要出卖代表资格呀!"

"那一定有许多油水可以捞。"

"一千块吧。"

"值那么多吗?"

"他是那样认为的,而且他觉得能够得到。"

"想法很有创意,可惜,太不现实了。"

我跟差役开着玩笑。正在这时,他又一次出现在俱乐部里。

"请问,您需要帮忙吗?"我走上前。

"我在这里等人。"他温和地说。

"等候什么样的人呢?"我追问。

"我也不太清楚,兴许是这个,兴许是那个。"

"我从差役那儿听说,你要出卖一定的地区……"

他不知从哪里激发出一股劲儿来,还摇头晃脑。

"如果您可以为我搞定一桩生意,那我真是太感谢了。"他用很有意思、很自然的口气跟我说话。

"如果有机会,我很愿意。"我微笑着说,"但是你必须是真心诚意地干这件事情。"

"先生,我指的是'一定的'地区。这里,在我的祖国的土地上,应该有我的地区……"

哎哟!那个差役说的果然没有错。

"能详细地谈一下吗?"

"瞧!全都在这个包袱里呐!"

我本能地往他的包袱上看了看。真的,他手里拿着一个油布包袱,那包袱的年纪似乎比他还要大。

"先生,"现在,他正式叙述了,"事情是这样的:两年前,我还是州府里的一个官员。但是,我在那里受到了极不公平的待遇,当然事情的发展真是曲折离奇,不是一时半会儿能够讲完的。因为我现在有一个家庭:两个孩子,可爱的妻子……"

他越说越激动,显得非常着急。

"朋友,到里面的什么地方呆会吧!我有些东西你大概会感兴趣。"

"什么?"

"就是那个地区呀!先生,您不要被别人误导。他们视我为一个头脑不正常的人。事实上,他们一点也没说错。对,我的脑袋是有些不好使唤了……我可怜的家庭,可怜的妻子,可怜的孩子……喂!您来瞧,所有的东西,一件不落都在这里了。"

他解开包袱的结子，我看见里面约摸装有二三十份文件。

"你要不要再细致地看看这些文件……"

"看见了。都是一些案件公文吧?!"

"你并不知道里面的内容，不是吗?"他把嘴贴到我耳旁，轻轻地说，"全都是我们区里的居民告法官和书记官的铁证。这帮家伙对我们做了许多不可原谅的事。收集到这些罪证着实花了我不少心思。要知道，不引起他们的注意是不明智的。谁要是手里掌握着这些材料，那他就拥有了更有价值的东西。谁掌握了这些材料，那些法官和书记官就会把他视为天神。这是宝贝呀! 哪一个人肯出一千福林，我就卖给他。现在我的孩子生了严重的病，我急等钱用，现在来买真是大好时机。有人说，即使我把全部材料都用上，也不会改变什么。但我并不这么认为，那十二个书记官和九个法官，您要知道……他们都是罪人呀! ……只要一个代表提出就行了……我要从他们身上为我的家庭搞一点钱，所以找到买主非常重要。"

我的惊讶与诧异并没有随着我离开的脚步而减少半分。直到现在，这个想法还在缠着我: 如果那位州官员不是真的疯子，我实在无法为他找出一个更好的理由。

今天，我又去了那个俱乐部，但是我再也看不见那位被遗弃的人了。

看来他的买卖大概做成了。因为也许真是有人对那些文件资料感兴趣。呵! 就算他不是疯子，大概也会有人真的发疯了!

我尽量想忘掉这件事情。

没有最终搞清楚这件事，实在是我工作上的一大遗憾。

杨尼老太太讲的故事

——［希腊］加卡赞扎基

守寡的母亲与阿里维佐斯私通。
生下死胎后嫁祸于女儿玛罗，
而第二天就去城里帮佣的玛罗却一无所知。
多年后玛罗衣锦还乡，却被愤怒的哥哥枪杀，
母亲痛心地自杀了。

一层层厚厚的海藻随着昨晚巨大的海潮来到岸边。我和杨尼老太太坐在上面，那种感觉让人很惬意、很舒服。我们望着面前粉红、淡蓝的大海，听着有节奏的海涛声，天空随太阳的西去而越来越暗。下面便是杨尼老太太给我讲叙的一个真实的故事：

我的母亲过着贫苦的日子，她带着四个孩子，两个大的是男孩，两个小的是女孩。父亲由于恶疾而过早地死去了。离我们家不远的村外是阿里维佐斯的家。他早年丧妻，有一个独生子。我刚刚进入懂事的花季年龄，妈妈就擅作主张地把我嫁给了他的儿子。

"孩子，你知道吗?"一天，妈妈对我说，"我和阿里维佐斯说妥了，我想你得和他儿子成亲。"

我根本没有多想便应允了。过了一段时间，我才发现我母亲和阿里维佐斯是相好。我的出嫁只是借口。这事我跟谁也没说过，就连对丈夫也从未提过一句。天晓得他是否已经知道了。我的小妹妹玛罗也觉察到了，她也是对任何人都只字不说。但我确定我的哥哥们一定没有机会知道这件事了，因为他们要长时间上山放牧。我们把洗好的衣服送给他们，一个月送两三次饭菜……

几年后的一天夜里，母亲从床上起来，走到玛罗睡觉的地方，把她叫醒。

"这么晚了，有什么事吗，妈妈?"妹妹害怕地问。

"快起来。"妈妈小声说。

妹妹坐起来，点着灯，看到母亲苍白的脸与抖动的双腿。

"妈妈，你怎么了？"妹妹焦急地问。

"没有……快起来！"

妹妹跳下床，慌忙套上粗布衣服。母亲递给她一个布包，对她说：

"别让人看见，直接扔到河里去！"

"什么？"玛罗简直有点不知所措。

"孩子，我生的……是个死胎……拿去。"

"不！不！妈妈。"

"别怕，孩子……明天我让你去雅典。明天就可以让你去了。"

去雅典是妹妹一直没实现的愿望。可怜的妹妹现在只好听妈妈的话，她胆战心惊地接过小孩，走了出去，来到河边把布包扔到了河里。但世上无论做什么事情都不可能无声无息。妹妹从家里向河边走去时，正好被一个护田人看见，但他只当是扔了个垃圾。第二天，他听说我妹妹去雅典当女佣时，也没有对那晚的事情产生任何怀疑。可是后来那扔掉的婴儿终于被在河边玩耍的孩子发现了。他们报告了村长，村长请来法医。法医检查后宣布：婴儿生下来时就是死胎，谋杀根本说不上。由于条件不足，不能立案。但是是哪个可恶的女人会干出这种缺德事？人们都猜测可能是玛罗，不是她又是谁呢？村民们议论纷纷。我母亲最后也附和说，玛罗干出这种事情实在让人无法接受。并且说，玛罗告诉她了，是和索马斯怀的孕。由于女性特有的敏感，她只好扔到河里。我的哥哥们得知这事后，简直变成了野兽，他们甚至发誓要杀死玛罗，为家人洗耻。这件事一下子成了全村的头号新闻。人们说玛罗招了野汉子，怕被哥哥们杀死，逃跑了。母亲由于维护家庭的尊严，而将玛罗踢出家门。

五年后，家里收到了玛罗的信，说她这几年在米蒂利尼一个大户人家帮工，说她想母亲、哥哥和我。她还写道，她这些年把挣到的钱都存进了银行，等回家时取出来，还上债后还有好大一部分余款。我和母亲看过信，兴奋极了。我们把消息告诉了哥哥们，结果却没有起到任何好的效果。他们说，如果玛罗愿意，可以把钱寄回来，把债还了，但本村绝对无法接受那种贱女人。她应该知道，他们没有这样的妹妹，她已经死了。当然，我们得给玛罗写信。我母亲写信时并没有把事情的真相告诉玛罗只是写了一些想念的话。

几天后，玛罗就回到了村里。她打扮得漂漂亮亮，比过去漂亮多了，见到乡亲就上前问好。村里人又议论起来：她究竟知不知道羞耻，她不是低头走路，反而趾高气扬。她的小腿露出了那么多，还穿高跟鞋，打阳伞！真不要脸，贱货，骚货！可怜的妹妹，这所有的一切她竟一无所知！她兴高采烈地把妈妈和我抱了又抱，亲了又亲，看了又看。她把礼物一口气全说了一遍：衣服、大衣、袜子；还有特意为哥哥们买的线衣、绒裤、毛衣、毛裤。她说，这是她用挣来的第一笔钱买下的。她还拿出许多钱让我们把欠的债都还了。我和妈妈没多说一句扫兴的话。我们仍旧像往常一样亲亲热热的。

"知道我有多想你们吗？"玛罗说，"五年了，我天天在念着你们的名字过日子。我的太太说，你这个丫头怎么和别的姑娘不一样，怎么不出去看看电影、逛逛公园？我为什么要把钱花在那上面呢？有时我出去一趟，花去的每一分钱都会让我心疼好久。我要攒钱，我想要早些为家里解决困难，让你们都过上好日子。太太送给我的东西，现在都是你们的了。我的太太心眼很好，她要给我找个婆家，让我明年出嫁。我说那可不行，我要回村去看看家里人，这么大的事情，我可做不了主，这事得由哥哥们作主。我的太太对我大大赞扬一番……妈妈，你知道我要干什么吗？我要到牧场去，让哥哥们大吃一惊。真可惜！今天晚上没法上山了。"

玛罗一整天都笑呵呵的。想象明天她突然出现在哥哥们的牧场小屋里，他们该多高兴啊！

唉，真不知道事情怎么会发展成那样。也许我们不忍心说出来，也许我们乐得忘掉了，玛罗的命就是这样被我们送掉了。

妹妹回来的消息一下子就传开了，哥哥们气冲冲地往回赶。他们进村时天已经黑了。经过村里咖啡馆时，他们听到人们在议论玛罗。对玛罗的评论根本无法入耳，还有人说玛罗把钱交给家里人，把债一还，他们家就没人生气了，他们家总是护短……也正因为如此，哥哥们更加生气。

突然我的母亲惊呆了，原来哥哥们从门外看到妹妹正背对着他们和母亲说笑，便举起枪，瞄准她开枪了。妹妹瞪着眼睛倒下，死了。母亲痛心极了，也在当晚自杀了。

杨尼老太太没有再往下讲，但她的眼泪替她做了补充。天已经很黑了，我们向村里走去。

那条路很难走。黑暗包围着我们。我感到了置身荒郊的恐怖，仿佛身上的血都被冻结了。这里的气氛异常阴森，奇怪的鸟叫声不时响起。

"你不怕吗，杨尼大妈？您胆子真大。"

"我怕什么，孩子？在人类的所作所为面前，夜间的魔鬼算得了什么？"她生硬地说道。

终于到了村子，朴实的生活就展现在眼前，玛罗的离开似乎只有杨尼老太太仍有伤悲。

幽默的自我独白

我的幽默为我换回了钞票和社会地位，
当我把它作为事业发展起来时，
我却成了众叛亲离的幽默家，
我感到非常失意，
后来，我的幽默天才又一次派上了用场。

两个青蛙

— ［中国］萧 红

校园深处的树丛里，
平野和秦铮沉浸在幸福的热恋中。
当平野目送秦铮回家时，
突然被铁窗外的嚷叫声惊醒，原来是一个梦。
此时，他们住在同一个监狱里。

一

楼上的声音从窗洞飘落下来了。

"让我们都来看吧，秦铮又回来了，又是同平野一道……"

秋雨过后，天色变作深蓝，静悄的那边就是校园的林丛。校园像幅画似的，绘着小堆小堆的黄花；地平线以上，是些散散乱乱的枝柯，在晚风里取暖；拥挤着的树叶上，跳跃着金光。

秦铮提篮里的青蛙，跳到地面，平野在阳光里笑着，惊惧的肩头缩动着，把青蛙装进篮里。

裙襟被折卷一下，秦铮坐在水池旁愉快着，她的眼睛向平野羞涩地笑，别离使她羞涩了。

平野和她的肩头相依，但只是坐着，他躲避着热情似地坐着。一种初会的喜悦常常是变做悲哀的箭，连贯地穿了两颗心，水珠在树叶上闪起金光滚动着，风来了，水珠落了。也和水珠一样，秦铮的眼泪落了，落到平野的衣襟上、手上、唇上，这情人的泪，水银似的在平野的灵魂里滚转。

平野觉得自己的生命这算是第一次有意义。

"不要哭啊，小妹妹……"

楼上的声响震着玻璃窗时，秦铮扭动她的肩头，但不看上去，她知道这又是她的妹妹秦华在作怪。

提篮里的青蛙要去寻水，粗糙地呼吸着。

秦铮从来爱玩小孩子的事，从乡间回来特地带回两个青蛙，现在青蛙是放在水池里了。

晚天染着紫色红色的颜料，各自划分着，划分得不清晰了，越加模糊下去。

"这次我到乡下去，受罪极了，猩红热，虎列拉……各样的传染病都有。只有传染病，没有医生，患病者只有死——在这样的世界上，我也真希望死了。因为你，我死的希望破碎了。你不是常说吗？想要死的人，那是自私，或是个人主义的变态。"

平野吻了她手一下，并且问：

"那里工作怎样？"

平野又像恢复了自己似的，人像又涌上他的心来，他不再觉得自己是在喊口号了。他们的声音低下来，暗下来，和苍茫的暮色一样，苍茫下去。

南楼宿舍睡在夜里了，北楼也睡在夜里，久别的情绪苍白着，不可顿挫地强硬起来，纠缠起来。

踱荡着他们的热情似的，穿着林丛踱荡，踏着月光踱荡，秦铮是愉快着，讲了一些流水似的话，别离不再压紧她了。她轻松在跳着武步，可是平野的心情正相反，他徘徊着，他作窒，平野为了她的青春所激动。

关于这个，秦铮是忽略了，她永不知道她的青春可能激动了别人，在一个少女这是一件平常的事。

平野引她到树丛的深处，他颤栗地走着，激动地走着，同时秦铮也不会觉察这个。两个影子，深藏在树丛里了。

南楼的影子倒在水池里，太空镶着无数的星座，秋夜静得和水晶似的透明。

从树丛颤巍着那里走出来了，秦铮的头发毛散了，衣裙不整齐了，怕羞的背影走上楼梯去。

平野站在月光中的池旁，目送她。每次他送秦铮回宿舍时，她都是倒踏着梯级向他微笑着，缓缓地走进去。现在，秦铮没有回头，她为新的体验淹没了。

平野的心思平静下来，满足同时而倦怠地转向北楼去。

青蛙叫了，要吵破这个秘密似地叫了。

二

这是一个回忆，完全是一个梦中的回忆。

平野醒转来了，铁窗外石壁的顶端，模糊着苍白的星座。深邃的院宇，永恒地刮着阴惨的风，住在这里的人，有的是单身房，有的是群居，有的在等候宣告

185

死刑，也有些是在挨混刑期。

等候大刑的人，他们终夜不能睡着，他们吼叫出不是人的声音来，但是他们腿上的铁锁和手上的木枷并不因为吼号而脱落，依然严紧地在枷锁着。五个人中的两个人是瘫落在墙角里，不喊叫也不挣脱，使你看到，你可以联想起那是两个年老的胡匪被死恐吓住了？但，他们不是，那两张面孔，并不苍白；手足安然的，并不颤索。

提着枪打着裹腿的人，整夜是在看守着这五个人，这是为了某种事体。提枪的人，总是不间断地在袖口间探望自己的手表，就像希望着天快亮起来似的。但，天亮起来又有什么事体要发生呢？这个事件，看守人和被看守人都像明白似的。被看守人嚎叫着，他们不能滚转，提枪的人在那里踱来踱去。

其中的一个向着那两个永不知嚎叫的人说：

"怎么你们的不是行抢，只为了几张碎纸在身上就……"

说话的被那个提着枪的绞断了话声，但是他现在一点都不知惧怕什么叫枪，他大骂了一阵，没有法治他。提枪的那个人仍然是走来走去，一面看他袖口间的表。

平野，他是个永久要住在这里的一个犯人，因为法律判断他是这样。

因为三年前的那天晚间，他同秦铮在校园里谈一些关于乡间和工作的事，第二天，秦铮的父亲处死刑了，第三天，秦铮被捕了。接着就是平野。

现在秦铮和平野是住在同一个铁包的院里，现在已三年了。放在水池里两个青蛙变作了一群小青蛙，在校园里仍是叫着。

在三年之中，他们总是追随三年前的旧梦，平野醒转来了。醒来他寻觅不见秦铮，他又闭起眼睛，窗子铁栏外，有不转动的白色的月轮，外面嚷着这样的声音，平野听到了："又是五个：两个政治犯，三个强盗犯，被提出去。"过了一刻，车轮的声音轧过了，渐远了。

愚 妇 人

—— ［中国］ 许地山

> 一个六十岁的老妇人坐在溪涧边哭泣，
> 一个樵夫遇见，深怕她寻短见，极力劝慰。
> 然而樵夫听过老妇人伤心的原因后，
> 竟"哈哈"大笑起来，并起身离去，
> 留下老妇人依旧哭泣。

从深山伸出一条蜿蜒的路，窄而且崎岖。一个樵夫在那里走着，一面唱：

> 鹧鹕，鹧鹕，来年莫再鸣！
> 鹧鹕一鸣草又生。
> 草木青青不过一百数十日，
> 到头来，又是樵夫担上薪。
> 鹧鹕，鹧鹕，来年莫再鸣！
> 鹧鹕一鸣虫又生。
> 百虫生来不过一百数十日，
> 到头来，又要纷纷扑红灯。
> 鹧鹕，鹧鹕，来年莫再鸣！
> ……

187

他唱时，软和的晚烟已随他底脚步把那小路封起来了，他还要往下唱，猛然看见一个健壮的老妇人坐在溪涧边，对着流水哭泣。

"你是谁？有什么难过的事？说出来，也许我能帮助你。"

"我么？唉！我……不必问了。"

樵夫心里以为她一定是个要寻短见底人，急急把担卸下，进前几步，想法子安慰她。他说："妇人，你有什么难处，请说给我听，或者我能帮助你。天色不早了，独自一人在山中是很危险的。"

妇人说："我从来就不知道什么叫做难过。自从我父母死后，我就住在这树林里。我底亲戚和同伴都叫我做石女。"她说到这里，眼泪就流下来了。往下她底话语就支离得怪难明白。过一会，她才慢慢说："我……我到这两天才知道石女底意思。"

"知道自己名字底意思，更应当喜欢，为何倒反悲伤起来？"

"我每年看见树林里底果木开花，结实；把种子种在地里，又生出新果木来。我看见我底亲戚、同伴们不上二年就有一个孩子抱在她们怀里。我想我也要像这样——不上二年就可以抱一个孩子在怀里。我心里这样说，这样盼望，到如今，六十年了！我不明白，才打听一下。呀，这一打听，叫我多么难过！我没有抱孩子底希望了……然而，我就不能像果木，比不上果木么？"

"哈，哈，哈！"樵夫大笑了，他说："这正是你底幸运哪！抱孩子底人，比你难过得多，你为何不往下再向她们打听一下呢？我告诉你，不曾怀过胎底妇人是有福的。"

一个路旁素不相识底人所说底话，哪里能够把六十年底希望——迷梦——立时揭破呢？到现在，她底哭声，在樵夫耳边，还可以约略地听见。

帽　子

——［中国］蒋子龙

　　金流被打成右派流放农村二十多年，
当其他右派分子纷纷平反、摘帽、落实政策时，
他的右派"帽子"却不翼而飞。
原来……

　　这一下可叫金流傻眼了，他站在教育局大院中间的花坛旁边木呆呆、懵懂懂，像一棵落霜打蔫的老水仙。他本来就是立身无傲骨，遇事缺主见的人，这一刻他真想一头撞死在花坛的岩石上。同村的右派分子一个个全都摘帽改正，落实政策回到城里，只剩下他没人管，没人问。今天他来到原工作单位——教育局查问，组织科的同志一查档案，全局的右派分子全部改正完落实政策回城了，记载右派名单的老册子上并没有金流的名字。当初既没有给他戴上右派帽子，现在只好回去。

　　"天哪，当初明明是把我打成了右派嘛！不然为什么要把我赶到农村去?"

　　"这我们就不知道了。当初整你的人已经不在教育局了。"

　　二十多年来，金流对右派这顶帽子既厌恶又害怕。可是如今这顶帽子对他来说，犹如吉祥鸟，恰似财神爷，变得无比珍贵、无比重要了。却偏偏在这时候右派的帽子飞走了，没有这顶帽子，他的名誉就得不到恢复，政策就得不到落实。往哪里去找到这顶得而复失的帽子呢? 传达室的老王头看他可怜，走过来拍拍金流的肩膀，真心实意地对他说:

　　"你去找找老隋，求他给你证明一下。"

　　对，金流挨整的时候老隋是教育局的书记，他会证明自己是右派。金流打听了五十个人，跑了五十个地方，最后才在一家高级宾馆的小会议室里找到了老隋。没说上两句话，老隋就想起来了，眼前这个傻小子当时作为右派上报过，上面没有批。后来同右派分子一样待遇，送到农村去了。现在，怎好认这笔账? 老隋斩钉截铁地说:"金流同志，我在教育局当书记的时候，绝对没有把你打成右

派分子，这都是有档案可查的。"

金流又气又恼，还想辩解。老隋一挥手："现在我有重要的会议，你的事同你讲清楚了，你没有什么落实政策的问题，现在还是回去好好工作。"说罢，迈着方步，走到里间去了。

金流无可奈何地离开了宾馆，嘴里还在喃喃地咕哝着："帽子，我的帽子……"

狗 的 死 刑

—— ［中国］丛维熙

秦司令去公家果园伸手摘桃被看护果园的军犬"阿利"咬伤了。

四个老公安为"阿利"辩护遭到陪斗、陪绑的待遇，

一无所知的"阿利"在秦司令被咬的桃树下被枪决了。

那条细腰、尖嘴的军犬"阿利"，并没意识到它面临着灾难。但是站在黑狗旁边四个被揪来陪斗的老头儿，却有点忐忑不安。他们谁也不知为什么要审判这条狗，更不晓得为什么把他们拉来陪斗。

"奇怪吗？我们'砸烂公检法兵团'经过内查外调，终于查清楚了，"兵团头头秦司令一只手叉着腰，另一只手摇着一把破芭蕉扇，驱赶着他那条缠着药布的伤腿上吮血的苍蝇，说，"你们这四个牛鬼蛇神，和这条狗的罪恶有千丝万缕的联系，比如：为什么叫我们国产狗去里通外国？又为什么让这条杂种狗来劳改农场？交代吧！"

"牛鬼蛇神"中的"牛"，是北京附近某地训练军犬的科长。他不卑不亢地说：

"为了优选良种，我们让它的母亲同德国狼犬交配，有了这条小'阿利'。这是为了提高军犬的格斗威力。"

"鬼"的身子虽然弓得像个"？"号，话里可明显带着火药味：

"这条'阿利'，也真是瞎了眼睛，怎么咬坏了秦司令的小腿肚呢?！我把它从军犬队带来农场的几年中，它曾追捕过七名越狱的逃犯，为劳改工作立过大功……"

"蛇"的腰板挺得笔直，像一根绷紧的弓弦。他粗声大气地说：

"狱政科长的话一点也不假，'阿利'给我这个管果园的队长帮过大忙呢！它对偷公家苹果、蜜桃的小偷，决不口下留情！"

"神"是这个劳改场的场长，他接过"蛇"的话岔，顺水推舟地问道：

"秦司令，你……不，您要是不去果园伸手摘桃，'阿利'何至于咬伤您的

腿肚——"

"住口——"秦司令猛然跺了一下脚，伤口被震破了，血一下渗出药布。他把扇子狠狠向"牛鬼蛇神"面前一摔，吼叫道，"你们这些走资派，竟然包庇里通外国的'阿利'，你们屁股坐到哪儿去了？这条狗从血统上看，从表现上看都是反革命。你们既然不认罪，对不起，都挂上大牌子去刑场'陪绑'！"

片刻之后，"牛鬼蛇神"胸前都多了一块二十公斤重的大铁牌。四块大铁牌上分别写着："里通外国的牵线人"、"里通外国的辩护士"、"里通外国的支持者"、"里通外国的保护伞"。细细的铁丝，勒进四个"老公安"的脖子里……

他们和那条"阿利"一起被带进果园，刑场设置在秦司令伸手"摘"桃的那棵树前面。"牛鬼"为一列站在狗的左侧，"蛇神"为另一列站在狗的右侧。可怜的"阿利"还不知道发生了什么事情，枪声就响了。它——痉挛着身子，离开了它所不能理解的世界。

血，溅到秦司令的身上。人们发现了一个奇迹，原来狗喷出来的血，比他伤口上流出的血要红得多……

考 驾 照

—— ［美国］ 安吉利卡·吉布斯

> 在艾立克森太太的陪同下，
> 玛丽安又去考驾照了，
> 面对精神帅气的路考官的轻慢言谈，
> 玛丽安不堪其辱——并不是她的驾驶技术不高，
> 而是黑人的地位遭受岐视啊。

有一天下午，艾立克森太太陪同玛丽安去考驾照。"我的生活阅历比你深，有我在多少会对你有点用的。"玛丽安钻进她旁边的驾驶座时，艾立克森太太说，"像你的那些兄弟姐妹，他们所知甚少，对于这一点我深信无疑。"

"也许是吧，亲爱的夫人，"玛丽安说，语气似乎非常坚定，"有个白人陪着，也许正是他们所期望的。"

"呵，那倒是小事情吧！"艾立克森太太刚要说，瞄了一眼这女子板起的侧脸，便知趣地闭上了嘴。玛丽安驾车在郊区林荫道上缓缓地驶着。天气由于进入了六月而变得燥热起来，她们开上大马路时，发现路上许多车辆都有同一目标——海滩。

"如果需要，我可以替你一下？"艾立克森太太说道，"如果你紧张，我可以帮你一下。"玛丽安摇了摇头。艾立克森太太盯着她那双黑色、能干的手，心里总不停地想着：她真是个很棒的女孩儿。先前雇用好几个白人女子管家的那段日子真是令人不堪回首，那些态度很随便的女人认为管家是一种低俗而且有损颜面的工作。"你开得好棒啊，玛丽安，"她说，"你这次一定会成功的。上次的情况太特殊了，车技再高也无能为力。"

"出四项错误才不及格的，"玛丽安说，"我不记得路考官在我表格上划的号，都是我犯的错。"

"也许我们需要走一下后门。"艾立克森太太心有怀疑地说。

"不必，"玛丽安说，"那样只会帮倒忙，艾立克森太太，对于这点我倒领教

193

过一次。"

车子在交通标志处右转，开入一条边路，停在路边一小行车队的后头。路考官还没到呢。

"你没有忘带什么证件吧？"艾立克森太太问。玛丽安忙重新检查：学开车的许可证，行车执照，还有她的出生证明。看来一切都在按计划进行。

"如果你通过了，那我的小宝贝就有人接送上下学了。"艾立克森太太说。

玛丽安用提示性的话语说道："家中的事也会轻易得多，不是吗？"

"喔，玛丽安，"艾立克森太太赞叹了一声，"要知道，你从我这里得到的永远都比你付出的少。"

"好了，别再唠叨了，太太。"玛丽安认真地说。她们相互看了一眼，露出亲切的笑容。

她们等待的车子终于出现了。一共两辆车，其中有路考官飞快地跨出车门，那人非常帅气，配上干净整齐的制服更显精神。玛丽安的手下意识地抓紧了方向盘。"那就是上次的那个路考官。"她低声地说，指着一个矮壮、趾高气扬的男人，看来那人的样子实在不会让人喜欢。

"保持镇定，我亲爱的。"艾立克森太太说。边说边握了握她的手。

真正来到她们车前的那位路考官从外表上要比那个矮胖子强许多，他翻看她们的证件时，嘴上仍挂着亲切的笑容。艾立克森太太踏出车外。"为什么不在一起呢？"路考官问，"曼蒂跟我是不介意有个伴的。"

艾立克森太太听了这话心里有些不舒服。"不了，"她说着站到了路边，"玛丽安会应付好一切的。"

"看样子应该可以通过，"路考官朝艾立克森太太挤了挤眼。他钻进汽车坐在玛丽安身边的座位上。"在街角那儿右转，曼蒂——露。"

艾立克森太太在路边上看着那辆车慢而平稳地往前移动。

路考官在一个小黑本子上作记录。"年龄？"他们往前开了不久，路考官问道。

"二十七。"

他斜了玛丽安一眼。"该有一大群小黑毛头了吧，我说得没错吧？"

他没有得到任何的回应。

"前面街角左转，"路考官说，"然后停在那辆卡车跟绿色别克车中间。"对于初学者这个距离太近了，但是这些在玛丽安看来都非常简单。

"以前开过车吗，曼蒂？"路考官问。

"当然，先生，我在宾西法尼亚州有过三年的驾龄。"

"开车的目的是什么？"

"我雇主需要我开车接送她的孩子。"

"难道没有一点私人的愿望吗？"路考官问。玛丽安没有为此做过多的辩解，只当那是路考官的一句玩笑语。

"现在你在下个街口左转，然后在下条街中央再转回头。"路考官说。他开始用口哨吹出"天鹅湖"那首歌。"是不是特别亲切？"他问道。

有那么几分钟，玛丽安自顾自地开着车，没说一句话。过了一会儿。

"一点没有，"她说，"我生在宾州的斯克普顿城。"

路考官故作惊讶地说："你不是南方佬？真是让我有点吃惊，你知道，我本来在这方面很有经验的。"

"不是，先生。"玛丽安说。

"转上缅因大街，瞧瞧你在车多的路上开得如何。"

他们在缅因大街上跟着一条车龙后头行驶过好几条街，然后看见前面有一座水泥桥高高地跨在铁路上方。

"桥头的路况标你看得见吗？"路考官说。

"'小心驾驶。下雨路滑，危险。'"玛丽安念道。

"你的视力真棒，"路考官惊叹了一句，"我的曼蒂竟然认识字？"

"我大学毕业两年了。"玛丽安说。她的声音显得非常不自然。

车子爬上桥坡时，路考官大声笑了起来。他的笑不间断地持续了好长时间。"在这儿停下来，"说着他抹了抹笑出的眼泪，"然后再发动。你的学历太让我吃惊了。真的！"

玛丽安把车开到一处空地儿，把排档扳到空档上，拉上了紧急刹车，等了半晌，然后又扳回排档。她似乎很不高兴。在松开刹车时，她的脚滑离了离合器踏板，引擎熄了火。

"唉，唉，曼蒂小姐，"路考官说，"你的大学文凭，大学……"

"滚蛋！"玛丽安大吼了一声。她猛地开动车子，车身剧烈震动一下。

笑容一下子从路考官脸上消失了。"请驶回我们出发的地点。"说着，玛丽安的申请表上被填满了"XX"。

艾立克森太太仍在满怀希望地等着。玛丽安把车停下之后，路考官跳了出来，在艾立克森太太面前粗鲁地掠过，怒气已不能掩饰。"怎么回事？"艾立克森太太大声问，随他走了好长一段。

玛丽安低头凝视着方向盘，嘴唇在颤抖。

"啊呀，玛丽安，又没通过？"艾立克森太太说。

"看起来，对我真的有些困难。"

195

狗的日子

——［美国］马克·斯特兰德

> 天还没亮，葛洛佛与妻子翠西却都醒着，
>
> 葛洛佛鼓起勇气把自己以前是狗的事实告诉了翠西，
>
> 并讲述了他经历的那段日子的快乐与悲伤。
>
> 在他没说完的时候，翠西就睡着了，
>
> 也许她并不看中真相，而只在乎彼此拥有。

　　葛洛佛·巴列特和他的妻子翠西都已经从睡眠中醒了过来，但那张床仍对他们有很大的吸引力，使他们不愿起床，就这样静静地躺着，盖着填满绒毛的浅蓝色棉被。天还没亮，葛洛佛侧过身子，细细打量他的妻子，她拥有一头茂密的金色的头发，使得脸孔看起来小了些。她的唇微微张开着，他想告诉她一些事情，但是他必须考虑到妻子的承受能力，这使他无法轻易开口。这件事藏在他心中很久了，现在他觉得必须说出来，如果现在不说，那以后就更不能说了。"亲爱的，"他说，"谈点事情好吗？"

　　妻子慢慢地转过身来，"葛洛佛，拜托，希望这次会说些让我高兴的事情，好吗？"

　　"我只想说，我以前是一个什么样的人。"

　　"以前是什么样的人，是什么意思？"翠西注视着他，问道。

　　"我的意思是说，亲爱的，我以前是一只狗。"

　　"你以为这是童话吗？"翠西说。

　　"我向上帝起誓，我没有。"葛洛佛说。

　　这句话显然吓坏了翠西。因寂寥而愈加凝重的沉默充塞了整个房间。表达爱的时间到了，翠西开始认真而不失亲密地看着丈夫。

　　"一只狗？"

　　"是的，一只柯利狗，"葛洛佛肯定地说，"我的主人住在康乃狄克州的一幢大房子里，他们是一个富有的人家。我在那里有很多伙伴，那时候自由极了。"

翠西调整一下自己的情绪，问道："你说'那时候'是什么意思？那怎么可能是'一段时间'？"

"确实是，尤其是秋天。世界的一切对我们来说都非常新鲜，我们可以尽情地呼吸那美美的气味。而烧树叶、烤核桃、烤派、大地冰冻前的最后一丝气息，都叫我们发狂。夜晚来临时，那一切就更加浪漫了：月色下蓝色光泽的石头、幽灵般的树丛、闪闪发光的草地。我们所感觉到的全是幸福与快乐。我们吼叫、咆哮、低吟，一次又一次试着找出那个正确的音阶，一个能追溯至我们数千年前的源头的音阶。一旦准确地抓住这个音阶，即是我们犬类淬炼出来的号声，就会是一种带有鼓舞的声音。我们的尾巴竖立在迫人的气氛之中，为我们失去的祖先、野生的自己而高唱。我不得不承认，我仍然对那段日子记忆犹新。"

"你是在告诉我，你不愿意和我继续生活了吗？"

"不是这样的，我只是说，在那些日子里，我的生命有极悲惨的一面。也许你不知道，我和一两个朋友站在刮风的小山丘上，为我们已失落的机敏与骄傲而哭泣乞求，这些象征着野性与骄傲的东西在我们被俘、被放逐到文明之中、被驯养的期间内，全被抹煞了。那时我曾经从最粗犷的吠吼声中，迷失了自己。我很思念我的朋友小花。它的头昂得高高的，脖子胀得粗粗的。它的声音总是那么的特别，它叫的时候，令人陡生寒意，哮着哮着，它的身影便被夜色吞没了。"

"你爱上了它，是吧？"翠西问。

"不，不是爱，我崇拜它。"

"不过，总有你爱的狗吧？"

"狗之间的爱是很难讲清楚的。"葛洛佛说。

"谈谈吧！"翠西说。

197

葛洛佛想了好久，又开口说道："好吧，有个弗萝拉，它有一头蓬松可爱的头发，是丹迪丁蒙小猎犬的母亲遗传给它的。和它那美妙的小躯体相比，我太粗犷了，不过还是……还有个茉莉儿，是只忧郁的爱尔兰撒特猎犬。还有伽丽，它妈妈是长毛的吉娃娃，它爸爸的背景太复杂了，一时讲不清。它很机灵，为脱掉身上的那件格子尼背心想尽了办法。它和一只蛮聪明的杂种狗——一半是中型牧羊犬，一半是腊肠狗——私奔了。以后几个月里，我曾见到过她，但身边的'男友'已经换了。然后它走了，留在我记忆里的东西也就不多了。"

"还有吗？"翠西问。

"还有佩姬·苏，它是只德国的短毛猎犬，它的主人常在电唱机上放巴迪·霍利的歌。我们也很喜欢巴迪·霍利的歌，那真是棒极了。我们会立刻冲到门边，低声地叫，那样，我们也会被拉到电唱机前一起去欣赏歌曲。这种要求多半会得到满足！在洁白的月光下，我们是那么放肆！生活的一切都为我们而存在。"

"你说得那么好，那你为什么要……"

"最糟的时候是我的主人笑的时候，一下子，他们不再那样亲切了。他们轻软的谈话声调、严厉的命令，时常会使我们觉得不舒服。好像有某些东西从他们体内释放出来，而这些东西可以用强迫、自私来形容。而且他们一旦开始，就很难停下来。如果你经常受到这种待遇，你一定会后悔自己是狗，对于他所表达的意思我是越来越糊涂了。那是种模糊不清的声音，我完全不了解。要知道，熬过那些日子真是太不容易了。"

"你肯定吗？"

"我肯定，我感觉得到。"

"但是，如果你曾经是一只狗，为什么你现在是人呢？"

"一切都是有前兆的。当我还是只狗的时候，曾有些迹象显示我会变成现在这种样子。我开始不喜欢像同伴那样光着屁股在街上走来走去，而必须在公共场合做那些极为隐私的动作，这真是让我为难。看见母狗发情招摇以及我那些弟兄贪婪的样子，我甚至会脸红。我渐渐变得孤僻起来，每天都躲在窝里。而这些都不是狗的正常生活习惯。"

葛洛佛说完后，等着翠西开口。但他现在已经有点不知所措了，似乎自己的隐私全部不复存在了。他希望她能理解，对于一切的变化，他只能听天由命，这样的错乱乃是上帝给予的，你无法进行取舍。有时候，人们对于预期的事物会产生惊人的改变，而在这些改变之中，最能彰显出人性的狂乱不定。因为人只有极少时候是自己。葛洛佛开始觉得自己的一切都可以对别人讲，自己是坦坦荡荡的。翠西似乎困极了，没等他说完就睡着了。真相是可以忍受的，而且使她能在另一个晚上安然入睡的需要，比真相更重要。他们将在早晨醒来，像往常一样注视对方，他们永远不会再提今晚的话题，不是出于礼貌，也不是彼此体贴，而是因为每个人都不可能拥有完美无缺的人生，而正是那残缺的部分才使生命更加有意义。

幽默的自我独白

——［美国］普·戴伊

我的幽默为我换回了钞票和社会地位，
当我把它作为事业发展起来时，
我却成了众叛亲离的幽默家，
我感到非常失意，
后来我的幽默天才又一次派上了用场。

都二十多年了，它一直潜伏在我的身体内，我似乎都有些将它遗忘了。大家都说就是这种病。

不过大家管这种病叫幽默，而这个名字我比较喜欢。

大伙"合资"买了礼物送给董事长，祝贺他的五十大寿。我们一窝蜂似的挤进董事长的办公室。

我成为了致辞人，而且这致辞耗费了我几乎一个星期的时间。

每个人都非常喜欢我的发言。其中充满双关语、警句和插科打诨，每次都博得满堂喝彩，尽管我们的五金店是绝对坚固的，但我肯定在欢呼中，它震动了一下。

董事长高兴坏了，同事们也因此而开心异常。

从那天上午九点半起，大伙就都管我叫幽默家。

随后的几个星期里，我的同事们将我说得越来越厉害。他们一个接一个跑来对我说：老兄，你真是个天生的演说家，以前那些演说家也没你那么优秀。

我认为我应该为他们保持这种幽默感。公司要求别人对生意上的事和日常的话题只要能说个明白也就可以了，对我则要求很严。他们希望我对陶器也说些笑话，甚至对着窗户或别的什么也要这么做。我是店里的副会计，要是我拿出一页资产负债表而没有对总额发表一通滑稽的评论，或者无法对损益表进行幽默攻击，那店员们一定会非常失望。

大家一传十，十传百，我变成当地的一个"人物"。我们的城市小得很，所以不消多久，便满城皆知。当地的报纸上常常引用我的话，这使我的虚荣心也得到了满足。

幸好我确实拥有真才实学，可以应付突如其来的种种问题。我在实践中培养并促进这份才能，而其本质却是与人为善，只是嘻嘻哈哈的小打小闹。人们看到我走过来就露出微笑，而当我们碰面时我已经成竹在胸，能让他们哈哈大笑起来。

我属于早婚，已经有了一个可爱的三岁男孩和一个五岁的女孩。不用说，房子不太大，家具不豪华，但过得还算不错。在五金行业当一名会计，薪水很有限，当然没有供我挥霍的多余的钱财。

我最近又有几个创意，放着怪可惜的，因此寄给刊登这类文字的杂志。当然，结果是不言而喻的，而且我还成了投稿的常客。

有一家编辑社给我寄来几封信，他建议我投寄一栏篇幅的幽默文章，并且暗示说，我将有机会在报纸上拥有自己的一个专栏。我照办了，两星期以后，他又提出，要我与这个专栏签订一个合同，为期一年，稿酬当然是十分丰厚。

这对我来说是天大的好消息。我的妻子——路易莎已经在心里为我文学上的成功而欢喜不已。当天晚餐我们吃了龙虾炸肉丸，喝了名牌葡萄酒。也许是我改变生活的时刻到了。我同路易莎非常认真地讨论了这件事，最后我决定离开那家五金店，将玩幽默当做我真正的事业去发展。

第二天，我便向公司提出辞职。我的同事们为我举行了一个告别宴会，我在会上的讲话诙谐幽默，报纸立即全文刊登，又一笔丰厚的稿酬到手了。第二天早晨，我醒过来看看钟。

"哎呀，晚了！"我喊道，急急忙忙穿衣裳。路易莎提醒我说，昨天我已离开了那家五金店。我现在是专职幽默家。

早餐后，妻子给我展示了我未曾目睹的未知空间。乖乖！房间里摆着我的桌椅、稿纸、墨水、烟灰缸，还有一个写作人所需的其他用品，桌上还有日历、词典及一小袋巧克力，因为吃甜食会给我增加灵感。真是了不得！

我迫不及待地坐下来。墙纸上的图案是阿拉伯式或者伊斯兰式的——也许只是些不规则四边形。看着看着，我正要准备幽默。

一个声音使我一惊——那是路易莎的声音。

"你要是不太忙的话，亲爱的，"她说，"我是说，午饭已经准备好了。"

我瞧瞧表，可不，现在已是中午了。我只好去吃午饭。

"你得慢慢来。"路易莎说，"不管是歌德，还是拿破仑都曾经说过，脑力劳动一天五小时就足够了。下午也许我们应该去散散心，放松一下。"

"我确实有点累了。"我承认。因此我们就去逛树林。

随着一天天地过去，我的稿子写得越来越快，不到一个月我就一篇又一篇地写出来了，而且质量我都满意。

成功是必然的。我在周刊上的专栏取得轰动效应，评论界里一些有名人物也对此大加称赞。我又向其他出版社投稿，也获得了同样的效果。

我越来越发现，我天生该做这行：我能将一个可笑的意见写成一则两行的笑话，挣得一块钱。重新组装并用新的词语又能挣几块钱。你再把那料子翻个个儿，用韵脚镶上边儿，它又成了一首诙谐的应酬诗，总之，只要我稍加改动同样的东西会千变万化，而且你永远不会在意，那其实是同一个东西。

家里的一切都随积蓄的增多而焕然一新。从此，我成了城里比较有地位的公民，以往的伙计生涯一去不复返了。

半年后，我出了些问题，讥讽和笑料不再能随随便便地脱口而出，有时甚至会费我很大的劲。我发现自己必须常常倾听朋友们的谈话，从而积累些有用的东西。有时候我瞧着墙纸，咬着铅笔，一坐几个小时，但效果并没有以前那么好。

慢慢地，我成了朋友中最不受欢迎的人。似乎我和他们呆在一起总是别有用心的，要是有一句机灵的话、一个风趣的比喻、一种俏皮的说法从他们嘴里掉下来，我就会像猎犬一样跳过去接住。甚至会当面或背后用小本子详细记录，以备不时之需。

我举止的异常似乎已经不是个秘密了。从前我给他们提供欢乐和消遣，现在我掠夺他们。我现在的言语不想再博得他们一笑，因为我的思想被禁锢起来了。他们也不再等待我的笑话了。

我就像那条忧郁的列那狐，习惯赞美乌鸦的歌喉，而仅仅是为了吃肉。

几乎所有的朋友都开始躲避我。微笑离我越来越遥远，而且这种状况一直持续着。

只要我呆在那里，不论什么人、什么地方、什么时间、什么事物，都难免受到我的掠夺，甚至在教堂里做礼拜，我也不会放松自己的大脑与手中的水笔。

当牧师哼出长韵律的颂诗《荣耀颂》，我立即跟着哼哼："荣耀颂——大成功——讲格律——喜相逢。"

各种各样的话语一经我大脑筛选，其中的营养已为我所用。

我身在教堂，心却不在，我想到的是关于女高音、男高音和低音互相忌妒的一则古老的笑话，希望能够成为一篇新的作品。

我的战场蔓延到了家里。妻子原是个十足的女性，坦率、任性、富有同情心。她曾给过我许多帮助，她的想法向来是快乐的源泉。现在，为了资料，为了我的事业，我不再关心她的谈话，而只抓住其中的词语。

我发现这样做也算是一个不错的主意。对于我的引诱和激励，她丝毫不加防范。

我就让它在冷冰冰的、极其寻常的铅印的篇页上与公众见面。

我现在成了以写作为业的犹大，一边吻她，一边背叛她。为了几枚银元我利用了她对我的信任，无情地将她出卖给报社，然后公之于众。

对于妻子，我总是那么自私，残忍得像伏在羔羊身边的狼，连她在睡梦中发出的呢喃软语都侧耳谛听，希望能换得几板银元。更糟糕的事还在后头。

当妻子已被剥夺殆尽时，我的一双儿女是我的下一个目标。

盖伊和维奥拉的幼稚而奇怪的思想和语言又为我增添了灵感与财富。我为这种幽默找到现成的销路，给一家杂志的固定专栏《童趣》长期供稿。我开始用一天大部分发时间将他们留在身边。当他们玩耍的时候，我会藏在沙发后面或门背后，或者爬在院子里的矮树丛里，静静地聆听。此时，我的工作方法已具备了一切"坏"的特征。

我一点灵感也没有，而报社正在催稿，我就藏在院子里一堆落叶下面，因为我知道他们要到这里来玩。我怎么也不相信盖伊会知道我藏身的地方，而且他们还用火攻，烧了我的衣服和我对他们的邪恶思想。

很快，我也失去了孩子们的信任。有时候，当我像个孤独的盗尸鬼那样窥视他们的时候，我会听见他们窃窃私语："爸爸来了。"接着就开始了同我的游击战，难道我无法改变这一切吗？

至少我挣的钱仍很多。存折里的存款也在增加。

同样，我损失得也不少。我不大清楚当流浪汉是怎样的滋味，不过我和他也相差不远了。我没有朋友，没有娱乐，没有生活的享受，就连家庭的温暖也感受不到了。我变成一只蜜蜂，从生活的最美丽的花朵里吸出的是不洁的蜜，为了不被我攻击，人们像躲避灾难一样躲着我。

有一天，有个人带着愉快而友好的微笑同我打招呼，我兴奋极了，因为好久没这样过了。那是我路过彼得·赫夫尔鲍尔开的殡仪馆，彼得站在门口同我亲热打招呼。我本能地停住了，同时走了进去。

天气又湿又潮，前面屋子太冷了，我们走进后间，一个小炉子生着火。来了一个顾客，彼得让我独自呆一会儿。我产生了一种莫名其妙的感觉。我环顾这屋子，屋里有一排排花梨木骨灰盒、黑色的棺罩、棺架、装饰灵车的羽毛、葬礼用的旗幡，总之丧葬该有的东西都一应俱全。这里的气氛让人极为平静、有条不紊，我的头脑变得异常冷静。濒临生命的边缘，无论是谁都会在这里走一遭的。

当我进入里面，生前的一切苦恼与不快全离我而去。我根本不想从那些阴沉而庄严的丧葬用品中探求什么幽默。我觉得自己非常舒服而且全身放松，好久都不曾有过这样的感觉了。一刻钟以前我还是一个众叛亲离的幽默家，而此时，我却一下子变成了一个十足的哲学家，我找到一个躲开幽默的避难所，不必绞尽脑汁去讽刺挖苦，不必不顾尊严地去偷去抢，以至于使讨厌我的人躲避我。

我还不大了解彼得。他回来以后我让他先讲，就怕他的谈吐破坏气氛，成为甜蜜的挽歌般的合唱中的一个不和谐的音符。

出乎我的意料，一切都进行的非常顺利。我快活得长长地舒了一口气。他的谈吐平淡至极。平淡得就连死海也无法相比。没有一丁点儿火花或智慧的闪光损坏他的言语。从他嘴巴里流出来的尽是俯拾即是的陈词滥调，好像他从来不知道笑是什么意义。我不禁为之一震，原来他根本不明白微笑是什么。而我开始喜欢这个人了。

每个星期，我总有两三个晚上来到彼得那里，在他的后屋里盘桓。这让我可以充分的放松。我从此早早起床，急急忙忙做完我的工作，希望这种放松更加充分更加完美。只有在他这里，我才能摆脱从周遭事物中吸取幽默成分的习惯。其实从彼得这里是无从下手的，只好作罢。

我的精神与信心一天天地恢复过来。看来我在这里得到了精神上的休息。如今我在街上碰到一两个老朋友，或者投以一笑，或者说一句令人愉快的话，都会轻而易举地达到以往的效果。而这种待遇也给予了我的家庭。

我不再拼命工作，而是开始热爱假期。我开始减少我的工作量。写作不再像过去那样对我是负担和痛苦。我常常坐在桌前吹口哨，然而丝毫不影响效果。殡仪馆是我每天必去之处，这对我来说已经成为了一个习惯。

我的秘密行动使妻子起了疑心。

我是想把这种事作为我永久的秘密：女人不理解这种事，可怜的姑娘！她还是不知道的好。

有一天，我带回家一只银质的棺材把手做镇纸，还有一片毛茸茸的灵车的饰羽用来在纸上掸灰。

我喜欢看到这两种东西放在桌上，这样也许可以使我感到视觉上的暂时放松。可是路易莎发现了它们，她快要昏过去了。我只好安慰她，随便乱说了点理由。不过我从她的眼里看出她的疑虑并没有消除，所以好长一段时间我都没用这东西。

那天，彼得·赫夫尔鲍尔认真地和我谈了件事，我吃惊极了。他以一贯通情达理而又平平常常的态度让我看他的账簿，看来他的生意非常红火。他想找一个有钱的人合伙当股东，他宁愿找我入股而不找他认识的任何人。当然，我给了他一大笔钱，从此这馆里的工作我也有了一份。

回家的心情是愉悦的，当然也夹杂着一点点疑虑。我不敢将此事告诉妻子，但我仍禁不住偷乐。不必再写那些幽默的东西了，重新来享受生活的苹果，这次

203

不是把苹果榨得稀烂，也许只要几滴苹果汁就可以解决大问题了。

晚饭，我收到了几封来信，有几封是退稿。自从我第一次去到彼得那里时，我的稿子就一直被退回。最近我倒是一气呵成地写出笑话和文章，写得极其流利。从此也就没了自己的写作作风。

我打开了第一家杂志社的信。这家周刊给我每周的文章开的支票是我家生活的主要支柱。来信内容如下：

亲爱的先生：

如你所悉，我们一年的合同本月即将到期，而且暂时不会与您签订第二份合同，请您谅解。你的幽默风格曾使我刊大部分读者感到愉快，对此我们表示感谢。不过最近两个月，相信您也发现，您稿子的质量大不如前了。

你的早期作品呈现出自然流畅的诙谐与风趣，近来的则显得构思枯涩、雕琢过甚、缺少说服力，相信这都是我们不愿意见到的。

请停止来稿，为此再一次表示歉意。

编者谨启

我将这封信递给妻子，她看后显得非常沮丧。

"真是太过分了！"她气得直叫，"他们一定又找到新的摇钱树了。其实你只需花过去的一半时间替他们写。"接着，我猜想路易莎想到不再有支票寄来了，便哀叹道："难道又要回到以前的日子吗？"

204

而我却欢乐地跳着波尔卡舞。路易莎以一副呆呆的神情盯着我，以为我疯了。孩子们倒希望我这样，因为他们跟在我后面狂奔，欢快地随着我的步子狂舞，说实话，我现在很开心。

"今天夜里我们上戏院！"我喊道，"对，就这样，然后大家到王宫餐厅去狂吃一顿。伦普蒂——迪得尔——迪——迪——迪——登！"

于是我宣布了我的新事业和将来可观的收入，我过去写的笑话可以丢进麻袋付之一炬了，对于这种被炒的事情，我无丝毫心疼。

妻子回来盘算着，证明了我此举的正确，她无法提出反对理由，除了几点温和的意见。我当然开始了自己的事业新旅程，例如彼得·赫夫尔鲍尔的小小的后屋——哦，不，现在是赫夫尔鲍尔公司了。

总而言之，我做着殡仪馆的生意却能成天笑呵呵，这在我们的城镇里绝找不出第二个来。我的笑话又一次名噪一时，广为引用。我又能从妻子的知心话里取得快乐，而不夹杂一点生意经。当盖伊和维奥拉在我腿旁游戏，散播珍贵的孩子气的幽默时，我也会像个孩子一样和他们追打嬉闹，而不会心存任何想法。

生意从未清淡过。我记账并照看店铺，彼得管外勤。他认为我主内也许最好不过了，因为我那特有的幽默会起很大的作用。

一个官员的死

—— ［俄国］契诃夫

庶务官切尔维亚科夫在看戏时打了个喷嚏，

喷了卜里兹查洛夫将军一身唾沫星子，

于是便无数次地跑去解释，将军对此烦透了，

盛怒之下将他赶出了办公室，他回到家竟惊惧而死了。

在一个挺好的傍晚，有一个同样挺好的庶务官名叫伊凡·德密特里奇·切尔维亚科夫，正坐在戏院正厅第二排，用望远镜看戏剧《哥纳维勒的钟》。他凝神瞧着，觉得幸福极了。可是忽然间，他的脸皱起来，他的眼睛眯缝着，他的呼吸止住了……他从眼睛上拿掉望远镜，两只手挡住了鼻子，于是……"阿嚏!!!"事情再明白不过了，他打喷嚏了。不管是谁，也不管是在什么地方，打喷嚏也算不上是多么出格的事情。乡下人固然打喷嚏，巡官也一样打喷嚏。就连枢密顾问官有时候也要打喷嚏。只要是人都会打喷嚏。切尔维亚科夫并没有因此而手忙脚乱，他拿手绢擦了擦脸，而且像有礼貌的人那样，往四下里看一看：他的喷嚏究竟搅扰别人没有。也就是这一看使他紧张起来了。他看见坐在他前面正厅第一排的一个小老头正在拿手套使劲擦自己的秃顶和脖子，口中似乎还在念叨着什么。切尔维亚科夫认出那个小老头是卜里兹查洛夫，一位在交通部任要职的将军。

"他会不会发难呢!"切尔维亚科夫想，"他不是我的上司，是别的部里的，不过那也还是难为情，还是先说声对不起吧!"

切尔维亚科夫咳了一声，把身子向前探出去，凑近将军的耳根小声说：

"对不起，大人，我把唾沫星子溅在您身上了……请相信，这只是意外。"

"不要紧，不要紧……"

"看在上帝面上，原谅我。我本来……我不是故意要这样的!"

"唉，别把那事情放在心上! 看戏吧!"

切尔维亚科夫非常尴尬，傻头傻脑地微笑着开始看戏。他看啊看，根本无法将注意力集中在戏上。他开始惶惶不安，定不下心来。到了休息时间，他走到卜

205

里兹查洛夫跟前，在他旁边转了几圈，压下自己的胆怯，走上前说道：

"我把唾沫星子喷在您身上了，大人……请您原谅……我本来……出于无意……"

"唉，够啦……我已经忘了，你可不可以也忘记呢！"将军说，他的眉毛使劲地皱了一下。

"已经忘了，可是他的眼睛里有一道凶光啊，"切尔维亚科夫怀疑地瞧着将军，暗想，"而且他不愿意说话。我必须向他再次解释，说明我完全无意……说明打喷嚏是自然的法则，要不然他就会认为我有意唾他了。这太重要了，这关系着部与部之间的团结……。"

回家以后，切尔维亚科夫就把自己的失态告诉了他妻子。他觉得他妻子或许会有点好的主意。她先是有点惊吓，可是等到听明白卜里兹查洛夫是在"别的"部里任职以后，也就恢复了平常心态。

"不过呢，你也还是去赔个不是的好，"她说，"礼多人不怪嘛！"

"说的就是啊！我已经赔过不是了，可是不知怎么他那样子挺古怪……一句好话也没说。他的眼睛一直盯着戏，压根儿没看我一眼。"第二天切尔维亚科夫将自己全身上下收拾得整整齐齐，去卜里兹查洛夫家里解释……他一走进将军的接待室，就看见那儿有很多来请示事情的人，而将军在他们中间忙得不亦乐乎。将军忙过一阵后，抬起眼睛来看着切尔维亚科夫。

"要是您记得的话，大人，昨天在戏院里，"庶务员开口讲起来，"我打了个喷嚏……不小心喷了您……请原……"

"真是胡闹……上帝才知道这是怎么回事！您有什么事要我效劳吗？"将军对另一个请示事情的人说。

"连话都不愿意与我多讲！"切尔维亚科夫暗想，脸色惨白了，"这是说：他生气了……不行，我一定得镇定……我要跟他说明白才行……"

等到将军跟最后一个人谈完话，正要走进内室去时，切尔维亚科夫又走过去跟在他后面，喋喋不休地说道：

"大人！要是我斗胆搅扰大人，那我现在已经是百分之一百二十的懊悔了！"

"……那不是故意做出来的，请您务必相信才好！"

将军一脸的无奈，摆了摆手。

"哎呀，您简直是跟我开玩笑，先生！"他说完，就走进去，很快就把门关上了。

"这怎么会是开玩笑？"切尔维亚科夫想，"根本就没有开玩笑的意思呀！他是将军，可是他竟不懂！既是这样，我也不愿意再对这个摆架子的人赔不是了，去他的！我可不想再见这个讨厌的人了，当然，我得给他写信继续说明那天的事情。"

切尔维亚科夫这么想着，走回家去。他给将军的信没写成。他想了又想，怎么也想不出来这封信该怎样写才好。他只好第二天再亲自去解释。

"昨天我来打扰大人，"面对将军无奈的眼神，他又喃喃地说，"可不是照您所说的那样是为了开玩笑。我原是来赔罪的，因为我在打喷嚏的时候喷了您一身唾沫星子……那怎么可能是一种玩笑呢？我哪儿敢开玩笑？要是我们沾染了开玩笑的习气，那可就会……失去……对人的尊敬了……"

"滚出去!!"将军忽然大叫一声，看来将军真的气坏了。

"什么?"切尔维亚科夫低声问道，吓得呆如木鸡。

"现在!!"将军顿着脚又喊一声。

切尔维亚科夫的心像灌了铅一样。他什么也看不见，什么也听不见，退到门口，走出去，到了街上，一路磨磨蹭蹭地走着……他呆滞地走到家里，没有脱掉制服，往长沙发上一躺，就……死了。

青蛙旅行记

——［俄国］弗·米·迦尔洵

聪明的青蛙说服了野鸭带它去异地旅行，

经过村庄时跌落在池塘里，

此后他便向同类吹嘘自己的壮举。

而对于野鸭来说，少了青蛙就是少了个累赘。

在遥远的地方，有一只健壮的青蛙。它歇在一个泥塘里，每日过着与普通蛙一样的日子——捉蚊子和小虫。到了春天，它就和伙伴们一块儿呱呱地大声叫着。它的一生也许就会这样平淡地度过，——当然啦，假若鹳不把它吃了的话。不料发生了一件事情。

有一天，青蛙蹲在一截露出水面的树桩上，任凭温温细雨打在身上。"啊，潮湿的天气多好啊！"它想，"生活就应该是这样的。"

湿湿的牛毛细雨轻轻抚摸它的背部，它感到那么美妙，那么舒服，时不时地呻吟几声。不过幸好它还记得：眼下已经入秋，蛙的叫声也应该守规律的——要叫得等到春天，如果它现在叫唤，那便有损自己青蛙的尊严。所以它赶紧把嘴闭紧，继续感受美妙的细雨。

空中传来了一阵阵飞禽的声音。是一种野鸭，它们飞来的时候，翅膀劈开空气，声音就像是吹着破旧的口哨。"咻，淋，淋，咻。"每当这种野鸭成群结队地在你头上高高飞过的时候，这种声音就会在空中频繁响起。鸭子飞得很高，蛙必须要很仔细地看。这一次野鸭子划了一个很大的半圆，轻轻地落下来，呆在离蛙不远的地方。

"呷，呷！"一只野鸭叫道，"路还远着哩，得找点东西填饱肚子。"

青蛙赶快藏在了水草里。虽说它也知道，野鸭是吞不下像它这样又大又肥的青蛙的，不过为了保险起见，适当的保护总不会有错的。随后，它经再三考虑，还是决定把它那个长着一对鼓泡眼的脑袋探出水面：它似乎对这些野鸭的去向非常感兴趣。

"呷，呷！"另一只野鸭叫道，"天越来越冷啦！快回南方去！快回南方去！"

而且这得到了全体野鸭的响应。

"诸位鸭太太们！鸭先生们！"青蛙壮了壮胆说，"为什么要长途跋涉去南方？如果你们愿意的话，可以跟我说说吗？"

野鸭一下子围了上来。开头它们倒真想吃了它。但他们似乎也意识到了，青蛙太大了，它们的喉咙太小了。于是，所有的野鸭拍打着翅膀，齐声叫起来：

"南方可好啦，那地方现在也暖洋洋的！那儿的泥塘又可爱又暖和。那的食物应有尽有，真是棒极了！"

它们嚷嚷不休地夸着南方种种的好。青蛙好不容易才说服大家不要作声，并请其中的一只野鸭——在它看来，这只野鸭颇具领导气质——介绍一下南方是怎么回事。等那只野鸭讲完了南方的情况，青蛙的心里早已飞向了南方，而且它又补充问了一句对它来说很重要的事情：

"那儿真有许多小虫和蚊子吗？"

"你一辈子也吃不尽！"一只野鸭回答说。

"呱呱"青蛙叫了一声，但又急忙转过头来，瞧瞧近处有没有它的伙伴，唯恐它们听见了会斥责它不该在秋天里鸣叫。因为这个消息实在太令它兴奋了。

"我也要和你们一起上路！"

"这就怪了！"一只野鸭惊叫道，"你不会飞，我们自己都顾不过来呢！"

"你们什么时候出发？"青蛙问道。

"快了，快了！"野鸭都叫了起来，"呷呷！呷呷！这样的破天气！回南方去！回南方去！"

"请允许我考虑五分钟，"青蛙说道，"我要去南方，而且一定不会拖累你们。"

青蛙很快地潜入水底，一头扎进烂泥浆，把整个身子埋在里面，看来这是它一贯的思考方式。五分钟过去了，野鸭已经准备起飞，突然，青蛙从刚才歇着的那根细枝旁的水里探出头来，"办法总会有的。"青蛙说，"请你们中间的两位各自叼住一根树枝的两头，我呢，在当中咬住它。这样我就可以和你们一起飞了。只要你们不呷呷叫，我也不呱呱叫，那么就一定不会有任何意外发生。"

这只青蛙虽说不算很重，可是带着它飞上几里，还得不出声，野鸭们似乎有些为难。但青蛙的想法的确独特，于是它们一致同意把它带上。它们决定两个钟头换一次班，因为正像一则谜语所说，野鸭有那么多，再加上那么多，再加上一半的那么多，再加上四分之一的那么多，而只有一只青蛙。所以，每只野鸭的工作量并不是很大。它们找了一根很好的结实的树枝，两只野鸭各自叼住它的一头，青蛙则咬着树枝吊在当中。旅行开始了，它们带着青蛙飞得那么高，这使青蛙兴奋极了。

开始，两只野鸭飞得不齐，老是扯动树枝，可怜的青蛙只得在空中晃荡，身体完全不受自己控制。它拼命咬紧牙关，免得从空中跌落。不过，这种状况很快就使青蛙习以为常了。它甚至开始关心周围的风景了。虽说这些景物它也很难看清，因为它既然吊在细树枝上，只能看到后面的和稍稍偏上的东西。但它毕竟经历了其他伙伴没有见过的世面，这使它的虚荣心心得到了极大的满足。

"我真是聪明!"它暗自思忖。

一对野鸭带着青蛙在前头飞，跟在后面的野鸭子们一边飞，一边吵吵闹闹地夸着青蛙聪明。

"真是一只聪明的青蛙，"它们说，"从未想到过它会这么聪明。"

青蛙简直忍不住要谢谢它们。但是它提醒自己：只要一张嘴，自己就会送了自己的命。就这样，青蛙晃荡了整整一天，因为带它的野鸭灵巧地交接树枝，全在飞行中换班。这么高难的动作可把我们的主角吓坏了。这确实需要点勇气，而青蛙是有勇气的。傍晚时分，大伙儿落在一个泥塘里，只有一个晚上的休息时间，第二天一早，它们又上路了。不过，这一次旅行家为了更好地观赏沿途风光，在咬树枝的时候，顺带把姿势也摆正了。野鸭在收割庄稼的田地上空、在树叶变黄了的林子上空、在堆满了粮垛的村庄上空飞过，到处都有辛勤劳动的农民。人们瞧着这群野鸭，发现其中有点异样，都用手指指点点的。青蛙多么希望飞得离地面近一些，好将自己的绝顶聪明展示给人们。等下一回休息时，青蛙说：

"飞低一点儿吧，我感到有些头晕。"

野鸭照蛙的话去做了。第二天，它们飞得很低，这一回，人们的议论声可以被清楚地听见了。

"瞧！瞧!"一个村子里的孩子们叫道，"野鸭子带着一只青蛙!"

青蛙听到这喊声，心里像开了一朵野百合。

"瞧瞧!"另一个村子的大人叫道："这真是百年难得一见!"

"他们不会认为是这些野鸭想到这些主意的吧?!"青蛙想道。

"瞧！瞧!"又一个村子里的人们叫道，"真是桩怪事！这个主意一定是哪一只聪明的野鸭想出来的。"

骄傲的青蛙忘记危险，张大嘴巴叫喊：

"是我！我!"

接着便是个漂亮的自由落体。野鸭都呷呷地大叫起来，野鸭试图在半空托住青蛙，但没有托住。青蛙张开四腿儿，急速地朝地面栽去。青蛙并没有从它刚才叫喊的地方笔直掉到那条硬梆梆的路上，而是掉在离那里很远的一处地方，这对它来说算是万幸，因为落点是个很厚很厚的烂泥塘。

就连这种时候，青蛙还是没忘记"提醒"大家：

"是我！是我想出来的！"

但没有谁去听，泥塘里的那些青蛙被这突如其来的扑通声吓坏了，没有一个来迎接这位新人。当它们重又露出水面的时候，都好奇地看着这个大吵大嚷的家伙。

从此，青蛙就吹起了牛，说它一辈子如何费尽心机，终于发明了一种崭新的、不同寻常的办法——让野鸭带上它四处旅行；说它如何弄到了供它驱使的野鸭，而这些野鸭对它是唯命是从；说它如何游览了美丽的南方，那是个天堂，食物供应充足，一辈子也吃不完。

"路过这里时看到了你们，我想不探望自己的同类一下是讲不过去的。"青蛙说，"我要在你们这儿待到春天，然后，野鸭会来接我走的。"

现在，野鸭已经到了南方，它们并没有把青蛙的失踪当回事，只当是少了个累赘。

大操大办的婚礼

—— ［前苏联］ 济斯金德

> 如今办婚礼兴起了大操大办，我的朋友也效仿，
> 这位准新娘向我讲述了她的计划，
> 并在临别时嘱附我开上气派的汽车，
> 带上钱，以备当天的不时之需。

在我眼前的这个女人年纪并不轻，那身装扮以我的水平无法恰当的形容。她满面春风地闯进我的房间，并郑重其事地对我说：

"阿列克谢·帕雷奇，我要做新娘了！就在明天！"

"恭喜恭喜，衷心恭喜你！"面对人家这样的好事，我通常是这两句好话。

"谢谢！谢谢！你是我的知己，我们认识那么久了，我想您一定能赏光的……"她娇声媚气地说道。

"当然，当然。"我点了点头。虽然我明天想做的事情很多，而应邀的则是我们俩——我和我那辆久经风雨的"莫斯科人"小轿车。说实话，她大概对我的车比对我这个人更感兴趣。

"那么……12 点在婚礼宫举行结婚仪式，然后休息。晚上在'小铃铛'餐厅举行喜宴。二楼乙厅……"

"要不要喝点什么？"我客气地说。

"我倒很想，不过今天我实在是太忙了。"准新娘说着，在椅子上坐了下来，"我跟你说，婚礼规模很大！大得惊人，为那'小铃铛'就得花一千二百卢布！"

"多少？"

"一千二百卢布！"准新娘有些感慨，"有 90 位客人！每人一份小吃，每人一份烤羊肉或烤鸡，这还不算，吃了冰淇淋，还得喝汽水。我希望那天，客人们会收紧肚子才好！"

"这的确是一笔不小的开支。"我摇了摇头。

"有什么办法呢，还好我有钱。早先我第一次出嫁时，婚礼哪有像现在这么办的，向来是以简简单单为主调。第二次也是这样。如今办婚礼都得大操大办！结婚礼服，长头纱，出租汽车，都要精心修饰一番，就像它们也要结婚似的。"

"一点没错！"

"你知道吗？我不得不这样做。藏拉奇卡·科兹洛图罗娃结婚时，有60个客人……我总得弄得比她强吧！我可不能给比下去！顺便告诉您，她也要来的！她可不能错过这重要的时刻。让她开开眼，瞧瞧别人是怎样结婚的。"

"你们最好登记一套合资住房。"

"用不着！我丈夫已购置了一套很棒的住房，工厂出了一半的钱。"

"家具呢？"

"那也不成问题。我们说好了，由厂工会给他一个电冰箱，我出一部电视机。我丈夫的同事凑份子送张沙发床，我的女友们送台落地灯。家具是绝对不缺的！"她突然压低嗓门，"老实说，我们就连婚礼也想花国家的钱，可是又不符合一些标准，别种方式的婚礼现在又没有。所以，钱还得花一些，再心疼也得花呀！"这位精明的女士又一次感慨起来。

"是啊，你们搞这么大的排场……"

"我们必须顺应潮流啊！您知道斯捷潘可夫夫妇吗？喜事办得倒是简单朴素……结果呢？背后遭很多人骂。而洛博格列伊金两口子的婚礼却让全市的人至今记忆犹新，被人们当成范例。"

"可是我听说，他们已经离婚了。"

213

"是啊！而且结婚所欠的债至今还没还清，但起码疯狂了一次呀！可我，您可别跟人说，要给每个客人送一份纪念品：郁金香绢花，一卢布一枝。您可以想象——会使大家惊喜若狂！可至今的人都这么做！"

几分钟后，这位预备新娘决定离——开了。

"那么，请您一定光临！"她微笑着说，并着重提了一下，"您是开您那辆'莫斯科人'到婚礼宫吧？"简直是意料之中的事情，她最后添上一句："我丈夫的父母和我的理发师要跟您一块儿去。"我仍保持自己的微笑。

"好吧！"我答应了。

"噢，还有最后一点！我完全把它忘了，请带上二百到二百五十个卢布。"

"送礼吗？"

"以防万一啊……万一钱不够，如果您不帮我，我真不知道要谁帮忙才好！"

"好吧！"我答应着，赶紧将她送到了门外。

预　演

——［前苏联］顿巴泽

我去拜访阔别了十五年的老朋友，

然而在他的家里，

我却看到了两个孩子扮演的闹剧……

　　我和他是老同学并且是老同桌、老战友。上学时常常上课淘气，不听讲课，而考试后我们又一起参加补考。

　　那已是十五年前了。十五年前分别后，都各自忙碌着，从未碰过一次面。今天，我终于怀着激动的心情登上了四层楼——他的住所。

　　不知他变成什么样子了？

　　我激动地按了一下电铃。

　　"不怕烂掉你的臭爪子，可恶的东西！震得整个房子嗡嗡响。你难道到死才能改变那种可恶的行为吗？"里面传出一阵叫骂。我脸腾地一下红了，连忙把手塞进口袋。前来开门的是一个淡黄头发的女孩，个子矮矮的，脸上长满雀斑。

　　"努格扎尔·阿马纳季泽在这儿住吗？"

　　"你说的是我爸爸呀！"

　　"哦，太好了，你好小姑娘，我是绍塔叔叔，我和你的父亲是非常好的朋友。"

　　"噢，您请进来吧……玛穆卡！有人来找爸爸了。"女孩朝里边喊了一声，领我进了屋子。

　　从里面冲出一个大约六岁的小男孩，浑身是墨水污迹。

　　"你的爸爸妈妈呢？"

　　"不在。不过，他们也快回来了。"

　　"你们在做什么呢？"我问。

　　"我们在玩'爸爸和妈妈游戏'。我当爸爸，姆济姬当妈妈。"玛穆卡对我说。

　　"那好吧，你们继续玩吧，我不妨碍你们。"我悠闲地抽起了雪茄，"不知道努格扎尔过得怎么样。"我寻思着:"生活的舒心与否,人是不是还和以前一样?"

我被孩子们尖利的喊叫声吓了一跳。

"喂,孩子他妈!今天吃什么?我可是饿坏了!"玛穆卡问道,显然是模仿某个人的腔调。

"吃个屁!我还想问你呢,我用什么做饭?什么也没有!"

"你的嘴可真厉害!骂起人来活像个卖货的娘儿们!"

"你担什么心!在饭馆一坐,就能吃个酒足饭饱……让我们怎么过?"

我有些受不了了。

"说你昨晚干什么去了?说!"姆济姬握着两个小拳头,叉腰站着。

"这个是私人的问题,你用不着过问!"

"什么?这叫什么话?好吧,你以为我不知道你在外面的风流韵事吗?真让人恶心!"

"神经病?!"

"我受够了!够了!今天我就回娘家去!孩子和我走!"

"那可不行,要走,你自己走!"

"你想都不用想!"

"把儿子给我留下!"

"不行,我就要带儿子走!"姆济姬高声叫道。

"你听着,把儿子留下!否则,别怪我……"玛穆卡抱起枕头,一下子砸在姆济姬身上。

215

"好哇,你竟然动手打我?!畜生!"姆济姬抢起洋娃娃,朝弟弟狠狠回敬过去。两个人你来我往,活像一对吵架夫妇的进行式。

我急忙把她们拉开。

"孩子,你们真不知道害羞,你们都玩的什么呀?!"

"放开我,尼娜!"姆济姬突然朝我喊道,"你们永远不会了解这个混蛋畜生!我可是受够他了,没法跟他过下去了,我已经在他身上浪费了我的生命,可恶的东西!你们瞧,我已经这样憔悴了。"姆济姬用纤细的指头戳了戳她那玫瑰色的脸蛋儿。

"别听这个疯婆乱讲!"玛穆卡冲我说。

"立刻停止!"我实在控制不住地向他们大吼了一声。这一次倒挺灵验的。我喘过一口气,勒令两个孩子向我发誓,保证往后不再扮演他们的爸爸妈妈,然后我立即离开了那个"剧院"。

"看来,我朋友的生活很热闹,也很精彩!"我想,现在朋友根本不需要我的拜访。

在路途中

—— ［前苏联］拉　斯

我在陌生的城市问了一下路，
却要付一百九十卢布，
这使我惊悸万分。

我从未来过这座城市。出了旅馆大门，我随便叫住一个人。

"请问去市场怎么走?"

"三十卢布。"

"什么? 三十卢布? 干嘛?"

"您不是问路吗?"

"您不明白，我步行……"

"四十卢布，我就告诉您。"

"真有意思! 这么快就长了十卢布?"

"我说，十卢布买我的帮助，你只赚不赔。我们站着，而它在通货膨胀。"

"怎么能这样计算呢?"

"五十卢布，我就告诉您!"

"呸，您是个无赖!"

"再加一百卢布，道德损失费，您总共付一百九十卢布。"

面对这种家伙，我一时束手无策，于是掏出手帕来，擦了擦额头上的汗水。

"这块手帕是哪儿买的?"那人大声说道。

"七十卢布，我就告诉你。"

"为什么?"

"那好，二十卢布，我就回答您的这个问题。"

"您真会做生意!"

"侮辱人格，赔偿两百卢布!"

"侮辱人格?! 那怎么能算侮辱人格呢?"

"那好，一百卢布，恭维费！"

"好吧。现在来结一下账，"此人取出计算器，"您应当支付我一百九十卢布，我也付您一百九十卢布！那么您给五十卢布吧！我总不能白算一气吧！使用计算器也得收钱。这很费电的。"

我刚想付钱，但此人突然问道：

"请稍等，您是学什么专业的？"

"五十卢布，"我立刻说道。

"好，我们清账，您说。"

"我是作家。"

"请您牢牢记下我们所说的一切，写成文章，给我一半稿费。这是我的名片，不许隐瞒稿费收入。要知道我是有律师的。"

此人鞠躬告辞。

我有些无力的靠在排水管上。

"您怎么啦？身体不舒服？"从后面听到了一种体贴入微的声音。

"我所回答的问题，每个必须付一百卢布。我在去市场的路途上……"

入学考试

—— ［前苏联］谢·哈扎诺夫

学校新一轮的招生工作正在进行，
在对待新生柯斯佳的录取问题上，
学校女校长的表演丑态百出，
令人忍俊不禁。

在学校里一轮新的招生工作正在进行着，专业有英语、物理、经济。家长们焦急地在门外走来走去，学校外面停着他们的汽车。相比之下，孩子们反而没有那么紧张。

柯斯佳·柯洛托夫刚刚回答完问题，教师们便针对他的回答开始对他评分。首先发言的是女校长伊娜·阿尔卡吉耶芙娜。她说：

"我认为，很明显这孩子在天赋方面不是很好，对物理和抒情没有明显的兴趣，就连发音都有问题。所以，他不符合我们招生的条件。你们出去一个人，把这个意见告诉他的家长……另外，我还要明确一点，就是我们应该对此实事求是，家长一定要明确地知道孩子没有入学的实质性原因。这才是为人师表的真正体现。顺便提一下，入学申请表中，家长职业一栏为什么空着？"

教师们默不作声。

"嗯，这个，是这样的。伊娜·阿尔卡吉耶芙娜校长！"爱拍马屁的历史老师佐托娃讨好地说，"家长们的档案都收集到了，不过，锁在了教导主任的保险柜里了。昨天，她突然回老家，听说是家里捎信来说是她母亲病了，她走的急，因此也没来得及把她保险柜的钥匙留下来，她也真是的……"

"怎么会这样？太不像话了！"女校长提高嗓门道，"让我们在这种没有背景材料的情况下处理事情，还是头一次！不过这样也好，这样也对我们有利，我们可以让孩子完全发挥自己的特长，客观地对待他们。"

"柯洛托夫这个孩子……我记得，他父亲似乎是个经理，是美食店的。"历史老师佐托娃殷勤地说。

"你说什么？美食店经理？……哦，这下可真糟，什么也看不清，你们为什么不开灯呢？……我就觉得不对劲：这孩子脑子挺好使的，看看也还行，可是为什么刚才回答问题不行呢？他一定是太紧张了，也够难为他了。看着这么多的人的脸，让他发挥特长，回答问题，就是大人也会紧张的，更别说是个孩子了。"

"是啊！一定是这样。"佐托娃又补充了一句。

"可是，"英语老师仍坚持地说，"这孩子的英语实在太弱了，距离我们的要求太远了，连'double O'都说不出来！"

"你怎么这样挖苦一个孩子，达吉雅娜·谢米奥诺芙娜，我想你也不是在襁褓里就会说'double O'的！什么都是学会的嘛！"

正在这当儿，忽然有人说：

"不对……我记得美食店经理姓哥托夫，而不是柯洛托夫。"

"您能确定吗？"女校长的口气非常惊疑。

"当然。我因公事到他办公室去过，并且有好几次我们打过招呼。"

"是啊，我还觉得奇怪呢，"女校长叹了一口气说，"美食店经理的儿子怎么会瘦成这样？哪儿像经理的孩子呢？！另外，他的外语发音也够……不，我们的招生条件绝对不能放宽。你们出去后，就要不加掩饰地告诉他们的家长，让他们了解一下自己孩子的情况，就这样吧，好吗？下一个吧。"

一个教师从外面领进来了一个男孩，他面向众教师站定。

"别佳·扎伊采夫，对吧？"女校长心不在焉地问了一句，"好，就给我们朗诵一首诗吧，挑你喜欢的念。"

"'我的最讲究规矩的伯伯'。"别佳满怀激情地朗诵了起来。突然，历史老师发现新大陆似地叫起来：

"停！等一下，孩子。好像柯斯佳的妈妈姓柯洛托娃？她的名字不是叫让娜·谢尔盖耶芙娜吗？啊，我知道她。她的一个亲戚是外贸部的，是，就是她！"

"是吗？"女校长似乎一下子来了精神，"嗯！我说，这么早的天，你们干吗那么早就开灯？没有看见窗外还有阳光吗？……是啊，我想告诉大家，为人师表，我们总归要有些宽容之心，应该有点耐心。毕竟我们面对的只是一些孩子嘛！他们不是商店里的顾客。即便是顾客，也是需要耐心的，对不对？"

"我的最讲究规矩的伯伯，"别佳大声地开始背诵。

"停下，这个孩子，你先等会儿。"女校长不耐烦了，"去，到屋角先呆会儿，不许乱动。"

立即，她又转向佐托娃：

"现在，你马上去找柯斯佳的母亲，告诉她，就说刚才有些小故障，我们已收下她的孩子了，让她不要担心。其实这个孩子挺好的嘛，挺有天赋的。只不过身体太单薄，缺乏锻炼而已，他以后应该多到户外运动运动，再就是一天至少要练三次英语发音。明白了吗？就这样对她说，千万别忘了，快去吧！"

"我去了！"还是佐托娃反应得快，说完，她就冲了出去。

不过，转眼她又气喘吁吁地跑了回来。

"校长！这次清楚了，柯斯佳的母亲倒是姓柯洛托娃，不过不是我们认为的那位柯洛托娃。柯斯佳的母亲明显地梳着假发，她的大衣也不是什么高档货，一看就是……"

"是吗？"女校长显得直发愣，"我就说吗，不是吗？你们看看那孩子的穿着，一看就是国产的东西！他的母亲不是那位真正的柯洛托娃。好，教师同志们，我们绝不能抛开原则。这是一所专科学校，生员有限。我们已经跟他的家长说了'不能接收'，就这样！好！下一个！别佳，你开始吧！"

但一会儿的功夫，历史老师佐托娃又接了上去：

"我还没说完呢，她不是那位真正的柯洛托娃！但她是谢尔盖·普拉通诺维奇的女儿，是让娜·谢尔盖耶鞭娜·罗莫娜。

"什么？你是说谢尔盖·普拉通诺维奇的女儿？"女校长吃惊地问道，随后脸上立即现出了笑容，"就是区苏维埃执委会的那个谢尔盖·普拉通诺维奇！唉呀，我怎么没听说呢？！这么说来，这个让娜是又嫁了一次人吧，成了现在的柯洛托娃？"

"是的！"

"唉，你们看，我整天在学校里忙公事，对外面的事情一点儿都不晓得……这样吧。咱们得给谢尔盖·普拉诺维奇打个电话，告诉他他有个很棒的外孙。这个孩子确实很好，我想他以后肯定会成为我们学校的榜样的，达吉雅娜·谢米奥诺芙娜，我想咱们需要谈一谈了。你真能挑刺。什么英语天赋差，水平不高！明天我就去听你的课，看你的学生是怎么发音的！"

训过英语老师之后，女校长第一个起身，急忙走出门外去欢迎谢尔盖·普拉通诺维奇的女儿和外孙子。

"这个孩子，这样吧，"女校长走到门旁，回头瞥了一下站在屋角的别佳，"明天吧，咦，不行，明天也没位置了。"

"我的最讲究规矩的伯……伯。"别佳似乎不能够控制自己的情绪，嘴里不住地喃喃着。他本打算说出自己伯父的名字及地位，但脱口而出的却还是那行诗句。就算是他说清楚也没有用了，屋里只剩下他自己了。

就在这个时候，区教育局主任办公室里的电话铃响了。主任抓起话筒，一听是别佳·扎伊采夫伯父的那种惯于发号施令的嗓门儿，吓得直打哆嗦。看来别佳午饭时间不回家的原因很快就会被弄清楚了。

新年枞树

—— ［俄罗斯］ 费·亚·阿勃拉莫夫

在没有枞树的新年早晨，
邮递员奥丽娜以她劳动者的正直和廉洁拒绝了我与妻子送给她的十五卢布，
让我十分感动。

噢，真见鬼，一大早醒来，我就觉得没来由的心情不好，四肢无力，甚至连起床都感觉困难，再躺一会儿吧。是因为昨夜的醉酒，还是因为昨夜所谈论的话题，致使我心情如此不安。

天呐，让我好好回想一下自己昨晚都说了做了什么吧！大家聚在一起迎接新年，就该开心作乐，撒疯发狂，就该像香槟酒那样狂涌！正常的人都是这样迎接这个一年一度的最美好的节日的。可是我们做了什么？我们没有像正常人那样，而是对国家的种种舞弊、腐败现象发了一夜莫名的牢骚，假使发牢骚能给自己带来什么好处，那也还行，假使发牢骚能让自己感觉到公民责任感再一次得到发挥，使自己在来年里更加有勇气面对现实，那也就罢了。

然而事实上，我们所谈论的却是官僚主义肆意横行，谈到了政局的肮脏混乱，这些事情想想都使人感到厌恶。但是却没有丝毫反对和抗议声，也没听到一句愤慨的呐喊声。大家都习以为常了，都容忍妥协了。但是与我们谈论的人，他们却都不是和我们一样的普通人，这正是我心情不安的根源，他们是些什么人呢？有著名的导演，大名鼎鼎的演员、画家，还有作家。他们总之就是平时被人们称为精神牧师及灵魂导师之类的人。

头依旧昏昏沉沉的，四肢乏力，我疲倦地翻了个身，昨天酒会的情景在脑子里一次又一次地回放着，我用忧郁的目光环视着房间，在房间一角的壁柜里，摆满了我从各处收集的水晶玻璃器具，以及我出国时所带回来的具有民族特色的塑像、装饰品，我掠了它们一眼，然后看向别处，似在找寻什么。

我意识到了自己所搜寻的东西，经常这时我妻子和侄女早已把它稍加装饰，摆在我的房间里，致使满间屋子都弥漫着枞树所散发着清香，可现在我却没有看

221

见它。

一定是因为没有枞树，才使我今天感觉不到过节的气氛。我对自己心绪不佳的原因作了新的解释：新年了，家里却还没见到新年枞树。昨天，妻子和侄女在城里奔波了两个小时也没能弄到。这样怎么算是新年呢？

忽然传来前室的门铃声，想必是邮件来了。

真的如我所料。从那"斯"和"师"不分的发音和气喘吁吁的话声，我听出来是邮递员奥丽娜。她正和我的妻子相互祝贺新年，并且似乎还有一些小争执。我继续仔细的听，原来妻子想感谢奥丽娜这一年来给我们辛辛苦苦的送信，即使信再多一天跑上五六次也从没有厌烦，然而送给她 10 个卢布，却遭到了拒绝。

"对不起，不用了，真的不用。"我又听见那急促的"斯""师"不分的话音，"这是我应该做的，我的工作就是如此，我有薪金，您这样是对我的羞辱……"

哦，老天爷！我们为感谢她的劳动而送她 10 个卢布，竟然是羞辱她？这个举动竟然是羞辱。上帝呀，干这种苦役般的工作，一个月挣那么 80 个卢布（整天价背着特重的邮包，出西家进东家，上楼下楼），那么少的可怜的薪水，维持生活都很困难，可她竟然对我们送她的 10 卢布说："您这是在羞辱我……"

我实在难以理解，决定出去帮助妻子说服奥丽娜。

我看见这位尽职的邮递员围着一块厚厚的头巾，兔毛皮领已经磨损，脚上穿一双旧的"罗马尼亚姑娘"式的呢面鞋子，鞋头上没有那种齿状的饰物。很明显她的薪水是多么的可怜和微薄。

我不住地帮妻子劝她。她还是说："不，不。"

我想她也许是赚 10 个卢布太少而不肯接受，于是就又加了 5 个卢布，心想这回她应该不会拒绝了吧，毕竟 15 个卢布对她而言是一笔不小的财富。

"您这是在羞辱我！"奥丽娜虽然声音中已带有些哽咽，但语气十分坚定，毫不留情地重复着她从刚才就一直重复的话，眼中隐约地泛着泪光。

我怔住了，望着她的含泪的灰蓝色大眼睛，对于她的坚定，心里似乎有种莫名的感动，我一下子明白了那是什么，我终于理解了奥丽娜的心情，我们的行为确实是对她的羞辱，因为我们这是在企图夺走她那宝贵的财富——一个劳动者的正直和廉洁。

我为自己与妻子的行为而感到羞愧，甚至落泪，但与此同时，我的心情却豁然开朗，一早晨的郁闷都似乎一下子烟消云散了，似有一缕光明涌进了我的心房。

我家的新年由此刻正式开始了。

勃鲁阿戴总统

——［法国］吉·塞斯勃隆

勃鲁阿戴的生活习惯给他带来了不少麻烦。

因一夜未睡而从此进入白天梦游的状态，这其间他当上了总统，

此后因一次出访的时差问题，又恢复了正常的生活状态，

而他的坏脾气又使他丢掉了一切官方职务。

最后，他退休了。

艾米尔·勃鲁阿戴在政府机关工作，他本来可以有很好的前程，但是因为他的脾气，他的不懂克制和收敛的性格，阻碍了他的发展，使他成为一个不受欢迎和难以相处的人。像他这样一个爱发号施令、性格暴躁、胆大而有见识的人，能够拥有现在的职位，全都依赖于他仅有的优点，那就是：他在日常生活中做事一向很守时，这是他唯一值得人们称赞的地方。他每天起床上班吃饭，吸烟，甚至洗手等等，都是严格遵照他自己的时间规律进行，一成不变，就连睡觉的时间也都是固定的。他总是从晚间 9 点睡到早上 7 点，一旦缺了 5 分钟的觉，无论如何，要在当天补回来，要不然，他就会一天不自在，甚至会神智不清。

如果是这样的话，他的后半生里只有两个日子值得提一下了：一个是他退休的日子，一个就是他死的日子。其他的都几乎是一模一样的"准时而行"的。

终于有一天，勃鲁阿戴的生活有了戏剧性的转变。那天晚上，几个顺路来看望他的朋友把他拉出去，先到戏院，后到夜总会，在外边玩个通宵。当他醒来时，发现自己已经是在家里，而时间却刚好是第二天早上的 7 点。他面临一个无情的窘境：要么睡上一天觉，要么照常上班工作。这两个选择让他很为难，因为无论哪一个，都与他的习惯相背离，他很难决定自己究竟要选择哪一个，该如何去做。在不知不觉中，还是他的身体替他找到了唯一对他合适的办法：他不知不觉地睡了，但他刚躺下一会就起来，收拾好一切上班去了。艾米尔·勃鲁阿戴变成了梦游者。人不一定非要闭着眼睡觉，许多梦游病人就是睁开眼睛的，这也正是艾米尔·勃鲁阿戴的情况。从那天开始，他的生活完全改变了。在夜里，他是

223

一个清醒的正常的人，而在白天，他则是一个道道地地的梦游者，不过，事情不是那么容易改变的。如果事情就如此发展，也许勃鲁阿戴的人生不会有什么重大变化，但是，事实却正好相反。因为他的梦想、他的筹划、他的愤怒统统浸沉在这白天的酣睡之中；他的一切缺点：自负、暴躁、自大和才智却全都在夜晚展现。在白天，他完全是个沉默寡言、谦卑顺从、唯唯诺诺的样子，因为他完全是个夜游的人。因此，他的生活也因为他的这一变化而改变。

他的上司们发现，以前个性很强的勃鲁阿戴竟变得顺从沉默，唯命是从，于是觉得不应使他的职位如此低下，就不断提拔他，晋升他的职位，人们觉得本来就不笨的他竟然是这么的温顺、平和、毫无野心，于是就都去亲近他，拉拢他，并把他树为榜样。首先把法兰西学院院士的桂冠给了这位梦游者，接着他又得到了骑士荣誉团勋章。对于给予他的奖赏和荣誉，人们觉得非常的诧异，怎么像他这样一个和蔼可亲的人以前竟然没有得到这种荣誉！

因为交易界与官场有千丝万缕、错综复杂的联系，尤其是腐败的官场，而勃鲁阿戴因为官场的飞黄腾达，而很快闻名于交易界，成为交易界首屈一指的人士。有人揣度艾米尔·勃鲁阿戴可以出任一个子公司的经理：这只是对他的一个小考验。梦游人当然表示同意。他出席各种董事会，总是谦卑顺从的样子，嘴边挂着微笑。"他样样都好，亲爱的……"那些托拉斯的巨头们这样评价他。他依靠自己平时的温顺平和、毫无野心在交易界的地位日渐升高，在处理各种事务时，更是充分发挥自己的这一伟大优点。由此那些托拉斯老板有意把他引进海运界，他就在那里发迹扬名了。从此即使是搬运工、码头工和随时都会丢掉性命的水手们，一听到勃鲁阿戴经理的名字就会脱帽表示敬意。随着时间的推移，他的名字也不断的作为公共事务的名称被广泛应用。

托拉斯的巨头们认为，凭勃鲁阿戴的优秀性格，完全可以参与政治活动，于是勃鲁阿戴就又成了众议员，之后是参议员，再之后又从副议长升为参议院议长，最终，顺理成章的，他当上了共和国的总统。他那副捉摸不定的眼神，梦游者特有的微笑，竟成为《画刊》杂志极好的封面，而且被挂在各学校、各警察局的墙壁上，人们都非常崇拜他。他在公众场合很少演说，即使是演说，内容也十分平淡，这使得有些人大失所望，认为总统不俱备伟大的抱负和野心，而另一些人听了，却十分欣喜，他们认为终于有了一个务实、正直的总统来治理国家了，再说，他又是那么风度翩翩。众所周知，自从费里克斯·富尔总统上台以来，总统的衣服都有些不合时宜了。于是这位勃鲁阿戴总统就被当做出口商品一样看待了。因为这位彬彬有礼而又不善言辞的总统访英之后，法兰西银行从大不列颠政府银行得到了一笔盼望已久的巨额贷款。但由于这笔钱被用于填补亏空了，所以，勃鲁阿戴总统便又被派往美洲进行访问。但就是这一次美洲之行，使事情又重新有了重大变化，使勃鲁阿戴总统的人生又一次发生了戏剧性的转折。

　　这一切的转变，是勃鲁阿戴自己也始料未及的，而造成转变的正是时差问题，它使勃鲁阿戴弥补了很久以前所欠下的一夜睡眠。他又白天清醒，夜里睡觉了：梦游症到此结束！原来的勃鲁阿戴又重新回到人群中来，他的个性他的脾气，聪明和才智，又统统重现出来。他冲撞、冒犯别人，使别人感到不安。他很快又成为人们关注的焦点，在各处都可以听到关于他的议论，因为他有坏脾气。艾米尔·勃鲁阿戴落入了几乎是尽人皆知的一些圈套（只有他被蒙在鼓里）。在以后的总统选举中，他节节败退。他也没有再被选为参议员，又在立法选举中被击败，被撤掉一切官方职务，最终迎来了他后半生值得一提的两个日子之一：他退休了。

一个捕狗者的自白

——［德国］ 海·伯尔

作为狗税务局的职员，

我的工作就是追捕来注册的犬类，

由于我喜欢狗，

所以我对狗又常常怀有愧疚感……

尽管很难说出口，但我仍不得不承认，我所从事的职业，既使我赖以为生但又常常使我良心不安。我是狗税务局的职员，在城中四处巡查，追捕那些未注册的犬类。我伪装成一个温文尔雅漫步的人，身材矮小而臃肿，嘴里衔着一支价格适中的香烟，穿越着公园和僻静的街道，与所遇到的牵着狗散步的人搭讪聊天，进而了解有关他们的狗的情况，记住他们的姓名、地址，亲切地抚摸着狗脖子，判断它们是否注册。

我几乎认得所有已注册的狗，即使在散步时看见一只被弃在路边的狗，我也能立即想出有关它的注册情况。我的特殊兴趣倾注在那些已怀孕并兴奋地期待着生下未来的缴税者的母狗身上：我监视着，并仔细的记下它们的状况及日期，并窥视着它们，究竟把小狗送往何处，让它们神不知鬼不觉地长大，待到谁也不敢再把它们溺死的时候，便将它们付诸于法律。因为我自己本来就很喜欢狗，所以对于自己所从事的职业，心中总是有种愧疚的心理，或许我真的应该换一种职业，来减轻自己的时常出现的义务与爱好两者矛盾的思想斗争，不过，我老实承认，在两者的斗争中，爱好是经常取胜的。因为有些狗我的确不忍申报，对于它们我则是——诚如常言所云——睁一只眼闭一只眼。每当这种情况出现时，我总是怀着一种非同寻常的宽容心理，毕竟我自己养的狗也仍未注册，虽然它不是一条名贵的纯种狗，但我的妻子和孩子都很喜爱它，精心饲养它，只要他们不去想自己所爱护的动物是一个违法存在的小东西就行了。

生活本身就充满了风险，也许我应该谨慎些为好。但是，因为我工作的缘故，愈加使我确信不疑：法律是永远容许违犯的。我的工作很辛苦。为了完成任务，我不得不经常在荆棘丛中躲藏许久，甚至几个钟头，来等待着某一处所传出的犬吠声，告诉我哪里有可疑的非法的狗。或者，我蹲在残垣断壁的后面，窥探着一只孤狗，判断是不是我的工作范围。然后我筋疲力尽、污垢满身地回到家中，坐在炉旁吸着烟，抚摸着我们的普鲁托的茸毛，而这又使我对自己的工作充满了内疚。

正因为如此，我就更珍惜星期天与妻子和孩子们一起与狗的漫长的散步，因为每逢周日是我们的假日，即使是未注册的狗，也可以随意外出，而不必受到任何监视，而我对在那天所遇见的狗，则完全以一种寻常百姓的心态来对待，丝毫不掺杂工作的责任和义务。

不过，在两次周日的遛狗路上与上司相遇后，我决定换一条路走，虽然他每次总是停下脚步来，跟我妻子和孩子们打招呼，并且抚摩我们的普鲁托的茸毛。可是，普鲁托竟一点也不似往日的温顺，它常常狂吠，意欲冲扑，这着实让我大吃一惊，往往匆忙告辞，从而引起上司的满腹狐疑，于是他经常注视着我着急出汗的样子。

本来也早就想给我的狗注册，可是我的收入实在是少的可怜，或许我应该换份工作去做。但是我已经 50 岁了，而且处在我这种年纪的人是不愿再改行了。不管怎么说，我的生活与事业并非都一帆风顺。倘若尚可，我一定会去注册，但是一点希望也没有了，我妻子在无意的闲谈中对我的上司说，这只小动物我们已经养了三年了，它已经是家里的一份子，跟孩子们形影不离——这些事情交错复杂，使我在注册一事上更是难上加难。

我为了减少自己内心的愧疚，使自己的良心得到些许安慰而努力的工作，可是，却往往事与愿违，这终于使我陷于穷途末路的绝境。虽说人们不该给正在脱粒的牛带上箍嘴，但我不知道我的上司是否有足够的灵活精神，让《圣经》的经文付诸实现。我感到自己彻底完了，因为我工作职务的关系，有些人以为我是犬儒派，可是我对此又能怎样，我无法辩解，也无从为自己辩解，因为我的工作就是需要我不得不天天与狗们周旋啊……

227

特殊情况

—— ［德国］ 汉·克里希尔多夫

总统的尸体被解剖得不成样子了，
因此国务秘书来找部长签字，
要他同意给总统的尸体找个替身供市民瞻仰，
部长犹豫不决，在看到自己的替身时，
他无可奈何地签了字。

窗外，蔚蓝的天空晴朗、明亮，整个市区在阳光的普照下，也显得十分明亮、透彻，似乎所有的阴谋、邪恶早已在这样的阳光下消失殆尽。办公室里，卫生部长凝视着自己臂上的黑纱。许久，他苦笑了一下，把头转向窗外，若有所思。"这是一个明媚的春天，"他想，"就像我们快乐的青年时代……"他面前的写字台上放着一只小包裹，这是食品工业部派专人送来的。他瞥了一下那个包裹，按了一下电铃，对进来的人说："请国务秘书来一趟！"说完往座椅上一靠。现在，他脸上的表情异常严肃，没人可以知道他现在在想什么。

一个身材瘦小、长着一对棕色鼠眼的男人走进了办公室。他走到部长的桌前，面无表情，两眼直愣愣地盯着部长，顺手打开了他带来的文件夹，准备开始工作。

"坐。"部长说。

国务秘书坐下，仍是两眼直盯着部长，一副漠然的神色："这是当天解剖的记录稿。"语气也是十分的淡漠，不带一丝情感色彩。

"那你就开始吧，它不是很长吧，这种事情有……"部长向椅背上缩了一下，并同时把座椅不留痕迹地移了移，手也同时相互握紧，似乎在找寻一丝勇气，使自己显得坚强些。国务秘书朗读杰出的总统兼主席的尸体解剖记录，字字句句犹如温柔的泉水，不停地在耳边流过。窗外是一片蔚蓝色的天空，屋里的温度渐渐地在升高。

"杰出的总统无疑是患两种不治之症而死的。在他的左脚跟发现了他青年时代有一次扔炸弹时留下的弹片，肘关节也有强直的迹象。这份记录稿得到了十二位主治医师的签字。"国务秘书声调平缓的念了半个多钟头，最后目光离开稿时，依旧直愣愣地盯着部长，平静地说，"就是这些，请您批示！"

"给我。"部长似有些局促，眨了眨眼，抿紧双唇，松开了紧握后的双手。"让我好好想一想，这份记录稿，应该……"他字斟句酌地说："关于肘关节的这段字还是删掉吧。"他拿起钢笔在墨水瓶里蘸了蘸，从容不迫地划去了几行。国务秘书同时探过身，似是赞同点了点头。当部长划完了，他这才又坐下，恢复了原来的姿势，说："您是否打算去看一下，总统的遗体现停放在……"

部长立刻回绝，有些紧张地问道："你去看过了吗？"

"是的。"

"哦，是个什么情形？他们把总统解剖成什么样了？"部长避开秘书的目光，转头看向窗外，最后目光落在天边那桃红色的屋顶上。国务秘书一声也不响。

"真可怕，我想一定是的。他们把尸体解剖得面目全非，肯定无法安放在棺架上供人瞻仰了。"

国务秘书点点头，依旧没出声，只是目光坚定地看着部长，打开了他的公文包："我这儿有份总理的批准书。"

"批准书？总理批准什么？"部长一脸的疑惑，看来有些紧张。

"在特殊情况下，可以挑一个人来代替杰出的总统……"

"你们难道想让一个不相干的人躺在总统的棺架上供市民瞻仰？哦，我的天呐，太让人难以接受！"部长有些激动，也有些紧张，说话也似乎有些困难，更有些难以置信自己前一刻所听到的话，反问道："难道要我从在此工作多年、忠于职守的人中挑选一个作为替身吗？当然，这个替身最好要长得和总统非常像，是吗？"

"我已找到了一个，让您看一看，不必化妆和染发，身材外形也不是什么大不了的事，人们反正是想瞻仰那崇高的遗容。要不要叫来让您看一看？"

"不必啦！想想我都已觉得恶心，天呐，怎么会是这样！"部长有些接受不了，近似疯狂地说。他稍停了一下，缓了一口气，接着又问："瞻仰之后，又该怎么处治呢？"

"这不属我们管。"秘书像是欣赏自己的杰作似的，紧盯着部长的表情，然后又说道："我们部里推荐两个人。至于谁去死，我们作不了主。"

"你的意思是，是要我签字批准这件事？上帝呀，你们要让我也和你们一起参与这种事？！听着，要是一旦有人追究这件事，鬼才知道真正高贵的遗体到哪儿去了！不过，我倒是希望自己在那时也有几个特殊替身，这也许对我并不是什么坏事！"部长口气已有些缓和下来。

"这您放心，我们早已为您准备好了。"

"什么？"

"我们已为您找好了！"国务秘书说，声音依然很平静，"我是说如果你想见他的话。"

国务秘书停了片刻，观察已有些呆滞的部长，似是更加满意自己的杰作。然后拿起电话。五分钟后，"部长"走了进来。真部长目光呆板地望着他，似乎所有的意识已离他远去，而假部长正像五年前的他那样，显得年富力强，无忧无虑，也不像现在那么臃肿，只是那身西装跟站在写字台前的部长穿得一模一样。这个人的神气好像画家雇佣的模特儿。他有点自豪，两道忠诚的目光射向真正的部长。

真正的部长似乎找回了些许意识，身体开始微微的颤抖，但仍说不出话来，国务秘书略带自豪地看着自己导演的这一幕。沙发突然翻倒，部长霍地站起来，吼道："给我滚出去！"然后似乎失去知觉地慢慢地坐了下来。

"呃，他有没有，就是，他有没有替我，替我执行过任务，他有没有……"部长略带沙哑，语调发颤地问道，有些找不回自己原来的声音。

"他已参观过两家自来水厂，效果很好。国庆节打算用替身来代表全部内阁成员出席庆祝会……"

部长的神色顿时萎靡下来，好像身体的支柱被人抽走了似的，瘫在了座椅上，然后伸手把放在面前的包裹拉过来。"这是食品工业部专门派人送来的新品种果汁汽水。"他有气无力地说着，"他们真的很客气，第一批货就给我送来，真太客气了……"他边说，边有些费力地撕着包装。

打开包裹，露出三瓶红通通的、清澈的汽水。部长打开一瓶，斟满了两杯。

"好吧，我同意了，拿来吧，有什么文件都行，我签字，我全都批准。"他说。

"真是了不起的成就。"国务秘书说着就放下了杯子。

部长转头望向窗外，稍稍摇了摇头，似乎在看是否还留有些许思维，他感觉自己全身一下子被掏空了。

流 行 病

—— ［日本］ 星新一

艾诺先生因为没有服用预防药而得了脑炎，
在无法挽回时，从医生口中得知，
预防药的有些成分能让人顺从政府，
不吃就会导致现在的结果，
也许手术还能挽救他的生命。

"今年夏天流行脑炎，它的死亡率很高，一旦感染，就是高烧不断。各位观众，为了您的健康，为了您的生命，请您选择服用预防药吧，它可以帮助您远离脑炎困扰，度过一个开心健康的夏天。"

"还有，病毒已对以往的药品产生抗体，所以服用今年的新药才是明智的选择。"

艾诺先生百无聊赖地翻着报纸，时断时续地听广播。报纸上整刊整刊的全是制药公司的广告。无不采用这样的词语："请用敝公司的预防药。"尽管内容相同，但语言却是花样百出。艾诺先生的妻子站在一旁说：

"哎哟，世界什么时候能太平一点，怎么总是有麻烦、疾病呢？你看流行性感冒刚走，这脑炎就跟着来了，我本来以为不用再和预防药打交道了呢，看来还是不行，而且跟往常一样，又要买药，真是麻烦！这一年到头只是不断吃预防药，真让人厌恶。"

"虽说是这样，但是，这也是没法改变的，你又能怎么样呢？"艾诺先生习以为常地说。

"啊，对了，我听说——，"妻子放低声音说"这些流行感冒和脑炎的病菌都是政府的研究所研制的，而且是他们散发出来的，你说这是不是真的？太可怕了，我真是难以理解更无法想象。"

妻子的话并未使艾诺先生感到震惊，他依然缓缓地说：

"这也可以想象，政府又不是福利机构，它也要赚钱。于是就这么干了。事实上，经济繁荣在持续。开公司的总要赚钱呀，要不然还开公司干嘛，所有公司企业都为了这个目的……"

"咱们也跟着沾光，收入增加，你不是挺满意吗?"

"时间一长。电视节目也一下子热闹起来了吧! 已经没有失业者，政府的税收也自然增加，张口闭口没有一件不顺心的事儿。"艾诺先生的声音里洋溢着幸福感。"但是我总是感觉不对。总是觉得不太实际，不真实。"妻子说:

"唉，你不用太在意。经济繁荣就是这样嘛。就像汽车的宣传，似乎没有了车子就失去了生命。于是，人们争先恐后地买汽车回家，于是汽车行、建筑公司发财了。这中间的许多环节的财又被别人发了。由于担心出什么事故，许多人参加了保险，保险公司也就有了活力。一个行业的发展同样会牵连很多。难道你能怪毒菌的宣传过分吗?"

"或许是吧，但这样不是太不仁道了，对市民很不公平吗?"妻子似有些不忍地说。

"怎么会呢，从前为了振兴经济，或是盼着打仗，或是挑起战争。比起那时候，现在不过吃点预防药罢了，这有什么接受不了的?"

"那明天，我们也得买药预防一下了!"妻子天真地接受了。她脸上也布满了幸福感。但是艾诺先生却沉默了，若有所思，他似乎在打算看什么，过了一会，他开口道:

"我倒是突然间想到，如果我不吃这些预防药，看看会是什么情形? 说不定，偶尔的病上一次，感觉也不错，你觉得呢?"

"你怎么想到那儿去了?"

"其实生病也未尝不是一件好事。一发烧，头脑昏沉，什么也不用想，这岂不是一种快乐吗?"

"哦，天呐，你没事吧，怎么会想到这样的事? 太不可思议了，你可千万别犯傻啊!"

妻子惊慌地劝阻，而艾诺先生却觉得自己这个想法真是太奇妙了，简直棒极了，他已有点佩服自己了，他决定就这样试一次，尝试一下病人的感觉。他依计而行了。

果然不出所料，艾诺先生如愿以偿了! 他感染了脑炎。可是并不是如他所想的那样，不但不快乐，还发高烧，很痛苦。他呻吟道:

"头似乎要变成几瓣了，不但恶心，还太难受。可见政府年年制造病菌散布是确有其事，而且这种病菌十分厉害。"

他有些神志不清。妻子惊慌地打电话给医生。对方回答说:"叫急救车求他们帮忙吧!"很快，一辆特别急救车到了他家，说是要把艾诺先生送到政府经营的传染病隔离院，艾诺先生一听，十分气愤，粗暴地问道：

"世上的人都吃了预防药，也就不会传染了吗！如果是这样，就不必这么小题大作，送到传染病院去吧！"

"不要胡说，你虽然本质上是传染病，但是法律规定，必须送到政府经营的传染病院。你不用着急，政府会治疗你这样的病的！"

救护车上坐着几名壮汉，硬拖他上去。他没有反悔的余地。

就这样，他被送进隔离病院。院长来了，说：

"哎呀，这很让人不安呀，你怎么不吃预防药呢？你知道这表示什么吗？这表示你有意对抗政府，有这种思想可不妙呀。"

"哦，不，我一开始并不是想反抗政府，可是后来，不知不觉的，我也不知怎么就开始反抗了，不过，那些预防药什么的，我认为不是由国家免费发放的吗？怎么可以出售？而且那么贵?!"

"是啊！但政府要靠卖预防药增加税收。不过，丝毫也没有繁荣振兴经济，既不快活，也无生气。"

艾诺先生头脑中的疑惑越来越多，而且不由地反抗意识也越来越强，他感到自己处在一个巨大的政治阴影中。

"天大的怪事，简直就是圈套！肯定是唬弄人，我有点醒悟了。不过，奇怪呀！为什么像这样的罪行仍逍遥法外……"

他不由自主地大叫了起来，已不受控制。院长冷静地说：

233

"看吧，不吃预防药的人，就是这种结果，很难办呀！"

"你说这话，到底是什么意思？"

"预防药里有些成份能使部分大脑麻痹，使你更加顺从政府的指挥。"院长面带自豪的神色，"政府可不是像你想象的那么愚蠢。"

"这才是真正的意义所在。原来，叫人们必须接连不断地吃预防药，是为了这个呀。由此，政府的一些罪行才得以蔓延。"艾诺先生恍然大悟，不住地呐呐自语。

"你看现在不是万事一顺百顺吗？但是你由于没吃预防药才想到了那些。真糟糕！"

艾诺先生有种不祥的预感，觉得自己处在一片恐惧的氛围中，声音略带颤抖问道：

"我可以……我是说，我完全……"

"至今可都是这么做的。"院长似乎有些替艾诺先生惋惜，他难过的说，"不过，放心吧，用现代的科技，对你的脑细胞进行手术，消除其中的部分组织，你还是有救的，你看呢，艾诺先生？我们准备手术吧……"

不会笑的人

—— ［日本］ 岛崎藤村

作为剧本作者的我将电影的最后一幕加入了我的美丽幻想，
给人们带上微笑的面具，使故事的结尾活泼起来。
拍完后回到东京，探望病床上的妻子，
当妻摘下面具的那一刻，
我不禁产生了对人面真实的疑惑。

天空的颜色逐渐加深，淡蓝、蓝、深蓝一层层过度，越来越暗，我躺在床上，望向屋外，远处的流水渐渐染上了朝霞的色彩，黎明前的黑暗正在走过。

十天后，主演电影的演员要参加舞台演出，所以必须用约摸一周的时间拍片子。我虽只是在一旁观看，但作为作者，稍加指导，也让人有些受不了。嘴唇发干、龟裂，站在白晃晃的炽热的水银灯旁也疲乏得几乎睁不开眼睛。每周四五次的熬夜是很正常的事情。

蓝色的天空，使我的精神为之一振，脑海中隐隐出现了美丽的幻想。

我不禁冥想起来，脑海中首先出现的是四条街的景物，它们是我昨天在大桥附近的"菊水"西餐馆用午餐时，从三楼的窗口看见的。它们的正中央是东山，一片绿意，山峦自然美观。这一切的情景，对于从东京来的我，感觉既新鲜又惊讶不已。其次是在古董店橱窗里看到的面具也在脑际浮现出来，这是从前的微笑的假面具。

"好极了，我终于找到这种灵感了，就是这种美丽的幻想。"

我满心喜悦，自言自语，手在稿纸上飞快地移动着，把美丽的幻想跃然移于纸上，我将电影脚本的最后一个场面改写了，换成了我的美丽的幻想。写罢，随稿附上一封信交给了导演。

导演很快采纳了我的意见。并决定让这幻想的画面里面出现许多含着柔和微笑的面具。作者希望这些微笑可以改善一下故事结尾，但却未能实现，所以至少要让美丽的微笑的假面具把现实遮掩起来。

我带着稿子和自己的好心情，步履轻快地来到制片厂。办公室里还没有人，只有几份晨报放在桌上。食堂的一个老太婆在道具房门前捡刨花。

"导演睡了，请放在他的枕边吧。"

这回的电影脚本是写精神病院的故事。在精神病院的真实拍摄可真不是件轻松的事情，觉得不写出个明朗的结尾来，于心不安。人们一直认为我所以找不到一个好的收场，是因为自己的性格阴郁的缘故。

因此，我想到假面具，也许这是最好的了，可以使人的痛苦得以释怀，是个完美的结局。我想象着让医院里的所有病人无一遗漏地都戴上微笑的假面具，内心就会开心很多。

摄影棚的玻璃屋顶，辉映出一片绿色。天空的蔚蓝由于白昼的光，变得浅淡。那天晚上，我舒舒服服地睡了一大觉。

深夜十一点，采购假面具的人才回到制片厂。

"因为时间很紧，我们一大早就去了，可跑遍了各处玩具店，总也找不到想要的，都感觉不合适。"采购的人虽然累但很遗憾地说。

"快点让我看看你买来的吧。"

我心急地打开包装纸，立刻掩饰不住失望地说：

"这个恐怕不行……"

"这东西真不好弄。我以为面具哪儿都有卖，好像在许多店铺都看见过的，但真正去买却费了好大周折。"

"这不是我想要的。面具本身如果不是散发一种很高的艺术的芳香，拍出来也会让人觉得滑稽可笑。"

我拿起一个纸糊的凹鼻翘嘴的面具看了看，由于它们距离我心中的美丽幻想相差甚远所以，心里十分难过。

"这个面具的色泽太暗。要不是白皙润泽的肌肤，柔和的微笑恐怕就……"

他的褐色的脸庞上冷不防地伸出了赤色的舌头来。

"现在涂白颜料试试吧。"

拍片工作就这样中止了，导演从组装的布景病房里走了出来，这面具是无法用了。明天一早就要拍最后一场，收集面具的时间太短了。那些现代面具根本派不上用场。不过，明天开拍以前就算收集不到古老的面具，至少找到近似的面具也好。

"没有合适的面具就取消，那就放弃这剧本。"我态度坚决地说，心里却禁不住失望起来。

或许是看见我失望，过意不去吧，剧本创作部的人说：

"不要这么早就放弃呀！现在十一点，现在去搜集也许还来得及。"

"可以再去一趟嘛!"

汽车沿着大堤疾驰而去。对岸大学医院的灯光投影在河面上。谁也不会想到,在这一扇扇的窗户里竟有众多的病人正在受着病痛的折磨。我望着这一盏盏灯光忽然想到:如果找不到合适的面具,那么也可以用这些灯光来代替,它们的喻意是一样的,也许效果会更好。

新京极一带的玩具店已经开始打烊,我们挨家查询,始终未见合适的。最后,我们都绝望了。我们买了二十个纸糊的塌鼻、大颧骨的丑女面具,没有一个合意的,而看看四周,没有一家店是开着门的。

"稍等一下。"

说着,剧本创作部的人拐进了一条横街。

"听说这条街上有许多经营佛具的旧道具店,我们去试试,也许会发现我们想找的东西。"

"可是,会有店铺这时仍开门做买卖吗?"

"明早七点再来吧。反正今晚也不睡了。"

"我也一起来,到时叫醒我。"

我虽这么说,但第二天还是起晚了,不过,他们还真有些收获。因为我醒来的时候,已经开始拍面具了。最终收集到了五个古乐的面具。按我的计划,本来同一种类的面具要凑二三十个的。也许是因为实在太难找,虽然数量很少,但一看到它们那柔和的微笑漾着一种高雅的情趣,心情也就舒畅起来,仿佛完成了对疯人们的一桩任务似的。

"面具的价钱不菲,除了借用,毫无它法。要是弄脏就无法还给人家,大家要小心使用。"

说着,大家先将面具放好,先把手洗净,再用两只手指将面具捏起来看。

虽然大家都小心翼翼的,可在拍摄结束时,还是有一个面具被弄脏了,我觉得这似乎是天意,让我拥有一张面具。

"如果一洗,就会掉色的吧?"

"干脆买下来。"我急忙附和着说。

我早有这种想法。我幻想着在一切都变得美好而协调的未来的世界里,人都要拥有一副犹如这面具一般的柔和的面孔。

我一回东京,就先到医院去探望妻子。

孩子们见了面具很高兴,他们拿着它好奇地端详并轮流戴来戴去,不住地发出欢笑声。我感到这是一种极大的满足。

"咦,爸爸,你也戴上试试吧,该你了!"

"不要!"

"戴上嘛，很好玩的，让我们也看看爸爸是什么样子！"

"不要！"

"戴上嘛！"

次男站起来，想出奇不意地给我戴上面具。

"这孩子！不要胡闹，小心弄坏了面具！"我呵斥他道，他们一下子都不敢出声了，略带胆怯地看着我。

妻子忙说道：

"让妈妈戴上试试吧，啊？"

孩子们又重新拾回了欢笑，他们小心翼翼地把面具给妻子戴上，微笑的面具戴在躺在床上的病人脸上三分钟，我连忙叫妻子把面具摘下。

脱下面具，妻子的呼吸急促起来。可是，我却一下意识到妻现在的表情与她所戴的面具的表情相差太远了，而这，反而更衬托妻真实的表情是那么丑陋，我不禁感到一阵心寒，为什么我以前从未发现，也从未觉得呢？真实的面孔令我不寒而栗。这是第一次发现妻子的表情所感到的惊讶。正是由于这张美丽而柔和的微笑表情的对比，使得妻子的表情显得那么丑陋，简直令人无法接受。与其说是丑陋，莫如说是一种痛苦的挫折的表情。而这种痛苦与挫折在人生的面孔下隐藏了许久。

"爸爸，你就戴一下吧，妈妈都戴了！"

"戴一次就好了。"

孩子们又纠缠着央求起来了。

我心中仍不断地思索着，假如我戴过之后，岂不是与妻一样，使我的脸也显得如此的丑陋？我可不想让妻意识到我原来是这样的表情，哦，真可怕。

我站起身来。倘使我将假面具戴上又摘下来，妻子岂不是看到我的脸像丑陋的鬼脸了吗？这美丽的面具真是可怕啊！这种恐惧感让我心生这样的疑团：过去在我身边不时地露出温柔的微笑的妻子的面孔，会不会是假面具呢？而今天我才发现其中的真谛。

我越想越感到害怕，越觉得心寒，仿佛自己原来是生活在一个充斥着假面的世界，是假面具不好，是艺术不好啊！

我的美丽的幻想完全破灭了，决定删去电影中有关假面的镜头，于是给京都电影制片厂草拟了一封电报。可后来，神经紧张的我又把这张电报撕碎了。

欲 壑

——［日本］樱井美智代

一枚价格昂贵的红宝石戒指被偷偷放入了匆匆购物的美枝的购物袋中，
于是美枝将其占为己有。
一个月后，珠宝店工作人员前来索款，
美枝只能以去珠宝店工作来摆脱困境。

终于经不住诱惑，美枝还是决定去逛商店了。今天是九井百货公司大甩卖的日子，因此商场里人潮拥挤，绝大部分都是来买便宜货的家庭主妇，而对于主妇美枝，因为她并不想买什么，所以只是随便地转转。她大致走了走，越来越多的东西开始向她招手。结果，一双牛皮的高跟鞋和一件宽松的女式短外套，由于五折的价格很诱人，于是，她很爽快地付了账。

美枝拎着鼓鼓的纸袋兴冲冲地坐上了回程的汽车。一般情况下，购物就是这样，买的时候高兴，回到家里打开包装时更是万分幸福，就像我们的主人公美枝一样。她掏出高跟鞋，又掏出了女短外衣，她沉浸在物质的满足感里。她意犹未尽地又翻了一下纸袋，忽然，她发现里面竟然真的还有一个小型包装商品。美枝愣住了，她拿起它仔细地看，同时也在努力回想自己刚才购物的情形。只是怎么也想不起是什么时候自己买了这么一件商品。

"会是赠品吗？"美枝这样想着，便打开了那个包装物。发现里面装着一个精致的小盒。打开后发现是一个耀眼的红宝石戒指。这戒指大约有零点五克拉，美枝有点无法接受这个现实。

她不知该说或该做些什么。"啊！还有宝石鉴定书！这无疑是颗真宝石！"美枝惊讶得死盯了老半天。

"这至少也值三十万元！但我并没有买呀！"商店里非常拥挤，一定是谁往袋里放时放错了位，就滑进了自己的购物袋里了。

"但这也太离谱了呀！这人一定是个富豪夫人吧。"美枝一边说着，一边下意识地往自己手上戴。使她吃惊的是，这戒指戴上正合适，而且光彩夺目，十分美丽。

"嗯！不用着急打电话，又不是我丢的，更不是我拿的，明天再打吧，反正我又不是不给她……就是，大大咧咧丢东西的人，也该让她得点教训了！"她这样满不在乎地打定了主意，也就没把宝石戒指立刻摘下来。而且往后的几天，美枝也是这样安慰自己。

"这又不是我偷的，是它自己进到我的纸袋里来的，如果当时我知道我还不一定会要呢！更何况，那富婆说不定早已不在乎这戒指了，早把它给忘了。人家是不会在乎这么小的一点宝石的……"

美枝总是用类似这样的理由安慰自己，也始终没给商店打电话，不知不觉地把戒指占为己有了。

一天，天气晴朗，突然房门对讲机响了。门前站着一位细高挑、西服笔挺的年轻人。

那小伙子微笑着说："初次见面，打扰了。我叫山本，是珠宝店的。太太，您还满意我们的珠宝吧，感觉如何？我这次来是给您送付款通知单的……"那小伙子说着从里兜掏出付款单递给了美枝。

美枝呆住了，便试探着问道："您说的都是什么呀？"

"您真健忘，这样可不好呀，你一定知道的，我说的是您在一个月前所买的那枚宝石戒指啊！"年轻人依旧面带微笑地说。

"哦，不会吧，你说那是我买的？不，不是那样的，那是别人不经意放在我的购物袋里的。"

"不，您一定误会了，如果您不中意，您可以按照保证书上的电话号码打电话给我们，或者，也可以在一周内退货给我们。"

"可是……那……"美枝声音越来越小，但仍想表明自己的立场，可还没说完就被那人打断了。他说："您没同我们联系，说明您接受了这枚戒指，所以今天是特意来取货款的。"

美枝无奈，只好接过了账单，一看差点昏了过去，账单上赫然写着戒指的购价七十万元！简直贵得没边了！这不是往死里宰人吗？

"天呐，你没拿错吧，怎么会！怎么会是七十万元？太昂贵了！这不是真的吧！"美枝说着几乎要哭出声来了。

"我们的要价都是极为公平合理的。要知道那是真正的、高成色的红宝石。而且您已经戴有一个月了，已验证过了……如果您觉得太贵的话，太太！您打算付多少钱呢？"小伙子有些不耐烦，接着又用嘲讽的口吻说："您是不是享受不起呀？"美枝此时只能是哑巴吃黄连——有苦难言。于是那人便又提出：

"那您现在有多少现金呢，我们可以考虑，让您分期分批地付，您仔细

239

想想！"

"现在我只有三十万元……"美枝声如蚊蝇。

"那就先收您三十万，剩下的就先欠着吧。这您就没什么好担心的了。"那人微笑着说。

然而，美枝却依然忧心忡忡地说："欠着也不好办哪！如果您的催款单哪天被我老公不小心看到了，那我……"

"这好办，嗯，那么您也可在我公司打钟点工来还清余下的款项。现在我们正缺人手呐！每天你工作一段时间。"小伙子好心的建议，"没多久你就可以摆脱困境了。"

"可是我结婚之后从没工作过，所以，对于工作我还没有做好心理准备……"

"哦，这个您不用担心，我们让您做的工作是很简单的，不需要经验都可以做好的，您所做的只是向那些忙于购物的主妇的纸袋里把我们的宝石偷偷地放进去……"

小抄写员

———［意大利］亚米契斯

十二岁的叙利奥为了帮忙父亲挣钱，

每天夜里十二点起床为父亲抄写文件，

以致白天精神疲倦，学习成绩下降。

不明真相的父亲以为叙利奥不用功学习，经常责骂他，

但叙利奥为却从不辩驳，终于病倒……

　　叙利奥是个黑头发、皮肤白净的男孩子。他今年 12 岁，上小学五年级。他的父亲在铁路上做职员，叙利奥还有许多弟弟妹妹，一家人过着贫苦的生活，但是钱还是不够用。父亲不因为孩子多觉得累赘，反而十分溺爱他们。对叙利奥更是件件事情都依着他；只有对他在学校里的功课，却一点不放松地督促他用功。他这是为了希望儿子早点毕业，好找个比较好的工作，来补贴一家人的生活。

　　父亲年纪大了，因为生活艰苦，脸上看起来比实际更苍老。一家人的生活全压在他的肩膀上。他白天在铁路上工作，晚上又从别处接了文件来抄写，每夜趴在桌子上要写到很晚才睡。最近，有个杂志社托他写给订户寄杂志的签条，要用大的正楷字，每五百张签条给六角钱。这工作很辛苦，老人常常在吃饭的时候向家里人叫苦：

　　"我的眼睛有些看不见了。这个夜工恐怕会要了我的命呢！"

　　有一天，叙利奥向他父亲说："爸爸，我来替你写吧。我能写得和你一样好呢！"

　　但是父亲却不答应："不行！你应该自个用功。功课是你的大事情。就是一个钟头，我也不愿意占了你的时间。你虽然有这样的好意，但是我决不能耽误你的学习。以后不要再说这话了。"叙利奥一向知道父亲的脾气，他不再请求，但却在暗地里想办法。

　　每天夜晚，他总是到半夜才听见父亲停止工作，回到卧室去。有好几次，十二点一敲过，他就听到椅子向后拖的声音，接着就是父亲轻手轻脚地回到卧室去

241

的脚步声。一天晚上，叙利奥等父亲去睡了以后，下床来悄悄穿好衣裳，轻轻地走进父亲的写字间，把煤油灯点着。他看见桌子上放着空白的签条和杂志定户的名册。叙利奥拿起笔，照着父亲的笔迹写起来。他心里既欢喜，又有些害怕。写了一会，签条渐渐多了，他放了笔，搓搓手，提起精神再写。他就这样一面微笑着写下去，一面又侧着耳朵听有没有动静，生怕被父亲起来看见。他一直写了一百多张，算起来值两角钱了，方才停手把笔放回原处，然后熄了灯，蹑手蹑脚地回到床上去睡。

第二天吃午饭的时候，父亲很是高兴。原来他一点没有察觉。每天夜晚，他只是机械地照着名册抄写，十二点钟一敲就放下笔去睡觉，早晨起来再把签条数一数就算了。那一天父亲很高兴，他拍拍叙利奥的肩膀说：

"嗳，叙利奥！你爸爸还不算老哩！昨夜晚三个钟头里边，工作要比平常多做三分之一。我感觉我的手还很灵便，眼睛也还没有花。"

叙利奥嘴里不说什么，心里却非常高兴。他想："爸爸不知道我在替他写，还以为自己没有老呢。好！就这样做下去吧！"

那天夜晚到了十二点钟，叙利奥又继续起来工作。这样过了好几天，父亲一点也没有察觉。只是有一次，父亲在吃晚饭的时候说："真是奇怪，近来灯油突然费多了。"叙利奥听了暗笑，好在父亲没有下文了。此后他仍旧每夜起来抄写。

叙利奥由于每夜起来，睡眠渐渐不足，早上起来觉得疲倦，晚上复习的时候睡意浓浓。一天晚上，叙利奥做作业时竟趴在桌子上睡着了。这是他做功课时第一次打盹。

"喂，用心，用心！做你的功课！"父亲拍着手叫他。叙利奥睁开眼睛，慌忙继续用功复习。可是第二晚，第三晚，又同样打盹，而且情形越来越不好，不是趴在书上睡着了，就是早上起得很迟。复习功课的时候，也总是非常疲倦的样子，就像对功课厌倦了似的。父亲看到他这个样子，多次提醒他，不过他是一向不责骂孩子的。有一天早上，父亲对他说：

"叙利奥！你知道我每天起早贪黑是为什么吗？你真对不起我！你为什么和从前相比就像变了个样子呢？一家人的希望都在你身上呢。你知道吗？"

叙利奥平生第一次被父亲责骂，心里很难受。他想：是的，再也不能这样了，否则父亲会发现的。

可是这一天吃晚饭的时候，父亲却很高兴地说："大家听啊，这个月比上个月多挣了六元四角钱呢！"他从抽屉里拿出一袋糖果来，说是买来奖励孩子们的。孩子们都很高兴。叙利奥也重新振作起来，精神恢复了许多，他在心里暗暗对自己说："嗳，还是再这样做下去吧。白天多用点功，夜里仍旧工作吧！"父亲接着说："多挣了六元四角钱，我虽然很高兴，只是这个孩子——"说到这里指着叙利奥，"他实在使我伤心！"叙利奥一声不响受着责备，忍住几乎要流出来的眼泪，心里却异常甜蜜。

那一天以后，叙利奥照旧夜里起来工作，可是他毕竟是个孩子，身体的疲劳终究很难支持。这样过了两个月，父亲仍旧责骂他，给他的脸色愈加可怕起来。有一天，父亲到学校去找老师，和老师讨论叙利奥的事。老师说："这孩子成绩好是还好，因为他原来是很聪明的，但是不及以前用心了，每天总是打呵欠，好像想睡觉。心思也不能全部放在功课上。让他写作文，他短短地写了一点就不写了。字也写得潦草了，其实他能写得更好一些。"

那天晚上，父亲把叙利奥叫到身边，态度比平常更严厉地对他说：

"叙利奥！你知道我为了这一家人，是怎样辛苦地工作。你不知道吗？我为了养活你们，是拿命在拼呢！你为什么不好好想一想，也不管你父母兄弟怎样？"

"啊，不是这样！您不要这样说，爸爸！"叙利奥忍住了眼泪叫着说。他本想把事情说个明白，父亲却把他的话拦住了："我们家这样穷，大家只有刻苦努力才支持得过去，这你是应该早知道的。我每天都在加倍地工作，这个月我原以为铁路局会发给我二十元奖金的，而且已经预先支配了用途。不料今天才知道，那笔钱没有希望了。"

听到这里，叙利奥把嘴边的话又咽了下去，他心里反复说：

"嗳呀，不能说，还是一直瞒下去，帮爸爸做事吧。对不起爸爸的地方，希望能从别的方面来补偿。学校里的功课，自己用功把它学好吧。但是更重要的，我要帮助父亲养活一家人，以减轻父亲的疲劳。对，这样做才对。"

又过了两个月，儿子仍然是每夜工作，白天疲倦不堪；父亲见了儿子依然生气。最令人伤心的是，父亲对儿子渐渐冷淡了。他好像认为这孩子太不争气，是没有什么希望了。于是见了面不跟他多说话，甚至躲避他。叙利奥看到这样子，伤心得了不得。每当父亲把背对着他的时候，他几乎要从后面向父亲跪下来。疲劳加上悲哀，使他身体愈来愈弱，脸色也愈来愈苍白，学习成绩也大大地下降了。他自己也知道夜晚的工作不能再干下去了，每天晚上上床的时候，他常常对自己说："从今夜晚起，半夜里不能再起来了。"可是一到十二点钟，他的想法就又改变了，好像睡着不起来，他就是逃避了自己的责任，偷用了家里的两角钱一样。于是他忍不住仍旧起来。他想父亲总有一天会明白他所做的一切的，或许在数签条的时候，会偶然发现他做了些什么事。到了那时候，自己虽然不说，父亲自然也知道了。他这样一想。每夜仍旧继续工作。

有一天吃晚饭的时候，母亲觉得叙利奥的脸色跟往常不一样。她说：

"叙利奥，你不舒服吗？"然后又对她丈夫说：

"叙利奥不知怎么了，你看看他脸色发青呢——叙利奥，你怎么啦？"说的

243

时候很是忧愁。

父亲瞟了叙利奥一眼，说："即使有病，也是他自作自受。以前用功的时候，身体不是好的吗？"

"不用功不正是因为他有病的缘故吗？"母亲说完，父亲却这样说："我早已不管他了！"

叙利奥听了，心里像刀割一样。就是这个过去连他咳嗽一声都要担心得了不得的父亲现在竟不管他了，父亲确实不爱他了，眼睛里已经没有他这个人了。"啊，爸爸！没有你的爱。我是活不下去的！——无论怎样，请你不要这样说。我全说了出来吧，不再瞒你了。我要你仍旧爱我，无论怎样，我一定像从前一样用功。啊，这一次我真下了决心了！"

叙利奥仍不能控制自己，习惯使他半夜里又不由自主地起来了。下了床，他想到几个月来工作的地方去走最后一次。他进去点着了灯，看见桌上的空白签条，觉得从此不写有些难过，忍不住又拿起笔开始写了。写着写着，不知怎的忽然手一抖，把一本书碰落在地上。他吓了一跳，满身的血液好像全涌到心口来了："爸爸如果醒了怎么办呢！这原来不算什么坏事情，发现了也不要紧，自己本来就几次三番想说明白了。但是，爸爸如果现在醒了，走了进来，看见了我，他和妈妈会怎样地吃惊啊！而且，如果现在被爸爸发觉了，他反思自己这几个月来待我的态度，不知要怎样懊悔难过呢？"——许多念头一霎时都涌上心来，弄得叙利奥心神不定。他竖起耳朵，屏住呼吸静听，听不见什么响声，一家人都睡得沉沉的，这才定下心，重新工作。街上传来警察的皮鞋声，有渐渐走远的马蹄声和车轮声，过了一会，又有一列货车轧轧地经过。以后，一切又静下来了，只是常常听见远处的狗叫。叙利奥使劲地握住笔写，钢笔尖在纸上沙沙地响。

其实这时候，父亲早已站在他的背后了。书掉到地上，父亲就惊醒了。过了好久，货车经过的声音，把父亲开门的声音夹杂了。现在父亲已经走了进来，他那白发苍苍的头就俯在叙利奥的小黑头上面，看着那钢笔尖在动。一瞬间，过去的一切事情，父亲全都明白了。他胸中充满了无限的懊悔和慈爱，身体就好像给钉住了。一动不动地站在那里。

叙利奥忽然发觉有人用两条发抖的臂膀抱住了他的头，他不觉"呀！"地叫了出来。等到听出是父亲的啜泣声。他叫着说：

"爸爸！原谅我！原谅我！"

父亲忍住眼泪，吻着他儿子的脸说：

"儿子，爸爸应该请你原谅！明白了，我终于明白了！我对不起你，起来。"说着他抱起了儿子，走到母亲的床前，把儿子放到母亲的怀里。

"快亲亲我们的好儿子吧！可怜他三个月来竟没有睡一个好觉，一直在为一家人劳动，可我还那样地责骂他！"

母亲抱住了叙利奥，几乎说不出话来：

"好宝贝，快去睡吧！" 又对父亲说："请你陪他去！"

父亲从母亲的怀里抱起叙利奥，把他抱到他的卧室放在床上，替他垫好枕头，盖上棉被。

叙利奥不停地说：

"爸爸，谢谢您！您快去睡吧！我已经很好了，你快去睡吧！"

可是父亲久久不愿离去，他伏在床边等他的儿子睡着，他握着儿子的手说：

"睡吧！睡吧！好宝贝！"

叙利奥疲劳到了极点，在父亲的注视下，没多久就睡着了。几个月来，他第一次好好地睡了一觉，连梦也做得很快活。醒来的时候，早晨的太阳已经升得很高了。他忽然发现床沿上靠近自己胸口的地方，横着父亲那白发苍苍的头。原来父亲那天夜晚就是这样过的。他把头贴近在儿子的胸口上，睡得正香。

作家的秘密

——［意大利］迪·布扎蒂

作为著名作家，他曾经名声四起，

因为他的优秀，同事们疏远他，

所以在他事业处于巅峰时，

他开始按照计划让自己从名人变成平凡的人。

经过努力，他如愿了。

对我而言，后退就意味着幸福，但我还没有达到幸福，因为我还有一小段距离才退到底。我想再尽情享受一下，因为我的年纪不允许我再浪费时间了。

我成为著名作家的时间已经早得记不清了，总之，我很早就名声四起，但我知道迟早有降温的时候，这是客观规律。

尽管如此，为这些毕生的成就，为今天这一可悲结局我仍然艰苦卓绝地奋斗了三十多年。

对别人而言，也许会觉得奇怪，难道不断后退就是我所追求的吗？

一点不错，作为作家，我是成功的。要是我愿意，我本可以毫不费力地沿着成功之路一直走下去，一直走到这个行业的最高点。

然而，这条路我不愿、也不能再继续走下去了。山峰虽高我却只能走回头路，沿着爬上来的旧路退下去，退回到原来的高度，也许你们会觉得这个高度很可怜，哦，不，不是的。实际上，我退回来不仅不会可怜，反而会得到各种安慰。本来我今晚写的这封信将密封住，等我死后世人才能知晓。但现在我要谈一下一个作家为什么要放弃前进的路的微妙原因吧！我总不愿带着这个秘密进坟墓呀！

在我四十岁时，正处在成功的顶峰，沉浸在自己的伟大成就中而不能自拔，然而有一天，我突然意识到，虽然我所追求的通往世界荣誉的道路是举世无双、令人神往、充满了人民的赞誉和胜利感的，但它只是一条短暂的小路。

因为物质富有对我已没什么吸引力。那么其余的呢？雷鸣般的掌声、胜利的陶醉、灯红酒绿的生活……这些是大部分人锲而不舍为之奋斗的目标，我也是。可是，当我喝下一口甜蜜时，嘴里剩下的，就只是一股苦涩的滋味。那么什么才是最高的荣誉享受呢？难道是你与行人擦肩而过，行人都回头望着你，并轻声嘀咕着说"瞧见了吗？这就是他！"仅此而已吗？每个人都希望有那种感受！然而，这种时刻并不多见，尤其是像我们很少抛头露面的作家，在街头被人认出来的机会更是少之又少。

没有人认出来也有好处，就是可免去很多不必要的社交应酬，如邀请信件、记者招待会、报告会等等，它们虽然可以激励人心，但更加会毒害人心。我的每一点成就尽管给我带来的满足微不足道，但却给许多同行带来不快。这些我可以从他们的谈话中感受到，从他们的表情中捕捉到还真是让人为难。他们都是正直、勇敢、勤劳的年轻人，和我是老朋友，我干嘛要使他们难过呢？后来我明白了，是我求名的雄心刺伤了他们。我发誓，我从来没有想过为难别人，为这事我一直感到内疚。

我知道只要我坚持做下去，我就会获得更大的成功，荣誉会更高，但同时，也就会使更多的朋友们感受到巨大的痛苦。我们的世界到处都有引起痛苦的原因，其中妒忌对人损伤最大、刺激最深，也最难治愈。也正因为如此，往往会得到他人的共鸣。

我不愿看见朋友如此痛苦下去，想弥补一下自己的过失，于是决定退却，这样，使朋友和自己都会好受些。感谢上帝，我仍有机会做一些好事。我对同行们的心灵造成的创伤愈深，我的退却就给他们的安慰愈大。于是退却成了唯一的出路，我更加自信了。

虽然决定退却，但我不能不继续写下去，我不能让同事们认为我是故意退却，那样同事们就得不到应有的宽慰。我不得不隐藏自己的写作才华，去写粗糙的文章，从而顺应所谓的"真理"，当然，读者会因此而感到失望。

粗制滥造，说起来容易，做起来难，而且尤为费劲儿。

第一，写出来的文章要得到舆论界公众的批评，因为我一直以来的名声，众人都已习惯了对我的吹捧。现在要来批评我的文章，就必须首先扭转广大读者的心理。

要是他们发现我是有意退却呢？我是说他们会有可能发现的，那样他们会不会采取保守主义，继续吹捧我呢？

第二，创作和随便编撰可是完全不一样，尤其是对于像我这样的作家，虽然告诫自己要写粗制滥造的文章，但写的兴起时那种创作的激情是很难平息的。要磨灭作家的创作激情谈何容易。就是在他故意模仿粗糙文章的过程中也不容易办到。

247

然而我经过几年的努力终于成功了，虽然极力压抑自己的创作激情，但是能做到这一点就足以证明我是位才华出众的人。我写了一些不三不四、无头无尾、故事简单、语言干瘪、文法粗劣的书，一本坏似一本。一切都按我的计划一步一步地进行着。

就这样，每当我出版一本书，同事们都变得快乐一些，对我的亲近又加深一层。我只有不停地这样写，一直写下去，周围的同事们开始有了自信心，又过上了平静的生活，他们又开始和我交往。他们像枯树一样又开花了。过去，我是他们的眼中钉、肉中刺，现在我被清除掉了，难怪他们都很高兴。

渐渐地，我与周围的同事亲近多了，但对我的批判也快速地增多。可是我发觉自己却不感到难过，因为我虽得到那些批判，换来的是同事的关心。我感到一种莫大的幸福，即使在我以前成功时，也未感受到如此的幸福，我听到的都是他们发自肺腑的真切关怀。从同事们的言谈中，我又找到了天真烂漫的年轻时所拥有的那种诚恳、清新和宽厚的感情。

对于别的人，也许会觉得奇怪，到底是公众重要，还是同事重要呢？难道您所谓的奋斗目标就只是让那几十个人高兴吗？您将公众放在一个什么样的位置呢？您的伟大抱负就只是这些？

我得承认，对于全人类，这的确很不公平。但我并没有欺骗后人，没有从广大公众那里夺走什么，更没有做什么对不起后代的事。虽然我近年来一直在不断地写粗制滥造的文章。可是，我的创作激情与水平却没有被阻断和降低，因为我一直在利用它们偷偷地完成自己的书。

它们完全可以帮助我赢回以前的辉煌灿烂。我写罢一部就锁进床头旁的保险柜里，一共写了12部。等我死后，它们就被公诸于世。那时同行就不会责难我了，对死人，他们还不至于计较什么。他们会好心地仰面大笑："这头老骆驼，他还真有两下子，真是小看了他的才华！"

无论如何，反正我要……

老作家没来得及写完自己的心路历程，就去了。临死时他还坐在办公桌前，白发苍苍的头一动不动地伏在案头，一旁是信纸和一枝被捏碎了的笔。

亲人们看老作家的信，从保险柜中取出了信中所提到的书，只是这些书没有一个人能够读懂，因为，这12本书中，一个字也没有。

启 程

——［奥地利］卡夫卡

我要向一个未可知的地方进发，
虽然仆人再三阻挠，
也难以改变我坚定的信心。

　　旅行前我吩咐仆人为我备马，而仆人却没服从我的安排，于是，我只好来到马圈，亲自给我的马备好鞍具，然后跨了上去。我听见远处有吹小号的声音，便问仆人：

　　"这号声有什么特殊的意义吗？"

　　"我不知道，我什么也没有听到。"仆人漠然地回答。

　　在大门口他挡住我问道："你这是去哪儿，先生？"

　　"我不知道，"我说，"只要离开这里，我走出去才能到达我的目的地。"

　　"那你知道你的目的地啦？"他问。

　　"当然，"我回答说，"我说过：'离开这里'，这就是我的目的地。"

　　"你没有准备充足的食物。"他说。

　　"我不需要，"我说，"此次旅行山高路远，如果在路上什么也得不到，那我必定饿死无疑，再多的食物也救不了我的命。幸亏这次旅行不同寻常。"

宾叔叔的抉择

—— ［阿尔及利亚］奇努阿·阿切贝

> 我是一个小职员，大家都叫我快乐宾，
> 我与人交往时很注意分寸，
> 在面对财富和妻子儿女的艰难抉择时，
> 我选择了后者。

那时是 1919 年，我还是个年轻的小职员，在乌木鲁的尼日公司工作。在那年头，当个职员有如今天的部长，我的薪水是 2 镑 10 先令。也许你们会觉得这点钱很少，对我的自豪很不屑，可是这些钱在当时可是一大笔财富，相当于现在的 50 镑呢。当时的物价很低，一只大山羊才只值 4 先令。我还记得公司里资历最深的非洲职员是个来自萨洛的人，他月薪 10 镑 13 先令 4 便士。在我看来，已有点高不可攀。

相信吗？我也是非洲俱乐部的成员之一了，因此不妨也称呼我为有志青年吧！我们打网球，玩撞球。每年我们与欧洲俱乐部举行一场锦标赛。不过，当时我的注意力并不在这些运动上，我喜欢的是每周六晚的舞会，因为那里有很多漂亮的女人，当然不是像我平日里在街上见到的那些庸俗的女人。

我有辆全新的自行车，是来礼牌的，大家都对我很热情，都叫我快乐宾，使我总是有种受宠若惊的感觉。可只有一样——我们可以大笑，开玩笑，喝酒，什么都行，但是得时刻保持头脑清醒。父亲总是告诫我说，聪明人都是睁着一只眼睛睡觉的，这我永远忘不了。所以说，尽管我与大家伙儿有说有笑的，他们也冲着我喊："快乐宾！快乐宾！"但你与她们交往时必须要保持清醒，否则很容易被她们算计，因此我得格外小心。我从不带她们去我家跳舞，我也从来不吃她们烧的饭，那年头死在女人手里的男人多得很，因此我牢记父亲的教诲：与人交往要注意分寸。

尽管如此，我也还是有过一次特殊的经历。她是一个打鱼人家的女郎，高个，黄皮肤，叫玛格丽特。一个礼拜六的上午，我正在听留声机，全新的 HMV 一世。我从不买二手货，要是没钱买新的，我就不买。这是我的座右铭。我放了一张唱片，静下心来一边享受着音乐，一边欣赏窗外的风景。人们穿着体面地从我窗前走过，到附近一座教堂去。这个玛格丽特跟他们一块儿走的时候，看见了我。也真是巧合，当我看见她时，已经来不及躲开了，没想到，她竟然就在中午教堂一关门，就来了我家。据她说她是来劝我皈依天主教的。她是不是有问题，这太让人奇怪了！这么标致的一个女子。不过她并不是我故事的主角。我要告诉你们的是，我是怎么才不那么胡闹的了。

那是个新年除夕。也许你们还不太清楚，对我们"月光"的人而言，新年可比圣诞节还要疯玩儿。在圣诞节之前，我的薪水可以说差不多已弹尽粮绝。可是新年却不同，那天我口袋里可是鼓鼓的。因此，那天我到俱乐部去了。

对于现在的年轻人所谓的能喝酒，我很是不屑。那种喝酒根本无法与我们相比。他们一瓶啤酒或一杯威士忌下肚，就会借着酒劲发起疯来。那天晚上我只是小饮白马牌。

我喝酒的习惯是从不乱喝，而只是按照规定的喝酒日子来喝。比如，如果我决定去喝威士忌酒，我知道那天是威士忌日；要是我明天想喝啤酒，明天必是啤酒日。那天我喝的是白马。我吃了一只烤鹅，还买了一罐几内亚黄金烟草。是啊，当时我还在抽着烟呢，后来是因一德国大夫劝我戒了烟，因为他说我的肺同锅底一般黑了。

251

那帮德国大夫真鬼怪。你们是晓得的，打针是他们的拿手好戏。只要你能指出的部位，他们就能打针——效率高得很。

你们看，我老是自己岔开话题……啊，对了，我喝了一瓶白马，又啃了一只烤鹅，然后……嗯？什么，喝醉，不，这个词可用不到我身上，我到现在还不知醉到底是个什么滋味呢。我父亲常说，治疗嗜酒的方法就是不喝。我是想喝就喝，要停就停。那天深夜三点的时候，我在心里提醒自己，你喝得已经够多了。于是我麻利地跳上自行车，静悄悄地离开了。

记得那个来自萨格的人吗？他由于手脚不老实，最终被公司开除了，现在他的职位由我替代，所以我住在公司的一幢小房子里，就是现在的奥立文大楼，知道吗？对，就是在尼日河畔的那座。房子一边的两间屋子我住，管店的住另一边的两间。我的运气还不错，好长时间，由于他的外出，整个房子都是我一个人居住。

我开门之后，将自行车放在头一间屋子里，然后反锁上门径直奔向卧房。

我太倦了，连灯都懒得去点。我把衣服脱下，挂在椅背上，一头栽到了那张宽大的双人床上。哦！上帝！我一躺下去立即觉得有个女人在我床上，我心里立刻想到该是玛格丽特，因此我开始傻笑，手也开始不规矩地在她身上乱摸。她一身脱得精光。我继续傻笑，我和她说话，她一直没吭声，我想她也许是气我那天没带她去俱乐部，因为我早已申明：我可以在那里跟你碰面，可是我是不带任何人去俱乐部的。我认为她还是不肯原谅我。

但我怎么逗她，她始终不发一声，不得已，我问她是否睡着了，可她还是不吭声。虽然我告诉过你们我不喜欢女人来我家，但我也不是那样的不解风情。所以说，要是我说那天夜里发现玛格丽特我很生气，那也太不现实了。我还在笑个不停的时候，注意到她的乳房像十六岁少女的那样挺直——或者，顶多十七岁。我想女人平躺大概都会这样。可是，当我摸到她的毛的时候却像欧洲人的那么细软，我猛然一怔。我摸她的头发，也是一样。我一下子意识到了一个事实，这个女人绝不是我的玛格丽特，我忽然感到有些害怕，一下子从床上跳了下来，大喊道："你是谁？到底是谁？"我的头一下子发胀了，似是要裂开一样，我禁不住发抖。那女人坐了起来，伸出手招我回去，她又用手摸我。我害怕地跳开，紧张地对她不住叫骂。这时我在心里对自己说：你怎么能这么怕女人？只要有钱她就会任我摆布。终于，我有点可以控制自己了，稳定了一下情绪，我说我会有办法让你说话的，我会知道你是谁。说着，我开始在桌子上找火柴。那女人一定明白了我的意思，她说："毕可，阿帕可瓦纳，欧可。"

我说："哦，你不是白种人。那你是谁？要是不告诉我，我就要划亮火柴了。"我摇了摇火柴盒，表示我对此事是认真的。我的胆子渐渐大了起来，同时，我意识到这个声音我似乎在哪里听过，很耳熟，我使劲回想着。

"回到床上来我就告诉你。"这是我听到的第二句话。那声音比糖还甜，可是绝不耳熟。终于，屋子亮了。

"哦，不要，求你别……"这是她说的最后半句话。

我现在想想，也还是不知自己是怎么逃出那屋子以及后来怎样的，当时我的脑子里一片混乱，我只记得后来我像发了疯似地直朝马休家狂奔而去。猛烈地捣他的门。

"是谁？"他在里头问。

"开门啊，"我喊道，"看在上帝的份上，求求你，快开门！"

虽然我不住地大喊自己的名字，可从我已僵硬的喉咙中发出的只是一连串可怖的怪声。门只开了一条小缝，我看见我这个亲戚右手里握着一把弯刀。

我栽倒在地上，他说："老天爷原谅他。"

那天夜里是老天爷引导我到马休·欧比家的，因为我已经有些不能自抑了。我当时不知道自己还在世上或是早就死了。马休往我头上泼了冷水，过了很久，我才清醒过来，定了定神，向他讲述我今晚的奇遇。不过，我想我一定没有突出重点，不然他不会一直问我她长得什么样子。

"难道我刚才没告诉你吗，我始终没看见她的脸。"我说。

"喔，这样啊，可是你听到她的声音了吧?"

"我是听见了她的声音，我也摸过她，她也摸了我。"

"你确定惊吓了她吗?"马休似有些开玩笑地说。

我不知道该如何解释，不过，马休的这句话却一下子点醒了我。我立刻知道了，去拜访我的是尼日河神女妈咪·乌塔。

马休又说了："你活了半生追求的是什么? 如果要的是财富，那你会为你今晚的举动后悔，不过如果你真是你爸爸的儿子，可以跟我拉拉手。"

我们握了手，他说："我们的老爹从没说过一个男人应当贪财而不要妻子儿女。这话我可是一直都记得。"

如今，我的妻儿们只要一有事闹性子。我就告诉她们："我不怪你们，只能怪我自己，如果我要是聪明的话，我现在的妻子，应该是妈咪·乌塔。"她们齐声大笑，问我为什么没娶她。最小的一个孩子说："别着急，老爹，机会永远都会照顾你的。"但她们说着便一起大笑起来。

玩笑终归是玩笑。天下哪有不要子女要钱财的男人呢? 除非像那个发神经的白人史都华·杨博士。噢，对了，我还有些话要说：那天晚上，我把妈咪·乌塔赶走之后，她跑去找史都华·杨博士去了，一个纯粹的白种人，他作了她的入幕之宾。喔，你们认识他吗? ……嗯，不错，他是成了全国最富的男人，可是他不能结婚，当然也不会有自己的孩子。你看，他死后，财产还不是归了别人，这样的富有，难道算是好事吗? 哦，上帝还是公平的!

一杯咖啡

—— [瑞士] 魏格曼

他想喝一杯咖啡，
可向自动售货机投入硬币后却没有任何反应。
他因急于取出自己的钱与服务员打了起来，
当他们躺在担架上被抬走后，
一杯咖啡却从自动售货机内出来了。

他走到一家咖啡馆门前，刚进得门儿，一股劣质葡萄酒的难闻气味扑鼻而来。

他向四周扫了一眼，墙上装有自动售货机，他想喝一杯咖啡，便如数把硬币放进投币口。但没有反应，不见杯子送出来，也听不见机器的工作声。他轻轻触了一下"退款"按钮，硬币也不见退出来。他有些沉不住气了，用手拍打无动于衷的投币口，继而用拳头敲打，一下，二下，三下……自动售货机好像一头不懂人事的动物，毫无反应。

他向咖啡馆内瞥了一眼，看见一名女招待，身着浅红色的工作服，一头精心制作、发型别致的金黄色的假发，面部毫无表情，目光呆滞，给人一种矫饰之感。

"对不起，对面那部售货机失灵了。"他说。她连眼皮也不抬一下："我认为您投币的方法不正确。"他站在那儿，一筹莫展，只得又向售货机走去，继续敲打。

"嗨！你想把机器砸坏怎么着？""金黄色"的声音。他转过身："这家伙坏了，什么也出不来，我的钱还在里边。"

"金黄色"走过来，按了下"退款"钮，硬币没有出来，她随后问道："您想喝什么？"

"一杯咖啡。"

她又按了一下"咖啡"钮，依然什么也没有。"金黄色"耸了耸肩："你还得交一次钱才行。"

"不行，我不干，我要取回我的钱！"

"金黄色"不屑地一笑："你说什么？你来钱也太容易了！谁能证明你投过硬币？"

"金黄色"撇了一下薄薄的嘴唇，代替回答。他脑羞成怒，用拳头擂打桌面，大喊大叫："这简直是骗局！你要不给钱，我可自己拿啦！"

"试试看吧！""金黄色"幸灾乐祸地说。

一个顾客走过来，证明他确实投过钱。另一个似乎是女招待的熟人说，顾客随便取钱的事在这个咖啡馆里从未有过。第三个则不偏不倚，在中间调和。

声音越来越响，言词一秒钟比一秒钟激烈，关系到这杯咖啡的内容越来越少。

继而两对拳头开始相撞，然后便是大打出手，只见桌椅飞舞，酒杯相击，咒骂、喊叫、呻吟混成一片。

结局不难想象，当警察开车赶到时，"战斗"已经结束。咖啡馆一片狼藉。

受伤的当然是这幕闹剧的两名主角，他们躺在担架上退场了。

一切恢复了往常的寂静。在死一般的寂静中，只有塑料杯子正卡在售货机的送杯口，机器在工作，清清楚楚地听见最后一滴咖啡落进杯子里。一杯咖啡稳稳地被托放在托板上，而且还冒着热气儿呢！

咖啡的泡沫顺着杯口缓缓往外流着，一声不响地漏进自动售货机。

诚实致富记

—— ［荷兰］埃·赞特涅夫

外祖父乘的火车出了车祸，他为了吃饭走回了家，
外祖母和母亲知道后，
让他在调查员来时说因撞击而得了脑震荡，以获得赔款。
然而他在调查员来时却将这一切忘得干干净净，
但最终还是得到了五千盾的赔款。

我的外祖父非常和蔼可亲，但是他的智力，却让人实在不敢恭维。真不明白，他的工资就那么一丁点儿，外祖母和家里人的日子是怎么过的。

小时候日子很苦，大家看起来都有些营养不良。我们孩子吃饭总是很积极，在母亲这儿吃过午饭后，还要到楼上外祖母那儿再吃一顿，然后去几门之隔的伯莎姨妈家，在她家再吃上些，以填饱肚子。

我第一次吃到熟苹果是在15岁那年，是我在城里一家当铺做学徒时。在那以前村里的苹果总是熟不了——因为它们没这个命啊。那些苹果可真酸，酸得我们眼泪直淌，可是现在的苹果却怎么也吃不出从前的那种滋味了。

那时，放开肚子进食的机会几乎没有，但除了那次：那天伯莎姨妈忘了锁碗柜，我因此得到了一次上帝的恩惠。打那以后，她们从来没有忘记这事，生了我好长好长时间的气。几年过后，每逢家庭聚会，还总有人大声嚷嚷："看好碗柜。"

我们一直过着穷苦的日子，但财神爷有时也会把发财的机会降临到穷人的头上，我外祖父就经历过一次：那次他乘的火车出了车祸。

如果一场车祸降临在你身上，而你又没有送命的话，上帝保佑，你可以被财神爷狠砸一顿了，你就不愁吃和穿了：铁路局要付赔偿费了！那些走运的乘客完全懂得该怎么办。他们装着似乎随时都会死去一样，谁都不肯起来。

只有一个人与别的生还人不同，那就是我的外祖父！

他胃口大得很，大过了我们全家人，有生以来从不放过一餐饭。当然现在他也不愿破这个例。这事故影响不了他的胃口。因此，他为了吃午饭，从路边砍了根树枝当拐杖，一路走回家，一走就走了大半天。

村里很快知道了车祸的事情，电报说"无人死亡"。

这时外祖父也结束了他的旅途，虽然走长路显得有点累，可仍旧手脚利索，笑容满面，也许因为他没错过午饭。见此情景，我的外祖母有些无法自抑自己的感情。起初她见丈夫安然无恙地回来了，心里的一块石头总算落了地，接着这种宽心的情绪里滋生了一丝怒意，而且很快就暴发了。

外祖父竟然为了一顿饭而放弃了一个百年不遇的发财良机！真令人难以想象。

而且她很快就知道自己该做什么了。还没等外祖父弄清是怎么回事，她就剥掉了他的裤子，把他按倒在床上，挣扎、哀求都无法给他任何帮助。外祖母把一块湿毛巾搭在他头上，并要母亲快点把蓖麻油带来。

外祖父被这一切吓坏了，使劲用被子裹住自己。但蓖麻油还是一滴不剩地进了他的肚子。可怜的老头！其实他所要的不就是一顿饭吗？但是，想想他为了这顿饭而失去了什么，他妻子和女儿不这么对他，还能怎样呢？

做完了这些准备工作，感觉似乎都像样了，接着医生就接到了通知。一会儿，医生来了，给外祖父作了全面检查，并宣布在他身上找不出一点点问题，外祖母和母亲却坚决反对医生的意见。

母亲一下子挡在医生前面，昂首挺胸，顿时显得非常高大！她毫不含糊地告诉医生说，外祖父遭到严重撞击后得了脑震荡，他的精神已经有了极大的问题，要不然怎样解释他竟放弃了这个千载难逢的机会呢？医生对于他的行为又该怎么理解呢？这是一个正常人能做得出的吗？

医生显然动摇了自己的立场。他曾和我母亲打过交道，吃过母亲的亏，这次他也许不想再惹任何麻烦，按母亲的话写了诊断书后，然后赶紧走了。

接着她们就耐心等待。两个女人想方设法地让外祖父呆在床上，并教他当铁路上来调查员时他应该怎么做、怎么说，外祖父此时定是十分配合地点头，似乎完全明白，理解她们所做的一切。

你们能够想象鳗鱼在床上会是什么样子。外祖父就活像条鳗鱼，不时地溜下床来，弄得娘儿俩毫无办法，只好把裤子放在他找不到的地方，但他仍然设法找到了裤子，而且还想溜。

就在他下床之际，外面一阵吵闹。透过窗户，我们看见了那些铁路调查员，全村老小毕恭毕敬地跟在后边，希望弄清事情的经过。

外祖父吓得一下子又钻回被子里，被子盖得严严实实，帐子也放了下来，那只蓖麻油瓶子放在床上最显眼的地方。后来人们都进来了。

事情一开始就很糟，外祖父把这几日所学的忘得干干净净，他微笑着欢迎贵宾们的到来，接着就向他们庄严大方地说了几句恭维话，又东拉西扯地说了一大堆。好不容易医生才插嘴问他究竟哪儿受了伤。这时，家里人都不住地暗示。

"啊呀!"外祖父带着天使般的微笑说道，"我的伤只要十万盾，就可治好了。"

外祖母和母亲当时的表情已宣告她们崩溃了。外祖父的话的威力真的很大，那几位赔款调解人笑得前俯后仰，半天直不起腰来。

他们稳了稳情绪，安慰了一下两位母亲，然后就给了外祖父五千盾——五千盾对于我们来讲已是个天文数字。

外祖父就是这样的一个人，一辈子从未变过。

孩 子 们

—— ［波兰］姆罗热克

> 孩子们在市政广场上堆雪人引起了卖报的、
> 合作社主任、市人民委员会主席等一系列人的不满，
> 他们因此受到了父亲的严厉惩罚。
> 可第二天，他们玩得更卖力，更开心了。

那年冬天，时断时续下雪，而且下得很大，使各处都积满了，整个城市雪白一片。

市政广场上，几个孩子在兴奋地堆着雪人。

广场非常大，每天有很多人在这里来来往往。政府机关的许多窗户都朝着广场，而广场本身却无所事事、无知无觉地扩展又扩展。广场中间，孩子们玩兴正浓。

他们先用雪滚了一个很大的雪球，算是雪人的肚子。后来又滚了个小一点的球，做雪人的其他部位。然后又滚了个更小的球，便是雪人的小头颅了。他们从周围捡了些小黑煤块，充作雪人的扣子，从上到下扣得整整齐齐。鼻子是一根胡萝卜。可以说，孩子们堆的这个雪人，实在是很普通，所有的小孩子，都会堆这样的雪人。

尽管如此，孩子们却玩得很高兴，很忘情。

人们在广场上来来往往，都会为那雪人稍作停留。各个机关在办公，似乎并未在意广场上的孩子及他们的雪人。

父亲很高兴他们玩这种游戏。因为他的孩子们在新鲜空气里玩耍，脸蛋儿都红红的，胃口好，饭量也会增大。

但是在傍晚，却忽然传来了敲门声。进来的人是个报贩子，他在广场上有个售报亭。他一进门就表示抱歉，说如何如何地打断他们休息，但是他认为有必要同父亲探讨一些问题。照说大家都知道，那只是些小孩子，年幼无知，但是得好生照看，这对他们以后也是有帮助的。他是认为要对孩子负责，不能有丝毫疏忽，这是他登门拜访的原因所在。

259

然后，他说到了所来的重点，他谈到了孩子们给雪人装的那个胡萝卜鼻子，红得就跟他的鼻子一样。他的鼻子红是由于受了冻伤，不是因为喝多了酒。他认为孩子们不该用这个来取笑他。因此，他希望能阻止这一切。

父亲很理解他，也很重视这些意见，这当然是孩子们的不对。他们真不懂事。于是他把孩子们都叫过来，指着报贩子严厉地问道：

"你们怎么能取笑这位先生而给雪人装个红鼻子呢？"

孩子们感到很惊讶，不明白是怎么回事。后来他们听清楚了，马上摇头说，他们根本没想过。

但是，他们仍为此受到了父亲严厉的惩罚。目的已经达到了，报贩子返身走了，却在门口跟区合作社主任碰了个满怀。他也是来拜访这家主人的。父亲很热情地招待他，但不明白这样一个重要的人物来这里干什么。主任见到孩子们立即皱起了眉头，鼻子里哼了一声，说道：

"哼！就是他们！这帮小家伙！您应对他们严加管教。别看他们小，可是很厉害呢。今天我从窗户向外巡视广场，我看到了什么？他们竟然在那儿堆雪人！真令人……"

"啊，您也是为那个鼻子……"爸爸猜测说。

"什么鼻子？哦，不，我是说，请您想想看，他们先堆出一个大球，后来是第二个、第三个。他们这是什么意思？以为我看不懂吗？他们把第二个雪球放在第一个上面，第三个再放在第二个上面，这种事情怎么能让人忍受？"

父亲见主任说得义愤填膺，可自己还是不明白。主任见状就更加生气了。

"你怎么还不明白呢！你难道还不懂这意味着什么吗？哎呀！他们是想说，在这个区合作社里一个窃贼坐在另一个窃贼的头上。可这是诬蔑，谁都不敢乱说的，就是报纸也得仔细谨慎谈论这事儿，可他们怎么能够……"

主任一再强调，考虑到孩子们年龄尚幼，不要求公开赔礼道歉，但要求今后要多加注意。

孩子们又一次受到审问，问他们把一个雪球放在另一个雪球上面的时候，是否真想说明区合作社里是一个窃贼坐在另一个窃贼头上。

孩子们依旧摇头，并且害怕地哭了起来。但是不可避免的，他们又受到了惩罚。

事情并没有到此结束。院子里传来了雪橇的铃铛声，雪橇到了门前，铃声突然中止。主人的门再一次被敲响。门外的人是本区名声显赫的人物——市人民委员会主席和一个胖子。

"我们是为您的孩子们的事而来的。"两人在门口同声说。

父亲对此似乎有点习惯了，也有了经验。因此，向他们推过椅子，请他们坐下。主席朝那位陌生人斜了一眼，也许对他的来意甚是不明，然后首先开口说：

"我对您很失望，您竟然可以容忍家里人反对政府？您难道没有政治觉悟？您如何解释这些？"

父亲更不明白了，不知自己又怎么会与政府做对了。

"您的思想觉悟完全展现在了您的孩子身上。谁会对人民政权机构进行讽刺？是您的宝贝孩子。他们把那个雪人恰好堆在我办公室的窗下。"

"噢，我想我明白了，您……"父亲胆怯地道，"似乎是说一个窃贼坐在另一个窃贼……"

"窃贼！小事一桩！难道您不清楚，在市人民委员会主席的窗下堆雪人意味着什么？您不知道我们在背后曾被嘲笑了几百次。为什么您的孩子不在别人，比方说，阿登纳的窗下堆雪人？怎么？您没话说了？您以为沉默就可以了？这沉默意味深长，我能从中得出结论。"

胖子听到这里，似乎有些犹豫了，他向四周看了看，悄悄地走出了门。窗外又响起了雪橇的铃声，越来越轻，直至消失。

"好吧！亲爱的先生，我想您应该好好想想了，"主席接着说，"啊哈！顺便说一下，在家里不系扣，这是我的私事。您的孩子为什么要用这事来开我的玩笑？他们有这个权利吗？雪人身上从上至下的一排扣子也是语义双关的。我再说一遍，这完全是我的个人问题，这不应该受到嘲笑，您的孩子无权过问。这一点，您必须知道！"

深受指责的父亲有些受不了了，他把孩子们全都叫来，要求他们马上承认，刚才主席所说的一切都是他们精心安排的。

261

孩子们虽然还是不明白为什么，但依照父亲说的，立下保证，他们堆雪人不过是为了玩耍，没有任何附带想法。但是，父亲为了以防万一，不仅不准他们吃晚饭，罚他们站墙角，还加了一些更严厉的惩罚。

这天傍晚，还有几个人来敲他们家的门，但父亲再也没有开过门。

第二天，我又看见了那三个孩子。广场是不准他们再去玩耍了，他们的小脑袋一定又在想着什么。

"我们再来堆雪人吧。"一个说。

"咦，还玩呀，太没趣了！"

"我们来堆那个卖报的，给他安个大大的红鼻子。他的鼻子红，因为爱喝酒，这可是他自己说的。"第二个宣布。

"不，我们堆那个合作社主任吧！"

"干脆堆那个主席吧！因为他是个笨蛋，还得给他安上一排扣子，把他的隐私泄露出去。"

孩子们又闹了起来，又找回了昨天堆雪人时的快乐。最后决定挨个儿堆。

他们比昨天更卖力、更开心地干了起来。

要坚持相信自己

拳击手在练习场上遭到教练的训斥，
生气地一个人走夜路回家，
半路遇到一个蒙面抢劫的人。
面对对方的拳头，拳击手奋力逃跑。
那个抢劫者拿下面罩，原来却是拳击手的教练。

难解决的问题

—— ［中国］ 许地山

梅说要等他十年，
白说要等他到结婚的那一天，而区却要终身等他。
面对三个痴情女子，他的选择竟是拈阄。

我叫同伴到钓鱼矶去赏荷，他们都不愿意去，剩我自己走着。我走到清佳堂附近，就坐在山前一块石头上歇息。在瞻顾之间，小山后面一阵唧咕的声音夹着蝉声送到我耳边。

谁愿意在优游的天日中故意要找出人家的秘密呢？然而宇宙间底秘密都从无意中得来。所以在那时候，我不离开那里，也不把两耳掩住，任凭那些声浪在耳边荡来荡去。

辟头一声，我便听得，"这实是一个难解决的问题。"

既说是难解决，自然要把怎样难的理由说出来。这理由无论是局内、局外人都爱听的。以前的话能否钻入我耳里，且不用说，单是这一句，使我不能不注意。

山后底人接下去说："在这三位中，你说要哪一位才合适？……梅说要等我十年；白说要等到我和别人结婚那一天；区说非嫁我不可，——她要终身等我。"

"那么，你就要区罢。"

"但是梅的景况，我很了解。她的苦衷，我应当原谅。她能为了我牺牲十年底光阴，从她的境遇看来，无论如何，是很可敬的。设使梅居区的地位，她也能说，要终身等我。"

"那么，梅、区都不要，要白如何？"

"白么？也不过是她的环境使她这样达观。设使她处着梅的景况，她也只能等我十年。"

会话到这里就停了。我的注意只能移到池上，静观那被轻风摇摆的芰荷。呀，叶的那对小鸳鸯正在那里歇午哪！不晓得它们从前也曾解决过方才的问题没有？不上一分钟，后面底声音又来了。

"那么，三个都要如何？"

"笑话，就是没有理性的兽类也不这样办。"

又停了许久。

"不经过那些无用的礼节，各人快活地同过这一辈子不成吗？"

"唔……唔……唔……，这是后来的话，且不必提，我们先解决目前的困难罢。我实不肯故意辜负了三位中的一位。我想用拈阄的方法瞎挑一个就得了。"

"这不更是笑话么？人间哪有这么新奇的事！她们三人中谁愿意遵你的命令，这样办呢？"

他们大笑起来。

"我们私下先拈一拈，如何？你权当做白，我自己权当做梅，剩下是区的份。"

他们由严重的密语化为滑稽的谈笑了。我怕他们要闹下坡来，不敢逗留在那里，只得先走。钓鱼矶也没去成。

胖子和瘦子

—— ［中国］冯骥才

胖子和瘦子是好朋友。

当胖子走红时，人们都想方设法变胖，而瘦子却不动心。

一年后，社会上又开始流行瘦了，

这时胖子很苦恼，可瘦子告诉他，

说不定哪天又会流行胖了。

这城里，胖子和瘦子是一对朋友。一个胖得出奇，一个瘦得惊人。这胖子等于瘦子四个左右。

那时，胖子走红运。当官儿必须是胖子，画家专画胖子，女人也要挑胖男人做丈夫。人说胖子块头足，身壮力不亏，能显出真正男人气。于是就出现愈胖愈好的趋势。这位本城最胖的胖子就受到格外重视，人们都向他讨教胖身术。他的照片、言论、轶事，到处被争抢刊载。其中他的两句发胖经验："多吃多睡，动不如静。"被全城人当做口头禅与座右铭。照这两句话去做，果真见效！本城的胖子就愈来愈多，但一时胖不起来而鼓腮挺肚、假装胖子的也不乏其人。一次，胖子被一群记者纠缠住，非请他说一说发胖的秘诀不可。他信口说一句："要衣松带宽！"当日全城加肥衣服就被抢购一空。各种腰带又滞销了。此刻，任何有能耐的大导演、演员、球星、发明家、魔术大师、特异功能者，都压不过胖子的名气。

某日，胖子兴致勃勃地去找老朋友瘦子。他见瘦子依旧细骨伶仃，便伸出肉磙儿一般的食指直对瘦子的肋巴骨说：

"现在城里人人都学我，你是我的好朋友，为什么反不学我？天下还有比你更瘦的人吗？"

瘦子淡淡一笑，颇为自负地说：

"别看你一时走红，等你过了劲儿，就该轮到我了。不信，走着瞧吧！"

过一年，真有变化。不知哪来一种说法：人胖，发喘，出汗，行动不便，脂肪囤积多，容易患血管病，有百害而无一利。当人们对一种东西的好奇与兴致渐渐淡了，相反的东西就现出魅力。这说法即刻像一阵风吹遍全城，跟着，有人在报纸上发表整版一篇文章，曰《瘦子好!》，文章扬瘦抑胖，议论周密，又十分有理。它说，瘦子灵便，体轻，占用空间小，不易患血管病。据统计，长寿的人中，百分之九十八是瘦子，百分之一是不胖不瘦的，只有一个胖子，看来胖子长命纯属偶然。

自此，人们又开始关心瘦身法了，那个一直被世人遗忘的瘦子，终于被人们当做一件稀世的宝贝发现了。瘦子的经验刚好与胖子的相反。他要人们：节食、素食，少吃糖，不喝啤酒，早起打拳，饭后散步，生命在于运动……于是，原先写文章称颂胖子的那些人，又笔锋一转，纷纷撰文，引经据典，有理有据，证实瘦子的经验如何宝贵、可靠和正确，并赞美瘦子是"当代人最佳体重"，"最符合时代要求的体重"，"典型形象'等等。报刊上有关胖子的报道一下子不见了。瘦子像片羽毛，一阵风，上了天。他的照片、轶事、经验、趣闻、言论、访问记、报告文学，像漫天飞花，风靡一时。

这天，瘦子在街上遇见胖子。胖子被冷落了，灰头灰脑，无精打采，他感慨地对瘦子说：

"当初你的话还真说对了，早知听你的话，提早设法变瘦，如今一下子很难瘦下去!"

瘦子听了，摇了摇他干树枝般的手指说：

"不! 你应该保持这样，说不定哪天又时兴胖子了!"

267

男人的境界

—— ［中国台湾］陈幸蕙

当总公司派来的稽查考核人员看到房间中的少女时，
立刻明白了一切。

此时，他对男人的境界的理解又加深了一层。

水汽蒸腾的温泉浴池正殷殷等他进入。

准备解衣的那个女孩也是？

但他阻止了她。

"礁溪的大饭店啊，那温泉浴是别处享受不到的……"他想起晚餐桌上杨科长的话——"你们远道而来，我们自然要尽地主之谊招待啦，包君满意的！"

——但究竟是尽地主之谊，还是谄媚讨好他这位从总公司来稽查的考核人员？走进房间，发现那女孩也在时，他立刻明白了一切，同时微微不悦地想：杨科长未免把所有男人的境界都看得太低了吧？

女孩其实非常清秀，身材——忍不住瞥了一眼——也相当不坏！孤男寡女独处一室……是谁很不入流地对他说过不吃白不吃……当某些意识开始松动起来，需要外力解救时，他狼狈地从心猿意马的困境中逃出，仓皇问起女孩为何从事这行业的话题。

女孩则轻松自在地从"十三岁被人用两万元开苞"说起——

"有时一天接客五六次，生意好时十几次……"

平静得仿佛在叙述别人的故事。

他则仿佛看见不同的枪管，射出相同的液体子弹，日以继夜夜以继日，就在眼前这女体里爆开。一匹完好的女性尊严与天真，在被炸得千疮百孔之后，终被夷为麻木的平地——一个被男人生物性或兽性当活靶射击的女孩！——人道思维撞击之下，溅出几星哀哀叹息的火花。方才突然断电的理性接通线路，他终又重新恢复了对自己的把握。

当今晚不必工作的女孩离去时，微笑的眼神非常美丽。

至于杨科长承办业务的考核，技术部分之外的评价，他也大致有了底。

而人生中的情欲选择题呢？

沐浴完毕，独自躺上那张波动晃漾、柔软怪异的圆形水床时，他想，回避作答即是满分吧！

因为就男人的境界言——现在他不得不承认——圈选错误或倒扣计分的危险性实在太高了！

269

咖啡馆里的世界公民

—— [美国] 欧·亨利

在一家咖啡馆里，我遇到一位世界公民，

他粗俗无礼地向我畅谈他纵横世界的宏论。

后来，他因看见朋友而与我辞别。

可不久，我的世界公民却因出生地的问题而与陌生人打了起来。

午夜时分，咖啡馆里仍人满为患。我随意地挤了进来，在一张恰好不为人们所注目的小桌旁坐下。这张桌旁已有一位顾客，剩下的两把空椅以诱人的殷勤，伸开双臂欢迎新拥进的顾客。

当时，与我同桌的是一位世界公民。我真高兴，因为我持这种理论，自亚当以来，还没有过一位真正的居民属于整个世界。我们听说过世界公民，也在许多包裹上见过异国标签，但那是旅游者，不是世界公民。

我想，下面的情景也许会引起你的思考——大理石桌面的桌子，一排排靠墙的皮革椅座，愉快的侣伴，稍加打扮的女士们正以微妙而又明显可见的情趣争相谈论着经济、繁盛和艺术，小心周到而又喜欢慷慨的侍者，满足一切人口味的音乐以及因此而慌忙不迭的作曲家，还有杂七杂八的谈话声、欢笑声——假如你乐意的话，高高的玻璃锥体里的维尔茨堡酒将躬身送到你的唇边，就像枝头上的熟樱桃被强盗鸟摇晃进嘴里一样。一位来自英国名叫奇·丘恩克的雕塑家告诉我，这景象与巴黎的相差无几。

现在我来介绍这位世界公民，他叫 E. 拉什莫尔·科格兰。他对我说，明年夏天他将去科尼岛，在那儿建立一种新的"诱惑力"，并提供国王式的消遣。过后，他的谈话便随同经纬度的平行线而展开，把巨大的圆圆的世界握在手里。这么说吧，他对世界极为了解，又极为瞧不起，世界似乎只是客饭中黑葡萄酒里的樱桃核那般大小。他粗俗无礼地谈及赤道，匆匆由这块大陆转到那块大陆，他在嘲笑某些地区的同时，用餐巾抹掉因高谈阔论而产生的狂涛巨浪。他把手一挥，谈起了海德拉巴帮的某个东方集市。他的手尚未落下，他又已带你去拉普兰滑雪。接着，你在基莱卡希基同夏威夷的土著一起驰骋在浪尖波顶。一转眼，他拖着你穿过阿肯色州长满星毛栎的沼泽，让你在艾达荷州的碱性平原的牧场上炙烤一阵子，然后才旋风似地带你去维也纳大公们的上流社会。之后，他会告诉你，有一次他在芝加哥湖因吹了凉风感冒了，而在布宜诺斯艾丽斯一位年长的埃斯卡米拉人竟然用丘丘拉草药热浸剂把他治好。假如你想写信并寄给他，你该致函"宇宙、太阳系、地球的 E. 拉什莫尔·科格兰先生"。

我仔细倾听他纵横整个世界的宏论，但生怕从中发现他仅仅是个环球旅行者的口音。他的见解决非飘浮不定或令人沮丧，他对不同的城市、国家和各大洲都是不偏不倚，有如吹风和万有引力一样自然。我确信自己终于发现了自亚当以来的第一个真正的世界公民。

正当 E. 拉什莫尔·科格兰对这小小的星球高谈阔论之际，我高兴地想起了一位差不多算是伟大的世界公民来，他把自己献给了印度，并且为整个世界而写作。在一首诗中，他不得不说，地球上的城市之间不免有些妄自尊大，互相竞争，"靠这城市抚育着人们，让他们来来往往，但仅仅依附于城市的折缝之中，有如孩子依附于母亲的睡袍一样"。当他们走在"陌生的繁华街道上"，便会记起对故乡城镇是"多么忠诚、多么愚笨、多么令人喜爱"，他们使自己的名字与故乡的名字生死与共，紧紧相连。我突然记起了吉卜林的疏忽大意，于是也激起了我无穷的兴趣。现在，我已经找到了一个不是由尘埃造就的人，他不是狭隘地吹捧自己的出生地或自己的国家，如果说句褒扬的话，他不仅是在赞美整个圆圆的地球，而且是在与火星人和月球的居民相抗衡。

关于这类问题的见解，也是这位世界公民突然抛掷出来的。当科格兰正在给我描绘西伯利亚铁路的地形时，乐队转成了集成曲。结束的曲调是"迪克西"，振奋人心的乐曲加快时，几乎被咖啡馆里拥挤不通的人们的鼓掌声所淹没。

在纽约市内有众多的咖啡馆，而且这种引人入胜的场面每天晚上都在各处上演。成吨的饮料挥霍于阐释各种理论。有人轻率地猜测，城里所有的南方人在夜幕降临之际全都在咖啡馆。在北方的一座城市里如此赞许这种"反叛"气氛真有点叫人迷惑不解，但并非不可解答。对西班牙的战争，多年来薄荷和西瓜等农作物的丰收，新奥尔良的跑道上爆出冷门的获胜者，由印地安纳和堪萨斯的居民所组成的"北卡罗来纳社团"举办盛大的宴会已经使南方成了曼哈顿的"时尚"。

当"迪克西"演奏到高潮的时候，一位黑发年轻小伙子不知从什么地方蹦了出来，一声莫斯比游击队队员的吼声之后，疯狂地挥舞着软边帽，迂回地穿过烟雾，在我们桌旁的空椅子上坐下了，然后抽出一只烟来。

该是打破这夜晚缄默的时候了。我们当中有人向侍者要了三杯维尔茨堡酒，黑发小伙子便笑了笑，点了点头，因为显然这酒包括他的一杯。我赶忙问他一个

271

问题，因为我要证实我的一种理论。

"你不介意告诉我，你是哪儿的人……"

我的话尚未说完，便打住了，因为 E. 拉什莫尔·科格兰的拳头粗鲁地砸在了小桌子上。

"原谅我，"他说，"但我决不喜欢听到这种问话。是哪里人又有什么相干呢？从通讯地址来判断一个人公正吗？唉，我见过肯塔基人厌恶威士忌，弗吉尼亚人不是从波卡洪塔丝传下来的，印地安纳人没写过一本小说，墨西哥人不穿缝口上钉银币的丝绒裤，有趣的英国人，挥霍的北方佬，冷酷的南方人，气量狭小的西方人。纽约人总是忙忙碌碌，从未花上一小时在街上瞧瞧杂货店里的独臂售货员是怎么把越橘装进纸袋的。让人真正像人，不要用任何地域的标签给他设置障碍。"

"请原谅，"我说，"但是我的好奇心不是毫无根据的。我喜欢观察，而且我了解南方。当乐队奏起'迪克西'时，我相信那位为这支乐曲喝彩特别卖劲、假装对南方最为忠诚的人一定来自新泽西州的塞考卡，或者在本市默里·希尔·吕克昂和哈莱姆河之间。我正要寻问这位绅士来证实我的看法，恰好被打断。当然，我必须承认，你的理论才是更大的理论。"

现在，黑发小伙子对我说："我倒喜欢成为一枝长春花，长在峡谷之巅，高唱嘟——啦卢——拉卢。"

很显然，他也是按自己的一套习惯思考的，但这太过于朦胧了，因此，我又转向科格兰。

"我已经围绕地球走了十二遍，"他说，"我了解到厄珀纳维克的一位爱斯基摩人寄钱到辛辛那提去买领带，我看到乌拉圭的牧羊人在一次'战斗小湾'早餐食品谜语竞赛中获了奖。我在开罗、希腊各为一间房付了房租，在横滨为另一间付了全年租金。上海的一家茶馆专门为我准备了一双拖鞋，在里约热内卢的贾尼罗或者西雅图，我不必告诉他们怎样给我煮蛋。这个世界又旧又小。吹嘘自己是北方人、南方人有什么用呢？吹嘘山谷中的旧庄园的房舍、克里夫兰市的欧几里德大街、派克峰、弗吉尼亚的费尔法克斯县或阿飞公寓或者其他任何地方又有什么用呢？只有当我们摒弃这些糊涂观念之时，即哪怕我们碰巧出生在某个发霉的城市或者十公顷沼泽地也沾沾自喜的时候，这个世界才会变得更美好。"

"你这位世界公民似乎货真价实，"我羡慕地说，"不过，你似乎也抵毁了爱国主义。"

"那是石器时代的残余，"科格兰激烈地宣称，"无论是中国人、英国人、祖鲁人，还是巴塔哥尼亚人以及住在海湾的人，我们都是兄弟。将来总有这么一天，一切为自己出生的城市、州、地区或国家的自豪感将一扫而光，正如我们理所应当成为的那样——世界公民。"

"可是，当你身处陌生的地方时，"我仍坚持道，"你的思想是否会回复到某个地点——某些亲近的和……"

"我永远不企望这样一个地点，"E.拉什莫尔·科格兰毫不在意地打断我，"这一大块陆地的世界是行星的东西，只稍微把两极弄平一点，称之为地球，这就是我的寓所。当然，我在国外碰到类似的事情许多。我见过芝加哥人在威尼斯的月夜，坐在凤尾船上，吹嘘他们的排水沟。我见过一位被介绍给英格兰国王的南方人，他连眼皮子也不眨一下，便把消息通给了那位独裁者——他母亲方面的一位姑婆，通过婚姻关系，同查尔斯顿的珀金斯家的人搭上了关系。我知道一位纽约人被几个阿富汗的匪徒绑架索取赎金，等他的人送钱去，才同代理人一道回到喀布尔。我不是固定在直经不足八千英里的任何地方。请记下我，E.拉什莫尔·科格兰，是世界公民，属于整个地球。"

我的世界公民作了个夸张的辞别动作，而后离开了我。因为他在闲谈之间透过烟雾看见了某个熟悉的人。因此，只留下黑发小伙子和我坐在小桌旁。想当长春花的人屈尊于维尔茨堡酒，再也没有能力去声言他在谷顶上唱歌的抱负了。

我坐在那儿，回味着我那明白无误的世界公民的一言一行，弄不准怎么那位诗人没有注意到他。他是我的新发现，我信赖他。那是怎么回事呢？"靠这些城市抚育着人们，让他们来来往往，但仅仅依附于城市的折缝之中，有如孩子依附于母亲的睡袍一样。"

273

然而，E.拉什莫尔·科格兰与那位诗人截然不同，他把整个世界作为他的……

突然，从咖啡馆另一边传来高声叫喊和争执，我也因此从沉思默想中惊醒。从坐着的顾客头顶上望过去，我看见E.拉什莫尔·科格兰和另一个陌生人正在激烈搏斗。他俩在桌子之间打来打去，玻璃杯砸碎了，附近的人抓起帽子还来不及躲开便被打翻在地，一位微黑女郎尖声叫喊，另一位金发女郎却开始唱《取笑》。

科格兰，我的世界公民，仍保持着地球的骄傲和名声。就在这时，侍者们利用著名的飞速楔形结构插入两个格斗者之间，尽管他们仍在全力抵抗，但最终还是被推出了咖啡馆。

我叫住一位法国侍者麦卡锡，问他争执的缘由。

"打红领带的那个人给惹火了，因为另一个谈起了他出生的那个地方，并说那里的人行道和供水都非常差劲。"

"哦，"我难为情地说，"那人是个世界公民——属于整个地球，他……"

"原籍是缅因州的马托瓦姆基格，"麦卡锡继续道，"他说他不愿再忍受那个鬼地方，想把它彻底敲掉。"

中彩之夜

——［美国］约·格立克斯

父亲的彩票中彩了，奖品是一辆别克汽车，

可那张彩票是父亲为他的老板代买的，

彩票的一角上写有铅字"K"。

汽车被人开走了，

多年后，我为父亲的做法而骄傲。

二战前，我家很穷，算得上是纽约城唯一没有汽车的人家。当时，我十多岁，已经懂事了。在那幼小的心灵里，没有一辆属于自己的汽车，就证明我家是穷人中的穷人，是最穷的人。

我们出门办事情所用的唯一交通工具，是一辆简陋的两轮柳条车，拉车的马老得快要死了。我母亲像《大卫·科波菲尔》里的人物那样，管它叫做巴尔克斯。我们的巴尔克斯与电影中的那个形象差异很大，它长的很滑稽，四条罗圈腿，马蹄踏在地上发出哒哒的声音，好像在向路人说我家很穷。

父亲是个工薪族，成天忙里忙外却拿不到多少钱。假如我父亲不把一半工资用于医药费以及接济给比我们还穷的亲戚，那我们也不必吃现在的苦。实际上，我们生活得非常艰苦。房子已完全抵押出去。一到冬天，我们家就成了欠债户。

母亲总是鼓励我们说："一个人有骨气，就等于有了一大笔财富。这种精神财富不是物质财富所能比的。"

我挖苦地反驳说："买汽车不是用骨气和希望付款的。"母亲在生活上力求简朴，在母亲的经营下，我们的生活可说是丰富多彩。母亲知道如何用几码透明印花棉布和一点油漆派正当用场的诀窍。可是，我们的交通工具却仍然只能是巴尔克斯。

一件意外的事情把我们那实实在在的羞涩之情一扫而光，我们都没有想到财神竟然一夜之间降临我家。

一个轰动的消息被公布出来，有一辆崭新的别克汽车将以抽彩方式赠出，而那车真是漂亮极了。

那晚我站在远处的阴影里，一边观看焰火，一边猜想那辆车的主人会是什么样的人。用彩旗装饰一新的别克牌汽车停放在一个专门的台子上，在十几只聚光灯的照耀下，真是漂亮极了。所有的人都在期盼幸运之星会降落在自己的头上。

尽管我时常想入非非，可也从没想过幸运的人会是自己家人。但是，扩声器里确实在大声叫着我父亲的名字！我激动得不知如何是好，只是不停地想到前面去，到父亲身边。市长把汽车钥匙交给我父亲，我们终于有汽车了。

回家的路虽然很短，可是我却不停地加速加速，好像别克牌汽车载着我的女友去参加舞会似的。家里除起居室有灯光外，别处一片漆黑，这使黑亮的别克汽车在那里格外显眼。看来巴尔克斯该退休了。

我气喘吁吁地跑到汽车前，有些胆怯又有些不相信地抚摸着它，开了门，坐进去。真气派，车内散发出新汽车的奇异气味。我端详了一下闪闪发光的仪器板，舒舒服服地靠在椅背上。我转过头去，观望窗外的景致，这时，我看见了父亲，他正在人行道上散步。我兴奋地跑过去，想去拥抱幸运的父亲。

父亲看见我，却没有亲切地叫我过去，而是向我大吼道："滚开，别呆在这儿！我想一个人呆着！"

我伤心极了，真的，从未这样伤心过。父亲的骤变使我一下子从惊喜中清醒过来，我闷闷地进了家门。

母亲见到我悲伤的样子说："不要紧，你父亲只是在想一个问题。而这个答案对大家都很重要。"

"难道我们中彩了，有汽车了，还不能让他开心吗？"我迷惑不解地问。

"那辆车是别人的。"母亲说。

我歇斯底里地大叫："难道是我的耳朵聋了吗？汽车中彩明明是广播宣布的。"

"你看，看看这个，孩子。"母亲轻声说。

桌上台灯下放着两张彩票存根，上面号码是 348 和 349。

中彩号码是 348。"你能找出这两张的区别吗？"母亲问。

我不明白母亲的意思，只好说："我只看到中彩的号码是 348。"

"你再仔细看看。"母亲耐心地说

我又拿起彩票，仔仔细细地看，终于看到彩票角上有个用铅笔写的淡淡的 K 字。

母亲又问："你看到 K 字了吗？"

"看见了，只有一点点。"

"知道这 'K' 代表什么吗？它代表凯特立克。"

"吉米·凯特立克吗？是父亲的老板？"

"对!"

母亲把经过详细地告诉了我。当时父亲说，他买彩券的时候可以给吉米代买一张，吉米说："为什么不可以呢?"过后，吉米就忘了这件事，再没提起。父亲就用自己的钱以自己的名义买了两张彩票，而中彩的那一张却不属于我们。现在可以看得出来那 K 字曾用大拇指轻轻擦过，但仍然可以认得出来。

对于我来说，这事再清楚不过了，爸爸的老板吉米·凯特立克是个亿万富翁，汽车、仆人、金钱、权势他样样不缺。那辆汽车对于他来说，简直没有任何用处，至多给他的财富增添点色彩。我激动地说："他根本不需要汽车。"

母亲平静地说："让爸爸自己决定该如何去做吧!"

几分钟后，父亲推门进了屋，我静静地等待着结局。父亲还是给他的老板打了电话，凯特立克的仆人接了电话，说老板在睡觉，但父亲坚持要与老板通话。最后凯特立克被叫醒了，他口气十分不好，显然是不高兴被人吵了睡觉。我父亲把整个事情对他说了。第二天中午，凯特立克的两个司机来到我们这儿，把别克牌汽车开走了。一切就这样结束了。

后来，我们有了一辆汽车，那时我已成年了。随着时间的流逝，我母亲的那句格言"一个人有骨气，就等于有了一大笔财富"具有了新的含义。现在回想当年，我已明白父亲的想法，并且一直认为，我爱我的父亲，因为他使我感到骄傲。

你哪能"非美"?

——[美国] 阿·布奇沃德

> 我用支票买打字机时,
> 他们看到我没有驾照气愤极了。
> 这时,商店经理与我相识,替我解了围。
> 当他知道我不喝咖啡时,他将我推出了门。

事关重大,我想我必须尽快申明一件事,也许这早就应该公布了吧!这件事就是:我不开汽车。

美国人民的心胸宽广。哪怕是一个十恶不赦的酒鬼、吸毒成瘾的鸦片鬼、妻子情夫的牵线人,以至品质恶劣的新闻记者,都不会被美国人民打进十八层地狱;可是,对于一个不开汽车的人,他们的宽宏大量就改变了。

过了这么多年,我认为还是保持沉默为好,即使是我的好朋友,他们也一直不能接受我不开汽车这个事实。

不过,我真正意识到事态的严重性是当我走进一家商店想用支票购买物品的时候。

那是上个月的事了,当时我去马里兰一座庞大的商业中心,想要买一架手提式打字机,推销员热情地为我作商品介绍。

我决定买下最中意的一款,然后问他:"你们这里接受私人支票吗?"

"当然可以。"他好意地说,"请出示一下您的证件。"

"好的。"我说。

我向他出示了一连串的卡片,哪里的都有,此外,还有我的一张白宫通行证。

推销员翻了翻这些卡片,说:"您的驾驶执照呢?"

"驾驶执照?哦,我没有那个。"我回答说。

"你丢了吗?"推销员锲而不舍地问。

"不,我不会开汽车。"我很坦然地道。

他按了一下现金登记账下面的按钮，他的领导在5秒后出现了。

推销员露出了真实面目，他气愤地对经理说："这家伙想用支票兑现，可他连驾驶执照也没有，能相信他吗？叫商场侦探吗？"

"这样吧，让我们谈一下这件事。"经理转头对我说，"你是不是出了交通事故，被扣了驾驶执照？"

"我没学过开车，我也不喜欢开车。"我有些不知所措了。

"竟然有人不喜欢开车？"经理叫嚷起来，"你是不是疯了，你既然没有驾驶执照，你为什么又试图用支票兑现呢？我们怎么知道你是不是骗子？"

"难道别的证件就不行吗？我这张白宫通行证是经过联邦情报局查明后才发的。"我坚定地反驳。

经理看都不看那些卡片，只是盯着我，说："任何人都可以由联邦情报局查明。嘿，等一等，要是你没有开车的话，你是怎么来我们这里的呢？你会飞吗？啊？"

"我是坐出租汽车来的。"

"啊，是啊，你是坐出租车来的。"他说，话中有些嘲讽的意味。

就在这时，我们周围已挤了一群的人，他们听了我和经理的交谈，纷纷议论。

"发生了什么事？"有个刚挤进来的人问。

"这家伙没有驾驶执照。"

"还说他不开车，甚至不喜欢车。"

"拷问他！"

"把他送到警察局，审讯他！"

"你简直在背叛美国！"人们指着我的鼻子喊。

这实在让我难以忍受，因此，我决定放弃买打字机。

"那么算了。"我说，"我到别处买去。"

就在此时，商场的总经理来到现场。很凑巧，他认识我，而且愿意接受我的支票。他对我所受的非礼深表歉意，他说："来吧，也许您愿意坐下来同我喝杯咖啡。"

"我忘了告诉你，"我说，"我不喝咖啡。"

这一次，我彻底地完了，这更是非美的习惯，特别是对他来说——总经理把我推出门外。

"像你这样的混蛋，还是到外面呆着吧！"他说，"没有驾驶执照、不喝咖啡的家伙，这里不欢迎你。"

上帝保佑美国

———［美国］基伦斯

黑人乔所在的军队就要开赴朝鲜了，
他不知道能不能再见到妻子了。
该他们上船了，
《上帝保佑美国》的乐曲声一下变成了《黑人城高视阔步者的舞会》，
他感到种族歧视仍在继续。

一队黑人士兵沿着长长的大街走着，乔边走边不停地在人群中搜索着克莱奥，但搜索的结果令他很失望。妇女们由人群中跑向行进的队伍，喊着、笑着，与男人们亲吻告别。

乔的身旁是卢克·鲁滨逊———一个又肥又壮的男人，他正全心全意地吸吮着大大的草莓棒棒糖。但乔并没有搭理他，仍是不住地在人群中搜索着。克莱奥一定在离这不远的地方，说不定一会就会看见她。乔又想起他和克莱奥昨晚在一起时的情景。当他离去的时候，加利福尼亚夜晚清新凉爽的空气将他重重包围，他回头看了她最后一眼，这个体态纤巧的女人站在门口微笑着，对他恋恋不舍。

他和她拥有一间小得可怜的小天地。他们在这里住了整整三个月。屋子非常小，因为他听说他们将在受训后开往朝鲜，于是就租了它，并把克莱奥也接来了。他们在这儿过着放纵的生活。昨天晚上，他们坐在那只大铁床旁边交谈着，半听不听地开着手提式收音机，就像以往任何一个晚上做的那样，也像爱情电影中演的那样。

一阵沉默过后，他问她："小乔最近怎么样了？"她幸福地笑了。"噢，我的伙伴小乔越来越胖了。"她微笑着，拿起乔的一只手，把它放在她的肚子上。他感觉到了这个小生命，感到了他的生命力。这个活动正变得越来越强烈！可惜他看不到他长大的样子了，因为他就要去朝鲜了，或许这一次分离是永久的……

克莱奥说："他想要向你告别呢，亲爱的。"说完她也沉默了，动也不动，那种神情来得那么突然。后来，她一下子哭了起来。

她轻轻地吻着他，肩膀抽动着。"上帝是怎么了，他们为什么派你们去？为什么不派那些年轻人去呢？太不公平了！"

他紧紧地搂着她，他无法用语言来使她平静。

"好了，别哭了，亲爱的，别伤心了，好吗？我会回来的，放心吧，我一定会回来，在小乔出世前。"

"噢，不，你不会回来了。我知道，那根本就是一个地狱。乔呀，乔，难道战争就不能够停止吗？"

他嘶哑地说："好了，好了，我会保重自己，照顾好自己的。你只要把小乔和你自己照顾好就行了，这才是最重要的。"

"乔，不要去做任何冒险的事，要保重自己。"

乔在忧伤的脸上很努力地挤出一丝笑容，把她搂得更紧了。"我会牢牢记住这句话的。我会回来的，平安回来。"

她停了停，问道："可是我不明白，乔，我不明白黑人士兵为什么要去打仗，为什么要去和别的种族战斗？"

"亲爱的，"乔轻声地说，"我们无法选择，我们只有去打，这不是由我们能决定的。"

可是看起来，她并没有明白什么。

"好吧，不说这些了，"他说，"等我回来后，我的愿望是要当一名律师。"

克莱奥只是泪眼汪汪地看着她说："我不明白，乔，或许是我们从小生活的环境不同吧，母亲早就守寡，在白人的厨房里干了一辈子，我能读到中学已很不容易了。而你的命运却要比大多数黑人孩子好得多。"她走过去，从盒里取出一张皱纹纸，擤了擤鼻子。

"可我不明白什么事情跟这有关联？"

他凝视着她，为她如此固执己见而有些生气。难道她就根本看不到任何进步吗？看看卢克·鲁滨逊，看看拉尔夫·木奇。对！他们不是都已经熬过来了？她到底在想什么呢？

她站了起来，俯身对他说："你不会理解的，是的，你永远不会理解，我要你呆在这儿，乔。你就该是在这儿的，是属于我和小乔的。不要离开我，乔！请不要……"她哭起来了，"乔，乔，我们该怎么办呢？也许，没有小乔会不会好点呢……"她忽然意识到自己在说什么，她圆睁着棕色的眼睛，里面充满了恐惧，"噢，对不起，乔，不，我的意思是……亲爱的，我不是那个意思！我太紧张了，我实在不知道自己要说什么……"

她似乎不堪重负地倒在他身旁，弯着身子，泪水仍不住地往下流。看到她这副样子，他的心里也非常难受。他站起来，在屋子里走来走去。他回想起从密西西比州哈蒂斯堡来的那个白人指挥官所说的话："兄弟们，我们有件事要干。我们这支队伍，同全美其他的军队是一样重要的，我们正在为彻底消灭种族歧视而努力，这是一项长期而艰巨的事业。在我这里，我将不分彼此，一视同仁，请记住，我们是在为个人的尊严而战斗。"卢克·鲁滨逊看着这个瘦高个儿指挥官，轻蔑地一笑。

乔面对着克莱奥，坚定地说："喂，亲爱的，情况改变了许多。你为什么不相信我的话呢？大家都在改变，我们的待遇正在提高。不管怎样，抱怨又能解决什么呢？什么也解决不了。我必须去，别无选择。"

他又在她身旁坐下来。他极力要让她相信，事情确实有了很大的改变。假若他们俩都相信，参加朝鲜战争关系到黑人士兵的利害前途，那对他来说，心里就会舒坦些，而对他和克莱奥来说，则会更加舒坦些。克莱奥擦擦眼睛，擤了擤鼻子。他们换了个话题，那就是小乔：比如他的性别与姓名。午夜刚过，他不得不离开回兵营去了。

队伍在前进着。他们背上背着背包，肩上扛着行李袋、卡宾枪、步枪。当走近巨大的白色船只时，他们有说有笑，似乎危险并不存在。他们是黑人队伍的前导，紧跟在白人队伍的后面。头顶着当午的骄阳，他们从长着棕榈树和灌木丛、两侧站满人群的夹道中穿过，队伍仍没有一丝散乱，即使便步行走时，他们脚踏着柏油路所发出的声响，也是一种轻快的节拍。可是，乔却更加着急了，因为他仍没有找到克莱奥。"她应该是安全的！"他想。

281

卢克·鲁滨逊走在他旁边，说着、笑着，满不在乎地说："小伙子，我告诉你，那些可不是什么良好妇女。嗨，'威利掌柜'，你猜，昨晚我在你们哈莱姆报纸上看到了什么？""威利掌柜"是乔在军队中拥有的绰号。也许是乔的大学学历与工作经验而造成的吧！"我看到你们的一些黑人领袖去拜会总统，请求他准许黑人士兵到前线去战斗，说你们不愿在后防线搞后勤工作。

乔暂时放弃了对克莱奥的寻找，转过头看了看卢克，可随即又转过头继续搜索他的目标。

"帕西·约翰逊可以在这星期里的任何一天穿上我的军服，"卢克说，"他对战斗热衷过了头。我真搞不懂这一切的一切关我什么事！干嘛非让我们去？"

卢克·鲁滨逊是个不错的人，只是他对种族问题过于敏感。乔总是劝他要收敛一下脾气，做到心平气和。但是现在他无暇理会卢克。当他清楚地看到那条船，看到白人士兵登上船时，他的担心更甚了。他担心克莱奥正在向她挥手，但他却看不见。他更害怕自己真的再也见不到她了。

她也许病了，病得不能动弹，可又无法告诉他。此时，与克莱奥的点点滴滴浮上乔的心头。也许……

终于，克莱奥出现了。她在前头微笑着向他招手。她的笑是最开朗、最美丽的，不带有丝毫的忧郁与难过。他太高兴了，反而不知该如何表达出来，脸上只是木木的表情。

她跑到他的跟前："嘿，我的大兵，你是最棒的！"

"啊！"他尽力用平静的音调说，"我方才还想，还以为你不来了，忘了要和我告别了呢。"

"哦，看你那傻样儿？"看到他脸上一副滑稽的表情，她笑了起来。她告诉他，他戴上这副墨镜，背着这个背包，又没刮脸，这个样子显得很酷。她看起来是那样地神情愉快，愉快的令他有些怀疑昨晚的那个女人是不是她。

她若无其事开心地陪着他一直向下走过了最后一个街区，妇女们不准再前进了。在他看着她的时候，不知怎么的，她的微笑比哭还使他难过。可是她根本没有哭。她走上来，很快地吻了吻他。"再见，亲爱的，我会等你。小乔和我每天都会给你写信的，一会就给你写。"说完，她没有回一下头就走了。

最后一批白人士兵正在登上那艘豪华的白色海船，这时船上传来《上帝保佑美国》的乐曲声。乔打了一个寒战，像是有一股电流通过他那瘦削的双肩。他有些迷惑，这究竟是因为《上帝保佑美国》的乐声，还是因为正在离去的克莱奥。他想让她听听音乐，想她明白自己为什么要去战斗。

他们在街区中央停下来，站在那里等着，直到白人士兵全都上了船。他刚要回头再看一眼克莱奥，乐队一下中断了演奏，开始奏起《黑人城高视阔步者的舞会》。

282

他不相信这首为黑人而奏的乐曲竟在这时响起。他向大船望去，看到一些白人士兵站在甲板上在向黑人士兵招手微笑。他们高声喊叫："来吧，伙计们！"并且竖起了大拇指。看到这一切，他感到心里一阵莫名的苦涩，心里非常难受。

"妙极了！"他听见卢克说，"这就是我喜欢的那种音乐。"卢克说着还轻巧地走了一个小舞步，"我猜查利先生是要我们跳着吉特巴舞登上他那豪华的白色大船。一视同仁地对待……哼！士兵？我们只算是些小丑。"

但乔却不会那样说，他非常希望那些女人能听到这曲子，尤其是克莱奥。

卢克对他咧咧嘴："小伙子，怎么啦？你到底在生气什么？他妈的，这就是我憎恨你们这号黑人的地方。做人脾气不要太冲，只是为了让你们舒服些。难道你不觉这是我们的'国歌'吗？"

乔仍旧沉默，只是他的怒气越来越大。他很想离开部队，让一切该死的战争见鬼去吧！可是，随着《黑人城高视阔步者的舞会》在他的耳边回响，他昂起头，挺着胸，随着部队一步步向大船走去。

相似的人

—— ［美国］昆泰尼拉

比尔·马丁与歌星让·卢弗长得很像，
于是歌迷们常认错人，把比尔当做让。
一次去餐厅吃饭，比尔想尽快摆脱女孩的纠缠就为她签了名，
但是借钢笔给他的先生却把他当做了让，还用手枪对准他。

比尔·马丁与让·卢弗长得就像双胞胎，非常相似。当让·卢弗越来越走红时，许多朋友都告诉比尔："你与让·卢弗太像了，简直可以替他登台演出！"

开始比尔感到很高兴，很有趣。可不久，他就听厌了。他需要不停地向人们解释："对不起，恐怕您弄错人了，我不是让·卢弗，我们只是相像，您真的认错了，我不是……"

尽管如此，有的人还是不信，坚持自己见到的比尔就是卢弗。在一些时候，根本是躲都躲不开。有些人坚持要和他握手，还把比尔介绍给朋友们；有人争着要和他合影，甚至开始撕剥他的衣服。迄今为止，他已经丢掉了两顶帽子、一条围巾，这一切都让比尔很愤怒。最近，报上还报道让·卢弗在和一些不三不四的黑帮厮混，因此比尔也更加担心起来。

现在，比尔正在美美地享用他的午餐。但在许多眼睛的注视下，他根本无法专心进食。他不想多作解释，可当他刚要吃一片牛肉时，一个女孩的声音就在耳边响起：

"对不起，您是让·卢弗先生吗？在这里遇见您真太幸运了，您可以给我在这里签个名吗？"女孩羞怯地递来了她的签名单，"我的朋友说你不是卢弗，但我认为他们看走了眼。"

比尔显然已经不耐烦："他们是对的，我不是，您认错人了！"

说完比尔又切下一小块牛排，希望女孩能自觉地走开。他内心在感叹：或许自己应该换一个形象，身边的好多朋友都劝过他，现在，他真的打算去改变一下造型了。

"求求您了，让·卢弗先生，我买过您的全部专辑，我是您忠实的歌迷。"

比尔开始注意这个姑娘：她大约有十四岁，佩戴一枚"让是我们的爱"的徽章。这让比尔觉得很有趣，也很滑稽。那女孩艳羡地望着他，很明显把他当成了让·卢弗本人。那么来个逢场作戏又有何妨呢？她长得很漂亮，而且这样做可以让她赶紧走开，因为他没有让那么有钱，他还得上班养活自己。

比尔叹了口气说："好吧，我同意签你那张签名单了，给我支笔。"

女孩高兴极了："噢，上帝啊，我没有笔，我竟给忘记了，这……"

有个男人在一边说："用这支吧，让·卢弗先生，用我的笔吧。"

比尔接过男人从邻桌倾身递过的一枝钢笔，餐厅里的人都在看着这一幕，而且窃窃私语。比尔尴尬极了，他赶快签了名，这种签名他在家曾模仿过，所以以假乱真倒也不成问题。

"可以了吧！现在让我安安静静地吃饭好吗？"比尔把签名单还给女孩时说，"希望你和你朋友这顿饭吃得满意。"他觉得自己很笨，因为他实在不知道歌星们对于自己的歌迷都说些什么。

比尔看着女孩回到她朋友那里，她们看着签名单发出尖声的欢叫。当他起身打算把笔还给那男子时，发现他已不见了。又一个让人不理解的人。

比尔现在已经没有吃东西的胃口，整个餐厅的人都在看着他、谈论着他，等一会儿还会有人来请他签名，也许会络绎不绝。比尔决定赶快离开此地，于是他以最快的速度结清账并穿上外套，准备离开。

就在这时，一个女服务员突然嚷道："再见，让！"

"啊，再见！"比尔向她挥了挥手。除了今天，他以前从未想过自己会真的模仿这位大名星。

外面的停车场很冷，比尔不得不扣上衣领，赶紧朝他的车走去。

这时有个声音在身后响起："让·卢弗先生，您还没有还我的那支笔呢。"站在比尔身后的正是借给他钢笔的男人。

"很抱歉，"比尔说，"我刚才没看见您，不知道您已经出来了。"比尔伸手去摸那枝钢笔。而那男人却掏出一把手枪，枪口直对着他。

"这，您这是干吗？我想我没有……"比尔忙说。

"有人总是喜欢欠债不还，是吗，让·卢弗先生？您欠下我头头大约五万美元，我不能什么都不做呀！"

"您弄错啦！"比尔辩解说，"我不是让·卢弗，只是看上去相像而已。我叫比尔·马丁，这是真的。"

"哦，是吗？"那男人说，"那为什么要给别人签名，而且还付了丰厚的小费给侍者，你不是让·卢弗？哼！你肯定是让·卢弗，没错！"他用枪口戳戳比尔的肋骨，"上车！别再啰嗦了，卢弗先生，我们的路还长着呢！"

艺术与晚餐

—— ［美国］布赫瓦尔德

我无意中把晚餐食品落在了展览馆，
没想到这些食品竟获得了大奖，
我本人也被尊为艺术天才。
当我第二次把精心准备的食品摆在展览馆时，
却被视为垃圾。

我把那天的经历告诉给我的朋友时，他们都说我交了好运，我不清楚那天是否真是幸运之神选中了我，但想起来我不禁一个人偷着乐。

几天前，我到一家超级市场买了一些晚餐食品，一看时间还早，就提着食品袋走进刚举行完一个通俗艺术展览开幕式的展览馆。由于食品袋很沉，我便把它放在展厅的角落里。后来，因为所见到的展览作品使我心醉神迷，就忘记了这个食品袋而回到家里。

"你买的东西呢?"妻子问。

"糟了! 我把它忘记在展览馆了!"

我急忙返回展览馆。结果令我大吃一惊，我的那包东西竟获得了展览作品大奖!

"我们找了您很长时间，您怎么才来?"展览馆负责人对我说，"您怎么不在这件艺术作品上标明自己的名字呢?"

"可是……它并不是什么艺术品，而是我为家里准备的晚餐食品……"我很委屈地回答。

展览厅爆发出一阵哄堂大笑。

"瞧! 他不仅是一位伟大的艺术家，而且还是一位幽默大师!"一位评委这样说。

"他的作品就体现了他这一点。"另一位评委补充道，"瞧，这装猪肉和扁豆的玻璃罐托住酸奶瓶子的方式，多么匠心独运，多么富有艺术感……"

"他简直就是一位天才！"一位太太对身边的先生说，"你看看那装水蜜桃的玻璃罐微微侧向一边的造型，我看瓦瑟也没有达到这个艺术层次。"

"我认为，获得大奖是因为面包圈放在底部托住整个作品的缘故。"太太身边的先生说，"我真想知道，毕加索看到这样非凡的构思将作何感想……"

"诸位，"我说，"我非常感谢你们对我的评价。但是，现在我得把这包东西拿回家去了。"

"把它拿回家？"展览馆馆长惊讶地说，"可我已经把它以一千五百美元给拍卖出去了。"

"可是，我买它们的时候只花了十八美元。"我是一个诚实的人。

"但那只是您购物的价钱，您创作出了一件真正的艺术品。通过这件作品，您所表达的思想，在我看来比罗丹的《思想者》所表达的的内容深得多！"

我听了这话，脸腾地一下红了，毕竟我还是有自知之明的人，我怀着复杂的心情收下了那张支票。至于晚餐，我只得同妻子一道去饭馆吃。吃过饭后，我又去了一趟超级市场，并且买了很多东西，比第一次买的多得多，然后鬼使神差地又去了一次展览馆，可这次我的"作品"被冷落一旁。

"他是个经不起胜利冲击的艺术家！"一位颇有名气的批评家说，"如果说，开始他还能够用只配做猫食的低档货，加上黄油、花生酱一类的东西创造出令人震颤、内容深刻、独具匠心的艺术作品，那么这次他向我们展示的却只是令人倒胃口的蘑菇和烂鱼汤，只能说明他的艺术才能只有那么一点点，现在他就是一个俗之又俗的俗人！"

要坚持相信自己

——［前苏联］卡沙耶夫

拳击手在练习场上遭到教练的训斥，
生气地一个人走夜路回家，
半路遇到一个蒙面抢劫的人。
面对对方的拳头，拳击手奋力逃跑。
那个抢劫者拿下面罩，原来却是拳击手的教练。

"你攻击技术很好。"教练在看了拳击手的几轮练习后高兴地说，"不过，应该再勇猛些，这样，你就能挡住对手的拳头。不过我记得已经给你讲过不只一次了，打拳时腿脚要来回移动！这三个回合中，你的双腿只是微微地移动了一下，像你才二十几岁的年龄，不至于老的动不了了吧！要注意脚下的功夫，否则会吃大亏的。要知道你的出拳若不能打倒对手，那你就会被对手打倒。"

"对，你说得对，"拳击手叹了一口气，"但我没能耐指挥我的双腿。"

"是这样的吗？可我认为是你没有发挥它们，让它们动起来吧！"

"我不明白，"拳击手含含糊糊地说，"我想我可以训练一下，哦，我不懂……"

教练的话给了年轻人很大的感触。他的情绪很不好，不等电车来，就自己沿着荒野走去。

在郊外，一个丑陋、带着口罩的男人忽然拦住了他。"把你的手表拿过来！快！"男人冷冷地说。

"这是干什么？您到底在说什么呢？"拳击手向后退了一步，"你是在抢劫？"

"我现在非常需要你的手表，"丑陋的男人向他交了底，"快点，别浪费时间！"

"您，不是当真的吧？"拳击手谄媚似地笑了笑。

"那好吧，我就让你知道我是不是当真的。"男人用威胁的口吻说道，随即挽起了衣袖。

"哦，不会吧？您别动我，我……我是拳击手……"

287

"哈哈，拳击手？我打的就是拳击手。"模样丑陋的男人冷冷一笑，首先发起了攻击。

"我没有什么值得你抢的，"拳击手气坏了，鼻子呼嗤呼嗤地响起来，"我要喊人啦。"

"你叫吧，喊吧！你这个懦夫。"男人阴森地说道，并又挥出了拳头。

拳击手看着挥舞过来的拳头，害怕得瞪大了眼睛，然后拔腿就跑，他可能从未跑得这样快过。

强盗摘下口罩，呆呆地望着这个人。

"跑得还真快，功夫不错，"他低声赞叹，"可他自己还总说没有能耐哩！唉，终于可以放心了。他一定会成为一名优秀的拳击手！只是需要多加些勇气，他会给对手强有力的反击的。"

男人扔掉口罩，转身走了。

冒　充　者

——［前苏联］H. 伊萨耶夫

将军夫人用顺势疗法为人民治病已十多年了。

这天，她的邻居在赞扬了她的医术如何高明之后便向她提出了各种要求，

夫人都应允了。

可他走后，夫人却看到了没吃下的药丸，

人性的虚伪让夫人非常难过。

美丽的佩琼金娜是将军的妻子，她用独特的顺势治疗法为人民治病已有十多年的时间了。

那是春天里的一个星期日，她正在自己的书房里为病人做治疗。房间里堆满了东西，与她工作有关的和没关的都有，这里有一副非常昂贵的水晶镜框，镜框里镶着的是彼得堡一位顺势疗法医师的亲笔信。在佩琼金娜看来，没有什么比这张亲笔信更重要了。墙上还挂着阿里斯塔尔希神甫的画像，将军夫人之所以放弃极端有害的对抗疗法，与这画像有很大的关系。

患者多是农夫，都在前厅等候着。这里有规定，进来治疗的人一定不能穿鞋。因为将军夫人无法忍受自己的书房里充满皮鞋的臭气。

佩琼金娜已经连续忙了整整一个早晨，下一个：

"加夫里拉·格鲁兹齐！"

应声进来的却不是加夫里拉·格鲁兹齐，而是将军夫人的邻居、破落地主扎姆赫里申。他是一个干瘦干瘦的小老头儿，一副没有精神的面孔，腋下夹着一顶表明贵族身份的制帽。他放好自己的东西，然后一转身跪在将军夫人面前。

"哦，这，这是干什么？您没事吧？扎姆赫里申！"大惊失色的将军夫人说道，她满脸涨得通红，"请您有话好好说，但不要这样了。"

"只要我没死，我宁愿跪着，跪在您面前。"扎姆赫里申坐在椅子上，紧紧地挨靠着椅子扶手说，"让大家都来看吧！夫人，您是我们的保护天使，您的功劳胜过天神！您应受到称颂！您这位乐善好施的神医赐予了我重生，让我看到了

289

前面的路途依然光明，打消了我那对一切都抱怀疑态度的自作聪明，我发自内心对您佩服，而且我愿意为您付出一切！是您救了我，是您使我恢复了健康！是您使我得到了复活！是您给了我第二次生命。"

"您这么说，我很高兴，哦……"将军夫人咕哝着说，她有些哽咽了，"听您说这些话，真让人感到高兴……请坐吧！我记得上星期二您还病得很重呢。"

"对，没错！病得很厉害！那真是不堪回首！"扎姆赫里申一边坐下，一边说，"我浑身上下，各个部位，都患了风湿病。8年，整整8年，我痛苦极了……白天黑夜都在折磨着我，我的救命恩人呀！我找医生看过，拜访过许多知名教授，采用各种泥浴疗法医治，饮用过各种各样的矿泉水，我用尽了各种办法，但都毫无成效。是您，美丽的夫人，使我脱离了病魔，而那些庸医什么也没为我做。他们随意糟蹋我。他们加重了我的病情，只有这一种结果，他们那种治法一点也不管用……但他们要钱时竟一点儿也不脸红，至于如何给人类带来好处，他们丝毫也不关心。开一张随随便便的破药方便把你打发了，总而言之，他们只是些庸医。如果不是您，我的上帝啊，我恐怕早已进坟墓了！我太太拿回了三粒您的药丸，我一看您给我的那几粒药丸，心里便想：嘿，这能有多大用处？会不会与以前一样呢？我开始对这次治疗也失去了信心。我这个信念不坚定的人一边这样想着，一边冷笑着。可是吃下一粒以后，我感觉我就好了！浑身舒服极了，所有的痛苦都一下子消失了。我老伴瞪大眼睛看着我，也有点不敢相信。她说：'这是真的吗？'我说：'是，是真的！上帝啊！'于是我们俩便跪在圣像前祷告起来，让我们为我们的救命恩人祷告吧：感谢您让我们遇到了这么好的天使！"

扎姆赫里申抑制不住内心的激动，从椅子上站起来，想要再次下跪，可是将军夫人托住他，坚决不让他这么做了。

"该谢的不是我！"将军夫人激动得涨红了脸说，一边欣喜万状地望着阿里斯塔尔希神甫的画像，"不要感谢我！应感谢的是他……这的确是一种奇迹！仅用了3颗小小的药丸，居然可以把你的8年的风湿病给治好。"

"那三颗神奇的药丸，其中一粒是在午饭时吃下去的，吃下去以后马上就将疼痛消除了！晚上又吃了一粒，第二天又吃了一粒——我似乎就全好了！让人难受的感觉也消失了！要知道我已经做好了死的准备，我已经给住在莫斯科的儿子写了信，让他赶快回来！如果不是您的帮助，如果我没有遇到您，我现在也许走进了天堂……上星期二，我在您这里，走路还一瘸一拐的，现在我已经可以跑步了……我很有信心继续活下去。只有一件事很糟糕——我们缺衣少穿。身体健康固然好，但是我已经连半个钱也没有了，这健康与不健康又有什么不同呢？贫困给人带来的烦恼胜过疾病——比如说吧，现在是播种燕麦的季节，可是我们连燕

290

麦种子都没有，我能怎么办呢？要准备的一切东西都少不了钱……可是我缺少的正是钱……"

"放心吧，我可以给您，扎姆赫里申……请坐，请坐！这点钱我可以给您出，您今天给了我前所未有的惊奇，我真不知道说什么好。"

"我太感激您了！上帝赋予您一种多么善良的品格啊！我真替您高兴啊，亲爱的，全世界只有您有这种权力！我们这些有罪的人却做不出什么令人感到高兴的事……与您相比我们一无是处，极其渺小……我们虽然享有贵族称号，但是却徒有虚名，甚至拥有的财富连温饱都解决不了……我们住的虽是石头房子，但只是有一个好看的外形而已，因为——屋顶漏水……我们又没有钱去修理。"

"这你也可以放心，这钱我替您出。"

扎姆赫里申还恳求了一些其他的东西，如为女儿恳求一封推荐信，这是进贵族女子学校的金钥匙……将军夫人都一一答应了。扎姆赫里申感动得咧开大嘴哭泣起来，伸手从口袋里去掏手帕……将军夫人看见他从口袋里往外掏手帕时，一个红色的纸包悄无声息地落在地上。

"你是我们全家人的大恩人……"他咕哝着说，"我要让孩子们和子孙后代永远铭记住您的恩德……我要这么说，瞧，孩子们，这就是那位美丽的天使，她……"

扎姆赫里申走后，有那么一分钟的工夫，将军夫人俯身的心里是如翻云覆雨一般，接着她又用她那充满崇敬之情的亲热目光打量一下放在桌子上的药箱、医书、账本以及被她从死亡中拯救出来的那个人刚碰过的椅子，后来她的目光开始打量那个红色的纸包。将军夫人捡起那个纸包，发现里面有 3 个药丸，看起来与她第一次送给扎姆赫里申的药丸很相似。

"噢，没错，是上星期二给他的药丸……"她感到困惑不解，"就连包药丸的纸也是原来的……而且一点也没有弄坏！那他为什么要这样呢？他根本没服用呀，奇怪……他一切都是在演戏！"

疑团袭上将军夫人的心头，她的心情变得非常沉重。她把剩下的几个病人叫进来，在询问他们的病情时，她听到的话几乎跟刚刚从她耳旁滑过去的那些话完全一样。所有的都是先称赞她的医术如何高，对她的医学智慧推崇备至，接着便咒骂那些对抗疗法派的医生们，等到时机成熟，他们便开始要求帮助。病人们的要求有很多，但都是为了满足他们各方面的欲望。她开始有些明白了，她望了望阿里斯塔尔希神甫的画像难过极了，从未这么难过过。

人性的虚伪，无处不在。

291

在 桥 头

—— [德国] 伯 尔

> 我在桥头数过桥的人数，时常为一个我暗恋的姑娘而忘记本职工作，
>
> 即使这样也还是得到了科长认可，
>
> 换成数马车的轻巧活。
>
> 以后我就有时间去陪我的心上人了。

那些人治好了我的双腿，并给了我一份能坐着干的差使：数一数有多少人走过这座新桥。他们最大的乐趣，就是用数字拼凑起一些毫无意义的玩意儿。我整日不停地数数，不停地累计，希望晚上的工作结果令他们满意。每当我报上每班的统计结果时，他们都非常高兴。数字越大，他们笑得越可爱。他们完全有理由高兴，因为每天走过新桥的有好几千人……

但是，他们并没有得到一个准确的数字。尽管我从外表上看，容易留下一个忠诚老实的印象，可我还是骗了他们。

有的时候，我故意漏掉几个人；但有时，出于对他们的同情，我会加上几个数字。对此，我很是自豪，因为他们的心情完全由我操纵，要是我不顺心，或是不舒服了，我就只给他们报个平均数，甚至小于平均数；遇上我高兴时，我就用一个五位数来抒发我的慷慨之情，那他们就幸福多了。每天，他们从我手中郑重其事地把记录结果一把夺去，满意地对我大加称赞，他们根本不知道我在其中搞了鬼。然后，他们开始乘乘、除除、算算百分比，如此等等。他们计算出今天每分钟过桥的有多少人，再推算几年后的情况会是什么样子，他们酷爱"第二将来时"。"第二将来时"是他们的拿手把戏——但遗憾的是，这些都会因为我而变得不准确……

当我心爱的人过桥时——白天两次，我那跳动着的心就猛然收缩。在她拐进林荫大道，身影消失之前，我的心一直都在狂跳。这段时间往来的人我统统不计，我一概不上报，这两分钟归我所有，归我一个人所有，我绝不允许有别人与我分享。傍晚，当她再次出现在对面的人行道上，路过我这里，我却在不断数数

字，无法与她攀谈上一两句的时候，我的心再次狂跳起来，直到再也看不见她的倩影，我才重新开始工作。一切有幸在我这几分钟之内，在这双视而不见的眼睛面前过桥的人，都会逃脱那复杂的统计数字。那些无足轻重的人们，那些影子男人和影子女人，他们都不会被纳入到统计数字的"第二将来时"里去……

我很清楚自己对她的感情，但她却对此一无所知，这情形也未必就不好，她的魅力致使我背弃了自己的工作职责。她披着一头褐色长发，长着一双纤细的脚。她应当天真无邪地、清白无辜地迈进冷饮店，她应享有许多优惠。我爱她，这是毋庸置疑的事实！

最近，他们又来监督我的工作，看我有没有偷懒。这件事，只要我瞟一眼停在那边的汽车便再清楚不过了，于是，我加倍小心，我像发了疯似地数啊、数啊，使出我全身的力气，即使是一台专门计数器，也无法与那时的我相比。统计科长亲自站在我对面的人行道上，把他一小时统计的结果同我的相比较，哦，谢天谢地，我只比他少数了一个人。我那娇小的心上人，刚巧在这段抽查的时间里过了桥，我故意没把她算在里面，我的心上人绝不能被他们拿去乘乘、除除，化成虚无缥缈的百分比。我一想到自己刚才没有目送她过桥就痛心，但这实在是迫不得已的事情。

科长满意地拍拍我的肩膀，夸奖我这个人很好、很可靠、很忠诚，"一小时内，只误差一个人，"他说，"这种误差很正常，不要在意，我将提议让您去数马车。"

293

这可是件美差，空前绝后的美差。白天，最多只有二十五辆马车过桥，而且总是在固定的时间来往，那数起来有什么难的。

如果真是这样，估计四点到八点之间，根本没有马车过桥，我可以有很长一段时间，散散步，光顾一下冷饮店，那我就会有充分的时间去陪我思念已久的心上人了。

旅游纪念品

—— ［日本］ 星新一

店老板向游客出售商品未成，
便建议游客去森林散步。
当游客没命似地跑回旅馆后，
店老板终于做成了生意。

在山腰上，有一座瞭望台，在这儿放眼远眺，可以看到很远很远，既能看到连绵起伏、郁郁葱葱的森林，又能看到那些弯弯曲曲的河流和繁荣的小村庄，还有那辽阔的碧绿的平原。

在瞭望台的附近有一家小小的旅馆。有一天，店老板又不失时机地向游客推销当地的商品："看这些，你不买点纪念品吗？明信片或是木雕的人像……"

"哦，谢谢，我想我不需要，我从来就不买什么土特产或纪念品之类的东西。这些小玩艺儿在街上到处都能买到。有名的东西也可以用钱随时买到。"

"你是这样认为的吗？你真的不想买些什么？"

"不，我只想好好享受这些令人心旷神怡的风景，那会使心灵得到美的享受。"客人固执地说。

"也是，这样也对。那么，请到森林里去散散步如何？像这样枝叶繁茂的森林并不多见。"

"是吗？谢谢您的指点。"

游客真的去了那个森林。确实，这儿幽静得很，景色也很美。可是，不久他的好心情就消失得无影无踪了。因为突然蹿出一头十足的野兽——熊！

他很想马上逃跑，但由于过分惊慌和恐怖，他已不能走半步了。直到黑熊气势汹汹地扑上来时，他才手忙脚乱地抵抗起来。他拼命地反抗，不顾一切地奋勇和黑熊搏斗着。不管怎样，他没有成为野兽的美餐。

游客没命似地跑回旅馆，喘着粗气说："我遇上了可怕的事情，我刚才遇上了一头黑熊……"

294

可是，店老板的回答却出人意料之外："哦，这没什么了不起。我把您刚才那激动人心的浴血奋战的场面摄入了八毫米的电影胶卷。你愿意购买吗？不知道你愿意出多少钱来买呢？"

"什么？啊，原来这是圈套呀！那只熊是人扮的……"

游客非常气愤，但转念一想：把这电影胶卷放映给邻居的孩子们和相识的姑娘看的话，也许确实是个不错的念头。刚才的场景非常逼真，别人应该看不出破绽吧。

所以，他重新作了一个决定："好吧，也许有些贵，但是我还是决定买下它。你真是个会做生意的家伙！"

鼠 害

——［意大利］布扎蒂

乔万尼家的老鼠一年比一年猖狂。
开始只有几只，后来竟多得让人无法入睡，
占据他的房屋，吃掉他家的猫。
直至后来，我听说他们全家竟成了老鼠的奴仆，
人们都不敢靠近他家。

多年来，每年夏季乔万尼·高利奥都请我去他家度假。可今年不知怎的，他却没有邀请我。他只说是由于家里有些无法解决的事情而无法邀请我了。不过他并未说明是什么事，所以我有些担心。

对他的邀请我从不拒绝。他家住在乡下一片森林里。以前倒没感觉怎么样，可一旦去不成了，反而怀念起那里的幸福时光了。

似乎是二战前很久的时候，在我第二次去他家休假时发生了一桩事……

每次去，我都往在二楼向着院子的一间屋子。就在那次，我回到房间准备睡觉时，突然从门口传来一个声音。我打开门，一只小老鼠钻进来，钻进了桌子与柜子的缝隙里。当时抓住它是不费多大力气的，可它长得十分可爱、娇小，我有些下不了了手……

第二天，我将此事告诉了乔万尼，他心不在焉地说：

"老鼠？啊，是，有几只，偶尔会有。"

"它长得十分可爱，我有些下不了手……"

"我理解，没关系……"

然后，他就谈起了别的话题，似乎他不怎么乐意谈这件事。

第三次去他家，我们打牌至深夜。突然，隔壁客厅里传来了弹簧样的金属响声。人都在这里，这声音会是谁弄出来的呢？我不安地问：

"这响声是怎么回事？"

乔万尼吞吞吐吐地回答：

"没有啊，你在说什么呢？埃尔娜，你听到响声了吗？"

他妻子脸一红，否认说：

"没有呀，哪里有什么声音！"

我说：

"我确实听见客厅有声音，要不……"

我发现他俩很尴尬。这时，乔万尼说：

"轮到我了吧？"

十分钟后，这声音又响了一下。这次是在走廊里，接着是一声尖叫。

"乔万尼，你们支了老鼠夹子吧？"

"我不知道。埃尔娜，你支了吗？"

她回答：

"又没几只老鼠，没必要！"

第四个年头，我一进他家的门，就看见有两只猫异常威武，肌肉丰满，一见便知道是两员捕鼠的猛将。我说：

"你们总算下了决心！用猫来消灭老鼠，真不失为一个好主意！"

乔万尼回答：

"唉，要是真像你说的就好了！可惜呀……"

"这猫真是漂亮极了！"

"喂养得好。它们的伙食简直可以与人相比了。"

第二年夏天，我再次看见了那两只猫。但与以前不同，那两只猫一下子衰老了许多，也瘦了很多，一年前的威风一扫而光，走路都走不稳，整天瑟缩在主人腿下，死气沉沉的，一声也不吭。我问：

"是什么使它们变成了现在这个样子？"

乔万尼马上接口说：

"是这样的，这是一对良种猫。由于几个月都没有老鼠可以捕，它们就没有精神了。它们一定难过极了！"

说到这儿，他大笑了一声。

过了一会儿，他的大儿子乔乔奥悄悄把我拉开，对我说：

"不是爸爸说的那样，你知道吗？它们害怕！"

"谁害怕？"

"猫呗！这事我爸禁止外露，他心里烦，但这是事实。"

"猫怕什么呀？"

"猫怕老鼠。原本这里只有十来只老鼠，而且只是小老鼠，可现在变成了上百只大老鼠，厉害极了，跟鼹鼠一样大，全身黑毛，又密又亮，根本不把猫放在眼里。"

"难道没有治鼠的办法吗？"

"怎么没有！只是爸爸总下不了决心，我真不知他在想什么。还有啊，今天的事儿就当我没说……"

又是一年，我来后第一夜就听见楼上乱哄哄的，那声响吵得我睡不着觉，我知道楼上根本不可能住人，更别说是一群人了，里面放着旧家具、破柜子、废纸等。那这乱哄哄的动静是谁弄的呢？后来，我明白了，这是老鼠在作怪，从这声音判断，这些老鼠的个头该有多大！那一夜，我被吵得无法入睡。

第二天吃饭时，我说：

"你们也不想想办法治治它们，它们太猖狂了！昨天夜里，它们在库房里简直要把那里拆了！"

乔万尼的脸色变得非常难看。

"老鼠？什么老鼠？你怎么可以肯定那是老鼠呢？"

爷爷和奶奶也高声对我说：

"你是不是在做梦啊，孩子？！"

我很固执地答道：

"不，是真的。它们闹得很凶，吵得我一夜都无法入睡！"

乔万尼思索了一下，然后说：

"好吧，我想应该让你知道了。我从来没有对你讲过，因为怕吓到你。但既然躲不过了，那我就告诉你：我们家常闹鬼，我也常听见，在夜里时会更加严重！"

我笑了。

"不要骗我了，我才不信你的鬼呀、魂的！这明显是老鼠在作怪，肯定是大老鼠或田鼠……你们那对猫呢？你的猫是不是由于害怕而逃走了？"

"它们……它们……跑了……你不要再谈这个了，都把我说糊涂了！不能谈点别的吗？……我们这儿是农村，免不了……"

他的举止极其反常，他一向温和热情，但现在却显然非常生气。

事后，又是乔乔奥告诉了我这个秘密。

他说：

"爸爸说的不对，那确实是老鼠，我们也常被吵得不能入睡。老鼠长得越来越吓人了，跟煤一样黑，跟树枝一样硬……猫已经进了它的肚子……那是一天夜里，突然，猫的叫声把我们吵醒了，客厅里闹得空前激烈！当我们赶到时，那里只有几只大老鼠在舔血，猫已经没了。"

"总有解决的方法，买几个鼠夹子、毒饵什么的？我不明白，你父亲怎么能让它们猖狂到如此地步？"

"当然要想办法了！爸爸为此很伤脑筋。他怕惹急了那群怪物。他说，最好别碰它们，要不然还不知道会发生什么事情呢？夹子、毒饵有什么用，它们是那么多……他说只有烧掉房子才有用……他还说……听起来滑稽可笑，父亲打算向它们妥协……"

"妥协？我没有听错吧？"

"是向老鼠求饶。他说，它们太多了，多到可以和人公开作对……我有时以为爸爸得了神经病。信不信由你，有一天我看见他用香肠喂老鼠，他似乎屈服了。他讨厌它们，又怕它们，只好用这种方式维持关系。"

几年我都没去他家了。去年我到他家后，发现整幢房子非常安静。除花园的蟋蟀声音外，家里是一片寂静。到底发生了什么事？

第二天，我在楼梯上对乔乔奥说：

"太好了，老鼠总算被清干净了。这真是个奇迹。"

乔乔奥神色怪怪地冲我一笑，说：

"不，你来看这个……"

他把我领到地下室，那儿有个滑窗，上面盖着一块厚木板。

他小声对我说：

"看那里，它们全都在那儿呢。好几个月前，它们集体移居那里了……"

我愣住了，随即一些刺耳的声音钻进我耳朵里。像磨擦声，像低沉的喧哗，又像水在沸腾，中间夹有吱叫声。

我不禁打了个寒战。

"有多少只？"

"谁知道？也许一百万只……你自己看看吧，但不能超过四秒钟。"

他揭开木板，用手电很快地照了一下。我借着灯光一瞧，洞里黑压压一片，它们互相压挤在一起，乱哄哄的。我还看见了它们的小眼睛，成千上万双眼睛都在瞅着我。木板很快被关上了。

今年，乔万尼没有请我去，我真不知会出什么事！

我很想去看看他们究竟怎样了。但说实话，我有点胆怯。后来，我从别人那儿听了很多有关他家的事，听起来真吓人。

据说祖父母均已去世。他们家的人很少出门，由一位邻居给他们送食品。这个家与其说是他们的，还不如说是老鼠的更为恰当。

十几只恶狠狠的看门鼠将靠近这家的人全部吓走。人们远远望见了乔万尼温和善良的妻子。她穿着仆人的服装，正在厨房做饭，那口大锅正冒着热气，旁边一大群老鼠催着她快做。她似乎很累，疲惫地向人们招了招手，好像在说：

"别碰它们！完了，一切都完了！"

299

虔诚的猫

—— ［波兰］ 裴莱兹

虔诚的猫在第一次吞鸟时弄得羽毛和血液横飞，
还挨了主人的打。
第二次它采取囫囵吞枣的方法，依然挨了打。
这次它知道了屠杀不能改变世界的罪恶，应用爱心去感化罪恶。
于是，第三次它将金丝雀闷死了。

这里曾有过三只鸣禽，但是，它们的生命都已结束，这都是因为那只猫……

与普通的猫相比，这只猫的不同之处就在于它有虔诚的灵魂，她有的是真正的犹太的美丽，长着反映出天空的眼睛……这是一只非常懂礼貌的虔诚的猫！她一有空就清理毛皮……她在屋角悄悄地吃着……她整天喝着牛奶什么的，每晚的正餐便是精美的老鼠肉……

她吃东西时总是细嚼慢咽，姿态优雅……让小老鼠再活一会儿……让它再跳舞、发抖、忏悔一会儿……它从不改变自己的虔诚……

当第一只鸣禽来到房间里时，虔诚的猫立刻被它打动了，并同情它……"那么美，"她柔声道，"那么小，那么好，不用在'第二世界'享福！"

"它也去不了那里，"这只猫断定说，"第一，因为它用的是全身都浸在水盆里的先进洗澡法……

"第二，它不能做一只野鸟，虽然它很年轻、可爱、善良，然而小鸟是不爱礼节，爱炸药的！

"况且，还有那歌声！哼！竟然那么无耻，令人难以忍受！而且胆大妄为地向天空仰视！不知好歹地想逃脱这笼子——向着罪恶的世界、自由的空气，向着打开了的窗户……"

"你见过猫在笼子里关过吗？见过虔诚的猫曾经这样无法无天吗？——真可惜，"虔诚的猫很难过，"小鸟正是生物，贵重的灵魂，高天的星火！"

猫悲伤地哭了：这都要归罪于那美丽的肉身。"这世界"也因此而那么可爱，诱惑天使也因此而那么动人……

这样的小鸟那么脆弱、可爱，一定抵挡不了可怕的诱惑天使的，它活得愈久，它的罪行就越不可饶恕，而应得到的惩罚也就愈大……真是可怜啊！

帮助小鸟解脱的神圣感在猫的内心不断膨胀……她突然跳上搁着鸟笼的桌子，鸟叫猫叫混成一团。

这只猫最终被主人抽了两棍……她心里没有什么可委曲的……这只猫虔诚地咪呜着恐怖的忏悔……小鸟终于解脱了……猫聪明地知道自己挨打的原因。她会为此而接受教训的……

房间被她弄得乱七八糟，安静的下午被她破坏了，我们应该适当地、虔诚地、安静地执行那样的判决，不要让羽毛飞着，也不要让血滴下……所以，到了第二只鸟时，猫没有像上次那样粗鲁，她采用了囫囵吞枣的方式。

主人打猫……到这时候，这只猫才明白，她的挨打并非因为羽毛，也并非因为桌布上的血迹……主要是不准杀！大家应该相爱，应该宽容……屠杀并不能改变这世界的罪恶。

应该用关怀，用爱心来感化罪恶。

一只悔过自新的金丝雀能够达到最虔诚的猫所不能达到的境界！这只猫很快乐！苦难过去了，再也不会有流血伤亡了……

现在她来到了第三只金丝雀的笼子旁边。

"不要怕，"这只猫咪呜地叫着，用了最温柔的声音说，"虽然你的罪恶很多，可是我一点不会损害你的，我会一直守护着你，我绝不会碰一下你的身体！

"你应该感谢主人，他没有给你有力的双手，不然你会砸坏笼子的。你不唱歌了？好极了！与其无耻地歌唱，倒不如保持沉默。安静点，纯洁点，你摇着吧……我也帮你吧！我要呼吸着，用我的虔诚的灵魂使你安静、可爱和虔诚……你可以相信我，我的守护将一直持续下去。"

猫并不是说说而已，它确实是那样做了……最虔诚的猫的最虔诚的心因为快乐而生长着，但那金丝雀却再也虔诚、快乐不起来了。它早已被猫闷死了。

召募军队

—— ［奥地利］卡夫卡

召募军队上前线打仗，
有人逃避，有人却不远万里前来应征，
目的各有不同，但能达到愿望者却寥寥无几。

召募军队常常是必要的，尤其是在边境从未断过战事的情况下。召募是以下面的方式进行的：

在任务下达的某一天，城区内的所有居民，不分男女长幼，都必须呆在自己家里。天刚露亮，会有一小队士兵——步兵和骑兵——在此城区的入口守候。大多要到中午，才会有一个受命召募的年轻贵族出现在这里。他是个年轻的男子，个头不高，身材很瘦，体质虚弱，眼神疲倦，穿着邋遢。他到后谁也不看，只用他身上唯一的装备——鞭子示意一下，立即就会有几个士兵跑到他身边。他走进第一栋房子，首先会有一个熟悉此城区所有居民的士兵宣读这所房子住户的名单。通常情况下，所有的人都已在屋里站成了一排，眼睛紧紧盯着那位贵族，仿佛他们已经成了士兵。不过也会出现偶尔缺一个的情况，而且缺的总是男人。这时没有人敢说出理由，更不敢撒谎了。人们一言不发，垂下头。房子里的气氛几乎让人难以忍受，如果不是那位贵族默默地站在那里，所有的人恐怕都要跑了。贵族示意了一下，这示意绝不是点一下头，它只能从眼神中看出来。两个士兵开始搜寻那个未到场的人。这种搜寻并没有延续太长的时间，他压根儿就没出这所房子，他并不是存心逃避兵役，仅仅由于害怕他才藏了起来，也就是说对他造成障碍的并不是对兵役的恐惧，而是对抛头露面的羞怯。所以他才没有逃掉，只是躲了起来。当他听到贵族进了这栋房子时，也许想看看这位贵族，便从藏身之处溜到了那间屋子的门边，刚出来就被士兵抓住了。他被带到贵族面前，贵族用两只手握住鞭子——他太虚弱了，一只手是做不成什么事的——抽打那个男人。即使这样，打上去也没有多疼。后来一半出于厌恶，一半由于精疲力尽，他扔掉了鞭子。此时那个挨打的人只有将它拾起来递给他，然后才能站到队列中去。这样做的后果有一点几乎是肯定的，他将不会被接受入伍。

有时会出现多于名单上的人，而且这种情形也常发生。例如有个外地人，也许是外省来的姑娘，也会站在那里望着那位贵族，是这次召募把她吸引来了。她属于那些喜欢尝试在外地参加召募的许多妇女之一，因为这与家乡的召募有着完全不同的意义。然而难以让人理解的是，这些妇女所做的事情绝不会被看作是丢脸的事，恰恰相反，按照有些人的观点，这是某种妇女们必须经历的事，也是她们应尽的义务。

类似的事情总会发生。例如一个姑娘或媳妇听说在什么地方正在召募军队，也许离家很远很远，但那里有亲戚朋友，她请求家人允许她去，家人同意了，这是不能拒绝的。她穿上自己最好的衣裳，同时也像平时那样和善、镇静、冷淡，正如一心一意回家的陌生人，其他的事什么也不想。在那即将进行召募的家庭里，她会受到完全不同于一般客人的款待，所有的人都围着她，奉承她，她得转遍房子里的所有房间，得从所有的窗户探出头看一看。倘若她将手放在谁的头上，那就比天父的赐福还重要。在召募时，这家人会给予她一个最好的位置，即门边的位置，在那里她被贵族看得最清楚，而她也能够将他看得最清楚。不过对她的看重也就仅仅限于贵族进来的那一瞬，随后她便被冷落了。

他看她和看其他人一样少，即使他的目光对准某个人，此人也不会有受尊重的感觉。这也许出乎她的意料之外，或者是意料之中，因为不可能是别的样子，驱使她来到这里的期望却使现在的她倍感羞愧。她有一种感觉，就是自己硬挤进了别处的召募。当士兵宣读名单而并未念到她的名字时，在短暂的沉默之后，她不自觉地战栗着，忍受那士兵打在她背上的一拳之后便逃出了门。

假如多了一个男人，也许他是想一起被征召入伍，不过这毫无希望，像这种多出来的人从未被召募进军队，而且这类事情也从未发生过。

生活点滴

——［罗马尼亚］伯耶舒

公共服务托拉斯的负责人在海滨浴场游泳时遇到危险，
而救生员却不去救他。
他竭尽全力摆脱危险后才知道，
那个救生员根本不会游泳，
是他与夜总会老板礼尚往来的受益者。

我将要讲的这件事，听起来似乎很不真实，但我可以用名誉来担保，确有其事。我这样讲，绝不是故弄玄虚。我只是说一些已经发生过或正在发生的事。我喜欢把日常的生活点滴用笔和纸记录下来，这已经是我多年养成的习惯了。我很尊重事实，好吧，就让我开始说吧。

这一天，玛玛亚海滨浴场来了位西装革履的大胖子。他刚刚理完头发，看他的气势应该是服务部门的一位大干部。他衣着考究，还佩带着一条领带。他换好衣服，直接跳下水中，畅快地游起泳来。尽管此时已经接近黄昏，天气却仍然十分闷热，这使得这位胖先生在海中游得尽兴。他舒展双臂，击起水花，蹬开两腿，那游泳的姿势倒真不错。就这样，他独自游着，不知不觉到了离岸边二十来米远的地方。

也许是因为他太胖，平时又不运动，此时，他有些体力不支，他想站起来，可水很深触不到底。"这太可怕了，我会被淹死的！"他明白自己没有劲儿游回岸边了，于是高声呼救。岸上，有一位青年男人，长着结实的肌肉，似乎再没有别人了。他是这儿的救生员，听到呼救声，他抬了抬眼皮，看了看胖先生，又看着表，但随即又回到了引人的小说中去了。这位肥胖的先生正面临着灭顶之灾，已经接连喝了几口海水了，难受得要命。他的脑海中闪出这样的念头：他要灌足几十公升这种无情的液体而一命呜呼了，所以他拼命地呼救。

"小伙子，你还等什么呀！你怎么能见死不救呢？我可是个大好人呀！"
年轻人很不情愿地把目光从书面移向胖先生，生气地说：

"先生，你没看见我已经下班了吗？别喊了！"

"救命！我要坚持不住了！"

"坚持不住？那你干吗不早说？好吧！我就来帮你，别急！注意啦，双手划水，蹬腿，憋气，游！"

"那种方法已经不管用了，我一点力气也没有了！"

"少啰嗦，不行也得行！我可没法下去救你。快点！对了，就这样！划水！蹬腿！再用点劲！用劲！好极了！"

这位胖先生使出最后的力气，好不容易脱离了险境，这时，他的脚够着了水底，站起来了。当他走上岸时，已支撑不住了，一屁股坐在沙滩上，好久才明白自己身处何地。他慢慢恢复了平静，又重新打量了一下这位年轻英俊的小伙子。

"先生，"他问道，"你真的是救生队员吗？"

"当然！"年轻人回答，"这有什么好怀疑的？"

"哦，你是救生队的，那为什么刚才你不去救我？"

"我不可能亲自跳进水里救人。"

"为什么？"

"哎，我要是跳进水里，淹死的保证是我！"

"怎么，你不会游泳吗？"

"对啊，我本来就不会游泳呀！"

胖先生吃惊极了，怎么会这样？太难以相信了，在救生队工作竟然不会游泳！

"先生，"胖先生说道，"这太不像话了！简直是拿客人的性命当儿戏。救生员竟然不会游泳，真是荒唐！"

"这有什么荒唐不荒唐的。你知道吗？我虽然不会游泳，可我干得很棒呢！只要我手边有条小船和一个救生圈，就没有我应付不了的情况。我的工作成绩是非常令人满意的。年年都会受表扬。"

"你是怎么干上这份差使的？是谁给你安排的？"

"公共服务托拉斯的一位负责人。比起我那有名的叔叔为他做的，这根本算不了什么。因为我叔叔让他的外甥女做了夜总会的报幕员，虽说她是个结巴。这是礼尚往来嘛，很正常的事嘛，对吧？"

"年轻人，请允许我自我介绍一下，我就是那位公共服务托拉斯的负责人，见到你很高兴！"胖先生说。

乐园里的不速之客

——［印度］泰戈尔

> 天国信使错将一个懒人带入了劳动者的乐园，
> 致使乐园中的人学会了偷闲，
> 最先学会偷闲的女孩还要跟他一起离开。
> 面对这一切，长老们无言以对。

这个人对美的追求永无止境。

他从不踏踏实实地做事，却整日想入非非。他捏了几件小玩艺儿——有男人、女人、动物，那都是些上面点缀着花纹的泥制品。他也画画，虽然靠这些赚不了钱，但他仍乐此不疲。人们嘲笑他，有时他也发誓要抛弃那些奇想，可是每次都没有成功。

就像一些小男孩很少用功却能顺利通过考试一样，他虽然一生都无所作为，可死后却依然进了天堂。

正当天国里的判官挥毫之际，掌管人们的天国信使却阴差阳错地把那人发配进了劳动者的乐园。

在这个乐园里，应有尽有，但是你必须要不停地劳动。

这儿的男人说："天啊，我们没有片刻闲暇。"女人们也在说："加把劲呀，时间正在飞逝。"他们见人必言："时间珍贵无比，我们有干不完的活儿，我们得再加把劲！"如此这般，他们才拥有满足。

可这个新来乍到者，属于在人世间没做一丁点儿有用的事儿就度完了一生的人，完全不适应这乐园里的生活。他漫不经心地徘徊在大街小巷，不时撞在那些忙碌的人们身上，即使躺在绿茸茸的草坪上，或湍急的小溪旁，也总让人感到碍手碍脚，被指责几句也是常有的事。

有个少女每天都要匆匆忙忙地去一个"无声"的急流旁提水（在乐园里连急流也不会浪费它放声歌唱的精力）。她迈着急促的小步，好似娴熟的手指在吉他琴弦上自如地翻飞着；她的乌发也未曾梳理，那缕缕青丝总是好奇地从她前额上飘垂下来；她的眼睛美极了。

那游手好闲之人站在小溪旁，目睹此情此景，心中陡然升起无限怜悯和同情，一腔热血在胸中膨胀。

"啊——嘿！"少女关切地喊道，"您无活可干，是吗？"

这人叹道："干活？我从不干活！"

少女糊涂了，又说："如果您愿意的话，我想我可以给您一些活干。"

"'无声'小溪的少女呀，我一直在等您这句话呢。"

"那您喜欢什么样的活儿呢？"

"就把您的水罐给我一个吧，那个空的。"

"水罐？您想从小溪里提水吗？"

"不，我只是想在它上面画画。"

少女愕然："画画，哼！我忙得很，而你却如此清闲！我走了！"她说着就离开了。

可是一个忙忙碌碌的人又怎能对付得了一个无所事事的人呢？他们每天都见面，每天他都对她说："'无声'小溪的少女呀，给我一个水罐吧，我要在上面画画。"

最后，少女妥协了。她给了他一个水罐，他便画了起来，画了一条又一条的线，涂了一层又一层的颜色。画完后，少女举起水罐，细细地瞅着，她的眼光渐渐迷惑了，皱着眉头问："你画的这些能干什么？"

307

这人大笑起来："什么也不能干。这只是一幅画，并没有什么意义。"

少女提起水罐走了。回到家里，她把水罐拿在灯下，用审视的目光，从各个角度翻来覆去地品味那些图案。深夜，她又起床点燃了灯，再静静地细看那水罐。她看到些东西，但又无法用言语将那东西表达出来。

第二天，她又去小溪边提水，但感觉不同了。一种新的感觉从她心底萌发出来——一种什么也不是、也不为什么的感觉。

她一眼瞥见了画家，心里一紧："您要我干什么？"

"只想给您干更多的事儿。"

"那您喜欢干什么？"

"给您的乌发扎条彩带。"

"为什么？"

"不为什么。"

发带扎好了，确实非常漂亮。劳动乐园里忙碌的少女现在也开始每天花很多时间用彩带来扎头发了。时光在流逝，许多工作干不了了之。

乐园里的土地开始荒芜，勤快的人也学会了偷闲，他们把宝贵的时光耗在了

诸如画画、雕塑之类的事上。长老们大为愕然，召开了一次会议，大家一致认为这种从未有过的问题现在非常严重。

天国信使也匆匆而至，向长老们鞠着躬，道着歉："我错带一人进了乐园，真是非常抱歉。"

那人被叫来了。他一进来，长老们即刻就注意到了他的奇装异服，及其精致的画笔、画板，立刻明白他确实不属于乐园。

酋长正言道："这里不是你呆的地方，赶快离开！"

这位画家没有多说一句话，拾掇好他的画笔及画板。就在他即将离去之际，那少女飞奔而来："等等我，不要将我一个人留下！"

"这算什么，难道这一切都要归罪于这个懒人吗？"长老们无言以对。

版权声明

　　我方策划出版的《中外名家精品荟萃》图书中，部分作品无法与权利人取得联系，为了尊重作者的著作权，特委托北京版权代理有限责任公司向权利人转付稿酬。请您与北京版权代理有限责任公司联系并领取稿酬。联系方式如下：

吴先生
北京版权代理有限责任公司
北京海淀区知春路 23 号量子银座 1403 室
邮编：100191
电话：（010）82357058/57/56　　　传真：（010）82357055
网址：www.bookpod.cn